論壇 01

中共「十七大」政治精英甄補與地方治理

Political Recruitment and Local Governance in the 17th Congress of the Chinese Communist Party

丁望 ● 王嘉州 ● 由冀 ● 耿曙 ● 陳德昇 ● 陳陸輝　著
寇健文 ● 郭瑞華 ● 張執中 ● 臧小偉 ● 薄智躍

陳德昇　主編

序　言

　　長期以來，在中共政權體制下，精英甄補與人事運作透明度較低，因此各種人事的謠傳與猜測，莫衷一是。不過，近年來甄補漸趨制度化，學術界亦可透過社會科學方法，進行理論與實証探討，有助於提升研究的層次與素質，相關成果亦可與社會分享。

　　本書的背景，是在中共2007年10月召開「十七大」前半年，於政治大學舉辦「中共十七大政治精英甄補與地方治理」學術研討會論文匯編。參與的專家、學者包括：丁望（香港當代名家出版社）、由冀（澳洲新南威爾斯大學）、臧小偉（香港城市大學）、薄智躍（新加坡國立大學東亞研究所）、耿曙、陳陸輝、陳德昇與寇健文（政治大學）、王嘉州（義守大學）、張執中（開南大學）、郭瑞華（展望與探索月刊）。他們研究的思路與心得，有助於我們的理解與認知。

　　多年來，個人從事學術研究，深感不應只著重在「製造」，而應開創「公益」、「服務」與「積累」的平台。因此，整合產官學界資源，籌組具前瞻性與市場性的議題研討，並提供學界與企業界參與、對話和交流的空間；學術服務則強調將研討與交流的成果，經過研整與更新，且根據不同議題的匯整，藉專書「積累」，嘉惠學人。

　　本書的出版，特別要感謝印刻出版公司董事長張書銘的支持。尤其是在當前景氣如此低迷，還能讓我們實現學術理想，讓人備感溫馨。此外，也要感謝印刻出版公司鄭嫦娥小姐耐心協調與編輯，以及政治大學廖筱綮與張少華同學費心校正原稿，使本書能順利出版。

陳德昇2008/01/15

目　錄

主要作者簡介（按姓氏筆劃）

丁望

武漢大學歷史系本科（學士），現任當代名家出版社（香港）社長兼總編輯。主要研究專長：當代中國政治、中共黨史（政治制度、接班群選拔理論和政策、宏觀經濟政策）。

王嘉州

政治大學東亞研究所法學博士，現任義守大學公共政策與管理學系副教授。主要研究專長：兩岸關係、中共中央與地方關係。

由冀

澳洲國立大學博士，現任澳洲新南威爾斯大學政治系教授。主要研究專長：中國領導政治、外交政策、兩岸關係、解放軍。

耿曙

美國德州大學奧斯汀校區政府系博士，現任政治大學東亞所副教授。主要研究專長：中國大陸政治經濟、區域發展與整合、台商研究。

陳德昇

政治大學東亞研究所博士，現任政治大學國際關係研究中心研究員。主要研究專長：中國政治發展、地方治理、台商研究、兩岸經貿關係。

陳陸輝

美國密西根州立大學政治學博士，現任政治大學選舉研究中心副研究員。主要研究專長：選民行為、研究方法、調查研究、政治社會化、政治心理學。

寇健文

　　美國德州大學奧斯汀校區政府系博士，現任政治大學政治系副教授。
主要研究專長：政治繼承、比較共黨政治、中共政治。

郭瑞華

　　國立政治大學東亞研究所博士候選人，現任展望與探索月刊副主編。
主要研究專長：兩岸關係、中共黨政。

張執中

　　國立政治大學東亞研究所博士，現任開南大學公共事務管理學系助理
教授。主要研究專長：中國政府與政治、政治發展、兩岸關係。

臧小偉

　　美國加州大學伯克萊分校社會學博士，現任香港城市大學人文及社會
科學院副教授。主要研究專長：精英政治、族群與性別研究。

薄智躍

　　美國芝加哥大學政治學博士，現任新加坡國立大學東亞研究所研究
員。主要研究專長：中國省級領導、中共精英政治。

緒論
中共政治繼承轉型與精英甄補變遷

陳德昇

（國立政治大學國際關係研究中心研究員）

　　社會主義國家權力接班與政治精英甄補，始終是政治發展的重大議題。其中不僅因為政治繼承與運作的黑箱作業，導致政治不穩定與不確定性，更在於精英甄補欠缺制度化與民主化，使得國家人才晉用集中特定身分與條件之黨員，影響政治參與。對中共而言，隨著中共革命世代與魅力型領袖消逝，其政治威權體制與運作亦出現結構變遷。中共現階段領導人欠缺毛、鄧時期革命功績與政治魅力，不再能指定接班人選；權力繼承方式亦由存亡博弈趨向和平轉移；精英甄補人治色彩與非制度化，亦為日益剛性的年齡、任期制度規範所取代。儘管如此，中共政治精英甄補仍面臨派系政治運作之影響，必須進行折衝與妥協；黨領袖決策不再完全體現個人意志，而須與黨內精英協商與合作；施政重點與訴求不完全依存意識形態與政黨忠誠，而須重點兼顧經濟發展、民生議題與社會福祉。

　　中共「十七大」研究的重要意義，不僅在於探討以胡錦濤為權力核心之領導階層，有關權力繼承、政治精英甄補制度建立、派系運作模式與地方治理取向，且有助於觀察即將於五年後浮現之「十八大」新領導精英。中共新政治精英將不再具備革命世代領袖之光環，但作為領袖的權威與治理能力仍然不可或缺。因此，儘管江澤民與胡錦濤為鄧小平所指定接班，但地方諸侯對新領導精英挑釁亦迫使其反撲。陳希同與陳良宇皆以「反腐敗」之名遭整肅，結果實現階段性政治穩定之目標。然而，隨著中共政治

精英世代交替，未來新領導階層將面臨權力合法性與政治權威不足的局限，以及面對日益嚴峻之社會經濟挑戰下，是否會以更民主與多元政治參與方式，或是以平反政治事件，作為化解政經矛盾與對立的突破口，仍有待觀察。

中共權力繼承與精英甄補將無可避免派系政治運作。儘管中共派系運作隱晦不明，且不承認派系，也不允許結黨營私、拉幫結夥，但是派系政治與人脈網絡連結確實存在，且衍生權力爭奪與糾葛張力。因而中共派系被華裔政治學者鄒讜認為是「非正式團體」（informal groups），或是「政治行動團體」（political action group），構成派系網絡不僅有上下位階的「扈從關係」，也有同儕間的個人關係。然而，派系運作並非「鐵板一塊」，具有政治血緣網絡之派系，可能因代際世仇而難以整合；同期夥伴或是同鄉關係，亦不盡然能成為派系同盟者；派系亦存在親疏等級之分，內核心之成員才有可能進行利益互換與妥協；個別派系勢力過度膨脹構成權力威脅時，將可能激起競爭派系之危機意識，並會產生權力平衡效應。儘管如此，並非中共所有政治精英都具鮮明派系背景，派系色彩不明顯，且具有專業與能力之技術官僚，在派系運作下亦可能因沒有堅決抵制者，而成為共同都能接受的人選。此外，基本而言，當前中共派系競爭已多不在於意識形態之爭辯，而較集中於黨政軍權力與利益之分配。

中共派系政治之分合與勢力消長，在中共「十七大」後已日益明朗化。隨著江澤民退出政治舞台、黃菊病逝與陳良宇遭整肅，皆是以江澤民為領袖之「新海派」日趨沒落之主因。可以預期的是，在八○年代初期曾在共青團中央任重要職位，並曾與胡錦濤共事者，或是近年在共青團系統歷練要職者，所建構「共青團派」政治網絡，在胡錦濤之引領下，已在「十七大」權力分配中扮演要角。在可預期之未來，在地方諸侯權力分派中，共青團派將因年齡、經歷與人脈網絡優勢較易獲提拔。然而，問題在於：此舉是否會引發不同派系政治張力升高？或是年輕氣盛的團派擔任地

方大員，也可能遭長期在基層服務之地方幹部抵制。因此，具備黨工背景，但在專業知識與治國能力侷限下，團派全面接班並不利於中國政治發展。反觀家族中有黨國元老，或父輩曾在黨政系統擔任要職，有直系血親或姻親關係者，所形成之政治血緣網絡派系，仍不乏低調、敬業，具備學經歷完整之子弟，且忠誠受黨政軍元老之信任，其在胡錦濤權力接班中亦將扮演日益重要之角色。

中國大陸現階段正處於經濟與政治互動轉型階段。始於七〇年代末期的經濟轉型與市場化改革，在「放權讓利」政策訴求下，牽動中央與地方關係利益與權力格局的調整。地方諸侯在掌控區位與經濟優勢，以及地方利益優先考量下，便不免與中央的政策和權威產生矛盾與張力。與此同時，中共新世代政治精英，欠缺革命功勳與合法性不足前提下，能否樹立中央權威，駕馭各方諸侯進行有效地方治理？在中央權威面臨挑釁與威脅下，中央如何整肅異己與定罪，重塑中央權威？在意識形態淡出與深化市場改革政策取向下，中央透過何種途徑建構政權合法性基礎？在日趨多元的人才晉用與西方思潮影響下，如何擢拔對黨領導與路線、政策忠誠的精英，亦攸關黨命脈的延續和存亡。

在當前中共威權體制下，新政治精英取得最高權位，並不盡然能立即進行有效統治，尚須歷經權力鞏固期，並對地方諸侯進行必要之整治才能貫徹政令。尤其是欠缺地方省級領導歷練之溫家寶，其所領導之國務院較為弱勢，顯然與地方經濟實力較強，且以地方利益保護為優先考量之省市形成矛盾，儼然成為「弱中央」與「強地方」之格局，甚而有「政令不出中南海」之傳言。因此，中共召開「十七大」之前透過司法與組織力量清除異己，並外派忠誠、信任，且能履行中央意旨之官員替換，以消弭地方主義，並重建中央權威。明顯的，中共「十七大」前安排張高麗掌理天津，並清除盤根錯節之地方勢力；未讓上海代理市委書記韓正真除，並先後委派習近平與俞正聲接管上海；素具中央與地方矛盾歷史情結的廣東，

近年書記人選多由外地調任，此次廣東省委書記，未由廣東省籍黃華華升任，另派任汪洋擔任一把手亦不例外。此一趨勢顯示，中共中央管治重點省市組織人事之企圖，而重點省市首長任用非當地化成員之安排（官員迴避制度），已成為必要之政治考量。

　　中共現階段威權統治的挑戰與危機，並不在於國家機器能否有效控制內部衝突與抗爭，而在於生態環境惡化與政策執行失調。著名的美國「中國通」何漢理（Harry Harding）一篇題為「重新思考中國」的文章強調：「中國最大的危險是經濟，不如說中國的危險是生態環境，其嚴重性遠遠超過人們瞭解的程度。」換言之，多年來中央與地方精英過度追求GDP增長，作為政績工程與升遷憑藉，漠視環保與生態危機，將伴隨著中國資源貧乏，而構成生存與可持續發展之挑戰。此外，市場深化改革衍生之政治、法治與社會發展滯後之不協調性日益嚴重。儘管中共新精英已意識到「以人為本」與「和諧社會」訴求的重要性與優先性，但是涉及威權體制與結構的法治、人文、組織與思想配套條件仍顯不足，社會發展空間與生成受限，其政策運作效果便有局限性。

　　可以預期的是，在未來五年中共「十八大」政治精英甄補，若續以68歲年齡劃線剛性規範下，並排除腐敗行為遭懲處、健康等不確定因素外，中共「十八大」權力核心可望由習近平、李克強、王岐山、劉雲山、劉延東、李源潮、汪洋、張高麗、俞正聲與薄熙來等人擔綱。其中以習近平、王岐山、俞正聲與薄熙來具政治血緣網絡，李克強、汪洋、劉延東與李源潮則較具團派色彩，其中劉延東與李源潮亦具政治家族背景。儘管未來中共新政治精英多具地方治理經驗與歷練，但是派系之間如何取得共識與妥協，在「鬥爭而不分裂」中維護其共同利益，仍有相當努力空間；面對加速市場化與現代化之大國，傳統之威權統治是否依然能維持政治與社會安定？新政治精英如何展現治國宏圖與視野，以爭取政治同儕與社會精英之認同和支持，恐皆面臨考驗。

　　本書主要的特色是透過學術考證與統計分析，試圖預測與解讀中共「十七大」政治精英甄補人選，並在相關評比與限制條件下，何人較有機會脫穎而出？無可否認的是，加權的統計數據高低，固然難以做出必然晉用的判斷，但其作為優先甄補或擢拔的可能性相對較高。儘管如此，加權的統計分析雖有助於吾人判斷，但是中共內部派系的權力鬥爭與妥協關係、權力互動與糾葛，皆難窺真相，也增加中共精英研究之難度。此外，數據判斷與人選評估之錯誤仍難避免。關鍵仍在於從失誤中學習和反省，才有助提升分析能力。

　　本書選出十篇有關「十七大」政治精英甄補與地方治理之論文，雖然其觀點、概念與分析意見不盡一致，但對中共精英政治研究，仍有參考與借鑑意義。

　　陳德昇與陳陸輝在「中共『十七大』政治精英甄補與地方治理策略」論文，以中共「十六大」中央委員與中央候補委員作樣本，依據年齡、學歷、留學資歷、派系、政績表現、中央領導資歷、地方領導資歷、中央／地方領導資歷、大省（直轄）資歷，以及具代表性意義之族群、性別與社會科學人才等十二項指標，進行加權調整，預測中共「十七大」政治精英甄補。研究結果與實際公佈的中共中央政治局成員頗多雷同。在地方治理方面，「十七大」後將顯現下列趨勢與特質：新一代領導人將普遍具有地方治理經驗、能力與利益；中央領導階層仍握有操控地方的實權；訴求民生與小康社會目標，著重「以人為本」、強調成長素質、生態維護與區域平衡發展；市場轉型與失調衍生之社會挑戰日益尖銳，中央部門將進行社會安撫與穩定佈局。

　　臧小偉以西方社會科學理論比較觀點，分析中國政治精英選拔理論，並對照不同論點。其中包括：財金、工程背景是主要晉升條件；政治忠誠與教育水準是選拔精英的考量因素，亦有提出政黨栽培理論。該文提出政治權力機構的分工及專業化，是解釋中國政治精英選拔最有效的理論，亦

即中共透過提供理論導向、制定政策、管理人事實現對中國的全面領導，而政府各部門則握有實權落實相關政策，這些組織原則決定政黨領袖的選拔標準。

長期從事中共人事與精英研究的丁望先生，以解構視角分析中共「十七大」政治局強勢競爭者，其中尤對制度與秩序文化、任期邊界與身分代表，解讀「十七大」精英甄補背景與運作，有精彩與詳盡之分析。該文並指出：中共高幹的提升、進入高層，最重要的競爭資源是政治血緣和上層人脈。此外，共青團系儘管有政治優勢，但不至於發展到「團天下」局面。丁先生之中共人事研究是建立在紮實的文獻基礎、歷史考證與人脈網絡之分析，是從事中共精英甄補研究參考之重要素材。

薄智躍在「中共十七屆政治局候選人：從地方精英到權力核心」文章認為：中共第十六屆政治局委員最大共同特點是具備省級領導的經歷。九位常委中，八位曾擔任過省級領導。若中共依照同樣模式選拔十七屆政治局委員，現任省級領導人將會成為候選人。該文對「十七大」前擔任省委書記和省長，從年齡、學歷、部級領導經歷、地方（省級）領導經歷、政治起點、中共中央委員會資歷、派系背景，以及性別與民族等其他因素進行全面評估，並為每一位省級領導人建立一個綜合政治指數，從而選出最有可能進入第十七屆政治局的候選人。綜觀第十七屆政治局中來自省級領導的新成員，可以發現如下共同特點。其一，年齡是一個十分重要的因素。其二，學歷也很關鍵。其三，團派背景很有幫助。其四，重點省（市）很重要。其五，多個地區的領導經歷亦有助益。

由冀以內部人觀點，分析中共「十七大」顯示之政治意涵頗具啟發性。由冀的文章強調：「十七大」的深遠意義在於以下兩點：它象徵中共最高權力向第四代領導移交的終結，以及胡錦濤權力鞏固的完成；「十七大」作為承上啟下、繼往開來的一個重要政治議程，對中國的歷史大趨勢有著它的重要地位。由冀論文無論是權力接班、人治政治與制度化的思

考，或是權力運作中派系平衡，以及「十六大」接班衍生之後遺症皆有深入之探討。此外，該文並提出「十七大」作為承上啟下之人事安排，確立胡錦濤的政治路線與政治取向。第五代領導人浮上檯面，「十七大」將為權力向後胡時代轉移奠定人事基礎。

　　寇健文長期從事中共精英與人事學術研究，該文以中共海歸派（**主要指海外歸國學人**）為研究對象，分析其政治參與仕途發展和侷限。文章以165位副省部級海歸派作樣本，研究顯示，海歸派政治參與有限，其中以公費出國、研習自然與經貿管理學科，且滯留時間較短者，獲致較大的信任與重用。反之，自費留學、研習社會科學，或是長期受西方民主文化洗禮者，較不受信任。因此，中共海歸派仕途發展呈現「既重用又防範的精英甄補」，且不應高估海歸派在中國民主化過程中之角色。此外，台灣與墨西哥海外學人對政治民主化影響之經驗，不適用中國大陸民主發展與效應。

　　王嘉州以「四地模式」（**當事人籍貫地、崛起地、現職地與前職地**）觀點，分析中共「十七大」中央與地方權力分配之邏輯。解讀究竟屬於「權力平衡」模式，或是「中央集權」模式。其研究以四十四位地方書記與省長作樣本，研究結果顯示中共「十七大」中央與地方權力分配的邏輯，趨勢向中央集權的權力平衡模式，其特徵體現在：地方在政治局常委會代表人數仍為兩人，且其代表不久便調赴中央任職。此外，地方在政治局委員的比重仍達十位，但在職務調整後不及六位。另外，地方代表之政治局委員多為胡錦濤之忠誠支持者。

　　張執中「中共黨內民主規劃：從四級黨委換屆探討」文章，藉由宏觀的角度，從制度環境、制度設計與制度銜接等面向，並依據本次四級黨委換屆到「十七大」的政治報告，探討中共「十六大」以來關於「黨內民主」的實踐與修正。該文並依此觀察中共政治改革的軌跡，思考在既有框架中所訴諸的選擇。基本而言，黨內民主與人民民主兩者之間，在發展初

期的確具有相互促進的效果。部分地區試點的確對大陸政治體制的核心部分產生重要示範效果，但是這樣的效用主要仍受制現行體制與規範，包括與地方人大提名權的衝突與黨管幹部的衝突。在中國大陸，黨內民主改革要自上而下的推進，這是多數人的共識。從實踐看，對試點單位的選擇，本身就體現上級的意圖。要想黨內民主有真正的突破，衝破民主瓶頸，仍有相當之努力空間，也將影響胡錦濤時期黨內民主發展的路徑。

耿曙、陳陸輝、盧乃琳、涂秀玲共同撰寫的「胡錦濤時代財政資源分配的邏輯：經濟增長、社會穩定或均衡發展？」，文章以中國1997-2003年中央政府對地方政府之淨移轉支付為研究對象，運用量化之研究途徑，分析中國近年來中央政府資源分配之財政目標變化，以及影響此財政目標之主要因素。依據實證結果分析，在1997-2003年期間，中國中央政府的財政資源分配方式，由過去以穩定社會環境、發展整體經濟目標，轉向均衡為主。由實證結果推論中國財政資源的分配模式，是朝公共財政所規範的職能調整。具體情況則是以均衡目標的確立，帶動財政支出的方向，並且由於實證結果初步排除領導人因素，顯示中國的政府體制對政策產出影響力的穩定性漸增。

長期從事中共對台人事研究的郭瑞華，針對「十七大」後對台人事佈局，依職務功能取向做出研判、解釋與評估。其論文由歷史研究途徑顯示，中共對台工作是根據形勢、政策的需要決定其組織與人事，但亦逐步進入制度化安排。預期「十七大」後中央對台工作領導小組仍由胡錦濤與賈慶林擔綱，統戰、國安、軍情、外事與台辦五大系統負責人為必然成員。中共對台政策已陸續進行一些調整，其一是以和平穩定為主軸；其二是反獨優先於促統；其三當前對台鬥爭是全面性的鬥爭。當前胡錦濤的對台組織，是在舊有規模下增添新組織，針對如何強化做台灣人民工作進行考量。因此，可以預期的是，在對台人事上，將經由制度化的安排，吸收更多的專業人才，同時拔擢具有地緣關係的新人掌理對台工作。

中共「十七大」
政治精英甄補與地方治理策略*

陳德昇

（國立政治大學國際關係研究中心研究員）

陳陸輝

（國立政治大學選舉研究中心副研究員）

摘要

　　中共「十七大」已於2007年10月召開。中共「十七大」是胡錦濤全面掌權的歷史新階段，並決定新一代政治精英甄補。在本次會議中，新政治精英應具備何種條件與特色？胡錦濤所支持之共青團派在權力分派過程中扮演何種角色？此外，「十七大」進入政治局之新精英，亦將是觀察2012年「十八大」接替胡錦濤領袖地位之重要成員，此皆對未來五年中國政治發展與政策取向產生實質影響。

　　本文在2007年4月，以中共「十六大」中央委員與中央候補委員作樣本，依據年齡、學歷、留學資歷、派系、政績表現、中央領導資歷、地方領導資歷、中央／地方領導資歷、大省（直轄市）資歷，以及具代表性意義之族群、性別與社會科學人才等十二項指標，進行加權調整，預測中共「十七大」政治精英甄補。研究結果與實際公佈的中共中央政治局成員頗

* 本文發表於中國大陸研究，第50卷4期（民國96年12月），頁57-85。感謝該刊同意刊載。

多雷同，顯示本研究模型具有一定預測力。

中共「十七大」精英甄補運作與地方治理將顯現下列趨勢與特質：(一)中共「十七大」新一代領導人將普遍具有地方治理經驗、能力與利益，政策思維與設想將更具宏觀視野；(二)中央對地方之治理，雖強調間接調控與經濟槓桿之運作，但是人事的直接安排、組織調整與政敵清洗，皆彰顯中央領導階層仍握有操控地方的實權；(三)中央部門雖因市場改革弱化控制能力，但持續性宏觀調控槓桿之運作，以及經濟資源的分派，仍將能強化對地方的掌控；(四)訴求民生與小康社會目標，著重「以人為本」、強調成長素質、生態維護與區域平衡發展；(五)市場轉型與失調衍生之社會挑戰日益尖銳，中央部門將以釋放更多資源與福利補償，進行社會安撫與穩定佈局。

關鍵詞：「十七大」、精英甄補、共青團派、政治繼承、地方治理

Political Recruitment and Local Governance in the 17th Congress of the Chinese Communist Party

Te-sheng Chen

（Research Fellow, Institute of International Relations, National Chengchi University）

Lu-huei Chen

（Associate Research Fellow, Election Study Center, National Chengchi University）

Abstract

When the Chinese Communist Party held its 17th Party Congress in October 2007, many Party members were recruited, reshuffled, promoted or let go. In this paper, we will examine conditions and requirements for cadres to be promoted to higher positions in the Community Party power circle, and to evaluate whether cadres with affiliation to Communist Youth League (CYL) might have better chances for promotion.

Conducting our analysis during April 2007, we employed members and alternate members of central committees of the 16th Party Congress as analytic units to explore factors such as age, education, overseas education, faction, governing performance, experience in central government and/or local government, governing experience in important provinces or metropolitan areas, along with symbolic indicators such as ethnic backgrounds, gender, and social science training for predicting the probability of being recruited to the CCP central committee. It turns out that our predictions are close to the actual results.

　　Several trends and characteristics can be expected in the elite recruitment and local governance in the 17th Party Congress. First, new leaders will be equipped with local governing experience, capability, and interest, so they will have a broader view on their policies. Second, leaders in the central government still control local personnel and marginalize their challengers. Third, market reforms might weaken the dominant roles of the central government, but the central government might still regain its control through resources allocation. Fourth, in order to maintain stable social order, the central government provides more resource on welfare expenditure.

Keywords: 17th Party Congress, elite recruitment, "Communist Youth League" faction, political heritage, local governance

「年齡是個寶，學歷不可少，關係最重要」[1]
「政治路線確定之後，幹部就是決定的因素」[2]

壹、前言

　　中國共產黨第十七次全國代表大會（以下簡稱中共「十七大」）於2007年10月15日舉行。[3]由於中共「十七大」是胡錦濤全面掌權的歷史新階段，並決定新一代政治精英甄補，因此受到世人矚目。尤其是從「十七大」出線的中央政治局委員與常委，可觀察未來新政治精英甄補應具備何種條件與特色。而胡錦濤所支持之共青團派，在權力分派過程中扮演何種角色，也引起關注。此外，「十七大」進入政治局之新精英，將是觀察未來「十八大」接替胡錦濤領袖地位之重要成員，其對未來五年中國政治發展與政策取向將產生實質影響。因此，中共在歷經革命魅力型領袖、指定接班人、非制度性政治繼承運作後，是否會漸走向更趨制度與民主方式進行政治精英擢拔，皆是值得觀察與重要之研究議題。

　　本文研究重點，除對中共政治精英甄補之歷史脈絡與相關理論觀點進行探討外，主要是運用「十六大」中央委員及候補中委的背景資料為基

---

[1] 中國大陸政治順口溜，在一定程度上反映中共現實政治運作與人事脈動。

[2] 1934年1月史達林《在黨的第十七次代表大會上關於聯共（布）中央工作的總結報告》中說：「在正確的政治路線提出以後，組織工作就決定一切，其中也決定政治路線本身的命運，即決定它的實現或失敗。」1935年5月史達林《在克裏姆林宮舉行的紅軍學院學員畢業典禮上的講話》中，提出和說明「幹部決定一切」的口號，參見：「在黨的第17次代表大會上關於聯共（布）中央工作的總結報告」、「在克裏姆林宮舉行的紅軍學院學員畢業典禮上的講話」，史達林選集（下卷）（北京：人民出版社，1979年），頁343、371。

[3] 胡錦濤，「高舉中國社會主義偉大旗幟，為奪取全面建設小康社會新勝利而奮鬥」，人民日報，2007年10月16日，第1-3版。

礎，考量其個人背景、政治歷練以及派系背景等要項，預測其是否得以成為「十七大」政治精英優先擢拔人選，並檢視其甄補結果，分析其入選與出局成因。此外，本文亦針對現階段中共政治精英甄補，以及地方治理運作進行趨勢解讀。最後，針對上述趨勢，分析中共「十八大」政治精英甄補人選與發展取向。

貳、研究方法

　　本研究於2007年4月，亦即中共「十七大」舉行前半年即完成研究。運用的資料為中共人事公開出版品與網路資料，蒐集中共「十六大」中央委員以及候補中央委員的相關經歷，經過重新編碼與處理後，透過作者的判斷，給予不同背景與政治經歷一定的權數，預測「十七大」可能出線，以及晉升的政治精英。由於時間與人力限制，本研究僅針對「十六大」中央與候補委員樣本進行解讀。

　　有關資料處理，主要先藉各種書面與網路，蒐集「十六大」中央委員與候補中委個人背景、學經歷、中央與地方歷練，以及派系相關資料，並輸入先建立Excel檔案的文字檔。經過核對以及判讀之後，將所有文字檔案編碼為數字，並由Stat/Transfer軟體轉為SPSS檔案。再由SPSS針對所有相關變數進行加權計算，並運用該資料檔，整理與分析「十六大」中央委員以及候補委員的基本背景資料。

　　就個人背景而言，本研究針對中共政治精英個人背景中的年齡、族裔背景與教育程度進行分析。就年齡言，本研究認為55至59歲為其政治歷練，以及未來在「十八大」佈局最佳的條件，因此給予最高權數10。至於年齡為50至54歲或是60至65歲者，考量前者的政治前景以及後者的完整歷練，給予次佳權數8。至於50歲以下以及超過65歲者，考量其歷練不足或是面臨屆退壓力，僅給予最低權數4。在進一步分析時，本文假設曾慶紅

仍主導權力分配，但68歲者剔除。此外，女性、少數民族與社會科學的背景，則均具相當代表性，本研究給予5的權值。（參見表一）

表一：中共人事評估與權數

項　　目	加權方式					說　　明
年　　齡 （45-65）	45-49	50-54	55-59	60-65	66-68	近年重視年輕化與接班梯隊培養，「十八大」人才培養受重視。年齡過大或過輕都予較低評級。
	4	8	10	8	4	
學　　歷	博士		碩士		大學本科	學歷成為近年考察幹部重要依據。
	10		6		2	
留　學 資　歷	5					近年重視但未全面信任
派　　系	10					團派、政治血緣網絡與新海派會受重用。關係網絡仍是人事安排重要因素。
政　　績 表　　現	極佳	佳	尚可	一般	差	GDP成為近年重要依據，且多能實現目標，另以正負面施政績效作考量。由於資料限制，以平均五分作基礎給予不同增減評價。
	10	8	6	4	2	
中央領導 資　　歷	總書記／總理／政治局常委	副總理／書記處書記／政治局委員	黨組書記	部長	副部長	中央領導經歷具重要性
	10	9	8	7	6	
地方領 導資歷	書記	副書記	省長		副省長	地方首長歷練頗受重視
	10	6	6		4	

中央／地方領導資歷	皆任首長職	部分首長職	近年對中央幹部之地方首長歷練重視，培養全局視野。
	10	6	
大省（直轄市）資歷	沿海和偏遠大省與直轄市	偏遠地區大省	地方諸侯實力頗受重視，但也採取平衡策略。沿海大省與直轄市包括：廣東、浙江、上海、江蘇、山東、遼寧、天津、重慶與北京。偏遠地區大省包括：西藏與新疆。
	10	6	
少數民族	5		有代表性考量
女　性	5		有代表性考量
社會科學人　才[4]	5		近年重視，以規避決策人才過多集中科技官僚之缺失。

說明：本指標中除了女性、少數民族、社科人才以及留洋資歷的權數為5外，其他項目以10作為最高權數，然後依重要性給予不同評級，以顯示各項目對中共當局甄補人才考量之重要性。

　　就教育背景而言，教育程度的高低近來成為考察幹部的重要依據，本研究給予具博士學歷10的權數，碩士為6，而大學本科為2。此外，是否具備留學資歷與社會科學人才，近來也受到重視，本研究各給予5的權值。

---

[4] 2004年5月28日中共中央政治局進行第十三次集體學習，中共中央總書記胡錦濤主持。胡錦濤指出，造就一支高素質的哲學社會科學隊伍，是繁榮發展哲學社會科學的關鍵。要全面貫徹人才強國戰略，高度重視哲學社會科學人才的培養，努力營造有利於優秀人才脫穎而出、人盡其才的良好機制。參見：「胡錦濤在中共中央政治局第十三次集體學習時強調要始終堅持馬克思主義的指導地位大力推進哲學社會科學繁榮發展」，新華月報，總第717期（2004年7月15日），頁6。

在中國大陸的高層人事晉升中，是否隸屬特定派系也值得觀察。其中涉及政治信任（trust）、忠誠（loyalty）、政令貫徹與權力平衡。本研究劃分為共青團派、政治血緣網絡[5]以及新海派，給予10的權值，以加重派系政治在衡量中共高層人事甄補的重要性（參見表二）。[6]

表二：中共派系政治主要代表人物

	共青團派　＊	政治血緣網絡◎	新海派　▲[7]
界定	八〇與九〇年代曾在團中央任重要職位，並曾與胡錦濤共事者	家族中有黨國元老，或父輩在黨政系統擔任要職，有直系血親或姻親關係者	主要指1986-2002年江澤民於上海與中央掌權期間，網羅上海地區背景重要官員，以及中央部委共事期間權力追隨者

---

[5] 中共派系劃分慣用太子黨指稱高幹子弟，並不恰當且有貶抑意涵。本文採用政治血緣網絡較中性名詞取代。

[6] 上述的權值分數，主要用於觀察與計算特定政治精英的各項背景，估計是否有助其能繼續擔任或是成為中央委員。雖然採計的各種背景因素相當多元，不過，就實際分析而言，因為主要研究目的是以預測其是否會擔任「十七大」的中央委員為依變數，故各項背景僅為解釋變數。從統計的觀點言，各解釋變數之間是否得以做跨類比較，即非重點。以台灣的選舉預測為例，研究者可以運用一個候選人的學歷背景、哪個政黨提名，以及其主要政見等三種看似無法跨類別的因素，來預測其是否當選。因此，解釋變數之間的跨類比較性與計量的可比性問題，並非模型的問題所在，而在於這些變數綜合而得的指標，是否得以解釋依變數的分佈。以下，我們就運用上述政治精英的個人背景、經歷與派系因素，觀察其對於中共政治精英，是否得以成為或是繼續擔任「十七大」中央委員的解釋效果。

[7] 本文引用「新海派」與「舊海派」之概念，主要援引香港中國人事研究專家丁望先生之觀點。「舊海派」主要指在八〇年代以來，在上海地區較具影響力的人物，主要包括汪道涵、陳國棟與胡立教等人。江澤民擔任總書記後重用具上海背景與資歷之幹部，例如黃菊、吳邦國、曾慶紅、陳良宇，以及在北京任職後貫慶林政治靠攏，皆可視為「新海派」代表性人物。參見：丁望，曾慶紅與夕陽族強人，增訂2版（香港：當代名家出版社，2001年1月），頁166-168。

	李克強	俞正聲	曾慶紅
人名（主要關係／說明）	李克強（1983-1993任共青團中央候補書記、書記、青聯副主席；1993-1998任團中央第一書記；1998-2007曾任河南省長、書記與遼寧省委書記；2007年任政治局常委）	俞正聲（父親俞啟威（黃敬）是中共的老幹部，做過第一機械工業部部長）（1968-1984在軍工系統工作；1985-1996任煙台、青島市委書記；1997-2001任建設部黨組書記、部長；2002年任政治局委員、湖北省委書記；2007年任上海市委書記、政治局委員）	曾慶紅◎（中共元老曾山與鄧六金之子）（1983-1984年中國海洋石油總公司聯絡部副經理、石油部外事局副局長；1984-1989擔任上海市委秘書長、副書記，1989-2006年歷任中央辦公廳副主任、主任、組織部長、書記處常務書記、政治局常委；2007「十七大」後不續任常委）
	汪洋	王岐山	吳邦國
	汪洋（1981-86曾任安徽團委縣級幹部，共青團省委副書記；1999-2007歷任國家發改委副主任、國務院副秘書長、重慶市委書記，現任廣東省委書記）	王岐山（中共前國務院副總理姚依林的女婿）（1994曾任中國人民建設銀行行長、國家體改委辦公室主任、海南省委書記、北京市長）	吳邦國（1985－1992年上海市委副書記、書記；1992－1998年　中央政治局委員，上海市委書記、中央書記處書記、　國務院副總理；1999－2002年　中央政治局委員，國務院副總理；2002－2003年中央政治局常委，國務院副總；2003－中央政治局常委，十屆全國人大常委會委員長、黨組書記）
	周強	習近平	賈慶林
	周強（1995-1998曾任共青團中央書記處書記、常務書記，現任湖南省省長）	習近平（中共元老習仲勛之子）（1985-1990曾任福建地區地委書記、省長、省委書記；2002-2007任浙江省委書記、上海市委書記）	賈慶林1993－1996年福建省委書記、省長；1996－1997年任北京市委副書記、市長；1997－2002年中央政治局委員、北京市委書記、市長；2002－2003年　中央政治局常委；2003－中央政治局常委，十屆全國政協主席、黨組書記）

李源潮 ◎（父李幹城曾任上海市副市長） （1983曾任共青團中央書記，1990-2007歷任全國青聯副主席、新聞辦公室副主任、江蘇省委書記）	薄熙來 （其父黨國元老薄一波）（1992-2000曾任大連市委副書記、市長、書記；2000-2007年歷任遼寧省委副書記、省長、商務部長）	黃菊 （1984－1986年上海市市委秘書長、市委副書記；1986－1994年上海市委副書記、副市長、市長；1994－1995年中央政治局委員、上海市委書記、市長；1995－2002年中央政治局委員、上海市委書記；2002－中央政治局常委；2003年國務院常務副總理；2007年6月病逝）
胡春華 （1990-95共青團西藏自治區委員會副書記、書記，1997-2001共青團中央書記處書記，現任共青團中央第一書記）	劉延東　＊ （其父劉瑞龍曾任農業部副部長） （1982-1991曾任團中央書記處書記；1991-2007歷任中央統戰部副秘書長、副部長、部長）	陳良宇 （1992－2002上海市委副書記、副市長；2002-2003上海市委副書記、市長、中央政治局委員、上海市委書記；2003-2006中央政治局委員，上海市委書記；2006年9月撤職）
韓長賦 （1986任共青團中央常委、宣傳部部長、青農部部長，現任吉林省省長）	陳元 （中共元老陳雲之子）（1988-2007曾任人民銀行副行長；國家開發銀行行長）	華建敏 （1992-1994年上海市計委主任、黨組書記；1994-1996年上海市委常委、副市長；1996-1998年中央財經領導小組辦公室副主任、辦公室主任；2003年國務委員兼國務院秘書長；2003年5月兼任國家行政學院院長）
韓正 （1990-1992曾任共青團上海市委副書記、書記，1998-2007任上海市副市長、市長，現任上海市長）	喬宗淮 （中共前外長喬冠華之子）（1991-2000年任駐外大使，2001-2007年任外交部副部長）	

張寶順	周小川	
（1985年任共青團中央書記處書記，1991年兼任全國青聯主席，現任山西省委書紀）	（前中共建設部部長周建南之子）（2000-2007年任中國證監會主席、人民銀行行長）	
秦光榮	胡德平	
（1984-1987共青團湖南省委副書記、黨組副書記、省青聯主席，現任雲南省省長）	（中共前總書記胡耀邦之子）（2002年12月歷任中央統戰部副部長、工商聯副主席、黨組書記）	
張慶黎	李鐵林	
（1983-1986年共青團中央工農青年部副部長，現任西藏自治區黨委書記）	（中共元老李維漢之子）（1992-2002任中央組織部副部長；2002-2007任中央編制辦公室主任）	
沈躍躍		
（1991-1993任共青團浙江省委書記；1994-2002歷任浙江紹興市委書記、浙江省委組織部副部長、安徽省委副書記；2002年11月至今任中組部副部長）		

宋秀岩 （1983-1988任共 青團青海省委書 記；1989-2000年 歷任青海省統計局 長、省委統戰部 長、組織部長、省 委副書記；2005年 1月至今任青海省 省長）		
令計劃 （1979-1983共青 團中央宣傳部幹 部；1985-1995歷 任共青團中央宣傳 部處長、部長、 辦公廳副主任； 1995-2000年歷任 中共中央辦公廳調 研室組長、主任、 中央辦公廳副主 任；2007年任中央 辦公廳主任）		

說明：團派＊、政治血緣網絡◎、新海派▲以符號替代，其中李源潮、劉延東與曾慶紅具雙
　　　重角色。

資料來源：1.中共中央組織部、中共中央黨史研究室，中國共產黨歷屆中央委員大辭典（北京：
　　　　　中共黨史出版社，2004年11月）。

　　　　　2.丁望，曾慶紅與夕陽族強人，增訂2版（香港：當代名家出版社，2001年1月），頁
　　　　　166-168。

　　　除了上述的個人背景以及派系因素外，政治人物個人的表現，以及中
央與地方的歷練，也是其能否晉身權力高層重要因素。本研究將其現職依
其重要性給予4到10的不同權數，而其同時擁有地方與中央歷練者更給予6
或10的加權，主因是同時具備中央與地方部門歷練之成員較能獲擢拔。事

實上，中共當局對重點培養對象，皆會做出此人事安排與歷練。例如：現任政治局成員中，前湖北省委書記、現任上海市委書記俞正聲曾任建設部長；現任政治局常委周永康，曾任四川省委書記等；過去在沿海大省或是偏遠大省擔任過黨委書記一把手職務，也給予6或10的加權。此外，中央部會首長以及地方首長的政績，對其未來晉升，也有重要影響。本研究也就其政績表現優劣給予10至2的加權（參見表一）。

　　由於本研究聚焦於「十六大」現任的中央委員與候補中委。因此，對於並未在「十六大」具備中央委員身份，而在「十七大」終能出線的政治精英，並未做深入分析。不過，這些政治精英若蒙拔擢，將在未來的政治佈局具有重要意義。

參、政治繼承與精英甄補

　　政治繼承是指國家權力從一位統治者，或是政府轉移到接替者的過程。它研究的焦點是：某一個人或團體，在一個制度或環境下，對一個政治職位的繼承，以及此繼承對一個民族國家的政治體系之結構和政策所造成的影響。[8]研究社會主義國家之學者指出：政治繼承對共黨政權產生兩方面影響。第一種影響環繞在權力與政策間之關係，亦即領導人更替會帶來政策更新（policy innovation）[9]；第二種影響則關注政權穩定議題。政權是一套決定權力關係與資源分配之價值、原則、規定、慣例與決策程式。[10]由於政治精英會爭奪稀有性資源，政權穩定的關鍵在於絕大多數精

---

[8] Seweryn Bialer, *Starlin's Successors: Leadership, Stability, and Change in the Soviet Union* (New York: Cambridge University Press,1980), p.65.

[9] 寇健文，中共精英政治的演變：制度化與權力轉移1978-2004（臺北：五南圖書出版公司，2005年1月），頁44。

[10] Herbert Kitschelt, "Political Regime Change: Structure and Process-driven Explanations?" *American Political Science Review*, vol.86, no.4 (December 1992), p.1028.

英，是否能接受一套遊戲規則解決紛爭，這套遊戲規則雖不能消除權力鬥爭與政策歧見，卻可以降低鬥爭激烈的程度，使得權力和平轉移。[11]

表三：中共的政治繼承與整肅異己變遷表

項　目	選　項	第一代（毛澤東）	第二代（鄧小平）	第三代（江澤民）	第四代（胡錦濤）
領袖條件與基礎	革命功績	具備	具備	不存在	不存在
	政治魅力	強	強	明顯弱化	明顯弱化
	政治權威	強	強	須鞏固，不容挑釁	須鞏固，不容挑釁
整肅政治異己或同僚方式	鬥　爭	V	V	V	V
	解　職	V	V	V	V
	殺　害	V			
整肅名義	路線與權力鬥爭	V			
	政策執行不力		V		
	腐敗違紀			V	V
對　象	代表人物（當時職務）	1. 劉少奇（國家主席）2. 林彪（中央副主席）	1.胡耀邦（中共總書記）2.趙紫陽（中共總書記）	陳希同（北京市委書記）	陳良宇（上海市委書記）
效果與影響		維持毛澤東領導地位與路線	維持鄧小平領導地位與路線	基本保證江澤民執政時期高層政治穩定	期望發揮胡錦濤主政時期高層政治穩定的效果

說明：基本而言，毛、鄧應屬於中共第一代。不過，中共當局將鄧視為第二代領導人，江澤民為第三代，胡錦濤列為第四代領導人。中共「十八大」總書記人選將為第五代領導人。

---

[11] 同註9，頁45。

中共領導人權力的根源與基礎主要來自於：革命功績和政治魅力
（charisma），並在中共權位分派上扮演主導性角色。毛澤東與鄧小平即
是代表性人物，他們可以將最高權位授予其指定的接班人，但亦隨時可以
回收。換言之，毛、鄧所任命授予之權位，皆有可能因其政治立場不堅
定、挑戰最高權威或犯路線、政策錯誤而喪失其名位。毛主政時期即以殘
酷權力鬥爭懲處政敵劉少奇，並以政治悲劇告終（參見表三）。

鄧小平主政時期，胡耀邦與趙紫陽皆因政治路線分歧與黨內矛盾，為
鄧小平所撤換。1989年「六四天安門事件」後，鄧小平欽點之總書記江澤
民，亦因其對改革開放政策之保守作為，一度面臨遭撤換的命運。鄧小平
在1992年「南巡講話」即表露對江不滿與撤換之意圖。[12]其後終因江澤民
應變，跟上改革開放之基調始倖免於難。此外，中共總書記胡錦濤的權位
是鄧小平所隔代指定，其權力與合法性是來自鄧小平授予。不過，中共
「十六大」後仰賴革命世代領袖指定接班人的制度已告終。一方面，中共
革命世代的領袖消逝，新領導人不僅沒有革命功績，政治魅力亦明顯下
降，因而透過個人權力授受指定接班人的方式便不可能存在；另一方面，
由於中共新領導人欠缺昔日中共領袖傳統條件，因而在其權力繼承運作，
必須建構更制度化與法制化的政治遊戲規則，避免黨內尖銳派系鬥爭，甚
至必須擴大地方政治精英甄補，以彰顯中共新領導人權力的合法性。儘管
如此，由於江澤民與胡錦濤不具備革命功績與政治魅力不足，但作為中共
的實權人物之權威則不容挑釁。江澤民時期懲處北京市委書記陳希同，顯
然與陳藐視和挑釁江澤民有關[13]；胡錦濤主政時期，則以整肅上海市委書

---

[12] 鄧小平，「在武昌、深圳、珠海、上海等地的講話」，十三大以來重要文獻選編（下）（北
京：人民出版社，1993年12月），頁1851-1865。

[13] 根據相關研究訊息顯示，陳希同任職北京市長與市委書記長達十年，北京市主要幹部都是
由其提拔，並多次表達對江澤民不滿，可說是北京幫對抗上海幫關鍵人物。其後江澤民則藉

記陳良宇貪瀆立威。[14]因此，就比較觀點而言，毛鄧時期鬥爭較為殘酷，江胡時期雖較為溫和，且是權力和平轉移，但其共同點則是：中共政治最高領袖之權威不容挑釁（參見表三）。

　　中共政治繼承形成梯隊接班態勢，並透過職位任期制與年齡限制，作為幹部甄補依據。近年中共新一代政治精英政治繼承呈現年輕化、教育水準提升，以及具備地方諸侯經歷之實權人物較受重用（參見表四—六）。然而，必須指出的是，儘管中共人事運作制度化、法制化之規範日益嚴謹，但是握有實權領袖對於權力之掌控、遊戲規則之界定、政治忠誠之認知、政治精英年齡的擢拔標準、權力分派與重組，仍握有解釋權與操控能力。因此，與其表面認為中共人事運作已全面制度化，恐與現實有差距。儘管如此，在中共集體領導與派系政治運作中，任何一派勢力不可能獲得全面與壓倒性的優勢，派系權力平衡與妥協，應是不可或缺的組合與要素。未來有關權力接班的安排，是否會維持單一人選接班，或是出現「兩人以上競爭接班」的格局，頗值得觀察。

　　王寶森與周北方經濟犯罪事件整肅陳希同。參見：寇健文，中共精英政治的演變：制度化與權力轉移1978-2004，頁149。

[14] 根據新加坡英文《海峽時報》2004年7月10日報導，在中共政治局會議上，陳良宇向溫家寶發起全面的、正面的攻擊。消息稱，陳良宇在會上指摘宏觀調控措施已經傷害了江蘇、浙江等東部省市，並會在未來幾年阻礙全國的經濟發展。他向在場的政治局委員派發相關數據，指證調控措施如何特別影響上海的發展，以及外國有關中國經濟軟著陸的負面評論。報導說，陳良宇要求反思宏觀調控政策，並且警告溫家寶及其內閣，如果堅持推行調控，必須承擔由此引起的傷害經濟的「政治責任」。參見：人民報，2004年7月11日，http://renminbao.com/rmb/articles/2004/7/11/31823b.html。

表四：中央領導人平均年齡（「十二大」到「十六大」）

單位：歲

	十二大 （1982年）	十三大 （1987年）	十四大 （1992年）	十五大 （1997年）	十六大 （2002年）
政治局常委	73.8	63.6	63.4	65.1	62.1
政治局委員	71.8	64.0	61.9	62.9	60.7
書記處書記	63.7	56.2	59.3	62.9	59.7

資料來源：胡鞍鋼，中國：新發展觀（杭州：浙江人民出版社，2004年），頁67。

表五：政治局委員教育程度的變化（「十二大」到「十六大」）

	十二大 （％）	十三大 （％）	十四大 （％）	十五大 （％）	十六大 （％）
無　學　歷	3 (10.7)	0	0	0	0
小　　學	10 (35.7)	0	0	0	0
中　　學	3 (10.7)	5 (27.7)	3 (13.6)	2 (8.3)	0
軍事院校	3 (10.7)	1 (5.6)	1 (4.5)	2 (8.3)	-
大專以上	9 (32.2)	12 (66.6)	17 (77.2)	18 (75.0)	20 (83.3)
（其中本科）	-	-	-	-	17 (70.8)
研　究　生	0	0	1 (4.5)	2 (8.3)	4 (16.7)
總　　數	28	18	22	24	24

資料來源：胡鞍鋼，前引書，頁67。

表六：中央政治局常委、委員在省級任職比例

	中央政治局常委（％）		中央政治局委員（％）	
	十五大	十六大	十五大	十六大
具有省級工作經歷	85.7	89	83	80
曾任省委書記	57	56	58	20
現任省市委書記	-	11	17	42

資料來源：胡鞍鋼，前引書，頁71。

肆、「十七大」政治精英甄補與趨勢

　　分析「十六大」中央委員與候補委員，顯示兩類委員的背景具差異性（參見表七）。「十六大」中有中央委員197位，候補委員有158位，從表七顯示：中央委員僅有2.5％為女性，而候補中委約有將近14％為女性，顯示女性的比例在黨內嚴重偏低。不過，若是黨中央正視此一問題，且依照候補中委的比例，晉升相當數量的女性進入中央委員，此一比例將獲改善。其次，就年齡而言，目前60至65歲為中央委員中比例最高者，達到超過半數的53.5％的比例，此一年齡層在候補中委中的比例中也最高，達到37.3％。此外，中央委員中年齡超過65歲者超過三分之一（34.5％）。其中，介於66至68歲者為27.9％，超過68歲以上者為6.6％。相對而言，候補中委的年齡較輕，60歲以下者佔57.6％，其中55至59歲者超過三成。此一群體便可能為「十七大」進入中央委員的接班人選。

表七：中共「十六大」中央委員與候補委員背景分析

		正　式	候　補	（次數）
總計		55.4	44.5	(355)
性別				
	男性	97.5	86.1	(328)
	女性	2.5	13.9	(27)
年齡				
	50歲以下	1.0	3.2	(7)
	50-54歲	4.1	23.4	(45)
	55-59歲	7.1	31.0	(63)
	60-65歲	53.3	37.3	(164)
	66-68歲	27.9	4.4	(62)
	69歲及以上	6.6	0.6	(14)
教育程度				
	中學	0.5	1.3	(3)
	大學本科	90.4	64.6	(280)
	碩士	7.1	29.7	(61)
	博士	2.0	4.4	(11)
取得教育機構				
	軍校	12.2	8.2	(37)
	本土學校	85.8	88.6	(309)
	留洋	2.0	3.2	(9)
專業				
	中學	0.5	1.3	(3)
	科技與軍方	55.3	38.6	(170)
	社科人才	44.2	60.1	(182)
現職				
	其他	0.0	0.8	(1)
	黨務	46.2	42.9	(138)
	政府	35.7	45.2	(122)
	軍方	18.1	11.1	(47)

是否具中央與地方經歷			
無	65.5	92.4	(275)
有	34.5	7.6	(80)
過去地方經歷			
無	43.5	80.4	(144)
一把手	16.1	2.7	(23)
二把手	40.3	17.0	(69)
「十五大」委員身份			
不是	37.6	73.4	(190)
正式	42.1	0.0	(83)
候補	20.3	26.6	(82)

說明：「十六大」有中央委員197位，候補中委有158位。表中數字為直欄百分比。

資料來源：1.中共中央組織部、中共中央黨史研究室，中國共產黨歷屆中央委員大辭典（北京：中共黨史出版社，2004年11月）。

　　　　2.作者蒐集、整理與分析。

　　就教育程度而言，中央委員的教育程度目前遠不及候補中委。其中，中央委員受過大學教育的比例超過九成，另有各七個與兩個百分點為碩士與博士教育程度。候補中委中，大學畢業不及三分之二（64.6%），而碩士的比例接近三成（29.7%），博士則有4.4%。就取得學歷的機構所在地而言，軍校的比例從正式委員的12.2%下降到候補中委的8.2%；國內大學的比例約在八成六到八成九之間，而留洋的比例僅有二至三個百分點。不過，就中央委員與候補中委的專業背景而言，就出現重大差異。在中央委員中，軍方與科技背景超過五成五，但是在候補中委中則不及四成。反觀，社科人才在候補中委中超過六成，未來這些候補中委若能成為中央委員，對整體中央委員的專業結構，會有重大變化。

　　就「十六大」委員的現職而言，軍方出身的比例為18.1%，不過在候補中委部分則降低至僅一成一。考量本研究表一的各項加權項目與軍方的職位與升遷管道不盡相似，因此本研究運用「十六大」的資料，預測政治

精英是否會進入，或是成為「十七大」中央委員的分析部分，不納入軍方人士。此外，表七中可以發現：黨務背景者在中央委員有超過四成六，不過在候補中委中約四成二。相對而言，在政府部門任職者於候補中委中的比例最高，約四成五，較其擔任中央委員的35.7%比例約少一成。當然，這與中央委員本屬黨組織的特性有關。此外，兼具中央與地方經歷者，佔中央委員超過三分之一的比例，而具備兩種資歷者，佔候補中委不到八個百分點。顯示中央委員具備中央與地方資歷的優勢。而在「十六大」的中央委員中，具備地方治理經歷者超過五成。其中，擔任地方一把手者約七分之一。候補中委則僅有不及兩成擔任過地方行政經歷，擔任一把手者不到三個百分點。

值得注意的是，在「十六大」的中央委員中，有超過三分之一（37.6%）在「十五大」並非中央委員，甚至候補中委的資格，顯示中共對於黨內政治精英的甄補有其突破作為。不過，也有超過六成為「十五大」的成員。其中，超過四成二為原中央委員，另有兩成來自候補中委。至於「十六大」的候補中委部分，有將近四分之三（73.4%）在「十五大」不具任何身份，另有超過四分之一的原候補中委持續在「十六大」擔任候補中委。而在「十五大」為中央委員者，在「十六大」一旦無法續任即退出，不會擔任候補中委。

經過初步分析後，進一步按照重新編碼與處理，運用前述判斷與加權標準，給予不同背景以及政治經歷一定的權數，預測「十七大」可能出線以及晉升的政治人物。首先，針對「十六大」的現任中央委員，從表八中顯示加權分數的分佈。表八僅將加權分數達30以上者列出。其中顯示，共有54位現任中央委員的加權分數達到此一標準。現任遼寧省委書記李克強，其團派色彩加上博士的學歷，輔以50出頭的壯盛之年，以及中央與地方的經歷，使其在「十六大」眾多委員中顯得格外突出。現任商務部長薄熙來為黨國元老薄一波之子，除教育程度之外，其他各項的加權分數均屬

表八：「十六大」中央委員加權總分統計表

姓名	現齡	加權總分	年齡	教育	留學	派系	政績	現職	中央地方歷練	大省歷練	少數民族	女性	社科人才
李克強	52	67	8	10	0	10	8	6	10	10	0	0	5
薄熙來	58	62	10	6	0	10	8	7	10	6	0	0	5
王岐山	59	60	10	2	0	10	8	5	10	10	0	0	5
習近平	54	57	8	10	0	10	8	6	10	0	0	0	5
胡錦濤	65	54	8	2	0	10	8	10	10	6	0	0	0
劉延東	62	52	8	10	0	10	6	8	0	0	0	5	5
賈慶林	67	52	4	2	0	10	6	10	10	10	0	0	0
回良玉	63	50	8	2	0	0	6	9	10	10	5	0	0
張高麗	61	49	8	2	0	10	8	6	0	10	0	0	5
周永康	65	47	8	2	0	10	8	9	10	0	0	0	0
王樂泉	63	47	8	6	0	10	8	10	0	0	0	0	5
黃　菊★	69	47	0	2	0	10	5	10	10	10	0	0	0
俞正聲	62	46	8	2	0	10	8	8	10	0	0	0	0
李長春	63	46	8	2	0	0	6	10	10	10	0	0	0
李德洙	64	45	8	2	0	10	6	3	6	0	5	0	5
吳邦國	66	44	4	2	0	0	8	10	10	10	0	0	0
王兆國	66	43	4	2	0	10	8	9	10	0	0	0	0
溫家寶	65	43	8	2	0	10	7	10	6	0	0	0	0
韓　正	53	42	8	2	0	10	6	5	0	0	0	0	5
曾慶紅★	68	40	4	2	0	10	8	10	6	0	0	0	0
吳官正★	69	40	0	2	0	0	8	10	10	10	0	0	0
宋德福★	61	39	8	2	0	0	8	10	0	0	0	0	5
賀國強	64	39	8	2	0	0	10	9	0	0	0	0	0

王旭東	61	38	8	6	0	0	8	6	10	0	0	0	0
汪光燾	64	38	8	2	0	10	6	6	6	0	0	0	0
烏雲其木格★	65	38	8	2	0	0	5	8	0	0	5	5	5
王滬寧	52	37	8	10	0	0	8	6	0	0	0	0	5
李鐵林	64	37	8	2	0	10	6	5	6	0	0	0	0
張德江	61	37	8	2	3	0	4	9	6	0	0	0	5
劉 淇	65	37	8	2	0	0	8	9	10	0	0	0	0
錢運錄	63	37	8	2	0	10	6	6	0	0	0	0	5
司馬義・艾買提★	72	36	0	2	0	0	6	8	10	0	5	0	5
杜青林	61	36	8	2	0	10	6	5	0	0	0	0	5
劉雲山	60	36	8	2	0	0	6	9	6	0	0	0	5
石宗源	61	35	8	2	0	0	6	3	6	0	5	0	5
周小川	59	35	10	2	0	10	8	5	0	0	0	0	0
李金華	64	34	8	2	0	0	8	5	6	0	0	0	5
金人慶	63	34	8	2	0	0	8	5	6	0	0	0	5
馬 凱	61	34	8	2	0	0	8	5	6	0	0	0	5
戴相龍	63	34	8	2	0	0	8	5	6	0	0	0	5
張慶黎	56	33	10	2	0	10	6	0	0	0	0	0	5
田成平	62	32	8	2	0	0	6	6	0	10	0	0	0
周 強	47	32	4	2	0	10	6	5	0	0	0	0	5
孫家正	63	32	8	2	0	0	6	5	6	0	0	0	5
張左己	62	32	8	2	0	0	6	5	6	0	0	0	5
張維慶	63	32	8	2	0	0	6	5	6	0	0	0	5
黃華華	61	32	8	6	0	0	8	5	0	0	0	0	5

馬啟智	64	31	8	2	0	0	6	5	0	0	5	0	5
張雲川	61	31	8	2	0	0	6	5	10	0	0	0	0
陳建國	62	31	8	6	0	0	6	6	0	0	0	0	5
羅　幹★	72	31	0	2	3	0	6	10	0	0	0	0	0
王　剛	65	30	8	2	0	0	9	6	0	0	0	0	5
劉志軍	54	30	8	6	0	0	6	5	0	0	0	0	5
羅清泉	62	30	8	6	0	0	6	5	0	0	0	0	5

說明：1. 各項評分標準請參考表1與文內說明。表格中出現網底者表示年齡高於68歲或是稱病者。

　　　2. ★表示積分雖高，但因年齡、能力不足、病故，或未獲派系支持，故未入選。

資料來源：中共中央組織部、中共中央黨史研究室，中國共產黨歷屆中央委員大辭典（北京：中共黨史出版社，2004年11月）。

亮眼。可預期的是，他在「十七大」受到重視。此外，表八中另有司馬義‧艾買提、曾慶紅、吳官正、黃菊、宋德福、烏雲其木格與羅幹等七位雖所得分數超過30分，不過因為其年齡已經超過68歲與病故，以及部級幹部接近65歲，將難競逐「十七大」權力佈局。

　　根據本研究的加權總分，對照「十七大」公佈的中央政治局委員的成員顯示：本研究加權總分達40分以上者共計十五人，其中除了李德洙（少數民族）與曾慶紅（68歲）外，皆為中央政治局委員或是常委，而得分達57分的習近平、49分的張高麗、與39分的賀國強，也為中央政治局委員或是常委，顯示運用中共政治精英評選指標加總，預測其是否得以晉身權力核心的方式，具有相當的準確性。

　　本文亦將「十六大」候補中委得分超過30分者共二十六位列於表九。表九顯示，前十位都具有派系色彩。其中，李源潮兼具「政治血緣網絡」與「團派」特質，任江蘇省委書記且具博士學位，即具競爭優勢。至於同具「團派」背景的汪洋，除了教育程度外，其餘各方面的條件並不差，且

有中央與地方歷練，具發展潛力。吳愛英與宋秀岩除團派背景之外，同具女性背景優勢，如果在考量性別比例，未來也極有可能出線。張寶順與秦光榮除團派背景外，年齡上是一優勢。強衛目前為青海省委書記，加上地方治理的歷練與團派背景，前途應被看好。

　　上述預測結果與實際公佈名單對照，李源潮與汪洋不但成為中央委員，且為中央政治局委員的成員。而其他得分達40分以上者中，除了具有財經背景、現任國家開發銀行行長的陳元被摒除在中央委員以及候補中委名單之外，且葉小文仍然留在候補中委之列外，其餘皆躋身中央委員的行列，也再度顯示本研究模型的設定上，具有一定的精確性。

表九：「十六大」候補中央委員加權總分統計表

姓　　名	現齡	加權總分	年齡	教育	留洋	派系	政績	現職	中央地方歷練	大省歷練	少數民族	女性	社科人才
李源潮	57	65	10	10	0	10	8	6	6	10	0	0	5
汪　洋	52	63	8	6	0	10	8	6	10	10	0	0	5
沈躍躍	50	51	8	6	0	10	6	5	6	0	0	5	0
吳愛英	56	47	10	6	0	10	6	5	0	0	0	5	0
宋秀岩	52	47	8	6	0	10	8	5	0	0	0	5	5
陳　元	62	46	8	6	0	10	6	5	6	0	0	0	5
葉小文	57	46	10	6	0	10	6	3	0	0	0	0	5
張寶順	57	43	10	6	0	10	6	6	0	0	0	0	5
令計劃	51	42	8	6	0	10	8	5	0	0	0	0	0
秦光榮	57	40	10	6	0	10	6	3	0	0	0	0	0
強　衛	54	40	8	6	0	10	6	5	0	0	0	0	0
袁純清	55	39	10	2	0	10	6	5	6	0	0	0	0
羅保銘	55	38	10	2	0	0	6	5	0	10	0	0	0

王　君	55	38	10	6	0	0	6	5	6	0	0	0	0
李　克	51	37	8	10	0	0	6	3	0	0	5	0	5
杜學芳	58	37	10	6	0	0	6	5	0	0	0	5	0
閔維方	57	37	10	10	3	0	6	3	0	0	0	0	5
尚福林	56	36	10	10	0	0	6	5	0	0	0	0	5
符桂花	59	36	10	2	0	0	6	3	0	0	5	5	0
李景田	59	34	10	2	0	0	6	6	0	0	5	0	0
呂祖善	61	32	8	6	0	0	8	5	0	0	0	0	0
李成玉	61	31	8	2	0	0	5	5	0	0	5	0	5
楊　晶	54	31	8	2	0	0	5	5	0	0	5	0	0
衛留成	61	31	8	2	0	10	6	5	0	0	0	0	0
郭庚茂	57	30	10	6	0	0	6	3	0	0	0	0	0
劉奇葆	54	30	8	6	0	0	6	5	0	0	0	0	5

說明：各項評分標準請參考表1，以及文內說明。

資料來源：1.中共中央組織部、中共中央黨史研究室，中國共產黨歷屆中央委員大辭典（北京：中共黨史出版社，2004年11月）。

　　　　　2.作者蒐集、整理與分析。

　　近年中共精英與部門領導甄補雖不乏人治色彩，且存在透過表面制度安排，但亦藉此安插個人親信之作為。儘管如此，有幾項趨勢仍值得對中共人事變動進行觀察。例如：為規避部門利益，拔擢非本部門專業之領導幹部有增多之趨勢。國安部過去任命賈春旺，前任許永躍皆非國安系統出身；前任商務部長呂福源出身教育界，薄熙來則來自地方黨政系統；公安部長周永康與孟建柱任命亦有此設想。此種人事安排，固與中央對其個人信任與能力評價有關，但是規避特定部門之利益壟斷，且對部門進行監理，恐是其人事安排重要考量因素之一。此外，候補中委是值得重視的權力群體。由於中共中央委員之安排不乏現任職務與功能之考量，但隨著中

央權威弱化、地方諸侯的興起與人事快速代謝，作為地方政治精英且具「候補中委」身份之地方諸侯，其政治動向與發展潛力便值得觀察。尤其是地方政治精英與省級領導（參見表十），除因年齡因素須剔除外，未來仍將在中共權力運作中扮演日益重要之角色。另值得觀察的是區塊利益的重視，以及經濟強省代言人浮現。本研究顯示：政治局委員會中，新疆王樂泉因西部區塊利益與戰略地位考量，結果再度入選中央政治局。為了強化各區塊利益，東北與環渤海地區亦顯重要，天津市委書記張高麗固因直轄市出線進入政治局，區塊利益亦應是考量因素之一。此外，近年經濟蓬勃發展的浙江與江蘇，其省委書記政治份量亦水漲船高，成為政治精英甄補對象。結果則顯示：浙江的習近平入主政治局常委；江蘇的李源潮順利進入中央政治局，其作為沿海經濟大省治理表現亦應是入選因素之一。

表十：中國大陸地方領導人暨任命時間一覽表

更新時間：2008/1/31

地區名	省（區、市）委書記	任命時間	省（區、市）長	任命時間
北　京	劉　淇	03/01（續任）	郭金龍	08/01（新任）
天　津	張高麗	07/03（新任）	黃興國	08/01/28（新任）
河　北	張雲川	07/09（新任）	郭庚茂	08/01/28（新任）
山　西	張寶順	06/10（續任）	孟學農	08/01（新任）
內蒙古	儲　波	06/11（新任）	楊　晶	08/01/27（續任）
遼　寧	張文岳	07/10（新任）	陳政高	08/01/28（新任）
吉　林	王　珉	07/05/18（續任）	韓長賦	08/01/13（新任）
黑龍江	錢運錄	07/04（續任）	栗戰書	08/01/27（新任）
上　海	俞正聲	07/10（新任）	韓　正	08/01（續任）
江　蘇	梁保華	07/10（新任）	羅志軍（代）	08/01（新任）

浙　江	趙洪祝	07/06（新任）	呂祖善	08/01/21（續任）
安　徽	王金山	07/12（新任）	王三運	08/01/31（新任）
福　建	盧展工	06/11（續任）	黃小晶	08/01（續任）
江　西	蘇　榮	07/11（新任）	吳新雄	08/01/28（新任）
山　東	李建國	07/06（新任）	姜大明	08/01（新任）
河　南	徐光春	06/10（續任）	李成玉	08/01/23（續任）
湖　北	羅清泉	07/10（新任）	李鴻忠	08/01/29（新任）
湖　南	張春賢	06/11/13（續任）	周　強	08/01（續任）
廣　東	汪　洋	07/12（新任）	黃華華	08/1/24（續任）
廣　西	郭聲琨	07/11（新任）	馬　飈	08/01（新任）
海　南	衛留成	07/04（新任）	羅保銘	08/01/29（續任）
重　慶	薄熙來	07/12（新任）	王鴻舉	08/01（續任）
四　川	劉奇葆	07/11（新任）	蔣巨峰	08/1/31（新任）
貴　州	石宗源	07/04（續任）	林樹森	08/1/24（續任）
雲　南	白恩培	06/11/16（續任）	秦光榮	08/01（續任）
西　藏	張慶黎	06/10（續任）	向巴平措（藏族）	08/01/22（續任）
陝　西	趙樂際	07/05（新任）	袁純清	08/01（續任）
甘　肅	陸　浩	07/04（續任）	徐守盛	08/01/31（續任）
青　海	強　衛	07/05（新任）	宋秀岩	08/01（續任）
寧　夏	陳建國	07/06（續任）	王正偉	08/01（續任）
新　疆	王樂泉	06/10（續任）	努爾‧白克力（維吾爾族）	08/01（新任）

資料來源：「中國機構及領導人資料庫」，人民網，http://www.people.com.cn。

伍、地方治理策略與挑戰

中共「十七大」精英甄補與成員對地方治理運作，將顯現下列趨勢與特質：(一)中共「十七大」新一代領導人將普遍具有地方治理經驗、能力與利益，因此其位居中央領導之政策思維與設想將較具宏觀視野，而非僅侷限於中央部委之部門利益；(二)中央對地方之治理，雖強調間接調控與經濟槓桿之運作，但是人事的直接安排、組織調整與政敵清洗，皆彰顯中央領導階層仍握有操控地方的實權，以及對地方諸侯失序行為的懲治能力；(三)中央部門雖因市場改革弱化控制能力，但宏觀調控槓桿之運作，以及社會資源的重分派，仍將能強化對地方的掌控；(四)訴求民生與小康社會目標，著重「以人為本」、強調成長素質、生態維護與區域平衡發展；(五)市場轉型與失調衍生之社會挑戰日益尖銳，中央部門將釋放更多資源與福利補償，進行社會安撫與穩定佈局。

就政治層面而言，胡錦濤、溫家寶與曾慶紅主導之「十七大」人事佈局，基本顯示派系政治之強勢運作與妥協。就「十七大」的地方領導的改組成員與趨勢分析，顯現「共青團派」佔有相對優勢，這顯然與胡錦濤大權在握、意志體現、年輕化偏好訴求與政治信任有關。不過，「十七大」人事佈局不是「團派」全贏的局面。中共黨內元老，如江澤民與政治家族的庇蔭；以及另一實權人物曾慶紅的人事運籌與妥協，仍是「十七大」權力重組必要的考量與組合。因此，儘管中共不承認派系政治之運作，但是「共青團派」、「政治血緣網絡」與「新海派」仍是「十七大」政治精英甄補主要角力群組。因此，可以預期的是，胡溫在懲治上海市委書記發揮「殺雞儆猴」的效果後，「十七大」亦透過人事重組樹立中央威權與政令落實。以胡溫為首的新領導階層，可望鞏固其政治權威與基礎，並著力培養「十八大」接班人，其中地方政治精英，並具政績與治理經驗者，仍是強勢之群組。

　　在現階段中共對地方黨政系統的調控，除在人事進行佈局外，更在組織調整與設計進行規劃，並落實領導幹部精簡與防腐機能的提升。明顯的，中共除特定地區黨委（如新疆與西藏仍為一正四副）外，其餘地區皆調整為「一正二副」[15]，其中一位副書記尚由省長或市長兼任，以解決當前地方黨領導幹部「官多為患」之缺失。[16]此次「十七大」在地方省級領導中專職副書記多列入候補中委，其政治發展動向與重要性受矚目。在防腐機制建構方面，直轄市紀委負責人由中紀委直接指派與領導，任地方黨組常委卻不擔任副書記之職，以展現其獨立性。此外，各省紀委負責人異地交流，亦將強化反腐力道。[17]明顯的，中共當局已針對其地方黨政系統治理之缺失進行調整，雖有助於效率提升與官箴整治，但是黨組織凌駕政府部門絕對的權力欠缺制衡，以及民意與社會訴求回應能力不足，皆有違現代地方治理規範。

　　就經濟面向而論，中央對地方政府與諸侯熱衷追求經濟高增長，並無視宏觀調控政令之貫徹難有對策（參見表十一至表十三）。上海市委書記陳良宇遭整肅，固成為地方諸侯抵制中央宏觀調控之祭品，但是如何以「科學發展觀」推動有效率、低能耗之經濟增長策略，並持續推動改革開放政策，實為當前重要經濟課題。[18]因此，宏觀調控之運作已非短期性之

---

[15] 王騖，「省級層面黨委全面『減副』」，新華月報，總第757期（2006年12月1日），頁18-23。

[16] 「破解『官多為患』考驗本次換屆」，南方日報，2006年8月25日，http://news.xinhuanet.com/politics/2006-08/25/content_5006126.htm。

[17] 紹叢，「紀委書記們的新變化」，新華月報（北京），第753期（2006年10月1日），頁8-15；王全寶，「中央尋求反腐新突破」，新華月報（北京），總第763期（2007年3月1日），頁10-13；「抓好要案查處保持反腐強勢」，新華月報（北京），總第761期（2007年2月1日），頁8-10。

[18] 同註3，第2版。

政策，而是長期性之經濟政策槓桿。中央之調控方法已從朱鎔基主政時代「一刀切」的嚴厲手段，改採運用金融政策工具、懲治不聽命之地方官員，並查處房地產與土地資源控制著手。[19]事實上，對中共當權派而言，宏觀調控已不僅是控制經濟「過熱」的政策工具，更成為操控地方諸侯的手段。

　　在訴求民生主軸與小康社會的設想方面，胡錦濤在「十七大」報告宣示：在優化結構、提高效益、降低消耗、保護環境的基礎上，實現人均國內生產總值到2020年比2000年翻兩番（四倍）[20]，亦即由2000年人均GDP為856美元，至2020年達3500美元。顯示其經濟發展思路已過去強調總量增長，轉化為「人均」GDP概念，以落實與貢獻人民財富實質增長與實現小康社會之目標。此外，「轉變經濟增長發展」替代「轉變經濟增長方式」概念，不再訴求經濟成長總量大幅擴張[21]，而著力於增長品質與自主創新能力提升、產業結構升級與生態維護與可持續發展。明顯的，中共當局將透過經濟發展與治理概念的調整，期能落實藏富於民與可持續發展目標。

---

[19] 「2006年中央先反腐風暴—嚴查地方和權力部門腐敗」，新華月報（北京），總第761期（2007年2月1日），頁11-13。

[20] 同註3。

[21] 陳芸、慎海雄、趙承，「十七大報告新提法」，經濟參考報，2007年10月17日，第1版。

表十一：中國大陸各省市經濟成長變動趨勢（2000-2006年）

地區＼年別	2000	2001	2002	2003	2004	2005	2006
北　京	11.1	11.2	11.5	11.0	14.1	11.8	12.8
天　津	10.8	12.0	12.7	14.8	15.8	14.7	14.5
河　北	9.5	8.7	9.6	11.6	12.9	13.4	13.4
山　西	7.8	8.4	12.9	14.9	15.2	12.6	11.8
內蒙古	9.7	9.6	13.2	17.6	20.9	23.8	18.7
遼　寧	8.9	9.0	10.2	11.5	12.8	12.3	13.8
吉　林	9.2	9.3	9.5	10.2	12.2	12.1	15.0
黑龍江	8.2	9.3	10.2	10.2	11.7	11.6	12.1
上　海	10.8	10.2	11.3	12.3	14.2	11.1	12.0
江　蘇	10.6	10.2	11.7	13.6	14.8	14.5	14.9
浙　江	11.0	10.5	12.6	14.7	14.5	12.8	13.9
安　徽	8.3	8.3	9.6	9.4	13.3	11.6	12.8
福　建	9.5	9.0	10.2	11.5	11.8	11.6	14.8
江　西	8.0	8.8	10.5	13.0	13.2	12.8	12.3
山　東	10.5	10.1	11.7	13.4	15.4	15.2	14.8
河　南	9.4	9.1	9.5	10.7	13.7	14.2	14.4
湖　北	9.3	9.1	9.2	9.7	11.2	12.1	13.2
湖　南	9.0	9.0	9.0	9.6	12.1	11.6	12.2
廣　東	10.8	9.6	12.4	14.8	14.8	13.8	14.6
廣　西	7.3	8.2	10.6	10.2	11.8	13.2	13.6
海　南	8.8	8.9	9.6	10.6	10.7	10.2	12.5
重　慶	8.5	9.0	10.2	11.5	12.2	11.5	12.2
四　川	9.0	9.2	10.3	11.3	12.7	12.6	13.3
貴　州	8.7	8.8	9.1	10.1	11.4	11.6	11.6
雲　南	7.1	6.5	9.0	8.8	11.3	9.0	11.9
西　藏	9.4	12.8	12.9	12.0	12.1	12.1	13.3
陝　西	9.0	9.1	11.1	11.8	12.9	12.6	12.8
甘　肅	8.7	9.4	9.9	10.7	11.5	11.8	11.5
青　海	9.0	12.0	12.1	11.9	12.3	12.2	12.2
寧　夏	9.8	10.1	10.2	12.7	11.2	10.9	12.7
新　疆	8.2	8.1	8.2	11.2	11.4	10.9	11.0

資料來源：1.國家統計局編，中國統計年鑑（2004、2007）（北京：中國統計出版社，2004年9
　　　　　月／2007年9月），頁60；67。

　　　　2.「各省市歷年經濟發展統計」，中華人民共和國國家統計局網站，〈http://www.
　　　　　stats.gov.cn/tjgb/〉。

表十二：中共黨代會召開前後GDP增長變動趨勢（1977-2006年）

單位：%

黨代會	召開年別	第一年	第二年	第三年	第四年	第五年	平均值
「十一大」	1977	7.8	11.7	7.6	7.8	5.2	8.0
「十二大」	1982	9.1	10.9	15.2	13.5	8.8	11.5
「十三大」	1987	11.6	11.3	4.1	3.8	9.2	8.0
「十四大」	1992	14.2	14.0	13.1	10.9	10.0	12.4
「十五大」	1997	9.3	7.8	7.6	8.4	8.3	8.3
「十六大」	2002	9.1	10.0	10.1	10.4	11.1	10.1
平均值	—	10.3	11.0	9.6	9.1	8.8	9.7

資料來源：1. 胡鞍鋼，前引書，頁123。

　　　　　2. 國家統計局編，中國統計年鑑（2007）（北京：中國統計出版社，2007年9月），
　　　　　　頁59、187。

表十三：中共黨代會召開年別固定資產投資增長率變動（1977-2006年）

單位：%

黨代會	召開年別	第一年	第二年	第三年	第四年	第五年	平均值
「十一大」	1977	4.6	22.0	4.6	6.7	5.5	8.7
「十二大」	1982	28.0	16.2	28.2	38.8	22.7	26.8
「十三大」	1987	21.5	25.4	-7.2	2.4	23.9	13.2
「十四大」	1992	44.4	61.8	30.4	17.5	14.8	33.8
「十五大」	1997	8.8	13.9	5.1	10.3	13.0	10.2
「十六大」	2002	19.6	27.7	26.6	26.0	23.9	24.7
平均值		21.2	27.8	14.6	17.0	17.3	19.6

資料來源：1. 胡鞍鋼，頁124。

　　　　　2. 國家統計局編，2003中國發展報告（北京：中國統計出版社，2003年），頁
　　　　　　227-228。

　　　　　3. 國家統計局編，中國統計年鑑（2007），頁187。

　　由於「十七大」新領導階層多具地方諸侯歷練與環境認知，因此對中央資源之分派與政策思路，將更具平衡與協調之概念。不過，對胡溫主政的考量而言，區域發展要能展現歷史階段性的政績（八〇年代「珠三角」發展為鄧小平主導、九〇年代「長三角」為江澤民之政績），則以環渤海地區作為重點目標。中共當局除「十一五規劃」明確支持、開展濱海新區（幅員較浦東新區大），並投入數千億人民幣啟動相關發展規劃。此外，天津在「十七大」前人事異動，調離政績不彰且年邁的天津市委書記張立昌，並擢升山東省委書記張高麗任天津市委書記。張高麗之新職已納入「十七大」政治局成員，且有助貫徹胡溫之政令。此外，環渤海地區素以區域經濟整合行政協調與壁壘森嚴著稱[22]，張高麗新政治角色與經濟協調功能將能發揮一定作用。

　　「十七大」新領導階層面對最尖銳的執政挑戰，是市場轉型過程中日益惡化的經濟失序與社會抗爭挑戰。儘管胡溫近年著力於「三農」問題（農業、農民、農村）的解決，連續四年以農業議題作為「一號文件」[23]，並以「和諧社會」與小康社會之政策目標（參見表十四），落實社會

---

[22] 根據中國區域發展藍皮書，中國區域經濟發展報告（2003-2004）有關「京津經濟的發展現狀與主要障礙因素的分析」，其中指出：制約京津聯合的主要障礙因素包括：歷史原因、缺乏聯合觀念、行政地位對峙、產業佈局不合理、區域壁壘（主要指競爭性強互補性弱、產業趨同、存在地區貿易壁壘，導致產業鏈縮短與斷裂）、制度障礙等。參見：景體華主編，中國區域經濟發展報告（2003-2004）（北京：社會科學文獻出版社，2004年5月），頁117-120。

[23] 陳錫文，「關於建設社會主義新農村的若干問題」，中共中央黨校報告選，總第273期（2006年5月12日），頁21-31；張毅、顧仲陽，「現代農業，如何引領9億農民」，新華月報（北京），總第763期（2007年3月1日），頁8-9；唐仁健，「深刻領會一號檔精神積極推進現代化農業建設」，農村工作通訊，總第461期（2007），頁14-21；「中共中央國務院關於發展現代農業紮實推進社會主義農村建設的若干意見」，新華月報（北京），總第764期（2007年3月15日），頁42-47。

矛盾與疏離的化解，[24]但是來自於體制與結構面的矛盾，並未因人事更張與佈局調整而有改變。換言之，在整體社會體系中，政黨系統的強勢角色，經濟成長優先性之訴求，固然有助壓制與舒緩階段性矛盾與抗爭訴求，但是黨政官僚特權與利益團體的結合，[25]對社會弱勢族群—國有企業工人與農民之剝奪；法治功能不彰，社會正義難以彰顯，以及長期被弱化與窄化之社會組織和機能難以生成，皆導致「和諧社會」目標不易在短期內實現。

表十四：「十一五規劃」推進社會主義和諧社會建設要點

全面做好人口工作	1. 穩定人口低生育水準 2. 改善出生人口素質和結構 3. 積極應對人口老齡化 4. 保障婦女兒童權益 5. 保障殘疾人權益
提高人民生活水準	1. 千方百計擴大就業 2. 加大收入分配調節力度 3. 健全社會保障體系 4. 加大扶貧工作力度 5. 擴大城鄉居民消費
提高人民健康水準	1. 完善公共衛生和醫療服務體系 2. 加強疾病防制和預防保健 3. 加強中醫藥和醫學科研工作 4. 深化醫療衛生體系改革
完善社會管理體制	1. 加強基層自治組織建設 2. 規範引導民間組織有序發展 3. 正確處理人民內部問題

資料來源：「中華人民共和國國民經濟和社會發展第十一個五年規劃綱要」，人民日報，2006年3月17日，第6-7版。

---

[24] 湯耀國、王玉娟、石瑾，「構建和諧社會體制保障」，新華月報（北京），總第753期（2006年10月11日），頁4-7；辛鳴，「和諧社會背景下的社會穩定觀」，南方週末，2004年12月9日，第1版。

[25] 「如何剷除『特殊利益集團』」，新華月報（北京），總第755期（2006年11月1日），頁126；「抓好要案查處保持反腐強勢」，新華月報，總第761期（2007年2月1日），頁8-10。

陸、結語

　　本研究採取十二項指標統計與加權評量方法，為中共政治精英甄補過程的相關研究中，少數運用政治精英個人客觀經驗所建構的預測指標。對於相關的研究，不論在方法上的創新或是預測效果的準確上，均具有重要啟發。面對相關素材不足與判斷之缺失，尤其是中共政治運作之不透明性，蒐集並運用客觀資訊，以適當的統計方法予以預測，不但有助於判斷與掌握中共人事甄補趨勢與特色，且在方法公開以及計算方式透明的情況下，可供學界持續分析與評估。不過，統計預測模型是否完善，端賴資訊的充分與否。以派系政治之運作與人脈系統為例，相關資訊的真實性需要多重確認，故僅能依基本資料做判斷；政績之評量亦面臨實質困難，無論是GDP成長差異性有限，且多無相關旁證數據與指標進行衡量，僅從片段之訪談與印象做判斷，較缺乏系統性與科學性依據。此外，大陸官員學歷中，不乏在職學習或是中央黨校之學位，其素質相對較差，學習效果恐有限，應不能與一般正規研究所之訓練相比，似應進行加權得分減免；在中央委員加權評估預測中，部分得分較高之成員，如李德洙、李鐵林、王旭東、汪光燾與金人慶等人未能進入中共權力核心，主因可能包括：屆齡、能力、失勢與紀律因素。儘管如此，透過本研究公開與可檢證的指標分數，輔以研究人員對於相關面向研究經驗的積累與重點項目加權判斷，仍有助於吾人對中共精英甄補研究與分析。

　　中共「十七大」政治精英甄補主要特色與趨勢包括：(一)中共權力繼承，已由最高領袖指定一人接班，轉移到兩人非指定競爭接班，其中習近平與李克強跨級進入常委會最受矚目；(二)中共「十七大」派系政治運作，政治血緣網絡在未來權力競爭中扮演更積極角色，與共青團系間之派系競合和互動將更為活躍，新海派將因曾慶紅與江澤民淡出權力舞臺，呈現弱化態勢；(三)中共「十七大」新政治精英甄補，社會人文專才受到明

顯重用，政治局常委會亦有兩位成員具博士學歷，其對中共決策機制與生態將產生影響；(四)省級諸侯資歷與越級提升受更大重視。此次獲選之新政治精英，多具地方省委書記經歷，尤其是獲越級提拔之習近平、李克強、李源潮與汪洋皆是代表性人物；(五)習近平將因擔任書記處常務書記與中央黨校校長掌握黨系統優勢，並具備政治血緣網絡，以及基層完整歷練[26]，可望成為「十八大」總書記人選；李克強是以國務院常務副總理進入政治局常委會，儘管團派資歷與地方書記背景歷練受重用，但在地方政績與施政表現上仍多爭議[27]，未來仍可望接總理一職；(六)儘管政治血緣網絡出線之政治精英不免遭政治庇蔭與家族政治之非議，但此次獲選成員多因家庭政治因素經歷「文革」苦難，且於「文革」後經基層政權歷練，並以專業、忠誠與低調形象獲精英甄補；(七)在中共政治精英甄補以68歲年齡劃線剛性規範下，若排除腐敗行為遭懲處、健康等不確定因素外，中共「十八大」權力精英可望由習近平、李克強、王岐山、劉雲山、劉延東、李源潮、汪洋、張高麗、俞正聲與薄熙來等人擔綱（參見表十五）。

---

[26] 習近平資歷中，其於清華大學畢業後在1979年至1982年間，曾以現役軍人身分至中央軍委辦公廳擔任秘書。輔以其父政治血緣網絡之軍方網絡，亦是習近平未來接班之重要憑藉之一。參見：「中共十七屆中央領導機構成員簡歷」，人民日報（海外版），2007年10月23日，第2版。

[27] 主要包括河南愛滋病處理不善與發生特大火災，遼寧主政亦災難不斷，地方政績不顯著。

表十五：中共「十七大」政治局常委／委員暨書記處書記基本資料一覽表

姓名	職位	專業／學歷（社會人文／理工）	新人／留任	「十八大」（2012）是否留任「政治局」（年齡優勢）	說明／備註
胡錦濤	◎	理工	留任	否	總書記
吳邦國	◎	理工	留任	否	人大委員長
溫家寶	◎	理工	留任	否	國務院總理
賈慶林	◎	理工	留任	否	政協主席
李長春	◎	理工	留任	否	分管宣傳
習近平	◎＃	社會人文（博士）	新人	是（59）	意提拔為政治局常委兼任書記處常務書記
李克強	◎	社會人文（博士）	新人	是（57）	原是中央委員，特意提拔為常務副總理、政治局常委
賀國強	◎	理工	新人	否	中紀委書記
周永康	◎	理工	新人	否	政法委書記
王　剛	※	社會人文	新人	否	-
王樂泉	※	社會人文	留任	否	西部地區代表
王兆國	※	理工	留任	否	政協副主席
王岐山	※	社會人文	新人	是（62）	擔任副總理
回良玉	※	社會人文	留任	否	少數民族代表
劉　淇	※	理工	留任	否	直轄市市委書記
劉雲山	※＃	社會人文	留任	是（65）	分管宣傳
劉延東(女)	※	社會人文（博士）	新人	是（67）	女性代表
李源潮	※＃	社會人文（博士）	新人	是（62）	原任候補中委，特意提拔新任組織部長，進入政治局

汪　洋	※	理工（碩士）	新人	是（57）	原任候補中委，特意提拔新任廣東省委書記，進入政治局
張高麗	※	社會人文	新人	是（66）	天津市委書記
張德江	※	社會人文	留任	否	--
俞正聲	※	理工（軍）	留任	是（67）	上海市委書記
徐才厚	※	理工（軍）	新人	否	代表軍方
郭伯雄	※	理工（軍）	留任	否	代表軍方
薄熙來	※	社會人文（碩士）	新人	是（63）	重慶市委書記
何　勇	＃	理工	留任	否	分管紀檢監察
令計畫	＃	社會人文（碩士）	新人	未定（56）	原任候補中委，現擔任書記處書記、中辦主任
王滬寧	＃	社會人文（碩士）	新人	未定（57）	按慣例中央政策研究室主任（正部級），書記處書記非必然人選

說明：◎政治局常委／※政治局委員／＃書記處書記
資料來源：「中共十七屆中央領導機構成員簡歷」，人民日報（海外版），2007年10月23日，
　　　　第1-5版。

　　就中共派系政治勢力的變遷而論，「新海派」已在「十七大」新權力佈局中進一步弱化，甚至瓦解的地步。一方面，在政治現實上，江澤民與曾慶紅退休、陳良宇遭整肅與黃菊病逝，皆是「新海派」難與胡溫抗衡之主因；另一方面，上海新人事佈局中，市委書記先由浙江省委前任書記習近平取代，而非代理書記韓正真除，皆顯示胡溫欲透過新的地方人事佈局，理順中央與上海之關係；「十七大」後，再由湖北省委書記俞正聲接任上海市委書記，皆顯示中共當局之意圖。明顯的，中共當局懲處陳良

宇,清洗「新海派」不僅有助於樹立中央權威,亦可利用「反腐」槓桿與利器,作為打擊政治異己,或迫使潛在政治對手輸誠。明顯的,胡錦濤在「十七大」之前整頓地方諸侯、強化「反腐」與宏觀調控力道,並落實社會矛盾之化解,將有助於胡錦濤執政時期政治基本穩定目標之實現。儘管如此,胡終將於2012年「十八大」退出權力核心,新一代領導人不僅沒有革命功績與政治魅力,甚而權威弱化與重建能力都有待政治考驗與挑戰。因此,儘管中共政治繼承基本已確立「和平轉移」之規範,但是制度化、法制化、黨內民主與合法性基礎之奠立,仍有相當努力之空間。未來「十八大」中共領導人,是否透過黨內民主與平反政治事件建構其合法性仍有待觀察。

胡錦濤、溫家寶與曾慶紅主導下的「十七大」人事佈局,實際已於「十七大」召開前佈局完成。「十六大」的政治局成員平均年齡達65歲,無論就年齡或是職務更動,皆已有相當規模之替換,且將以年齡梯隊的型態與「十八大」培養接班人歷練,作為考量人選依據。基本而言,「十七大」人事佈局以團派勢力相對較具優勢。儘管團派勢力因政治忠誠、年輕幹練與學經歷完整,而受重用與提拔,但並不意味團派幹部大量晉用有助政治發展與和諧。一方面,政治人事安排全面引用團派勢必引發政治排擠效應,招致政治對立與嫌隙;另一方面,團派成員固然表現出精幹、體面與周到的特質,但是在現代治理、專業素養、政治歷練與治國能力,恐不必然全是最適任人選。此外,在政治妥協下的人選也不盡然是理想人才,其背後可能反映黨內元老勢力糾葛、權力平衡,以及年齡未達退休界線不便排除之組合。

在經濟運作層面,貫徹地方治理思路,尤其是「科學發展觀」對經濟成長、品質與生態要求,如何轉化為政績評量方式調整與觀念轉變,並進而強化多元治理、社會參與空間與市場機制有效運作,才有可能落實政策。不過,就地方經濟成長控制目標與現實面而言,恐有實質差距。儘管

中共三令五申要落實宏觀調控政策與「科學發展觀」，但地方諸侯為爭取政績與升遷機會勢必進行政治動員，而使得中央壓制「經濟過熱」與強調增長素質的努力受到限制。換言之，地方經濟高增長趨勢，仍是地方諸侯經濟運作偏好。尤其是2007年為「十七大」政治精英甄補敏感與關鍵年，勢必觸動地方諸侯表現經濟政績，因而呈現經濟高增長週期（參見表十二—十四）。明顯的，2007年中共「十七大」對經濟發展理念調整，與地方經濟發展態勢將存在實質的落差。不過，在2007年「十七大」政治動員，與2008年「奧運」民族主義拉升之經濟高增長，是否引發其後經濟成長支撐弱化，而呈現經濟衰退並衍生社會安定之挑戰，則值得關注。

參考書目

一、中文專書

丁望，十六大與後影響力（香港：當代名家出版社，2003年2月）。

──，胡錦濤：北京廿一世紀領袖，增訂二版（香港：當代名家出版社，1999年2月）。

──，曾慶紅與夕陽族強人，增訂2版（香港：當代名家出版社，2001年1月）。

中共中央文獻研究室，十六大以來重要文獻選編（上）（北京：中央文獻出版社，2004年2月）。

中共中央組織部、中共中央黨史研究室，中國共產黨歷屆中央委員大辭典（北京：中共黨史出版社，2004年11月）。

中共中央組織部研究室，十四大以來幹部制度改革經驗選編（北京：黨建讀物出版社，1999年2月）。

《在黨的第十七次代表大會上關於聯共（布）中央工作的總結報告》、《在克里姆林宮舉行的紅軍學院學員畢業典禮上的講話》，史達林選集（下卷）（北京：人民出版社，1979年），頁343、371。

劉金田、沈學明主編，歷屆中共中央委員人名詞典（北京：中共黨史出版社，1992年5月）。

江澤民，江澤民文選（1-3卷）（北京：人民出版社，2006年8月）。

何增科，中國政治體制改革研究（北京：中央編譯出版社，2004年10月）。

何頻，中國新諸侯（加拿大：明鏡出版社，1995年11月）。

邱平，中共第五代（香港：夏菲爾出版有限公司，2005年4月）。

胡鞍鋼，中國：新發展觀（杭州：浙江人民出版社，2004年1月）。

徐斯儉、吳玉山主編，黨國蛻變（台北：五南圖書出版公司，2007年4月）。

馬玲李銘，胡錦濤（香港：明報出版社有限公司，2002年11月）。

馬玲李銘，溫家寶（香港：明報出版社有限公司，2003年3月）。

寇健文，中共精英政治的演變：制度化與權力轉移1978-2004（臺北：五南圖書出版公司，2005年1月）。

鄭永年，朱鎔基新政：中國改革的新模式（美國：八方文化企業公司，1999年3月）。

鄭永年，胡溫新政中國變革的新動力（新加坡：八方文化創作室，2004年11月）。

謝慶奎，當代中國政府（瀋陽：遼寧人民出版社，1991年4月）。

二、期刊／報紙

「2006年中央先反腐風暴─嚴查地方和權力部門腐敗」，新華月報（北京），總第761期
　　（2007年2月1日），頁11-13。

「中共中央政治局召開會議研究改革收入分配制度和規範收入」，新華月報（北京），總第
　　748期（2006年7月15日），頁5-7

「中共中央政治局進行第三十八次、三十九次集體學習」，新華月報（北京），總第764期
　　（2007年3月15日），頁6-7。

「中共中央國務院關於發展現代農業劄實推進社會主義農村建設的若干意見」，新華月報
　　（北京），總第764期（2007年3月15日），頁42-47。

「中國共產黨第十七次全國代表大會開幕」，人民日報（海外版），2007年10月16日，第1
　　版。

「中國政府網：『不下班的政府』」，新華月報（北京），2006年11月號（2006年11月），頁
　　16-19

「如何剷除『特殊利益集團』」，新華月報（北京），總第755期（2006年11月1日），頁
　　126。

「抓好要案查處保持反腐強勢」，新華月報（北京），總第761期（2007年2月1日），頁
　　8-10。

「胡錦濤在中共中央政治局第十三次集體學習時強調要始終堅持馬克思主義的指導地位大力
　　推進哲學社會科學繁榮發展」，新華月報（北京），總第717期（2004年7月15日），頁
　　6。

「國務院任免國家工作人員」，新華月報（北京），總第760期（2007年1月15日），頁
　　38-39。

王全寶，「中央尋求反腐新突破」，新華月報（北京），總第763期（2007年3月1日），頁
　　10-13

王偉光，「正確處裡人民內部矛盾構建社會主義和諧社會」，中共中央黨校報告選，總第265
　　期（2006），頁15-25。

王驀，「省級層面黨委全面『減副』」，新華月報（北京），總第757期（2006年12月1
　　日），頁18-23

吳官正，「拓展從源頭上防治腐敗工作領域深入推進黨風廉政建設和反貪腐鬥爭」，新華月
　　報（北京），總第764期（2007年3月15日），頁22-27。

李維，「與國民幸福相干的若干啟示」，新華月報（北京），總第751期（2006年9月1日），
　　頁54-59。

辛鳴，「和諧社會背景下的社會穩定觀」，南方週末，2004年12月9日，第1版

胡錦濤，「高舉中國社會主義偉大旗幟，為奪取全面建設小康社會新勝利而奮鬥」，人民日
　　報，2007年10月16日，第1-3版。

唐仁健，「深刻領會一號檔精神積極推進現代化農業建設」，農村工作通訊，總第461期
　　（2007），頁14-21。

張毅、願仲陽，「現代農業，如何引領9億農民」，新華月報（北京），總第763期（2007年3
　　月1日），頁8-9。

紹叢，「紀委書記們的新變化」，新華月報（北京），總第753期（2006年10月1日），頁8-15

陳錫文，「關於建設社會主義新農村的若干問題」，中共中央黨校報告選，總第273期（2006
　　年5月12日），頁21-31。

湯耀國，「中央探求收入分配改革」，新華月報（北京），總第747期（2006年7月1日），頁
　　12-14。

湯耀國、王玉娟、石瑾，「構建和諧社會體制保障」，新華月報（北京），總第753期（2006
　　年10月11日），頁4-7

舒泰峰、劉芳，「60後併入省部層決策層」，新華月報（北京），總第761期（2007年2月1
　　日），頁20-23。

陳芸、慎海雄、趙承，「十七大報告新提法」，經濟參考報，2007年10月17日，第1版。

三、英文圖書

Bialer, Seweryn , *Starlin's Successors: Leadership, Stability, and Change in the Soviet Union* (New

　　York: Cambridge University Press,1980).

Kitschelt, Herbert " Political Regime Change: Structure and Process-driven Explanations?"

　　American Political Science Review, vol.86, no.4 (December 1992).

中國政治精英選拔理論比較與分析[1]
－西方社會科學觀點

臧小偉

（香港城市大學人文及社會科學院副教授）

摘要

　　在中國共產黨領導下的中國，黨和政府的高級官員是中國政治精英的主要構成成分，他們決定著中國的社會民生，經濟走向與政治前途。因此，政治精英的選拔一直是中國研究的一個重要研究課題。然而，迄今為止，不少研究停留在實證階段。在少量的理論研究著作中，對中國政治精英選拔的主要標準存在不一致的看法。有些學者認為中國政治精英候選人的財金工程等技術背景是他們晉升的主要條件；有些學者則提出二元精英論；還有一些學者則提出政黨栽培理論。本文則認為政治權力機構的分工及專業化，極大影響了中國政治精英的晉升途徑。政治權力機構的分工及專業化意指：中國政府機構與中國執政的共產黨在管治上的分工，亦即中國共產黨透過提供理論導向、制定政策、管理人事等實現其對中國的全面領導，而政府各部門則握有行政權力，並採取具體步驟落實政策及主管經濟與社會活動。這些組織原則決定了黨和政府的高級官員選拔的主要標

---

[1] 本文英文稿發表於Xiaowei Zang, "Technical Training, Sponsored Mobility, and Functional Differentiation in China," *Communist and Post-Communist Studies*, 39/1 (2006), pp.39-57. 本文在翻譯成中文時做過一些修改及變動。

準。

　　本文從以上四個理論模式中推導出六個關於中國精英選拔的假設。本文分析了一組在重要政府部門和中國共產黨機構就職的中國高級領導人的資料，以求證這些理論模式是否有效解釋中國改革時期的政治精英選拔。資料分析結果證明：政治權力機構的分工及專業化，是解釋中國政治精英選拔最有效的理論模式。本文解釋為何其他三個理論模式未能正確判斷政治精英選拔規律的主要原因。

關鍵詞：政治精英、政治忠誠、共產黨、精英選拔

Assessing Major Theoretical Models of Elite Formation in China

Xiaowei Zang

（Associate professor, Department of Asian and International Studies,

City University of Hong Kong）

Abstract

What are the main determinants of political elite selection in China? Some scholars highlight the effect of political loyalty in elite mobility, while others suggest a party-sponsored mobility hypothesis, and still, others define technical training as a key factor in elite formation. Using data on top Chinese leaders, I argue for an emphasis on functional differentiation and its effect on elite recruitment in China. In this article, functional differentiation is defined as the division of labor in governance between the Chinese government and Chinese Communist Party (CCP). Specifically, the CCP provides leadership by taking on policymaking, matters of political principle, and personnel management, whereas the government implements party policy regarding economic development and social issues. The first section of this paper reviews the three perspectives on elite recruitment in state socialism and puts forward three hypotheses. The second section relies on functional differentiation to develop three hypotheses regarding the division of labor in governance and elite recruitment. The third section uses the data on China's political elite to test the six hypotheses. Results of the analysis show the link between functional differentiation and the selective emphasis of technical training as well as political loyalty in leadership recruitment in the reform era. The final section concludes by summarizing the major findings from this paper and assessing the relevancy of the above three perspectives for research on elite selection in China.

Keywords: political elite, political loyalty, Chinese Communist Party (CCP), elite recruitment

壹、前言

政治精英的選拔是政治社會學和比較社會學一個重要的研究課題，[2]
在中國共產黨領導下的中國，黨和政府的高級官員是中國政治精英的主要
構成部分。

中國政治精英選拔的主要標準是什麼？有些西方中國學者認為：中國
政治精英候選人的財金工程等技術背景是他們晉升的主要條件。[3]有些西
方中國學者則提出二元精英論，[4]還有一些學者則提出政黨栽培理論。[5]本
文則認為政治權力機構的分工及專業化，極大影響了中國政治精英的晉升
的途徑。政治權力機構的分工及專業化意指：中國政府機構與中國執政的
共產黨在管治上的分工，亦即中國共產黨透過提供理論導向、制定政策、
管理人事等實現其對中國的全面領導，而政府各部門則握有行政權力，並
採取具體步驟落實政策及主管經濟與社會活動。[6]這些組織原則決定了黨
和政府的高級官員選拔的主要標準。

本文從以上四個理論模式中推導出六個關於中國精英選拔的假設。本
文分析了一組在重要政府部門和中國共產黨機構就職的中國高級領導人的
資料，以求證這些理論模式是否有效解釋中國改革時期的政治精英選拔。

---

[2]　參見邊燕杰2002, pp. 13-5; Dogan and Harasymiw 1984; Eyal and Townsley 1995; Farmer 1992;
Goldstein 1994; Hanley et al. 1995; Mazawi and Yogev 1999; Norris 1997; Norris and lovenduski
1995; Scott 1990; Szelenyi and Szelenyi 1995; Walder 1995; Wasilewski and Wnuk-Lipinski 1995;
White and McAllister 1996）.

[3]　參見Fewsmith 2001; Lee 1991; Li 2001.

[4]　參見 Walder 1995; Walder, Li, and Treiman 2000.

[5]　Bobai Li, and Andrew, Walder, "Career Advancement as Party Patronage," *American Journal of
Sociology,* no.106(2001), pp. 1,371-1,408.

[6]　Xiaowei Zang, *Elite Dualism and Leadership Selection in China* (London and New York:
Routledge, 2004).

資料分析結果證明：政治權力機構的分工及專業化，是解釋中國政治精英選拔最有效的理論模式。本文也解釋：為何其他三個理論模式未能正確判斷政治精英選拔規律的主要原因。

貳、二元精英、政黨栽培及技術官僚精英

　　早期西方學者對社會主義國家政治精英選拔的研究，主要注重於候選人政治忠誠度。政治忠誠度主要以共產黨員身份量度。這些學者認為：共產黨員比一般百姓更易獲得資源及被提拔到領導崗位。[7]在社會主義國家，如中國及南斯拉夫等進行的大規模問卷調查證實：共產黨員身份確實是精英選拔的主要條件。[8]然而，這些問卷調查同時揭示有別的選拔精英條件。比方說，對比社會主義國家與實行市場經濟西方國家，教育水準對晉升的影響並沒有什麼重大的差異。[9]由此可見政治忠誠度與教育水準都是社會主義國家精英選拔重要的考量因素。許多學者於是開始思考兩者是如何結合，並影響社會主義國家的精英選拔。[10]

　　1979年柯瑞德（Konrad）與澤林尼（Szelenyi）指出，在後史達林時代，東歐的社會主義政權是現實的，他們試圖通過給予專業技術人員某些特權，以獲得這些人對社會主義政權的忠誠與支援，藉此發展他們國家的經濟。不少專業人士和技術人員因而被邀請加入共產黨。他們從這些社會主義政權中獲得某些社會和經濟特權。作為交換，他們在政治上忠於並以

---

[7]　參見Connor 1979; Feldmesser 1960; Walder 1985, 1986.

[8]　參見Bian Xu, and Logan 2001; Dickson and Rublee 2000; Massey, Hodson, and Sekulic 1992.

[9]　參見Walder, 1995, pp. 311; also Bian 1994; Dickson and Rublee 2000; Inkeles and Bauer 1959; Meyer, Tuma, and Zagorski 1979.

[10]　參見Walder 1995; Li, Walder, and Treiman 2000.

其專業知識報效這些社會主義政權。於是共產黨的官員和專業技術人員在東歐的社會主義國家，形成政治上的同盟並統治這些國家。[11]

1986年澤林尼在《政治與社會》學刊上發表一篇文章，[12]再次強調從二十世紀七〇年代以來，東歐社會主義政權中的精英，一直是共產黨的官員和專業技術人員的聯盟。這個二元精英的政治聯盟從未消失過。在這些東歐國家中，社會地位的獲得是基於對社會主義政權的忠誠和高等教育。

柯瑞德與澤林尼率先提出二元精英論的觀點。而魏昂德（Walder）則解決了二元精英論的兩個重要實證問題：其一，在二元精英體制中，政治忠誠與高等學歷是怎樣組合的？其二，這一組合如何影響精英的選拔？魏昂德（1995）認為：在社會主義國家中存在著兩條不同的、向上流動的職業路徑，這兩條路徑導致兩種不同的精英職位。對於準備從政的精英候選人，上級主要從政治忠誠方面對其進行考察，也會優先考慮吸收這些人入黨。低學歷對這些人的晉升影響不大。高學歷的人則會選擇做專業人士。上級對於準備走專業道路的人士會按其學歷做出甄選，上級並不會以其政治忠誠度作為其提拔的主要標準，上級也不會優先考慮讓這些人加入中國共產黨，也不會考慮提拔他們到政治領導崗位上任職。[13]由此可由二元精英論中推導出一個理論假設：

---

[11] George Konrad, and Ivan, Szelenyi, *The Intellectuals on the Road to Class Power* (New York: Harcourt Brace Jovanovich, 1979).

[12] I. Szelenyi, "The Prospects and Limits of the East European New Class Project." *Politics and Society,* no.15(1986), pp.103-144.

[13] Andrew Walder, "Career Mobility and the Communist Political Order." *American Sociological Review* 60(1995), p.323; Andrew, Walder, Bobai Li and Donald J., Treiman, "Politics and Life Chances in a State Socialist Regime." *American Sociological Review,* no.65(2000), pp.191, 206-207.

假設一：高學歷的人（即大學畢業生）不會被中共領導選拔為政治精英。

其後，二元精英論被修改及發展為政黨栽培模式。該模式的理論基礎源於Turner（1960）和Rosenbaum（1976，1979，1984）對資本主義國家精英選拔的研究。政黨栽培模式同意政治精英均從共產黨員中選拔出來的，但該模式並不強調共產黨員身份的重要性，也不強調學歷的重要性。該模式認為重要的是一個人何時入黨，並認為中共優先選拔年輕的政治積極分子入黨，並培養他們為政治接班人。加入共產黨並不會自動將某人變成一精英分子。這是因為共產黨擁有為數眾多的群眾黨員。但是，若某人在年輕時就加入共產黨，這將是一個重要的成就及標誌。因為這表示他或她受到上級重視。上級將有意培養其為政治接班人。同時，他或她將比別人早進入下一輪的政治競賽。而那些在中年或以後才加入共產黨的人並無此政治競爭優勢。他們入黨是政權對他們對社會做出貢獻的一種政治上的肯定。上級在批准他們的入黨申請時，並無意培養其為政治接班人。他們的黨員身份主要是一種社會地位的象徵，或是謀取某些非政治利益的手段。[14]從政黨栽培模式可以推出下列假設：

假設二：所有政治精英均在年輕時加入共產黨。

除二元精英論及政黨栽培模式外，技術官僚精英論是另一主要精英選拔理論。該理論主要基於早期西方技術官僚精英論的論點。[15]持此理論的學者在對前蘇聯的研究中發現，當其將經濟工作作為其首要任務時，精英選拔開始注重候選人是否有財金、工程等技術背景，政治背景則不再是重

---

[14] Bobai Li, and Andrew Walder, "Career Advancement as Party Patronage," *American Journal of Sociology,* no.106(2001), pp.1, 371, 376, 380, 404-405.

[15] 參見Bell 1973; Harbison and Myers 1959; Meynaud 1969.

要的精英選拔條件。[16]這些觀點引導一些中國學者提出當代中國領導人是技術官僚精英的觀點。[17]

　　技術官僚精英論認為：技術官僚之所以成為中國政治精英，其主要原因是中國的發展戰略已從政治鬥爭轉為經濟發展，而經濟發展則需要有財金、工程等技術背景的政治領袖來領導。技術官僚理所當然成為政治精英最好的候選人。[18] Joseph Fewsmith更明確表示，雖然官方的提拔政策是幹部隊伍革命化、年輕化、知識化及專業化，但因為革命化難以界定，實際實行的人事政策主要依據客觀條件，例如年齡及學歷來甄選幹部。由於社會科學長期以來被政治化而非專業化，官方的提拔政策便注重有財金、工程等技術背景的政治候選人。從技術官僚精英論可以推出下列假設：

　　假設三：只有具有財金、工程等技術背景的政治候選人，才可能被提拔為中國政治精英。

參、政治體制專業化及權力分工

　　本文認為政治體制專業化及權力分工，應比以上三種理論更能解釋精英選拔的模式。它接受二元精英論的一個中心論點，即學歷與政治資本在引導及影響一個人從政，或走專業道路發揮的作用不同。[19]以這一論點出發，人們可以想像一個分層的政治精英選拔的過程，其中政府部門及中共權力機構分別偏重用學歷或政治資本來招募它們各自領導人。這一分層的過程與二元精英論的預測有所不同。二元精英論並不認為：專業人士會成

---

[16] 參見Bailes 1978; Bialer 1980; Putnam 1976.

[17] 參見Lee 1991; 1992; Li 2001; Li and White 1988, 1990; Millis 1983; Wang 1985.

[18] 參見Li and White 1988, 1990, 1998.

[19] 同註13。

為社會主義國家政權中政治決策和執行過程的一分子，但它認為只有擁有政治資本者，才可能成為社會主義國家中的政治精英。專業人士和知識份子只可能在專業領域尋求發展。相對之下，政治體制專業化及權力分工模式的起點，是政治體制權力分工。學歷與政治資本都是政治精英選拔的條件。政府部門及中共同屬最高權力機構，但他們被委以不同的經濟及政治任務，因此招募具有不同學歷與政治資本組合的候選人。

　　從歷史上看，中共是一個列寧主義的政黨。列寧主義的政黨依靠高度集中的權力，以及層次分明和森嚴的權力機構，來維繫其統一的紀律及強大的戰鬥力。這些組織原則幫助列寧主義的政黨在內戰中擊敗其對手，但當其執掌大權後，他們成為經濟發展的障礙。經濟發展並不需要高度集中的權力，特別是當其超越粗放式發展的過程。它需要的是大規模生產，而大規模生產依賴於專業知識及各主管部門間詳細的分工。政治領導人必須下決心讓不同權力機構專業化，以便於加快經濟發展步伐。權力機構專業化將帶來更大的經濟效益及優化資源搭配及使用。而最重要的權力機構專業化，是政府與執政黨的分工。政治領導人專注制定方針政策及監督方針政策的落實，而政府官員則具體操作行政、社會與經濟事務。[20]通過合理及有效的分工，政府與執政黨均可發揮最大限度能力，服務於整個政治體制。

　　合理及有效的分工，並非代表權力機構互相制約或執政黨與政府兩權分立。在這一安排下，列寧主義的政黨仍然領導一切，指揮一切。它推行權力機構專業化目的是強化其管治能力，而非削弱其領導地位。列寧主義的政黨可通過一系列措施，如人事管理等，以保證其對政府機構的掌控及利用。

---

[20] 參見Shirk 1992; Zang 2004; Zheng 1997.

　　歷史證明，當任何一個列寧主義的政黨意識到經濟發展的重要性後，它都將行政及經濟權力交給政府各部門去管理及運用。[21]在毛澤東時代的中國，黨政分工五〇及六〇年代均實踐過。當時如毛澤東，陳伯達及林彪等對經濟事務一竅不通的中共領袖均「退居二線」，專注研究馬列主義經典及基本國策。而陳雲、薄一波等被認為有從事經濟的經驗及才能的領導人，則執掌指導工業發展、外貿及其它各類經濟活動的大權。[22]

　　有必要強調的是，並非所有中共領導人都認為權力機構專業化及分工是一件好事。在和平時期，由於經濟工作是壓倒一切的重點，那些掌管經濟活動的領導人就掌握黨政大權，而別的領導人則在政治權力上被邊緣化。這就必然引起權力鬥爭，權力機構專業化及分工無法成為一貫的方針政策。所以，從理論上講，「黨政分工」始於五〇年代初期，但實際上只是在某些特定的時期（如1949年至1956年，1962年至1965年，及1978年至今）實行，而在別的時期（即1957年至1961年及1966年至1976年）則強調「黨政合一」。總體講，只要中共一專注內部政治及權力鬥爭，它就廢除權力機構專業化及黨政分工，並取消學歷以政治忠誠為唯一選拔政治精英的標準。中共在1966－1976年，這十年間進行的「文革」就是一個例子。其結果是經濟瀕臨崩潰。中共吸取一個寶貴經驗，並在1978年開始進行經濟改革後，積極推行權力機構專業化及分工，旨在發展經濟並以此強化其政治權力合法化。[23]

　　最能說明權力機構專業化及分工行為的是黨政分工。例如，在中國每個省份內都有省政府主要官員和中共省委領導幹部。在「文革」時，幾乎

---

[21] 參見Bailes 1978; Bialer 1980; Hough 1977; Ludz 1972; Mawdsley and White 2000; Zang 2004; Zheng 1997.

[22] 參見Diao 1970; Dittmer 1990, pp. 428-430; Huang 2000, pp.12-18, 211-259; Zang 2004; Zheng 1997.

[23] 參見Huang 2000; Zheng 1997.

所有權力都集中在省委領導幹部手中。在改革開放期間，省政府主要官員
負責行政事務，中共省委領導幹部則提供全面領導和方針政策。比如說，
省委書記是第一把手，但他或她很少直接過問具體事務。再比如說，一個
省委副書記比一個副省長更少參與準備本省財務，興建高速公路，或接見
外國投資者。政府系統和共產黨體制間的分工，亦存在於國家最高權力層
面：中共中央領導機構專責黨的事務、政治宣傳和人事任命決定等事宜；
國務院及其部、委、辦則負起協調及管理社會經濟活動和其他政府職責。
比如說，一個外交部長或是負責對美貿易的司長，很少過問其部或其司黨
組織的活動。而一個共產黨中央的宣傳部長則很少介入國家經濟生活的運
作與管理。[24]

在推行黨政分工同時，中共強調學歷在領導幹部甄選中的重要性，並
認為只有又紅又專的領導人才，最有能力推行權力機構專業化，發展經
濟。比方說，一個具有採礦技術專長，並有黨員身份的候選人，應比一個
只有黨員身份的候選人更適合當煤炭部部長。再比方說，一個具有水利工
程技術專長，並有黨員身份的候選人，應比一個只有黨員身份的候選人更
適合當水利部部長。在這一大政治環境下，所有領導職位的候選人都需具
備良好的學歷和政治忠誠。但是，將被任命於政府體系領導職位的候選
人，將需要高學歷及專業知識，而將被任命於共產黨體系領導職位的候選
人，則將需要有高度的政治忠誠。不同的領導崗位要求其領導者有不同的
政治忠誠和學歷的組合。由此可以推出下列假設：

假設四：政治精英候選人都需同時具備良好的學歷和政治忠誠。
從權力機構專業化及分工還可以推出下列假設：

---

[24] 參見Zhou 1995, p. 443; also Lieberthal and Lampton 1992; Lieberthal and Oksenberg 1988; Shirk
1992; Zheng 1997.

假設五：共產黨系統比政府機構在精英選拔中更注重中共黨齡。

這一假設的根據是中國共產黨是一個政治組織，所以黨齡是在中國共產黨體制內提升的重要資本。相對而言，政府體制內提拔官員可能不會那麼重視黨齡。根據權力機構專業化及分工，很多政府職位要求具有專業知識的官員來填補。而且，少數專家，即使不是中共黨員，也可能因其專業知識而被選拔到政府機構內任職。

假設六：政府機構比中共系統更可能選拔具有工程財政背景的精英候選人。

這一假設的根據，是因為很多政府的工作要處理經濟協調、社會管理，以及其他複雜事務。處理這些事務需要較強的專業知識和學歷。而管理黨務工作則比較政治化與較不需要專業知識。一個極端例子就是發生於1966年至1976年間的文化大革命，當時專業人士及知識份子受打擊排擠，而沒有什麼教育程度的人可以被委任在各級領導崗位上。後果是社會經濟生活大混亂。中共吸取教訓，在確保候選人政治忠誠的前提下，在提拔領導人時儘量避免張冠李戴，儘量用人唯賢，用人唯能。

肆、資料和變數

本文分析一組中國高級領導人的資料檢驗以上六個假設。該組資料包括在1988年和1994年在中央或地方上擔任政府或黨的領導職位的主要官員。他們的個人資料收集在北京外文出版社1989年出版的《中國人名大詞典：現任黨政軍領導人物卷》及1994年出版的《中國人名大詞典：現任黨政軍領導人物卷》，從中收集了七百四十個1988年中國主要黨政領導幹部的個人簡歷，以及八百四十八個1994年中國主要黨政領導幹部的個人簡歷，共計1588人。這些個人簡歷大概是迄今為止最詳細的關於中國改革時

期政治精英的資料。這些政治精英在政府體系與共產黨體系主要領導崗位
上任職（參見表一）。

　　為確保資料精確，本文參考對比別的資料中對的這些政治精英描述。
雖然這些資料並不包括所有的1588位中國主要黨政領導幹部，但在他們
所列出的部分精英資料中，並無發現任何重大誤差（蔡開松及於信風，
1991；劉金田及沈學明1992；王霄鵬1994；魏屏易等1994；雍桂良編撰
1990），可見資料可信度頗高。

表一：中共精英職位分佈（1988、1994年）

精英職位	1988		1994	
	小計	百分比	小計	百分比
政府部門				
國務委員及以上官員	18	1.8	18	2.1
中央政府部長	56	7.6	57	6.7
中央政府副部長	198	26.8	213	25.1
中央政府司、局長	31	4.2	48	5.7
省長	30	4.1	30	3.5
副省長/直轄市市長	157	21.2	189	22.3
中共系統				
中共部（委辦）長	31	4.2	56	6.6
中共副部（委辦）長	42	6.2	68	8.0
中共中央局長	14	1.9	12	1.4
省委書記	30	4.1	30	3.5
省委副書記／直轄市市委書記	100	13.5	97	11.4
省紀委書記	29*	3.9	30	3.5
樣本數	740	100.0	848	100.0

＊不包括中共雲南省省紀委書記資料。

　　表二和表四的因變數包括二個類別政治精英。第一，政府官員。該類別包括所有在國務院、省政府和主要城市（如深圳及青島）政府任職的主要官員。在1988年，這一組別包括五百人。在1994年，這一組別包括五百八十八人。第二，中共領導幹部。該類別包括所有在中共中央機構、中共省委，以及主要城市中共市委內任職的主要領導幹部。在1988年，這一組別包括二百五十七人。在1994年，這一組別包括三百一十八人。

　　表三的因變數包括三類政治精英：一，只在政府部門中供職的官員，如一個副省長；二，同時在政府部門與中共機構供職的官員，如一個副省長並兼任省委副書記；三，在中共機構中供職的官員，如一個省委紀委書記。

　　本文採用下列變數來檢驗以上六個假設。引數包括「性別」（男性＝1，女性＝0），「民族」（漢族＝1，少數民族＝0），「年齡」，「入黨年齡」，「入黨年齡組別」（二十歲以前，二十歲至二十四歲，二十五歲至二十九歲，三十歲至三十四歲，三十五歲至三十九歲，四十歲及以後，從未加入共產黨），「大學學歷」（有＝1，其他＝0），及「工程財金背景」（有＝1，其他＝0）。這些引數曾在以往精英研究中被應用過。[25]

　　大部分引數都很簡單明瞭，毋需贅述。但是有兩個引數需要詳細解釋說明。一，「入黨年齡」＝入黨年份–出生年份。假設某人於1945年出生，1965年加入共產黨，其入黨年齡為二十。如其於1985年加入共產黨，其入黨年齡則為四十。越晚入黨其入黨年齡則越高。若某人從未加入共產黨，其入黨年齡則定為九十九以便進行資料分析。若將這些非黨員排除於資料分析之外，最後的計算結果並無太大改變。

　　二，「工程、財金背景」包括了兩項指標，其一是經濟財金管理學

---

[25] 參見Borthwick et al. 1991; Holland 1987; Li 2001; Mazawi and Yogev 1999; Norris and Lovenduski 1989, 1995; Useem and Karabel 1986.

位，其二是工程技術學位，如應用物理學，化工，紡織，建築學等。為進一步瞭解學位對精英選拔的影響，本文也提供有關領導人文學士的情況，文學士大學學位包括中文，歷史，哲學等。

在資料分析中，用「大學學歷」來驗證假設一（即二元精英論），用「工程、財金背景」來驗證假設三（即技術官僚精英論），用「入黨年齡」來驗證假設二（即政黨栽培模式）。

表二：工程財金背景和入黨時間（1988、1994）

（%）

身份特徵	1988		1994	
	政府官員	中共領導幹部	政府官員	中共領導幹部
大學文憑				
工程財金學位元	42.7	19.6	49.6	33.6
文學士	24.7	31.2	32.7	34.3
無本科文憑	32.7	49.2	17.6	32.2
入黨時間				
二十歲以前	35.1	44.4	20.9	31.5
二十歲至二十四歲	38.6	41.2	37.8	44.5
二十五歲至二十九歲	12.4	12.0	16.7	16.8
三十歲至三十四歲	4.1	2.4	7.0	3.8
三十五歲至三十九歲	1.0	0.0	4.0	1.4
四十歲及以後	4.3	0.0	8.5	2.1
從未加入共產黨	4.5	0.0	5.2	0.0

伍、分析與解釋

資料分析顯示政府官員與中共領導幹部在年齡性別等方面無甚大差別。例如在1988年，政府官員與中共領導幹部的平均年齡分別為56.3及57.5。在1994年他們的平均年齡則分別為56.6及58.7。在1988年，超過94%的政府官員為男性，而在中共領導幹部中，96%為男性。1994年的數字則分別是93.9%及94.5%。另外，少數民族幹部在政府部門與中共機構中所佔的比例也大致相同。

表二顯示在1988年，27.5%的政治精英具有工程、財金背景。這一比例在1994年則上升為42.7%。這些結果並不支援假設三（即技術官僚精英論）。不少政治精英並不具有工程、財金背景。表二還顯示政府官員與中共領導幹部在入黨年齡、工程財政背景兩方面存在重大差異。例如在1988年，政府官員與中共領導幹部中具有工程、財金背景的人分別為32.8%及16.4%。在1994年他們各自的比例則分別為47.7%及33.3%。這些結果支持假設六，即政府機構比中共系統更可能選拔具有工程、財金背景的精英候選人。

表二還顯示政府官員與中共領導幹部在入黨年齡存在著差異。這些結果支持假設五，即共產黨系統比政府機構在精英選拔中更注重中共黨齡。表二的資料分析還顯示在1988年，接近62%的政治精英具有大學學歷。在1994年該比例則上升為83%。這些結果部分支持假設四，即政治精英候選人須同時具備良好的學歷和政治忠誠。這些結果不支持假設一，即高學歷的人（即大學畢業生）不會被中共領導選拔為政治精英。

最後，表二的分析結果也不支持假設二，即所有政治精英均在年輕時加入共產黨。政黨栽培模式認為政治精英在十七至十八歲即開始入黨，他們入黨高峰期應該是在二十二歲或二十三歲之間。[26]本文則採用一個更寬鬆的指標（即二十五歲）來驗證政黨栽培模式。表二顯示在1988年，只

有73.7%的政府官員，及85.6%中共領導幹部在二十六歲前加入共產黨。在1994年他們各自的比例則分別為76%及58.7%。同時，資料分析顯示在1988年，4.3%的政府官員直到四十歲後才加入共產黨，另有4.5%的政府官員從未加入共產黨。在1994年他們各自的比例則分別為8.5%及5.2%。可見政黨栽培模式並未得到充分支持。

表三：精英職能分類及其工程、財金背景和入黨時間（1988、1994年）

（％）

身份特徵	1988			1994		
	純政府官員	同時兼職黨政機構	純中共官員	純政府官員	同時兼職黨政機構	純中共官員
大學文憑						
工程財金學位	42.2	35.0	14.0	50.0	50.0	26.0
文學士	21.2	11.7	21.9	33.3	26.6	38.2
無本科文憑	36.6	53.3	64.0	16.7	23.3	35.8
入黨時間						
二十歲以前	32.7	43.3	46.6	19.0	26.7	32.8
二十歲至二十四歲	39.8	40.0	40.4	37.0	45.0	42.6
二十五歲至二十九歲	12.4	15.0	10.1	16.7	18.3	17.2
三十歲至三十四歲	3.9	1.7	2.8	7.7	3.3	4.4
三十五歲至三十九歲	1.0	0.0	0.0	4.4	1.7	1.5
四十歲及以後	5.1	0.0	0.0	9.0	5.0	1.5
從未加入共產黨	5.1	0.0	0.0	6.1	0.0	0.0

---

[26] Bobai Li, and Andrew Walder, "Career Advancement as Party Patronage," *American Journal of Sociology,* no.106(2001), pp. 1, 383-384.

　　表三對比三類政治精英（即只在政府部門中供職的官員，同時在政府部門與中共機構供職的官員，與只在中共機構中供職的官員）工程、財金背景和入黨時間。表三顯示在1988年及1994年，第三類官員中年輕時入黨的比例高於第二類官員的比例，而第二類官員中年輕時入黨的比例則高於第一類官員的比例。但是，第三類官員中具有大學學歷的比例低於第二類官員的比例，而第二類官員中具有大學學歷的比例則低於第一類官員的比例。這些結果支持假設四及假設五。

　　最後，本文對1988年和1994年兩組資料進行兩個Logistic迴歸分析。這些實證分析再次支持假設四，假設五及假設六。表四模式一比較1988年政府官員與中共領導幹部。該模式顯示政府官員與中共領導幹部在年齡性別構成等，並沒有什麼大的區別。他們擁有大學學歷的可能性也大致相同，支持假設四。但是政府官員比中共領導幹部更有可能具有工程、財金背景。在控制年齡性別等背景因素後，一個政治精英候選人如果具有工程、財金背景，其被選拔進入政府部門的機會，比進入中共機構大約大166%，支持假設五。但是在入黨年齡一項上，政府官員則遠不如比中共領導幹部。在控制年齡性別等背景因素後，一個在二十歲時加入共產黨政治精英候選人，比一個在三十歲時才加入共產黨政治精英候選人有高於60%的機會進入中共機構，支持假設五及假設六。

　　表四模式二比較1994年政府官員與中共領導幹部。該模式的結果與模式一的結果大致相同。例如，該模式顯示在1994年，在控制年齡性別等背景因素後，政府官員與中共領導幹部擁有大學學歷的可能性大致相同。再比如說，在1994年，一個政治精英候選人如果具有工程、財金背景，他們被選拔進入政府部門的機會，比進入中共機構大約大50%。在控制年齡性別等背景因素後，一個在二十歲時加入共產黨政治精英候選人比一個在三十歲時才加入共產黨政治精英候選人有高於50%的機會進入中共機構。這些結果再次支持假設四、假設五及假設六。

表四：工程財金背景、入黨時間和精英選拔（1988、1994年）

引數	模式一 （1988）	模式二 （1994）
年齡	.003 （.013）	-.040 （.013）*
性別	-.260 （.398）	.098 （.333）
少數民族	-.165 （.273）	-.081 （.284）
入黨時間	.055 （.016）*	.048 （.011）*
大學學歷	-.038 （.196）	.229 （.201）
工程財金背景	.978 （.225）*	.401 （.179）*
-2 Log likelihood	879.493	1，011.386
Model Chi-Square	67.102*	80.621*
樣本數	740	848

*P〈.05. 括號內為標準誤。

陸、總結及討論

　　本文簡要介紹西方社會科學關於中國政治精英選拔的主要理論模式。它們包括了二元精英論，政黨栽培模式外，及技術官僚精英論。本文同時提出中國政治權力機構的分工及專業化對政治精英的晉升具有極大影響。本文認為，當中共推行權力機構專業化以發展經濟時，所有領導職位的候選人都需具備良好的學歷和政治忠誠，但是由於不同領導職位履行不同的組織任務，將被任命於政府體系領導職位的候選人將需要高學歷及專業知識，以便其發揮技術專長發展經濟並管理社會事務。而將被任命於共產黨體系領導職位的候選人，則將需要有高度的政治忠誠，以確保共產黨的江山長治久安。不同的領導崗位要求其領導者，有不同的政治忠誠和學歷的組合。

　　本文其後從以上四個理論模式中推尋出六個假設並進行實證研究。資料分析結果並不支持假設一、假設二及假設三。換言之，二元精英論、政黨栽培模式及技術官僚精英論並沒有實證上獲得資料支持。比如說，二元精英論並不認為中共會在政治精英選拔重視候選人的教育水準。然而，資料分析顯示在1988年，接近62%的精英具有大學文憑。而在1994年這一比例上升至83%。再比如說，政黨栽培模式認為政治精英均在年輕時入黨。然而，資料分析顯示有一些政府官員到了四十歲以後才加入共產黨。最後，技術官僚精英論強調：中共以工程、財金背景為主要條件招募政治精英，然而資料分析顯示在1988年，少於30%的精英具有工程、財金背景。即使到1994年，也只有42.7%的精英具有工程、財金背景。為什麼這些理論模式無法精確預測中共精英選拔？

　　下列幾個原因可能解答這一問題。首先，支持技術官僚精英論的資料源於極少數的個案。更重要的是，它只是西方技術官僚精英論的一個簡單的翻版。西方技術官僚精英論是一個理想化的模式。無法精確預測中共精英選拔。因為用於中國的翻版只是簡單對比，及套用在某些外表與西方精英選拔相似之處。比方說，技術官僚精英論強調某些中國領導人具有工程、財金背景。而不少西方領導人也具有工程、財金背景，所有中國精英選拔也像西方精英選拔一樣以工程、財金背景為決定性因素。但是，中國的政治機構與西方的政治機構有本質上的區別。支持技術官僚精英論的學者認為：中國在推進經濟發展時需要技術專長，因而精英選拔過程中強調候選人須具有工程、財金背景。但是有一點問題必須明確，亦即這種對技術專長的需要並沒有從根本上改變中共政權的本質。因此它是無法替代政治忠誠在中國精英選拔過程中的重要性。

　　本文的資料分析從實證上部分支持政黨栽培模式，它可解釋關於中共機構的精英選拔。但是該模式無法精確預測政府部門的精英選拔。它亦無法解釋工程、財金背景在中國精英選拔過程中的重要性。它太注意政治忠

誠的重要性。但是，它可以結合到政治權力機構的分工及專業化的模式中。這種結合是可行的，因為這兩個模式都認為精英選拔條件的設立最終目的是為了鞏固政治權力。但是政黨栽培模式忽視中國社會市場經濟轉型後，中共政權需要在政治權力機構進行分工及專業化以推進經濟發展。它於是忽視中共在開始市場經濟轉型後時對技術專長的需要。

　　本文的資料分析也不支持二元精英論。該模式是基於一個假設，即專業人士專注其職業而不捲入仕途中。這是因為中共在1949年後並沒有培養出足夠的大學畢業生，它只好將所有大學畢業生送到專業人士的道路。即使這樣中國還是沒有足夠的專業人士。另一原因是專業人士不願從政。從政牽涉太多政治風險。[27]然而，這兩個原因並不能用來支持二元精英論的假設，即專業人士專注其職業而不捲入仕途。這是因為一旦被選拔為政治精英一分子，回報極大，並遠大於風險。而且從幾百萬個在1949年後培養出來的大學畢業生中選擇幾百個政治精英分子並非不可能。

　　最後，本文的資料分析支持政治權力機構的分工及專業化的模式。這是因為該模式的出發點新制度主義（the new institutionalism），即各政治權力機構的任務、制度及運作方式等決定其精英選拔的路徑與條件。因此它解釋政府部門與中共機構選拔領導幹部是所採用的不同準則。[28]

---

[27] 同註13

[28] Xiaowei Zang, *Elite Dualism and Leadership Selection in China* (London and New York: Routledge, 2004).

參考書目

一、中文部分

邊燕杰，「美國社會學界的中國社會分層研究」，頁1-40，載於：邊燕傑，盧漢龍，孫立平等

　　編，市場轉型與社會分層（北京：三聯書店，2002年）。

蔡開松，於信風主編，二十世紀中國名人辭典（瀋陽：遼寧人民出版社，1991年）。

劉金田，沈學明主編，歷屆中共中央委員人名詞典（北京：中共黨史出版社，1992年）。

王霄鵬主編，中國一代政界要人（北京：中共黨史出版社，1994年）。

魏屏易等，共和國要人錄（長春：吉林人民出版社，1994年）。

雍桂良編，中國當代社會活動家辭典（北京：學苑出版社，1990年）。

中國人名大詞典編輯部，中國人名大詞典：現任黨政軍領導人物卷（北京：外文出版社，

　　1989年）。

_____，中國人名大詞典：現任黨政軍領導人物卷（北京：外文出版社，1994年）。

二、英文部分

Bailes, Kendall E., *Technology and Society under Lenin and Stalin: Origins of the Soviet Technical Intelligentsia, 1917-1941* (Princeton: Princeton University Press, 1978).

Bell, Daniel, *The Coming of Post-Industrial Society* (New York: Basic Books, 1973).

Bialer, Seweryn, *Stalin's Successors: Leadership, Stability and Change in the Soviet Union* (New York: Cambridge University Press, 1980).

Bian, Yanjie, *Work and Inequality in Urban China* (Albany: State University of New York Press, 1994).

Bian, Yanjie; Shu, Xiaoling and Logan, John R., "Communist Party Membership and Regime Dynamics in China," *Social Forces,* no.79(2001), pp. 805-841.

Borthwick, George et al, "The Social Background of British MPs," *Sociology*, no.25(1991), pp. 713-717.

Burns, John PP., "Civil Service Reform in Contemporary China," *The Australian Journal of Chinese Affairs*, no.18(1987), pp. 47-83.

_____, *The Chinese Communist Party's Nomenkatura System* (Armonk: M.E. Sharpe, 1989).

_____, "Strengthening Central CCP Control of Leadership Selection: the 1990 Nomenklatura," *The China Quarterly*, no.138(1994), pp. 458-491.

Connor, Walter, *Socialism, Politics, and Equality* (New York: Columbia University Press, 1979).

Diao, Richard, "The Impact of the Cultural Revolution on China's Economic Elite," *The China Quarterly*, no.42(1970), pp. 65-87.

Dickson, Bruce J. and Maria Rost Rublee, "Membership Has Its Privileges," *Comparative Political Studies*, no.33(2000), pp. 87-112.

Dittmer, Lowell, "Patterns of Elite Strife and Succession in Chinese Politics," *The China Quarterly*, no.123(1990), pp. 405-430.

Dogan, M. and Higley, J.(eds.), *Elites, Crises, and the Origins of Regimes* (Lanham and Boulder: Rowman & Littlefield Publishers, 1998).

Eyal, G. and Townsley, E. "The Social composition of the communist Nomenklatura," *Theory and Society*, no.24(1995), pp. 723-750.

Farmer, Kenneth C., *The Soviet Administrative Elite* (New York: Praeger, 1992).

Feldmesser, Robert A., "Social Classes and Political Structure," pp. 235-252 in *The Transformation of Russian Society*, edited by C. Black (Cambridge: Harvard University Press, 1960).

Fewsmith, Joseph, *Elite Politics in Contemporary China* (Armonk: M.E. Sharpe, 2001).

Goldstein, A., "Trends in the Study of Political Elites and Institutions in the PRC," *The China Quarterly*, no.139(1994), pp. 714-730.

Grindle, Merilee ed, *Politics and Policy Implementation in the Third World* (Princeton: Princeton University Press, 1980).

Hanley, E., Yershova, N. and Anderson, R., "Russian—Old Wine in a New Bottle ? The circulation and reproduction of Russian elites, 1983-1993," *Theory and Society*, no.24(1995), pp.639-668.

Harbison, Frederick and Charles A. Myers, *Management in the Industrial World* (New York: McGraw-Hill, 1959).

Holland, Martin, "The Selection of Parliamentary Candidates," *Parliamentary Affairs,* no.34(1987), pp. 28-46.

Hough, Jerry F., *The Soviet Union and Social Science Theory* (Cambridge: Harvard University Press, 1977).

Huang, Jing, *Factionalism in Chinese Communist Politics* (Cambridge: Cambridge University Press, 2000).

Inkeles, Alex and Bauer, Raymond, *The Soviet Citizen: Daily Life in a Totalitarian Society* (Cambridge: Harvard University Press, 1959).

Keller, Suzanne, *Beyond the Ruling Class: Strategic Elites in Modern Society* (New York: Random House, 1963).

Konrad, George and Szelenyi, Ivan, *The Intellectuals on the Road to Class Power* (New York: Harcourt Brace Jovanovich, 1979).

Lee, Hong Yung, *From Revolutionary Cadres to Party Technocrats in Socialist China* (Berkeley: University of California Press, 1991).

_____, "China's New Bureaucracy？" pp. 77-102 in Arthur Lews Rosenbaum （ed.）, *State and Society in China* (Boulder: Westview, 1992).

Li, Bobai and Walder, Andrew, "Career Advancement as Party Patronage," *American Journal of Sociology* 106(2001), pp. 1,371-1,408.

Li, Cheng, *China's Leaders* (Lanham and Boulder: Rowman & Littlefield Publishers, 2001).

Li, Cheng and White, Lynn, "The Thirteenth Central Committee of the Chinese Communist Party." *Asian Survey,* no.28(1988), pp. 371-399.

_____, "Elite Transformation and Modern Change in Mainland China and Taiwan," *The China Quarterly,* no.121(1990), pp. 1-35.

_____, "The Fifteenth Central Committee of the Chinese Communist Party: Full-Fledged

Technocratic Leadership with Partial Control by Jiang Zemin," *Asian Survey,* no.38(1998), pp. 231-264.

Lieberthal, Kenneth G. and Oksenberg, *Michel eds, Policy Making in China: Leaders, Structures, and Processes* (Princeton: Princeton University Press, 1988).

Lieberthal, Kenneth G. and Lampton, David M. eds, *Bureaucracy, Politics, and Decision Making in Post-Mao China* (Berkeley: University of California Press, 1992).

Ludz, Pater C., *The Changing Political Elite in East Germany* (Cambridge, MA.: MIT Press, 1972).

Massey, Garth, Hodson, Randy and Sekulic, Dusko, "Political Affiliation and Social Mobility in Socialist Yugoslavia," *Research in Social Stratification and Mobility,* no.11(1992), pp. 233-258.

Mawdsley, Evan and White, Stephen, *The Soviet Elite from Lenin to Gorbachev* (Oxford: Oxford University Press, 2000).

Mazawi, Andre Elias and Yogev, Abraham, "Elite Formation under Occupation," *British Journal of Sociology,* no.50(1999), pp. 397-418.

Meyer, John W., Tuma, Nancy Brandon and Zagorski, Krzysztof, "Education and Occupational Mobility: A Comparison of Polish and American Men," *American Journal of Sociology,* no.84(1979), pp. 978-986.

Meynaud, Jean, Paul Barnes trans *Technocracy* (New York: The Free Press, 1969).

Mills, William, "Generational Change in China," *Problems of Communism,* no.32(1983), pp. 16-35.

Mulvenon, James (ed.), *China: Facts & Figures.* Gulf Breeze (Florida: Academic International Press, various years).

Norris, PP. (ed.), *Passages to Power* (Cambridge: Cambridge University Press, 1997).

Norris, Pippa and Lovenduski, Joni, "Women Candidates for Parliament," *British Journal of Political Science,* no.19(1989), pp. 106-115.

_____, Political Recruitment (Cambridge: Cambridge University Press, 1995).

Putnam, Robert D., *The Comparative Study of Political Elites* (Englewood Cliffs, NJ.: Prentice-Hall, 1976).

Rosenbaum, James E., *Making Equality: The Hidden Curriculum of High School Tracking* (New York: Wiley-Interscience, 1976).

_____, "Tournament Mobility: Career Patterns in a Corporation," *Administrative Science Quarterly,* no.24(1979), pp. 220-241.

_____, *Career Mobility in a Corporate Hierarchy* (Orlando: Academic Press, 1984).

Scalopino, Robert (ed.), *Elites in the People's Republic of China* (Seattle: University of Washington Press, 1972).

Scott, J. (ed.), *The Sociology of Elites* (Aldershot, UK.: Edward Elgar Publishing Limited, 1990).

Shirk, Susan L. "The Chinese Political System and the Political Strategy of Economic Reform." pp. 59-91 in Kenneth G. Lieberthal and David M. Lampton (eds.), *Bureaucracy, Politics, and Decision Making in Post-Mao China* (Berkeley: University of California Press, 1992).

Szelenyi, I., "The Prospects and Limits of the East European New Class Project," *Politics and Society,* no.15(1986), pp. 103-144.

Szelenyi, I., and Szelenyi, S., "Circulation or reproduction of elites during the Postcommunist Transition of Eastern Europe," *Theory and Society,* no.24(1995), pp. 615-638.

Turner, Ralph., "Sponsored and Contest Mobility and the School System," *American Sociological Review,* no.25(1960), pp. 855-67.

Useem, Michael and Karabel, Jerome., "Pathways to Top Corporate Management," *American Sociological Review,* no.51(1986), pp. 184-200.

Walder, Andrew. *Communist Neo-Traditionalism* (Berkeley: University of California Press, 1986).

_____, "Career Mobility and the Communist Political Order," *American Sociological Review,* no.60(1995), pp. 309-328.

Walder, Andrew, Li, Bobai and Treiman, Donald J., "Politics and Life Chances in a State Socialist Regime," *American Sociological Review,* no.65(2000), pp. 191-209.

Wasilewski, J. and Wnuk-Lipinski, E., "Poland: Winding Road from the Communist to the Post-Solidarity Elite," *Theory and Society* 24(1995), pp. 669-696.

Wang, Ting, "An Analysis of the PRC's Future Elite," *Journal of Northeast Asian Studies,* no.4(1985), pp. 19-37.

White, S., and McAllister, I., "The CPSU and Its Members: Between Communism and Postcommunism," *British Journal of Political Science,* no.26 (1996), pp. 105-122.

Zang, Xiaowei, *Elite Dualism and Leadership Selection in China* (London and New York: Routledge, 2004).

Zheng, Shiping. *Party vs. State in Post-1949 China* (Cambridge: Cambridge University Press, 1997).

Zhou, Xueguang., "Partial Reform and the Chinese Bureaucracy in the Post-Mao Era," *Comparative Political Studies,* no.28(1995), pp. 440-468.

_____, "Political Dynamics and Bureaucratic Career Patterns in the People's Republic of China, 1949-1994," *Comparative Political Studies,* no.34(2001), pp. 1036-1062.

Zhou, Xueguang, Tuma, Nancy Brandon and Moen, Phyllis., "Stratification Dynamics under State Socialism: The Case of Urban China, 1949-1993," *Social Forces,* no.74(1996), pp. 759-796.

中共「十七大」與權力景觀
―以解構的視角分析政治局強勢競爭者

丁望

（當代名家出版社〔香港〕社長兼總編輯）

摘要

　　中共黨政領導層的權力運行，透明度低，訊息發放少。但是，在學術範圍內分析中共的權力景觀，對政治人物的精英評估，並非沒有空間。原因之一，是中共的權力轉移和選拔接班群，已有初級的制度構建，秩序文化也有漸次的整合。儘管法律和制度遠未健全，法制的落實脆弱，任期邊界和年齡邊界卻大致形成剛性約束。

　　在制度的平台上，以解構的視角，分解權力的結構，進而對政治人物做精英評估，是可行的。本文從秩序文化入手，以解構的視角，分析中共十七屆政治局及其常委會的強勢競爭者。

　　本文分為三大部分：一是關於秩序文化與制度構建，觸及制度規範中的任期邊界、年齡邊界、權力轉移的「十六大」模式、十六屆政治局及其常委會「坐最後一班車」者；二是關於精英評估的要素：解構政治局分析「身份代表」，世代的劃分與量化指標，精英優勢；三是十七屆政治局的強勢競爭者。

關鍵詞：「十七大」、解構、秩序文化、精英評估、年齡臨界點

The 17th CCP Party Congress and
the Panorama of Power：
A Deconstructive Perspective to Analyze the Strong
Competitors of Politburo

Din-wang

（Chairman and chief editor of Celebrities Press）

Abstract

The power circulation of the CCP leadership has never been clear. Even so, analyzing the panorama of power and the political elite are not impossible. One reason is that the transformation of power and the selection of successor has been under preliminary construction of the institution and gradual integration of order culture. Even though rule of law and the institution are incomplete and vulnerable, there is a rigid restriction in the boundaries of administration and age. On the stage of institution, from a deconstructive perspective, examining the expanding power structure to evaluate the elite is a feasible way. Therefore, this article is going to analyze the strong competitors of Politburo with a deconstructive insight.

The first section of this article reviews the orderly culture and institutional construction, including the form, the boundaries of administration and age, the patterns of power transformation in the 16th Politburo and the standing members "who sat on the last bus". The second section evaluates the main elements of being elite. Finally, the third section describes the ascendant competitors of the 17th batch.

Keywords: the 17th CCP Party Congress, deconstruction, orderly culture, elite evaluation, competition ascendant, the boundary of age

壹、初級制度構建任期年齡邊界

2007年10月中共「十七大」及十七屆一中全會，重組任期五年的中央委員會、政治局及其常委會、軍事委員會，並調整書記處成員；2008年3月的十一屆人大，則產生新一屆的國家主席和人大常委會、國務院領導層；稱為統戰機構的政治協商會議（政協），亦換屆改組。

這是胡錦濤、溫家寶成為十六屆政治局核心人物之後，主導的換屆改組；旨在促進世代推移、選拔和培植2012—2013年的接班群，建立高層更有效的權威控制，從而深化經濟體制改革，維持經濟的持續高增長。

一、黨的權威控制：從個人到制度

英國政治學者帕特里克・敦利威（Patrick Dunleavy）論述制度操控時說，政府中的政治領袖通常能改變，將政黨競爭結構化的遊戲規則。[1]這是對民主社會的競爭模式而言。在「一黨領導」體制下的中國大陸，[2]不存在政黨競爭，民間社會尚在萌芽狀態；[3]如亨廷頓（Samuel P. Huntington）在《變動社會的政治秩序》所言，共產黨的組織提供具備體制性質的組織結構，以此去動員支持和執行政策，建立有效的權威。[4]

恩格斯（1820-1895）說，權威是以服從為前提。[5]共產黨的權威控

---

[1] 帕特里克・敦利威（Patrick Dunleavy）著，張慶東譯，民主、官僚制與公共選擇（北京：中國青年出版社，2004年），頁138。

[2] 「趙紫陽總書記會見戈爾巴喬夫總書記」，新華月報（北京），1989年第5期（1989年6月），頁144。

[3] 丁望，北京跨世紀接班人，增訂2版（香港：當代名家出版，1998年），頁347-350；丁望，胡錦濤與共青團接班群，第2版（香港：當代名家出版社，2005年），頁28-34。

[4] 亨廷頓著，張岱雲等譯，變動社會的政治秩序（上海：上海譯文出版社，1989年），頁9。

[5] 恩格斯，「論權威」（1872），馬克思、恩格斯、列寧、斯大林論共產主義社會（北京：人民出版社，1958年），頁175。

制，是構建於無產階級專政下的高度集權、權力和利益的極度排他性。列寧（1870-1924）的《國家與革命》，以「無產階級專政論」闡述其權威控制觀，他說：「國家是特殊的強力組織，是用來鎮壓某一階級的暴力組織」。[6]

　　中共的權力轉移、接班群的選拔，一直在權威控制中。在不同時期，「權威」的意涵有差異。在毛澤東時代，權威控制模式的特點，是毛澤東的個人崇拜、個人權威控制，是黨的組織和成員對他的絕對服從。八〇年代「改革開放」以來，組織控制權威漸增強，逐漸建立了權力轉移、公務員、接班群選拔的制度，[7]秩序文化也有相應的整合。當然，制度遠未完善，制度和秩序文化的約束仍脆弱，貪污和買官賣官現象猖獗；如西方學者羅德明（Lowell Dittmer）說，制度尚未達到穩定狀態。[8]

　　2002年11月中共「十六大」後，胡錦濤以總書記身份多次發表演講，闡述不同於前任的改革構想，提出「新三民主義」、[9]「和諧社會論」；[10]溫家寶則有「科學發展觀」之論。[11]他們傾向於增強法律和制度的規範，

---

[6] 列寧，「國家與革命」（1917），列寧選集（第3卷）（北京：人民出版社，1965年），頁182。

[7] 丁望，北京跨世紀接班人，前引書，頁64-80；寇健文，中共精英政治的演變：制度化與權力轉移（台北：五南圖書出版公司，2005年），頁85-97。

[8] Lowell Dittmer, "The Changing Shape of Elite Power Politics," *China Journal,* no.45 （January 2001），p.65.

[9] 1.胡錦濤，堅持發揚艱苦奮鬥的優良作風努力實現全面建設小康社會的宏偉目標（2002.12.6在西柏坡的講話），人民日報（北京），2003年1月3日，1、2版；2.胡錦濤在「三個代表」重要思想理論研討會上的講話（2003.7.1），北京青年報（北京），2003年7月2日，1、2版。胡錦濤的講話（2002.12.6），首先提出「權為民所用，情為民所繫，利為民所謀」—權稱「新三民主義」。

[10] 胡錦濤，在省部級主要領導幹部提高構建社會主義和諧社會能力專題研討班上的講話（2005.2.19），人民日報（北京），2005年6月27日，1、2版。

[11] 溫家寶，提高認識統一思想牢固樹立和認真落實科學發展觀，人民日報，2004年3月1日，3版。

[12]建立更有效的、以黨的組織為主導的權威控制。

二、秩序文化內涵：包括制度規範

權威控制與秩序文化息息相關。

作者於1996年提出社會和諧與秩序文化的概念，認為「秩序文化是社會和諧、政治穩定的因素。就權力的轉移而言，有序的傳承可避免亂局」。[13]

在《胡錦濤：北京廿一世紀領袖》中，[14]作者對秩序文化有輪廓性的概括：

> 北京官方沒有提出秩序文化的概念。我把與資源配置、利益分配、人際關係、社會秩序、權力體制等有關秩序的價值觀念、規範和文化內涵，稱為秩序文化。
>
> 它有中共革命歷史傳統和無產階級專政論的沉澱，如政治血統論、按資排輩論；又有1949年以來「有中國特色的社會主義」色彩，如走後門和權力租賃的觀念、性關係效應的行為模式；它也吸納了西方政府行政改革的某些經驗和遊戲規則。
>
> 就選拔、提升幹部或所謂跨世紀接班群而言，秩序文化的要素是

---

[12] 如2005年，人大通過《公務員法》（2006年1月實施）；2007年1月，中共中央組織部和國務院人事部制訂《公務員考核規定（試行）》；2007年1月，中共中央發出文件，下達《2006-2010全國幹部教育培訓規劃》。參閱：「公務員考核規定」（試行），新華月報（天下版，北京），2007年3月號（2007年3月），頁84-85；「2006—2010年全國幹部教育培訓規劃」，新華月報（記錄版，北京）2007年2月號（2007年2月），頁29-34。

[13] 丁望，北京跨世紀接班人，前引書，頁129。

[14] 丁望，胡錦濤：北京廿一世紀領袖，增訂2版（香港：當代名家出版社，2001年），頁248；增訂5版（2003年），頁246。

任期邊界、年齡邊界、十五大模式和精英優勢等，這些都非官方
概念。

中國古代秩序文化的基礎，是制度、等級倫理、道德和禮教的約束，
這就是儒家強調的以民為本和明禮慎刑。孔子云：「為政以德」、「約
之以禮」，[15]《禮記》曰：「人有禮則安，無禮則危」，[16]《孟子》謂：
「人人親其親，長其長，而天下平」，[17]都蘊含對「秩序」的理想。孔子
言：「政者，正也；子帥以正，孰敢不正？」；「不能正其身，如正人
何？」，[18]表達了對當政者「正身」（表率）的期待。

中共權力轉移和選拔接班群的秩序文化，雖以其紅色革命的理論、價
值觀為主軸，但近幾年，胡、溫吸納歷史經驗，開始關注儒家的道德價值
觀，吸納其道德約束的一些理念。不過，道德的約束力仍脆弱。

秩序文化的主要內涵之一，是制度的構建。中共中央選拔接班群和權
力轉移的制度構建，可歸納為三方面。一是從黨和政府的法規，規範公
務員的任用、幹部的選拔和監察；[19]二是確立選拔幹部的四化取向—革命
化、年輕化、知識化、專業化；三是樹立兩個邊界—任期邊界和年齡邊界
和一個高層共識，即「十六大」模式。

北京官方並無任期邊界、年齡邊界和「十六大」模式（或稱「十六
大」共識）的術語，這是作者對領導層權力轉移、幹部新陳代謝的概括。

---

[15] 楊伯峻，論語譯注（北京：中華書局，1958年），頁12、68。

[16] 王夢鷗，禮記今註今譯（上冊），2版（台北：台灣商務印書館，1971年），頁5。

[17] 蘭州大學中文系編，孟子譯註（上冊）（北京：中華書局，1960年），頁173。

[18] 楊伯峻，論語譯注，前引書，頁136、145。

[19] 「國務院關於老幹部離職休養的暫行規定」，中華人民共和國國務院公報（北京），第15號
1980年12月，頁451-453；「深化幹部人事制度改革綱要」，人民日報（北京），2000年8月
21日，3版；「黨政領導幹部選拔任用工作條例」，人民日報（北京），2002年7月24日，
1、3版；「中國共產黨紀律處分條例」，人民日報（北京），2004年2月19日，1、6-8版。

秩序文化既包含這些法律和制度的約束，也包括政治人物的精英優勢及其
接班人地位的確認。

三、高層任期邊界：成為剛性約束

按中共中央主導制訂的八二憲法，政權機關高於部長的高層職務，任
期不得超過兩屆（十年）。受規範的職務為：國家主席和副主席，人大委
員長和副委員長，國務院總理、副總理和國務委員，最高檢察長和最高法
院院長；按1993年以來實施的幹部級別規定，都是1—3級高幹。[20]官方稱
為「黨和國家領導人」，本文稱為高層幹部。部長是4級或5級，有些資深
部長是3級，但不在「黨和國家領導人」之列。

任期制度並未健全。對於國家軍委領導層和國務院部長、地方政府的
省長、市長及其副職，八二憲法沒有規定任期。直到2006年8月，中共中
央下達紅頭文件，[21]才正式規定同一黨政職務的任期，為兩屆十年。

八二憲法對政權高層職務的任期限制，一直受到遵守，任期邊界成為
剛性約束。這是權力轉移範圍內法律、制度構建最成功之處。中共中央和
國務院對離休線—離職、退休的最高年限，也早有規定（參見表一）。[22]
作者把離休線稱為年齡邊界。[23]

---

[20] 「國務院關於機關和事業單位工作人員工資制度改革問題的通知」（國發[1993]79號），中
華人民共和國國務院公報（北京），第27號1993年12月，頁1238。

[21] 「黨政領導幹部職務任期暫行條例」，人民日報（北京），2006年8月7日，8版。

[22] 中共中央文獻研究室編，「中共中央關於建立老幹部退休制度的決定」（1982年2月20
日），十一屆三中全會以來重要文獻選讀（北京：人民出版社，1987年），頁411-421。

[23] 年齡的計算：凡中央委員候選人年齡，截算至中共全國代表大會召開當年的6月30日（參見
1-4段）；凡涉及政權機關領導層換屆，截算至中共全國代表大會召開當年年底；凡涉及世
代，以出生年份粗算，不細算月份，如1938年出生者，不論是1月還是12月出生，2007年齡
均為69歲。

　　退職的年齡邊界，大體是剛性約束，但也有「特殊的例外」，較常見的「例外」有四種：一、高層的超齡任職；二、因「工作需要」或一時找不到適合繼任人選者，延長一、兩年任期，如本屆國務院的外長李肇星、科技部長徐冠華分別滿66、65歲；三、有特殊上層關係而獲特別「照顧」者；四、中共黨外的所謂民主黨派人士，擔任人大、政協職務的最高年限放寬。任人大副委員長者，可到80歲左右，本屆人大副委員長、原民盟主席丁石孫，在2008年3月屆滿時80歲。黨外人士當政協副主席，則沒有最高年限，作家巴金當政協副主席至101歲病故時；本屆政協副主席、藏族上層人物阿沛‧阿旺晉美現年97歲。

表一：高幹退職的年齡邊界

職務級別 行政級別	年齡邊界	黨政界 高級幹部
副司（廳）級 6-8級	55	國務院副司長，省府副廳長 地級市副市長、市委副書記
正司（廳）級 5-7級	58-60	國務院司長，省府廳長 地級市市長、市委書記
副部（省）級 4-5級	60	國務院副部長、省府副省長 省委的一般常委和部長
正部（省）級 3-4級	65	國務院部長、省府省長 中共中央部長（65-67歲）
副總理、國務委員 2-3級	70	副委員長、政協副主席（黨內） 最高法院院長、最高檢察長
國家主席、總理 1級	75	人大委員長、政協主席 中共中央政治局常委

資料來源：「國務院關於機關和事業單位工作人員工資制度改革問題的通知」，中華人民共和國國務院公報（北京），第27號1993年12月，頁1238。

四、十五大新中委：年齡計算規則

除了任期邊界和年齡邊界，中共「十五大」模式或「十六大」模式（「十六大」共識），對高層權力轉移也有約束力。

中共「十六大」模式（「十六大」共識），是高層權力轉移的規則。它的內涵，作者歸納為兩點，一是確立新中委的年齡臨界點，二是繼續施行「中委年齡計算規則」。前者指新一屆中央委員的入職最高年齡為66足歲，年齡按「十五大」的「中委年齡計算規則」。

中共中央沒有公布「十五大」模式或「十六大」模式，也未宣布中央委員的年齡臨界點。從中共十五、十六屆全部中央委員的年齡、相關的黨官回憶錄，可以發現每屆中委均有特定的入選年齡臨界點。

對於年齡臨界點的判斷、中委年齡的計算規則，李惠仁的回憶錄《滄桑流年》具有很重要的文獻參考價值。[24]他透露，「十五大」新選拔的十五屆中央委員會候選人以62歲為限，這是指非連任的中委。十四屆中委列入十五屆中委候選人（連任）者的年限，是正省、部級64歲，副省、部級59歲，他說：「原來的中央委員中，滿65歲的正省、部級幹部和滿60歲的副省、部級幹部不再提名。」[25]這樣的規定很合理，因為省、部長及其副職退職的任期邊界，分別為65、60歲，即將失去這些職務者，已失去中央委員會的身份代表。

李惠仁回憶錄更大的文獻價值，是透露十五屆中委候選人的年齡計算，是以1997年6月30日為截算期，作者稱此為「中委年齡計算規則」。按此規則，1932年1月1日至6月30日出生者，為65足歲；1932年7月1日至9月（十五大召開於1997年9月）出生者，視為64足歲，能享「時差利益」。

---

[24] 李惠仁為中共十五屆中央紀委委員、駐民政部紀檢組組長（副部級），其父李運昌為第一代幹部，在國務院當過交通部副部長、司法部第一副部長。

[25] 李惠仁，滄桑流年（北京：中國社會出版社，2002年），頁415。

據北京政界的消息，2002年11月的中共「十六大」，按「十五大」的「中委年齡計算規則」，以6月30日為「分界線」。

五、十五屆中委會：六十八歲邊界

關於十五屆中央委員，李惠仁的回憶錄雖提及正省、部級連任者不滿65歲，卻未觸及部長以上高層幹部連任的年齡臨界點。從十五屆全部中委的年齡來判斷，新一屆中委入選的年齡臨界點應為68足歲。

在中共權力體制中，中委的入選年限常有「一般」之外的「特殊例外」，江澤民和華國鋒就享有「特殊例外」待遇，分別以70歲、76歲連任中央委員。前者因連任中委得以任總書記，後者是毛澤東後的中共中央主席，留在中委會是「陪太子讀書」式的點綴。

按照上述的「中委年齡計算規則」，十五屆中委沒有69歲者，有68歲的朱鎔基、李鵬，67歲的丁關根、田紀雲，其餘都在67歲以下。

六、十六屆中委會：六十六臨界點

2002年11月，中共「十六大」產生的十六屆中央委員，以66足歲為年齡臨界點，即「67歲一刀切」，如按出生年份「粗算」而不按月份「細算」，則是「68歲一刀切」。不再有「特殊例外」。

「細算」的67歲是按「十五大」的「中委年齡計算規則」，以2002年6月30日為截算期。

十六屆中央委員中年齡最高的，是1935年下半年出生的羅幹、曹剛川、司馬義·艾買提，都是66足歲。因為截算期為2002年6月30日，他們均享受了「時差利益」；如按「十六大」舉行的2002年11月計算，1935年7月出生的羅幹和11月出生的司馬義·艾買提都滿67歲（*曹剛川出生於1935年12月*）。[26]

十六屆中委的年齡臨界點為何比上一屆小2歲？北京政界有兩種傳聞。

　　第一種傳聞，2002年籌備「十六大」時，十五屆中委會總書記、2002年8月滿76歲的江澤民打算連任，政治局常委兼政協主席李瑞環主動提出不再進十六屆中委會，勸阻擔任總書記13年（1989-2002），早已超齡者退下。李瑞環生於1934年8月，按上述的「中委年齡計算規則」滿67歲（如按「十六大」舉行時間則為68歲）；67歲的高層人士主動退下，比他大8歲的人還再次享「特殊例外」待遇，便說不上有甚麼「合理性」和「正當性」。

　　第二種傳聞，是前總書記因超越年齡臨界點太遠，不得不退下，為使資深政治局常委李瑞環（1989-2002在任）不連任十六屆中委，把中委入職的年齡臨界點由68歲降為66歲。

　　不管哪種傳聞比較接近事實，「十六大」建立摒棄「特殊例外」待遇的共識，中委的年齡限制一視同仁，是制度構建的小幅進步。

七、一半常委下崗：曾慶紅留懸念

　　依據上述的任期邊界、年齡邊界和「十六大」模式，在2007/2008換屆改組中，有一批高層幹部和國務院部長不能連任。

　　中共「十七大」如果是常態改組，不改變「十六大」模式，仍以66足歲為中央委員入選的年齡臨界點，政治局的9人常委會有5人應退下：68歲的黃菊和吳官正、71歲的羅幹、67歲的賈慶林和曾慶紅（參見表二）。新一屆的常委會應填補3至5人。[27]

　　中共「十七大」會不會改變「十六大」模式，是觀察高層權力景觀的最大懸念。在常態之下，「十七大」中委的年齡臨界點不會往後移。

---

[26] 出生月份據「中國共產黨第十六屆中央領導機構成員簡歷」，新華月報（北京）2002年第12期（2002年12月），頁55、62；「全國人大常委會副委員長、最高人民法院院長、最高人民檢察院檢察長簡歷」，新華月報（北京）2003年第4期（2003年4月），頁71。

[27] 自1956年中共「八大」以來，政治局常委人數在5-11人之間，以5-7人較多。

「十六大」既然沒有「特殊例外」，定下「67歲一刀切」規則，「十七大」為極少數幾人而改變規則─從常態的邊界化到非邊界化，使人懷疑「十六大」的年齡邊界，是逼李瑞環退下而設。

　　再從2006年10月至2007年6月中共三十一個省委的換屆改組來看，新一屆中央委員的年齡臨界點如往後移，也缺乏連貫性和正當性。新一屆省委入職的年齡臨界點，量化為「318模式」：省委書記、擔任省長的副書記63歲，省紀委書記61歲，一般常委（副省級）58歲。

表二：中共十六屆中央政治局已達年齡臨界點者[28]

姓名	出生	足齡	2007年4月職務／曾任職務
1賈慶林	1940.03	67	常委，政協主席／北京市委書記、市長
2曾慶紅	1939.07	67	常委，書記處常務書記、國家副主席／中組部長
3黃菊	1938.09	68	常委，常務副總理／上海市委書記、市長（註：6月病亡）
4吳官正	1938.08	68	常委，中紀委書記／山東、江西省委書記
5羅幹	1935.07	71	常委，中央政法委書記／中央政法委秘書長
6吳儀	1938.11	68	委員、副總理／外經貿部長
7曾培炎	1938.12	68	委員、副總理／國務院發展計劃委員會主任
8曹剛川	1935.12	71	委員、國防部長、軍委副主席／軍方總裝備部長
9張立昌	1939.07	67	委員、中央振興東北領導小組副組長／天津市委書記
10陳良宇*	1946.10	60	委員、上海市委書記／市長

說明：足齡截算至2007年6月30日，*陳良宇未屆年齡臨界點，因涉案被撤上海市委書記，不會連任。十人的平均年齡為67.5歲，到「十七大」召開時實為68.5歲。

---

[28] 出生年、月參見：「中國共產黨第十六屆中央領導機構成員簡歷」，新華月報（北京），2002年第12期（2002年12月），頁50-64。

新一屆省委成員的年限更嚴，而新一屆中委的年限卻要放寬，其連貫性和正當性豈不被人懷疑？

當然，在不改變「十六大」的中委年齡邊界之下，讓政治局常委會一、兩人享「特殊例外」待遇，並非不可能。胡錦濤雖在權力第一線，但前總書記透過其「後影響力」，[29]仍可控制「兩桿子」—槍桿子和筆桿子，他的決策和施政頗受牽制。前總書記如要把親信曾慶紅或賈慶林留在權力第一線，他或難以拒絕。

2007年初，有標榜「獲自中南海權威人士」的小道新聞稱，曾慶紅雖不擔任十七屆中委，卻獲安排在次年擔任新一屆政協主席。非中共中委擔任政協主席，有李先念的先例。他在1987年冬中共「十三大」時退出中委會（原政治局常委），但在1988年4月至1992年6月病故前，任七屆政協主席（在他之前的鄧穎超、鄧小平，任政協主席時分別為中共中央政治局委員、常委）。

在二十年後的2008年，如援引「唯一例外」的李先念之例，安排曾慶紅當政協主席，「理由」顯得很脆弱。這種「特殊例外」的「照顧」，背離「十四大」以來的制度—政協主席由政治局常委擔任。

八、政治局的委員：三分之一退下

中共十六屆中央政治局的二十五個成員，包括九個常委、十五個一般委員和一個候補委員。在一般委員中，曹剛川、吳儀、曾培炎、張立昌，均超過年齡臨界點要退下；陳良宇因涉嫌貪腐案，被排除出政治局。退下者佔十五人的三分之一。

---

[29] 丁望，「中共新一屆政治局向江派大傾斜」，信報月刊（香港）2002年12月號（2002年12月），頁4-10，收入丁望，胡錦濤大突圍—新三民主義、高層角力和胡連宋會談（香港：當代名家出版社，2005年），頁69-84。

　　以年齡臨界點衡量，可望留任的政治局成員，是四個政治局常委：胡錦濤、吳邦國、溫家寶、李長春；十個政治局委員：王樂泉、王兆國、回良玉、劉淇、劉雲山、張德江、周永康、俞正聲、賀國強、郭伯雄；候補委員王剛。

九、國務院十人團：六人諒不連任

　　中共「十七大」的換屆改組，與2008年3月政權領導層的重組息息相關。

　　在以黨領政的體制之下，國務院和人大高層領導職務的預定安排，與「黨內規格」有關。自1992年「十四大」以來，人大委員長和總理必須由政治局常委擔任，國務院常務副總理要有政治局常委的「規格」；副總理由政治局委員擔任；國務委員和兼任人大常委會黨組常務副書記的副委員長，最少要有中央委員的「規格」。「十七大」的黨內高層改組，與十一屆人大的換屆改組，將有互動的預設機制。

　　在國務院高層的十人團—總理、副總理、國務委員中，有六人達中共中委66歲的年齡臨界點：副總理黃菊（註：6月病亡）、吳儀、曾培炎和國務委員曹剛川、唐家璇和華建敏。

　　在人大委員長和十五個副委員長中，有五人超過副委員長退職的年齡邊界：中共黨內的李鐵映、司馬義·艾買提、顧秀蓮、盛華仁和黨外的傅鐵山（註：天主教，4月病亡）。另有五個黨外人士已到任期邊界（兩屆十年）：民革主席何魯麗、民盟前主席丁石孫、民建主席成思危、民進主席許嘉璐、農工主席蔣正華。

　　除非十一屆人大改變任期邊界（違憲）、年齡邊界，上述十人將退出人大常委會。

　　在副委員長中，中共的熱地超出新一屆中委的年齡臨界點，應不會連任中委；他未超過副委員長退職的年齡邊界，由於有藏族的族群代表性優勢，諒可連任副委員長。

表三：中共十六屆中央委員會領導人

職務	未達年齡臨界點	已達年齡臨界點
政治局常委 （9人）	胡錦濤，三後／64 吳邦國，三後／65 溫家寶，三後／64 李長春，四前／63	賈慶林，三中／67 曾慶紅，三中／67 黃　菊，三中／68（病亡） 吳官正，三中／68 羅　幹，三前／71
政治局委員 （15人）	王樂泉，四前／62 王兆國，三後／65 回良玉，四前／62 劉　淇，三後／64 劉雲山，四前／59 張德江，四前／60 陳良宇，四前／60* 周永康，三後／64 俞正聲，四前／62 賀國強，三後／63 郭伯雄，三後／64	吳　儀，三中／68 張立昌，三中／67 曹剛川，三前／71 曾培炎，三中／68
政治局 候補委員	王　剛，三後／64	
中紀委書記		吳官正，三中／68
書記處書記 （7人）	劉雲山，四前／59〔兼職〕 周永康，三後／64〔兼職〕 賀國強，三後／63〔兼職〕 王　剛，三後／64〔兼職〕 徐才厚，三後／64 何　勇，三中／66	曾慶紅，三中／67
中央軍委 主席 副主席	胡錦濤主席，三後／64 郭伯雄副主席，三後／64 徐才厚副主席，三後／64	曹剛川副主席，三前／71

說明：1. 按「十六大」模式，年齡臨界點是66足歲（截算日期2007年6月30日）。

　　　2. 三中、三後、四前為世代簡稱，請參閱第二節。

　　　3. *政治局委員陳良宇涉貪腐，已撤銷上海市委書記職。

表四：溫家寶內閣領導層（2003/3～2008/3）

姓名	出生	世代／年齡	2007年4月職務〔在國務院主管範圍〕
1溫家寶	1942.09	三後／65	常委，總理兼西部開發領導小組組長
2黃菊*	1938.09	三中／69	常委，常務副總理〔工業、交通、國企、勞保、生產安全、金融〕（註：2007.6病亡）
3吳儀*	1938.11	三中／69	副總理兼婦兒工委主任〔商務、海關、衛生、婦兒〕
4曾培炎*	1938.12	三中／69	副總理〔經改、規劃、基建、國土資源、環保〕
5回良玉	1944.10	四前／63	副總理〔農業、林業、水利、民政、民族、宗教〕
6周永康	1942.12	三後／65	〔政法系統：公安、國安、司法部〕
7曹剛川*	1935.12	三前／72	軍委副主席〔軍事：國防部〕
8唐家璇*	1938.01	三中／69	〔外交、僑務、港澳台工作〕
9華建敏*	1940.01	三中／67	〔辦公廳、行政學院、部際協調、計劃生育〕
10陳至立	1942.11	三後／65	〔科技、文化、教育、體育〕

說明：1. 本表年齡截算至換屆改組前的2007年12月，與表二、表三計算年齡截止期不同。

　　　2. *因達中共新一屆入職中委的年齡臨界點，不會在新內閣中。

表五：2007／2008換屆改組中，中共黨政高層下崗比例評估

領導機關	職務	下崗數	人數／比例
中共中央政治局（25人）	1-1政治局常委，9人	5	〔共10人〕40.0%
	1-2政治局一般委員，15人	5	
	1-3政治局候補委員，1人	0	
國務院高層（10人）	2-1副總理，4人	3	〔共6人〕70.0%
	2-2國務委員，5人	4	
人大常委會（16人）	3-1副委員長（黨內），8人	4	〔共10人〕62.5%
	3-2副委員長（黨外），7人	6	

說明：2-2，周永康升任政治局常委，不會連任國務委員。

貳、試解構政治局分辨身份代表

　　解析中共高層「坐最後一班車者」後，本文評估新一屆領導層強勢競爭者。分析競爭者的精英優勢，先解構中共中央政治局。

一、政治局成員：分解為六大類

　　解構的意涵，一是分解中共十六屆中央政治局及其常委會的結構，分辨成員的「身份代表」；二是分解政治精英的年齡、教育、專業、資歷、經驗、政治血緣、上層關係的結構，評估其競爭優勢，並試構新一屆（十七屆）政治局的競爭格局。

　　如同大都市大型建築物有嚴格的結構一樣，中共中央政治局的結構是有序的，而非雜亂無章的拼湊。所謂有序，就是各成員有其特定的「身份代表」—代表不同領導機關、地區利益主體、族群身份等。

　　解構中共十四屆至十六屆政治局，可以發現其結構可分為六大類：

　　第一類，中共黨政軍最高領導人，七至九人：中共中央總書記兼國家主席、軍委主席、人大委員長、國務院總理、中央書記處常務書記、中央紀委書記（十五、十六屆）、國務院常務副總理；十六屆有中央宣傳思想領導小組組長、政法委員會書記。

　　第二類，中共中央執行機構書記處的大部分書記。

　　第三類，政權領導人，包括全部副總理，部分的國務委員和人大副委員長。

　　第四類，軍方代表，十五、十六屆均由中央軍委兩個副主席任政治局委員。

　　第五類，地區代表，在十四、十五屆，只有東部沿海較發達地區的北京、上海、廣東等；十六屆則增加中部的湖北、西部的新疆，它們分別是中、西部經濟實力較強的省份。

　　第六類，族群（少數民族、女性）代表。

　　中共中央與政權領導層有職務預設機制，在2003年政權換屆時預定的主要領導人，在2002年中共「十六大」改組時先有政治局席位。

　　政治局成員都有特定的「身份代表」，如十六屆政治局常委會的胡錦濤，代表黨、政、軍最高領導人；吳邦國、溫家寶、賈慶林，分別代表人大、國務院和政協的最高領導人；曾慶紅和黃菊的「身份代表」，分別是書記處常務書記、常務副總理；吳官正代表中紀委，李長春和羅幹分別代表宣傳系統、政法系統。

　　在政治局，吳儀不僅因預定2003年任副總理而有政治局委員職，她也是唯一的女性（族群）代表。

　　在地區代表中，湖北省委書記俞正聲、新疆區委書記王樂泉，分別代表中、西部地區。政治局成員中的地區代表，都是省（或直轄市）委書記，參與中共中央決策，比一般省委書記（4-5級）的地位較高，為第2或3級。[30]

二、高幹世代劃分建立量化指標

　　精英評估關乎世代劃分及其量化指標，也涉及精英優勢的分析。沒有世代的量化指標，就不可能有世代推移和年齡優勢的數據。

　　在中共中央的文獻，有第一、二、三代和「第三梯隊」之稱，還有「培養第三梯隊」的口號，[31]官方並沒有第四代、第五代的名稱，更無世代的量化指標。

　　1996年撰寫、1997年出版的拙著《北京跨世紀接班人》，提出世代劃分的量化指標；[32]在2005年出版的《胡錦濤與共青團接班群》，作者對世代劃分略有補充。[33]世代的量化指標即世代的年齡區間，關於上下限的年齡邊界。在《胡錦濤與共青團接班群》一書，作者指出：「世代的劃分，不是隨意的」。作者是在解構中共黨史中，確定年齡邊界：

> 年齡邊界既與通常的大學畢業、就業年齡有關，也關連中共傳統的歷史分期、幹部的時代標記，如抗戰幹部和三八式。……各世代上限的假定，是儘可能兼顧中共歷史的官方分期、重大政治事件或歷史轉捩點。[34]

---

[30] 這與清代時的總督，領朝廷兵部尚書銜有相似之處，領銜者是從一品；未領銜的總督、領兵部侍郎銜的巡撫，則是正二品；未領銜的巡撫（省長），是從二品。清朝通典，影印版（杭州：浙江古籍出版社，2000年），頁2233；丁望，假大空與「雍正王朝」（香港：當代名家出版社，2002年），頁234。

[31] 關於第一、第二、第三梯隊，據胡耀邦的講話（新華社電訊），新華月報（北京），1983年第6號（1983年6月），頁5。

[32] 丁望，北京跨世紀接班人，前引書，頁97-103、171-173。

[33] 因篇幅關係，本文未詳細解釋量化指標如何確定的，請參閱丁望，胡錦濤與共青團接班群，前引書，頁169-175，文內有相關的解釋。

[34] 丁望，胡錦濤與共青團接班群，前引書，頁173、174。

作者的世代量化指標，簡略列於表七。

表六：中共中央政治局解構

身份代表	1992十四屆	1997十五屆	2002十六屆
總書記／國家、軍委主席	1江澤民	1江澤民	1胡錦濤
國務院總理*	2李　鵬	3朱鎔基	3溫家寶
人大委員長*	3喬　石	2李　鵬	2吳邦國
政協主席*	4李瑞環	4李瑞環	4賈慶林
常務副總理*	5朱鎔基	7李嵐清	6黃　菊
軍委副主席	6劉華清	-	-
書記處常務書記	7胡錦濤	5胡錦濤	5曾慶紅
中央紀委書記	—	6尉健行	7吳官正
中央宣傳思想領導小組組長	—	—	8李長春
中央政法委員會書記	—	—	9羅　幹
中央書記處書記	丁關根（宣傳）	丁關根（宣傳）	劉雲山（宣傳）
	尉健行（紀委）	羅　幹（政法）	周永康（政法）
	溫家寶（中辦）□	曾慶紅（中辦）□	賀國強（組織）
	任建新（政法）□	-	王　剛（中辦）□
國務院副總理*	鄒家華	錢其琛	吳　儀〔女性〕
	錢其琛	吳邦國	曾培炎
	李嵐清	溫家寶	回良玉〔回族〕
國務委員*	李鐵映	吳　儀□	—

人大副委員長*	田紀雲	田紀雲	王兆國
	─	謝　非	─
	─	姜春雲	─
軍方代表	楊白冰	遲浩田	郭伯雄
	─	張萬年	曹剛川
北京市	陳希同	賈慶林	劉　淇
上海市	吳邦國	黃　菊	陳良宇
天津市	譚紹文	─	張立昌
廣東省	謝　非	李長春	張德江
山東省	姜春雲	吳官正	─
中部（湖北）	─	─	俞正聲
西部（新疆）	─	─	王樂泉
社科院	─	李鐵映	─
（人數）	7+13+2	7+15+2	9+15+1

說明：1.除□為政治局候補委員外，其餘均為政治局委員，有編號的為政治局常委（按官方
　　　　排序）。

　　　2.*預定次年人大換屆改組中擔任的政權職務。十五屆的李鐵映是特殊個案。

表七：中共高幹的世代劃分

世代，2007齡，出生	任職時的中共歷史時期	代表人物
第一代，93歲以上 1914或以前出生 1921-1937中共幹部	第一次國內革命戰爭時期 （1921-1927） 第二次國內革命戰爭時期 （1927-1937）	毛澤東、朱　德、劉少奇 周恩來、葉劍英、蔡　暢 鄧小平、陳　雲、楊尚昆 李先念、薄一波、習仲勛
第二代，81-92歲 1915-1926出生 1937-1949中共幹部 二代前期：1915-1923生 二代後期：1924-1926生	抗日戰爭時期 （1937-1945，二代前期） 第三次國內革命戰爭〔解放戰爭〕時期 （1946-1949，二代後期）	二前：華國鋒、胡耀邦 　　　趙紫陽、萬　里 　　　汪東興、李德生 宋　平、姚依林 - - - - - - - - - - - - - - - - 二後：江澤民、喬　石 　　　鄒家華、王漢斌
第三代，64-80歲 1927-1943出生 1949-1966就業 三代前期：1927-1936生 三代中期：1937-1940生 三代後期：1941-1943生	文革前17年時期（1949-1966） 三代：「文革」之前幹部 三前：多為五〇年代幹部 三中：多為六〇年代初幹部 三後：多為六〇年代中幹部	三前：朱鎔基、李瑞環 　　　尉健行、羅　幹 - - - - - - - - - - - - - - - - 三中：曾慶紅、賈慶林 　　　吳官正、何　勇 - - - - - - - - - - - - - - - - 三後：胡錦濤、溫家寶 　　　吳邦國、賀國強
第四代，48-63歲 1944-1959出生 1966-1981就業 四代前期：1944-1949生 四代中期：1950-1956生 四代後期：1957-1959生	「文革」、「後文革」時期 （1966-76，76-78）+經改初期 （1979-1981） 四代：「文革」至八〇年代初 　　　幹部 四前：「文革」前期幹部 四中：「文革」後期幹部 四後：改革開放初期幹部	四前：李長春、回良玉 　　　俞正聲、劉延東 - - - - - - - - - - - - - - - - 四中：習近平、李克強 　　　李源潮、汪　洋 　　　令計劃、張慶黎 - - - - - - - - - - - - - - - - 四後：趙樂際、沈躍躍
第五代，29-47歲 1960-1978出生 1982-2000就業	中共「十二大」後 經濟改革時期（1982-2000）	張慶偉、周　強、胡春華 孫政才、潘　岳、陸　昊 白力克、公保扎西、烏 蘭

說明：1. 第二代後期和第三代，合稱為廣義的第三代領導層；第三代後期和第四代，合稱為
　　　　廣義的第四代領導層；第四代後期和第五代，合稱為廣義的第五代領導層。
　　　2. 本表年齡，按出生年份粗算，不按月份細算。

三、精英優勢內涵：世代推移勢態

　　精英評估構建於精英優勢的分析。對精英優勢的內涵，《胡錦濤與共青團接班群》有如下的說明：[35]

> 政治人物的精英優勢，是指政治人物在政壇發展的優勢，這種優勢有利積聚政治資源、孕育升遷的動力。作者把精英優勢歸納為：年齡優勢、任期優勢、學歷優勢、台階／資歷優勢、專業優勢、系統經驗優勢、群體代表性優勢、政治血緣優勢、包含「權威確認」的上層關係優勢、政績優勢、順位優勢。

　　精英優勢中的年齡優勢，與世代劃分的量化指標息息相關。隨著世代推移，年齡優勢的內涵也不斷變化；大體而言，55歲是年齡優勢的上限，超過55歲者年齡優勢漸次減弱，離上限越遠年齡優勢越強。

　　在「十七大」改組前，中共中央、國務院、人大高層均呈老化狀態，第四代前期的比例低，更無第四代中、後期（參見表九）。其中，人大副委員長有九人為第三代前期，均超過70歲，佔委員長、副委員長總數的56%。

　　「十七大」前中共省級黨政領導層的調整，加速世代推移。省委書記和省長的第三代已全部退下，1944-1949出生的第四代前期（58-63歲）大幅減少，代之而起的，是較具年齡優勢、1950-1956出生的第四代中期（51-57歲）和1957-1959出生的第四代後期（48-50歲）。在副省級領導幹部中，逐漸活躍的六〇年代出生的第五代（47歲或以下），更具年齡優勢。

---

[35] 丁望，胡錦濤與共青團接班群，前引書，頁189。

表八：中共黨政高層的世代比例

世代	中共十六屆中央政治局成員	國務院負責人	人大常委會負責人	三類總人數佔%
第三代前期： 1927-1936生 71-80歲	2	1	9	12 23.53%
第三代中期： 1937-1940生 67-70歲	7	5	2	14 27.45%
第三代後期： 1941-1943生 64-66歲	9	3	4	16 31.37%
第四代前期： 1944-1949生 58-63歲	7	1	1	9 17.65%
（職務，人數）	常委9+ 委員15+ 候補1 共25人	總理1+ 副總理4+ 國務委員5 共10人	委員長1+ 副委員長15 共16人	共51人 100%

說明：表中所列高層的世代，請參見表三、四、五，年齡按出生年份粗算，不細算月份。

四、政治血緣優勢　影響升遷機會

　　在精英優勢中，政治血緣優勢是極重要的政治資源。在資歷優勢、系統經驗優勢不相上下的狀態下，政治血緣優勢對升遷的影響往往較大。

　　政治血緣優勢有三大內涵：一是良好的家庭背景，如高幹子女族群—公子黨（或公主族），其代表人物有曾慶紅、習近平、李源潮、俞正聲、劉延東等；二是政治要人的秘書，如最近任湖南省副省長的江澤民秘書郭開朗；較早前當山西省副省長的喬石秘書宋北杉；胡錦濤在團中央的秘書、現任國務院台辦副主任葉克冬；溫家寶在中辦的秘書、現任廣東省委

常委兼宣傳部長林雄（副省級）；三是從政者最主要的政治血緣關係，或介入的政治派系。

在中共歷史上，長期存在黨內鬥爭，這些鬥爭包含政見分歧、利益衝突和政治派系角力。[36]事實上，政治集團（政治派系）的分野，在於意見團體、利益團體和歷史淵源的差異。[37]本文僅以幹部的政治血緣關係粗分七大類。

第一類，是「中選群」，指八〇年代前、中期（1980-1987）中共中央書記處選拔的接班群。他們經中組部篩選、考察，書記處討論通過，總書記胡耀邦拍板，第一代元老鄧小平、陳雲等確認。[38]

在1985年中共「十二大」二次大會、1987年「十三大」，其代表人物分別成為中委或候補中委；前者如尉健行、賈春旺、胡錦濤、廖暉（均在1985年成為中委）、王兆國（1982成為中委），後者如李長春、吳官正、賀國強、宋德福（均於1985年成為候補中委）；李、吳、宋和溫家寶在1987年成為中委。

第二類，是江澤民集團，簡稱江系，含新海派、機電派、中央派、地方派、軍方派等。新海派，指江在上海吸收的、長期在上海當官的親信如曾慶紅、吳邦國、黃菊、陳良宇、華建敏；與舊海派陳國棟、汪道涵不同的，前者幾乎只有「上海經驗」，絕大多數沒有上海以外的地方資歷；機

---

[36] 蕭克，「黨內民主缺失的教訓」，炎黃春秋（北京），2006年11期（2006年11月），頁1-5；Jurgen Domes（杜勉），"China in 1976: Tremors of Transition," *Asian Survey*, (Jan. 1977), pp.1-17.

[37] Ting Wang, "The Succession Problem," *Problems of Communism*（Washington, DC），(May-June 1973), pp.13-24；丁望，「政策、權力衝突與政治集團」，華國鋒評傳（香港：明報月刊，1982年），頁192-208。

[38] 關於八〇年代前中期選拔接班人的決策、程序，中組部處長的著作十分有參考價值。參見：崔武年，我的83個月（香港：高文出版社，2003年），頁88-159。

電派，指江在國務院第一機械工業部、電子工業部任內的親信如賈慶林、曾培炎；中央派、地方派和軍方派，是江任總書記時在中央機關、地方政界和軍界重用的親信。上海是此集團的「堡壘」，外人無法插入。

第三類，是共青團系統（簡稱團系）。其中的八〇年代前期中央團系，與胡耀邦、胡錦濤有較深的政治血緣關係。從解構地方團委權力去觀察，地方團系除當過團省委書記與團中央關係較近之外，大都是地方幹部系統。

第四類，是國務院系統（簡稱國系）。指朱鎔基、溫家寶主持內閣時期（1998-2003，2003-2008），在國務院工作受朱、溫賞識者。

第五類，中共中央紀委／中央聯絡部系統（簡稱紀／聯系）。指長期在中紀委或中聯部工作、先後與喬石和尉健行淵源較深者。自八〇年代後期以來，這個系統受喬石、尉健行的影響較大，是江系難以插手的系統。

第六類，李鵬系統（簡稱李系）。其代表人物是主持中共中央政法委員會的羅幹。

第七類，是地方幹部（簡稱地系）。

上述七類中，第二、六類的派系色彩甚濃，其餘只是幹部從政出身的「系統」，不是狹義的政治派系。

幹部的政治血緣關係，非單一模式，不少人處於交叉狀態。如最近從國務院調任吉林省長的韓長賦，原是中央團系幹部，當過團中央青工部長、宣傳部長；後來在溫家寶手下任職，先後當中共中央財經領導小組辦公室副主任、國務院農業部常務副部長、國務院研究室常務副主任（正部級），為溫在三農方面的主要助手、智囊，深獲溫信任。

在江澤民主導中共換屆（十五、十六）改組時，江系人馬飛黃騰達，一派獨大。在胡錦濤主導的最近地方改組中，不再有一派獨大的「大傾斜」格局，胡對團系幹部的任用很慎重，儘可能平衡各方利益，派系色彩較淡者往往因各方能接納而有較好的競爭機會。

表九：中共高幹政治血緣系統（部分）

政治血緣系統	代表人物				
中共中央書記處選拔的接班群〔1980-1987〕（中選群）	胡啟立　喬　石　李瑞環　尉健行　李鐵映　王兆國 胡錦濤　溫家寶　吳官正　李長春　賀國強　賈春旺 張立昌　宋德福　廖　暉　劉延東　吳　儀　何　勇				
江澤民集團（江系）	新海派：曾慶紅　吳邦國　黃　菊　陳至立　陳良宇 　　　　王滬寧　華建敏　韓　正　曹建明　殷一璀 機電派：賈慶林　曾培炎　黃麗滿 中央派：周永康　劉雲山　王　剛　徐光春　白克明 地方派：張德江　劉　淇　陳奎元　姜春雲　程維高 軍方派：郭伯雄　徐才厚　由喜貴　賈廷安				
共青團系統（團系）	中央團系：王兆國　胡錦濤　劉延東　宋德福　李源潮 　　　　　李克強　張寶順　劉奇葆　令計劃　張慶黎 　　　　　袁純清　蔡　武　周　強　胡春華　韓長賦 地方團系：賈春旺　強　衛　宋秀岩　沈躍躍　楊　晶				
國務院系統（國系）	俞正聲　馬　凱　王岐山　樓繼偉　徐冠華　徐紹史 李金華　張春賢　李榮融　高　強　周生賢　韓長賦				
中紀委／中聯部系統（紀／聯系）	吳官正　何　勇　李至倫　趙洪祝　黃樹賢　沈德詠				
	喬　石　錢李仁　朱　良　李淑錚　戴秉國　王家瑞				

五、「十七大」改組有三大趨勢

　　如宋代蘇東坡詩云：「春江水暖鴨先知」，「十七大」前省黨政領導層、國務院部級幹部的權力新景觀，蘊藏「十七大」中共中央高層改組的「徵兆」。作者的解讀是：「十七大」的權力重組有三大趨勢與意義。一是加快世代推移、幹部的新陳代謝；二是較前兩屆多提升地方幹部；三是政治血緣的大致平衡，像「十六大」改組向江系大傾斜的格局，應不致出現。

　　如前述，地方湧現世代推移新浪潮，它必催化中央階層的世代替換。在新一屆政治局，1944—1949出生的第四代前期將佔較大比例，具競爭優

勢的有劉延東、薄熙來、王岐山等；首批的第四代中期（1950—1956出生），將出現於政治局，最具競爭力的有習近平、李克強、李源潮等。

　　十七屆政治局的結構，預料與十五、十六屆相近，只是地區代表或會擴大。隨著地方經濟實力的增強、中央與地方利益協調難度的加深，地區代表的擴大是迫切的「政治需要」。

　　除東部、中部、西部之外，或增加東北地區代表。作者做此判斷的原因是，中共「十六大」後，胡、溫主導振興東北老工業基地，把東北列入經濟發展的「第四增長極」；官方的大經濟區域劃分，在東、西、中部之後加東北部，統稱為「四大板塊」；在官方的地區比較統計數據中，東北地區（遼寧、吉林、黑龍江）從原來的東部和中部分出來，自成一個地區統計單位。[39]

參、政治局大分餅　誰具競爭強勢

　　中共「十七大」常態改組，維持「十六大」模式，二十五人組成的政治局有十人會替換。常委會如維持九席，需填補五人；如不再有專職宣傳、政法系統的常委（如十六屆），則常委會設七席，需填補三人。

　　對具競爭條件者的精英評估，如第二節論及的由解構政治局入手，衡量的要素是一個人具備（或可能具備）的「身份代表」和精英優勢。

　　按「身份代表」的結構，預定任政協主席、中央書記處常務書記（如賈慶林、曾慶紅退下）、中紀委書記（原吳官正）和常務副總理（原黃菊），可望任常委。

---

39 「我國區域四大板塊經濟發展：『十五』總結及『十一五』展望」，新華月報（北京）2006年10月號（2006年10月），頁109-112。

一、賈慶林如不退　影響高層分餅

1997年十五屆政治局的七個常委，有五個為連任，新任的尉健行和李嵐清，為上屆的政治局委員（參見表六）；2002年十六屆政治局的九個常委，只有胡錦濤是連任，其餘為上屆政治局委員（七人）和候補委員（曾慶紅一人）。十七屆政治局常委的填補，以已有政治局委員身分，又具資歷優勢者，最具順位優勢。

現屆政協主席賈慶林如退出政治局，而曾慶紅未獲「特殊例外」安排—不擔任新一屆中委卻當政協主席，在政治局分管統戰工作的王兆國，有替代賈慶林的順位優勢。

在十六屆政治局成員中，現年65歲的王兆國最早成為中共中委（1982）、中央書記處書記（1985），與中共中央淵源最深；他兼具中共中央、國務院與地方政府資歷，有統戰的系統經驗優勢—自九〇年代初以來，先後任國務院台辦主任、中共中央統戰部長、政協副主席、人大副委員長（現職）；在福建省長和統戰系統任內，有改革開放的績效。他是「中選群」，其列入接班群獲第一代大家長鄧小平確認；[40]他也得到胡耀邦扶持，當過共青團中央第一書記，具有上層關係優勢。不過，在前總書記強力支持下，年過67歲的賈慶林如留任，則王兆國沒有上升機會。

二、如曾慶紅退下　習近平是競爭者

曾慶紅如退下，有兩人具競爭優勢，其中一人或接替他主持書記處日常工作。這兩人是：64歲、主管組織工作的政治局委員、書記處書記兼組織部長賀國強、54歲的上海市委書記習近平。

第三代後期（1941-1943生）的賀國強，具組織工作的系統經驗優勢。他是「中選群」，有國務院化工部副部長和福建省長、重慶（直轄市）市委書記資歷，派系色彩較淡，易為各方接納。

---

[40] 鄧小平文選（第2卷），2版（北京：人民出版社，1994年），頁386。

　　與賀國強相比，第四代中期（1950-1956生）的代表人物習近平，年齡空間較大，如胡、溫和領導層打算推進高層的年輕化，習具有更強的競爭優勢。

　　新一屆政治局常委會如保留一人專職政法系統，現任政治局委員、書記處書記、政法委副書記周永康（64歲），有接替羅幹的順位優勢。

三、中紀委一把手　有強勢競爭者

　　中共中央如從組織系統挑選紀委書記，則賀國強有順位優勢。

　　中共中央如意屬紀委系統資深幹部，接替吳官正的中紀委書記職務，何勇（66歲）有很強的系統經驗優勢和順位優勢，應有競爭的機會。

　　何勇現任中央書記處主管紀檢、政黨外交的書記，又是中紀委常務副書記；在紀檢系統，地位僅次於吳官正。自八〇年代中期以來，他一直是尉健行的主要助手，先後任中央組織部副部長、國務院監察部副部長（部長均尉健行）、部長，深受尉的信賴，是尉之後最資深的紀檢系統領導人。近幾年，他協助吳官正提升反腐肅貪力度，取得的成果較大。

四、挑常務副總理　回良玉、李克強

　　預定在2008年新一屆內閣任常務副總理者，將接替黃菊當政治局常委。

　　本屆溫內閣的四位副總理，排在前三位的黃菊、吳儀、曾培炎，均68歲，超過中委年齡臨界點，都要退下，唯一留任的副總理回良玉為政治局委員，具接任常務副總理的順位優勢；其他的政治局委員如王樂泉、張德江，因無副總理資歷，相對的競爭優勢便較弱。

　　第四代前期、62歲的回良玉，具有三農工作的系統經驗優勢，2003年入閣以來主管農業、防汛、民政、民族、宗教，又是中共中央農村工作領導小組組長。中共中央近幾年十分重視緩解三農危機，提出「建設新農

村」構想；這種政策取向，使回良玉的三農系統經驗優勢成為很重要的政治資源。[41]

　　回良玉有很強的地方資歷優勢和地方農村工作經驗，有四個正省級台階：湖北省政協主席、安徽省省長、安徽和江蘇的省委書記。在政治局的地方要員中，他的地方經驗面較廣。他還有少數民族（回族）的族群代表性優勢，是十六屆政治局中唯一的少數民族幹部。

　　回良玉是資深地方幹部，派系色彩較淡。1997至1998以來，溫家寶在中央書記處和國務院主管農業，兼中央農村工作領導小組組長，朱鎔基和他推動農村的費改稅，都十分關注安徽的農村工作，對在安徽當官的回良玉較了解，也多有扶持。這種上層關係優勢，亦是競爭的政治資源。

　　中共中央如打算栽培跨越2012—2013的接班群，推進高層年輕化，則年齡優勢強的第四代中期代表人物、51歲的李克強，頗具競爭優勢；預定任常務副總理者，在中共十七屆政局有常委席位。

五、國務院大換班　高層競爭激烈

　　在中共黨政換屆改組互動的預設機制下，預定2008年3月任新一屆內閣副總理和部分國務委員者，將是十七屆政治局委員。

　　在吳儀、曾培炎、曹剛川等預定退出國務院之下，具副總理或國務委員競爭優勢者，有現任的國務院部長馬凱、戴秉國等，也有富有財金工作經驗的北京市長王岐山；還有已具有政治局委員身份的原廣東省委書記張德江等。

　　第四代前期、61歲的馬凱，是十六屆中央委員、國務院發展和改革委員會主任。在國務院，計劃委員會及其後的發展計劃委員會或發改委，是規模特別大的宏觀經濟調控機構，排在外交、國防兩部之後，居第三位。「文革」以後，先後擔任主任的余秋里、姚依林、宋平、鄒家華、陳錦華

---

[41] 丁望，「回良玉在熱身或更上一層樓」，信報（香港），2006年7月19日，第9版。

和曾培炎，除陳之外均當過副總理或國務委員，後來也成為政治局委員（姚、宋曾任常委）；陳後來任政協副主席，亦在「黨和國家領導人」之列。馬凱自2003年起任「發改委」主任，建立頗有上升動力的、特別的台階優勢。

在國務院，馬凱有近二十年的經濟工作系統經驗，具備體改委副主任、計委副主任的資歷。在朱鎔基內閣（1998-2003）擔任分管經濟的副秘書長，一度任主管國務院辦公廳的正部級副秘書長，深得朱信賴。他熟悉宏觀經濟調控，又有改革政策的研究能力；其弱項為地方經驗斷層。

第三代後期、66歲的中央委員戴秉國，也有政治血緣優勢，其岳父黃鎮曾任外交部副部長、文化部部長。他比薄熙來強的，是外交系統經驗優勢。駐匈牙利大使、外交部副部長和中共中央聯絡部部長的資歷，使他兼具政府外交和政黨外交的經驗。戴秉國比較弱的，是年齡偏大，現在是超齡任部長職—外交部黨組書記、中共中央外事辦公室主任、中央國家安全領導小組辦公室主任（接劉華秋）。

六、軍方代表人物　徐才厚上升

在政治局的兩個軍方席位，均由軍委副主席擁有（十五、十六屆），本屆的郭伯雄未到中委的年齡臨界點，連任新一屆政治局委員；第三代前期、71歲的曹剛川（兼國務委員和國防部長），則要退下。具有競爭力的兩人是：現任中央書記處書記、軍委副主席徐才厚，現任中委、軍委委員、總政治部主任李繼耐。

第三代後期、63歲的徐才厚上將，曾任總政治部主任，為軍中的「江親信」，具有升任政治局委員的資歷優勢和順位優勢。

第三代後期、63歲的李繼耐上將，是王兆國在哈爾濱工大的同學、好友，1982年被吸納進十一屆團中央當中央委員。後來，李與團中央維持相當好的關係。在軍中，他當過總政治部副主任、總裝備部政委；前兩年，

胡錦濤以他取代徐才厚當總政治部主任，為胡信賴的軍中幹部。李繼耐因無軍委副主席台階，諒難超越徐才厚取得政治局席位。

七、女性代表人物　劉延東具優勢

吳儀任十六屆政治局委員的原因，一是中共中央預定她當溫內閣的副總理，二是她為女性的代表。她退下後，十七屆政治局至少仍有女性的一席，原因是近幾年中共中央強調更多提升女性、少數民族幹部。

在「黨和國家領導人」階層的女性中，未超過中委年齡臨界點者，有國務委員陳至立、人大副委員長烏雲其木格、政協副主席劉延東。

陳至立是「江親信」、新海派代表人物，曾任教育部長，現主管教育、科技、文化、體育；教育、學術腐敗案和學校亂收費積下的民怨，成為她的負累。烏雲其木格是蒙古族人，資歷較弱。他們在年底均滿65歲。

2007年年底滿62歲的劉延東，具統戰工作（1991-）的系統經驗優勢。劉延東是「中選群」，為八〇年代前期團中央「三馬車」之一，是王兆國、胡錦濤的夥伴，擔任團中央書記長達七年。她是「紅色公主」，具政治血緣優勢，其父當過國務院的副部長。較之前兩人，她入政治局的競爭優勢較強。

八、四個板塊代表　李克強和汪洋

在政治局地區代表中，東部北京市的劉淇未達年齡臨界點，會留在新一屆政治局；上海新任的書記，必成為政治局委員；廣東省委書記張德江調中央，或預定當新一屆的副總理／副委員長。

不過，自「十五大」以來，東部各省的省委書記均從外省調任，黃華華不安排接任廣東省委書記，但調到廣東任省委書記，應有政治局委員席位。

北京、上海、廣東均為東部經濟強省（市）（參見表十一），在政治

局的席位（參見表七）應不會有變。同為東部的山東、天津是否有席位，則有「不確定性」。天津、山東如有政治局席位，調任天津市委書記的張高麗，將是政治局委員。

表十一：四大板塊部分省（直轄市）經濟指標（2005）[42]

貨幣單位：人民幣

地區・省份	GDP 億元（排名）	人均 GDP元（排名）	城鎮人均 收入（排名）	農民人均 收入（排名）
東部・北京	6,886（10）	45,444（02）	17,653（02）	7,346（02）
東部・上海	9,154（07）	51,474（01）	18,645（01）	8,248（01）
東部・天津	3,698（20）	35,783（03）	12,638（05）	5,580（04）
東部・山東	18,517（02）	20,096（07）	10,745（08）	3,931（08）
東部・廣東	22,367（01）	24,435（06）	14,770（04）	4,690（06）
中部・湖北	6,520（12）	11,431（16）	8,786（18）	3,099（15）
中部・湖南	6,511（13）	10,426（20）	9,524（10）	3,118（14）
中部・江西	4,057（18）	9,440（24）	8,620（21）	3,129（13）
西部・新疆	2,604（25）	13,108（14）	2,990（30）	2,482（25）
東北・遼寧	8,009（08）	18,983（08）	9,107（15）	3,699（09）
全大陸	183,084（--）	14,040（--）	10,745（08）	3,255（--）

---

[42] 國家統計局編，中國統計年鑑2006（北京：國家統計出版社，2006年），頁66、67、357、371；在全大陸的排名，由作者整理。

現在官方的經濟區劃分，是「四大板塊」，新增的東北地區，諒由東三省經濟實力最強的遼寧為代表，省委書記李克強因此會有政治局席位。

在十六屆政治局中，中部的代表俞正聲（湖北）和西部的代表王樂泉（新疆），有調職之勢。後者在新疆當書記長達十四年，按制度規範應「易地交流」。不過，新疆情勢有其特殊性。

張慶黎於2005年調西藏前，為新疆區委副書記、新疆政府副主席，是新疆唯一兼具黨政「兩副」職務者，具接替王樂泉的順位優勢；王樂泉如調職中央黨政領導機構，他有轉任新疆區委書記的競爭機會。

九、四代中期精英　首批入政治局

習近平、李克強、李源潮、汪洋、張慶黎等，都是第四代中期政治精英，按「中委年齡計算規則」在50—56歲之間，有較強的年齡優勢。他們之中如有人成為十七屆政治局委員，自是四代中期的零突破。他們均有較強的資歷優勢和政績優勢。

53歲的習近平有地方資歷優勢，具縣、地級市、副省級市、省的台階，當過福建、浙江的省長和浙江省委書記；在福建擴大對外開放、在浙江發展私人經濟有成果。他有很強的政治血緣優勢，父親習仲勳官至政治局委員、人大副委員長。

50歲的李克強有九年的省級地方資歷，當過河南省長、河南和遼寧的省委書記，近幾年振興遼寧重工業區、改建瀋陽貧民區（棚戶區）頗有成果。他長期在團中央工作，曾任第一書記，與王兆國、胡錦濤、劉延東關係良好。

56歲的江蘇省委書記李源潮，有團中央的系統經驗優勢、在江蘇省試行綜合改革的政績優勢；又有公子黨的血緣，其父李幹成曾任上海市副市長。在八〇年代，他長期任團中央書記，在胡錦濤、宋德福當團中央第一書記時，他是「團老三」，地位僅次於第一書記和常務書記劉延東，深獲

胡錦濤信賴。他兼具中央和地方資歷，當過國務院文化部副部長，2000年開始紮根江蘇省，當過南京市委書記、江蘇省委副書記，支持胡溫改革和發展經濟甚得力。近幾年江蘇的人均主要經濟指標，居第四、五位。他調中央書記處，則有政治局的競爭機會。

56歲的張慶黎有三省地方黨政經驗，在山東當過泰安市委書記、省宣傳部長，在甘肅曾任省委宣傳部長、蘭州市委書記，在新疆兼具黨、政、軍資歷。他又有政治血緣優勢，八〇年代前期在團中央任青工部副部長，為胡錦濤、王兆國的「小夥伴」。2002年11月中共「十六大」舉行時，張慶黎只是副省級的新疆生產建設兵團司令員，按例頂多有候補中委之銜，他卻「破例」當上了中央委員，顯現受栽培接班的「特殊待遇」。

肆、簡要的結論

一、在真正的法治軌道外

中共現階段的權力轉移和選拔接班群，有初級的制度構建；這是精英評估的前提。不過，在「一黨領導」體制下，社會還未走向真正的法治軌道，中共內部則仍沒有真正的「黨內民主」，這就導致制度的「殘缺症」和約束力脆弱。制度構建的要素，作者詮釋為下列四大類：一是制度設計的正當性、合理性和民眾的認受性；二是制度的逐漸健全、完善，避免斷層化；三是建立對人和族群的平等觀，從而達致制度約束的平等、公正，消除「一般之外有特殊」；四是法律和制度的切實執行。

從四大要素來看，中共關於權力體系的制度遠未健全。儘管胡、溫近幾年主導的法制規範，有意建立或充實其正當性、合理性和公眾的認受性，但制度「殘缺症」的沉澱仍未有效清理，重大的制度斷層還未彌合。制度斷層的一大標誌，是「八二憲法」未限制國家軍委主席的任期，這是高層任期邊界的殘缺。中共中央並未透過修憲改變它。制度斷層的另一標

誌，是「八二黨章」規定實行「黨內民主」，各級黨委的產生「要體現選舉人的意志」（第11條），[43]但中共中央並無相應的民主選舉制度，中委和候補中委選舉的差額只有5%左右，政治局從無差額選舉，高層職務沒有超過一人的候選者。較之越共的選舉還要落後。

　　中共中央對正級黨職的任期限制（兩屆十年），直到2006年8月才有「暫行規定」，[44]比越共規定縣以上主要領導人和總書記不得超過連任兩屆遲了四年。[45]制度約束的平等、制度的切實貫徹，仍是阻力重重。高幹的提升、進入高層，最重要的競爭資源是政治血緣和上層人脈。

二、高層不會有「團天下」

　　中共「十七大」後，胡、溫只有最後一屆任期（2007-2012、2008-2013），預料他們會正視制度構建的不足，某些限制權力、防範腐敗的規範，會從軟性約束轉為「邊界化」，達致剛性約束。最近一批省委書記、省長的易地交流，顯現易地交流的規範或可逐漸趨向於「邊界化」。[46]

　　2007-2008的中共黨政換屆大改組，必將推動世代推移。在高層，出現第四代中、後期（1950-1959出生）的零突破；在省、部級領導層，1944-1949出生的第四代前期處於黃昏期，第四代中、後期成為主導力量；1960-1978出生的第五代（參見表七），將逐漸崛起。

　　在新一屆領導層，江系還會有席位和影響力，但2002-2003一派（江系）獨大的格局恐不會再現；儘管中央團系幹部與胡錦濤有政治血緣，但

---

[43] 中國共產黨第十二次全國代表大會文件匯編（北京：人民出版社，1982年），頁105。

[44] 「黨政領導幹部職務任期暫行規定」，人民日報2006年8月7日，第8版。

[45] 越共決定於2002年7月。參閱山東大學政黨研究所課題組，「越共處理『四大危機』的理論與探索」，新華文摘（北京，半月刊）第21期（2006年11月5日），頁4-7。

[46] 「黨政領導幹部選拔任用工作條例」，人民日報，2002年7月24日，第1、2版。

胡處事審慎，又較有吸納各方人才的包容性，小道新聞中的「團天下」不太可能在高層出現。儘可能平衡各方利益，或許是胡、溫鞏固領導地位的第一選擇。

　　具備高層競爭優勢的政治精英中，有三類特別值得留意。一是有十六屆政治局委員身分、有上升到常委會競爭優勢者，以賀國強、周永康較突出；二是有十六屆中央委員或候補中委身份、具備政治局競爭優勢者，以第四代中期的習近平、李克強、李源潮等的年齡優勢、政績優勢較強；第四代前期的張高麗、王岐山、薄熙來、劉延東各有強勢，劉延東以政治血緣優勢、女性（族群）代表優勢和統戰工作系統經驗優勢受注目。三是軍方的徐才厚以軍委副主席、書記處書記職務，建立很強的身分優勢，有競爭政治局席位的實力。

　　從過去五年的事實來看，胡、溫相對比較傾向深化改革、推動社會主義人道化。他們的連任和陳良宇案曝光、江系影響力的減弱，或可促成更多的改革嘗試推進睦鄰外交，保持經濟高速發展。

參考書目

一、中文部分

丁望，北京跨世紀接班人，增訂2版（香港：當代名家出版社，1998年）。

丁望，胡錦濤：北京廿一世紀領袖，增訂5版（香港：當代名家出版社，2003年）。

丁望，胡錦濤與共青團接班群，2版（香港：當代名家出版社，2005年）。

中共中央文獻研究室，十一屆三中全會以來重要文獻選讀（上下冊）（北京：人民出版社，1987年）。

中共中央組織部等，中國共產黨歷屆中央委員會大辭典1921-2003（北京：中共黨史出版社，2004年）。

中國人物年鑒2006（北京：中國人物年鑒社，2006年）。

列寧選集，第3卷（北京：人民出版社，1965年）。

朱新民，一九七八～一九九〇中共政治體制改革研究：八十年代後中國大陸的政治發展，再版（台北：永業出版社，1991年）。

亨廷頓著，張岱雲等譯，變動社會的政治秩序（上海：上海譯文出版社，1989年）。

李惠仁，滄桑流年（北京：中國社會出版社，2002年）。

帕特里克‧敦利威著，張慶東譯，民主、官僚制與公共選擇（北京：中國青年出版社，2004年）。

馬克思恩格斯列寧斯大林論共產主義社會（北京：人民出版社，1958年）。

寇健文，中共精英政治的演變：制度化與權力轉移（台北：五南圖書出版公司，2005年）。

崔武年，我的83個月（香港：高文出版社，2003年）。

陳德昇，中共國務院機構改革之研究（1978-1998）（台北：永業出版社，1999年）。

鄧小平文選（第2卷），2版（北京：人民出版社，1994年）。

薄一波，若干重大決策與事件的回顧（下卷）（北京：中共中央黨校出版社，1993年）。

二、英文部分

Li, Cheng and White, Lynn, "The Thirteenth Central committee of the Chinese Communist Party: From Mobilizers to Managers," *Asian Survey*, vol.28, no.4 (April 1988), pp. 388-389.

中共十七屆政治局候選人：
從地方精英到權力核心

薄智躍

（新加坡國立大學東亞研究所研究員）

摘要

　　中共第十六屆政治局委員的一個最大共同特點是地方領導，尤其是省級領導的經歷。九位常委中，八位曾擔任過省級領導。餘下的十五位正式委員中，十二位有過省級領導經歷。如果中共依照同樣模式選拔十七屆政治局委員，那麼更多的現任省級領導人將會成為候選人。

　　本文將對現任的省委書記和省長從年齡、學歷、部級領導經歷、地方（省級）領導經歷、政治起點、中共中央委員會資歷、派系背景，以及性別與民族等其他因素進行全面評估。為了使這些個案之間更有可比性，本文將把上述要素綜合起來，為每一位省級領導人建立一個綜合政治指數，從而選出最有可能進入第十七屆政治局的候選人。

關鍵詞：第十七屆政治局、省委書記、省長、省級領導經歷、綜合政治
　　　　指數

The 17th Politburo Candidates: From Provinces to Beijing

Bo Zhiyue

(Senior Research Fellow, East Asian Institute, National University of Singapore)

Abstract

The most significant common characteristic of the 16th Politburo members is local leadership, especially provincial leadership experience. Out of nine standing members of the 16th Politburo, eight were provincial leaders previously. Out of the 15 full members of the 16th Politburo, twelve had experience as provincial leaders. If the Chinese Communist Party (CCP) follows the same model of selection, some of the current provincial leaders will be good candidates for membership in the 17th Politburo.

This article is going to evaluate potentials of current provincial party secretaries and governors as candidates for the 17th Politburo in terms of age, education, leadership experience, provincial experience, political origins, central committee experience, factional affiliations, and other factors such as gender and nationality. In order to make these cases comparable, we are going to generate a comprehensive political index for each provincial leader and select potential candidates accordingly.

Keywords: 17th Politburo, provincial party secretaries, provincial governors, provincial experience, comprehensive political indexes

壹、導言

中共第十六屆政治局委員的一個最大共同特點是地方領導，尤其是省級領導的經歷。[1]九位常委中，八位曾擔任過省級領導。餘下的十五位正式委員中，十二位有過省級領導經歷。而三位沒有任何省級領導經歷的政治局委員中，有兩位是軍方領導人（郭伯雄和曹剛川）。假如我們不包括軍方領導的話，那麼政治局委員中只有一位正式委員（曾培炎）未曾擔任過省級領導職務。換句話說，除去軍方在政治局中的代表，二十二位政治局委員中，只有溫家寶總理和曾培炎副總理不曾有過地方領導，尤其是省級領導經歷。如果中共依照同樣模式選拔第十七屆政治局委員，那麼更多的現任省級領導人將會成為候選人。

本文首先對現任的省委書記和省長從年齡、學歷、部級領導經歷、省級領導經歷、政治起點、中共中央委員會資歷、派系背景、以及性別與民族等其他基本因素進行考察。[2]

貳、基本因素考察

一、年齡因素

在過去的二十多年中，年齡已經成為選拔中共領導人的一個重要因素。這一方面是由於中國現代化建設需要一大批年輕有為的領導幹部。另

---

[1] 詳情參見Zhiyue Bo, *China's Elite Politics: Political Transition and Power Balancing* (Singapore: World Scientific Publishing, 2007), p. 107. 有關中共精英政治制度化的中文著述，參見寇健文著，中共精英政治的演變：制度化與權力轉移，1978-2004（臺北：五南圖書出版股份有限公司，2005年）。

[2] 鑒於中共「十七大」之前的頻繁變動，此文的材料截至2007年9月30日為止。

一方面是由於年齡是一個易為各方接受的中性因素。相對於較年長的同僚而言，年輕的候選人具有年齡優勢；而對接近退休年齡的人來說，自然淘汰的可能性最大。[3]

　　如果只看年齡因素，不難判斷現任省級領導人作為第十七屆政治局候選人的前景（參見表一）。就省委書記而言，劉淇年齡偏大。北京市委書記、政治局委員劉淇到2007年11月就65歲整，也該解甲歸田。2007年滿63歲的有中央人民政府駐香港特別行政區聯絡辦公室主任高祀仁，[4]內蒙古自治區黨委書記儲波，黑龍江省委書記錢運錄，河南省委書記徐光春和新疆維吾爾自治區黨委書記、政治局委員王樂泉。

表一：中國省級領導人的年齡（2007年9月）

省名a	省委書記	出生日期	年齡	年齡分	省長b	出生日期	年齡	年齡分
北　京	劉　淇	1942	65	0	王岐山	1948	59	6
天　津	張高麗	1946	61	4	戴相龍	1944	63	2
河　北	張雲川	1946	61	4	郭庚茂	1950	57	8
山　西	張寶順	1950	57	8	孟學農	1949	58	7
內蒙古	儲　波	1944	63	2	楊　晶	1953	54	11
遼　寧	李克強	1955	52	13	張文岳	1944	63	2
吉　林	王　珉	1950	57	8	韓長賦	1954	53	12
黑龍江	錢運錄	1944	63	2	張左己	1945	62	3
上　海	習近平	1953	54	11	韓　正	1954	53	12
江　蘇	李源潮	1950	57	8	梁保華	1945	62	3

---

[3] 當然，也有例外。例如原上海市委書記黃菊在2002年10月已接近退休年齡，但他反倒提拔到十六屆政治局常委。

[4] 有關高祀仁的簡歷，見http://big5.xinhuanet.com/gate/big5/news.xinhuanet.com/ziliao/2002-10/25/content_607526.htm。

浙　江	趙洪祝	1947	60	5	呂祖善	1946	61	4
安　徽	郭金龍	1947	60	5	王金山	1945	62	3
福　建	盧展工	1952	55	10	黃小晶	1946	61	4
江　西	孟建柱	1947	60	5	吳新雄	1949	58	7
山　東	李建國	1946	61	4	姜大明	1953	54	11
河　南	徐光春	1944	63	2	李成玉	1946	61	4
湖　北	俞正聲	1945	62	3	羅清泉	1945	62	3
湖　南	張春賢	1953	54	11	周　強	1960	47	18
廣　東	張德江	1946	61	4	黃華華	1946	61	4
廣　西	劉奇葆	1953	54	11	陸　兵	1944	63	2
海　南	衛留成	1946	61	4	羅保銘	1952	55	10
重　慶	汪　洋	1955	52	13	王鴻舉	1945	62	3
四　川	杜青林	1946	61	4	蔣巨峰	1948	59	6
貴　州	石宗源	1946	61	4	林樹森	1946	61	4
雲　南	白恩培	1946	61	4	秦光榮	1950	57	8
西　藏	張慶黎	1951	56	9	向巴平措	1947	60	5
陝　西	趙樂際	1957	50	15	袁純清	1951	56	9
甘　肅	陸　浩	1947	60	5	徐守盛	1953	54	11
青　海	強　衛	1953	54	11	宋秀岩	1955	52	13
寧　夏	陳建國	1945	62	3	王正偉	1957	50	15
新　疆	王樂泉	1944	63	2	司馬義·鐵力瓦爾地	1944	63	2
香　港	高祀仁c	1944	63	2				
澳　門	白志健c	1948	59	6				

注釋：a. 本文所有表格所指的省均包括省、自治區、直轄市和特別行政區，但不包括臺灣。

　　　b. 本文在所有表格中所指的省長，均指省長、自治區主席和直轄市市長；香港特別行政區和澳門特別行政區行政長官不包括在內，因為他們都不是中共黨員。

　　　c. 高祀仁和白志健是中聯辦主任。

資料來源：新華網，http://news.xinhuanet.com/ziliao/2002-02/20/content_476046.htm。

　　從另一方面看，年輕的省委書記大有人在。有八位省委書記介於50到55歲之間。最年輕的省委書記當推陝西省委書記趙樂際。他出生於1957年3月，到2007年3月剛滿50歲。[5]其次是遼寧省委書記李克強和重慶市委書記汪洋，都是52歲。李克強出生於1955年7月；[6]汪洋出生於1955年3月。[7]上海市委書記習近平，湖南省委書記張春賢，廣西壯族自治區委書記劉奇葆，青海省委書記強衛屬於同齡人，都生於1953年。習近平出生於6月，[8]張春賢出生於5月，[9]強衛出生於3月，[10]劉奇葆出生於1月。[11]福建省委書記盧展工生於1952年5月，55歲。這些年輕的省委書記，離他們的退休年齡還有10到15年，前途無量。

　　儘管省長一般來說需要提升為省委書記後才有資格進入政治局，但是也不能把他們一概排斥。55歲以下的省長有八位。最年輕的是湖南省省長周強，年僅47歲。其次是青海省女省長宋秀岩，52歲。吉林省省長韓長賦，上海市市長韓正均為53歲。內蒙古自治區主席楊晶，甘肅省省長徐守盛都是54歲。海南省省長羅保銘則為55歲。

　　年齡近63歲或以上的省長有四位。天津市市長戴相龍，遼寧省省長張文岳，廣西壯族自治區政府主席陸兵和新疆維吾爾自治區政府主席司馬義‧鐵力瓦爾地接近63歲，繼續升遷的幾率不大。

　　為評估起見，每一位原省級領導將根據他們在2007年的年齡與65歲的差異而得到一個年齡分（參見表一）。例如，劉淇的年齡分為0，因為他

5　有關趙樂際的簡歷，見http://news.xinhuanet.com/ziliao/2002-03/05/content_301660.htm。

6　有關李克強的簡歷，見http://news.xinhuanet.com/ziliao/2002-02/25/content_289095.htm。

7　有關汪洋的簡歷，見http://politics.people.com.cn/GB/shizheng/252/9667/9684/3973139.html。

8　有關習近平的簡歷，見http://news.xinhuanet.com/ziliao/2002-02/22/content_286763.htm。

9　有關張春賢的簡歷，見http://news.sohu.com/20061113/n246352456.shtml

10　有關強衛的簡歷，見http://www.bj.xinhuanet.com/bjpd_bjzq/2006-04/18/content_6776090.htm。

11　有關劉奇葆的簡歷，見http://news.xinhuanet.com/ziliao/2006-06/30/content_4769984.htm。

在2007年正好65歲。趙樂際的年齡分則為15，因為他在2007年剛剛50歲。

二、教育背景

　　同年齡因素一樣，受教育程度也是選拔中共領導人的一個重要因素。儘管並非每一位現任政治局委員都具有大學本科學歷，但是對第十七屆政治局候選人在學歷方面的要求應當會更為嚴格。這些候選人起碼應當具有大學本科學歷，有碩士、博士學位更好。

　　現任省委書記中仍有兩位沒有大學本科學歷（參見表二）。寧夏回族自治區黨委書記陳建國17歲參加中國人民解放軍，錯過了上大學的機會。[12]後來在山東大學經濟系幹部專修科學習並於1982年畢業，獲得相當於大專的學歷。[13]青海省委書記趙樂際曾於1977年2月至1980年1月在北京大學哲學系學習，但似乎沒有獲得一個正式文憑。趙樂際進入北大時文化大革命已結束，但全國高考尚未恢復。所以，他基本上還屬於工農兵學員。

　　其餘的三十一位省委書記（百分之九十四）至少是大學本科學歷。其中一半強（十六名省委書記）只有大學本科學歷；另一半具研究生學歷。四位省委書記有博士學位。遼寧省委書記李克強1978年3月經過全國高考進入北京大學法律系學習，於1982年1月畢業，獲法學學士學位。在1988年至1995年間，在他擔任共青團中央書記處書記及第一書記的同時，李克強又回到母校在職就讀北京大學經濟學院，於1991年、1995年分別獲得經濟學碩士、博士學位，成為為數不多擁有博士學位的省部級領導之一。[14]

---

[12] 有關陳建國的簡歷，參見沈學明、鄭建英，中共第一屆至第十五屆中央委員（北京：中央文獻出版社，2001年6月），頁483-484。

[13] 有關陳建國的簡歷，參見http://news.xinhuanet.com/ziliao/2002-03/27/content_332816.htm。

[14] 有關李克強的簡歷，參見http://news.xinhuanet.com/ziliao/2002-02/25/content_289095.htm。

表二：中國省級領導人的學歷（2007年9月）

省　名	省委書記	學歷	學歷分	省　長	學歷	學歷分
北　京	劉　淇	碩　士	3	王岐山	本　科	1
天　津	張高麗	本　科	1	戴相龍	本　科	1
河　北	張雲川	本　科	1	郭庚茂	研究生	2
山　西	張寶順	碩　士	3	孟學農	碩　士	3
內蒙古	儲　波	本　科	1	楊　晶	碩　士	3
遼　寧	李克強	博　士	4	張文岳	本　科	1
吉　林	王　瑉	博　士	4	韓長賦	本　科	1
黑龍江	錢運錄	本　科	1	張左己	本　科	1
上　海	習近平	博　士	4	韓　正	碩　士	3
江　蘇	李源潮	博　士	4	梁保華	本　科	1
浙　江	趙洪祝	本　科	1	呂祖善	研究生	2
安　徽	郭金龍	本　科	1	王金山	碩　士	3
福　建	盧展工	本　科	1	黃小晶	本　科	1
江　西	孟建柱	碩　士	3	吳新雄	本　科	1
山　東	李建國	本　科	1	姜大明	研究生	2
河　南	徐光春	本　科	1	李成玉	大　專	0
湖　北	俞正聲	本　科	1	羅清泉	研究生	2
湖　南	張春賢	碩　士	3	周　強	碩　士	3
廣　東	張德江	本　科	1	黃華華	研究生	2
廣　西	劉奇葆	碩　士	3	陸　兵	本　科	1
海　南	衛留成	本　科	1	羅保銘	碩　士	3
重　慶	汪　洋	碩　士	3	王鴻舉	本　科	1
四　川	杜青林	碩　士	3	蔣巨峰	本　科	1
貴　州	石宗源	本　科	1	林樹森	本　科	1
雲　南	白恩培	本　科	1	秦光榮	碩　士	3
西　藏	張慶黎	研究生	2	向巴平措	本　科	1
陝　西	趙樂際	大　專	0	袁純清	博士後	5
甘　肅	陸　浩	本　科	1	徐守盛	研究生	2
青　海	強　衛	碩　士	3	宋秀岩	研究生	2
寧　夏	陳建國	大　專	0	王正偉	博　士	4
新　疆	王樂泉	研究生	0	司馬義•鐵力瓦爾地	本　科	1
香　港	高祀仁c	研究生	2			
澳　門	白志健c	本　科	1			

資料來源：同表一

其關於經濟結構的研究成果《論我國經濟的三元結構》，獲得過中國經濟學界最高獎項—孫冶方經濟科學獎的論文獎。[15]

　　江蘇省委書記李源潮在學歷上與李克強有類似經歷。李源潮1978年考入上海復旦大學數學系，於1982年畢業獲學士學位。在1988年9月至1990年7月間，即在他擔任共青團中央書記處書記期間，李源潮與李克強一道在北京大學經濟管理學院在職學習，師從著名經濟學家厲以寧，獲碩士學位。在學期間，二李和他們的同學孟曉蘇與他們的導師厲以寧共同撰寫一部名為《走向繁榮的戰略選擇》的著作。[16]之後，李源潮又在1991年9月至1995年7月間在中央黨校研究生部科學社會主義專業在職學習，獲法學博士學位。[17]與此同時，他先後擔任中央對外宣傳小組一局局長、中央對外宣傳小組副組長、國務院新聞辦公室副主任，以及中央對外宣傳辦公室副主任等職。

　　上海市委書記習近平的上學經歷略有不同。由於父親習仲勳1962年受迫害被免除國務院副總理一職，[18]習近平於1969年1月不到16歲就到陝西省延川縣農村插隊勞動。他於1975年進入清華大學工程化學系學習，1979年畢業，時稱工農兵學員。[19]他後來又重返母校，在清華大學人文社會科學院馬克思主義理論與思想政治教育專業在職學習，獲法學博士。[20]習近平與李克強和李源潮的區別是：二李都是在北京工作時就近拿的博士學

---

[15] "幹部調整有序進行看中國新近省級高官調整"，

　　參見：http://www.china-embassy.org/chn/gyzg/t175692.htm。

[16] 參見厲以寧簡介，http://www.gsm.pku.edu.cn/jingpin/jpkc/teacher/teacher.asp。

[17] 有關李源潮的簡歷，見http://www.js.xinhuanet.com/zhuanti/2003-02/24/content_240420.htm。

[18] 有關習仲勳的情況，參見齊心，「我與習仲勳風雨相伴的55年」，

　　http://book.sina.com.cn/nzt/soc/dawangshi/120.shtml。

[19] 有關習近平上清華的經歷，參見http://sk.cnlu.net/sjwz/zgrw/001/001/040.htm。

[20] 有關習近平的簡歷，見http://www.zj.xinhuanet.com/zjgov/2006-05/16/content_7003088.htm。

位；而習近平的工作單位在福建，學校在北京。

　　吉林省委書記王珉的求學經歷與上述三位皆不相同。王珉原本走的是學術道路。他1986年從南京航空學院（1991年4月後為南京航空航太大學）獲得工學博士學位。[21]他先後擔任南京航空學院機械工程系講師、實驗室主任，南京航空學院機械工程系副主任、副教授、教授，南京航空學院副院長、博士生導師，南京航空航太大學常務副校長。1994年7月，王珉由學校到地方，擔任江蘇省省長助理，正式開始從政生涯。

　　除了四位博士省委書記外，還有八位省委書記擁有碩士學位。他們分別是山西省委書記張寶順（1992年吉林大學經濟管理學院經濟學碩士學位），湖南省委書記張春賢（哈爾濱工業大學管理科學與工程專業在職研究生，管理學碩士），[22]廣西壯族自治區委書記劉奇葆（1993年吉林大學經濟學院經濟學碩士），[23]重慶市委書記汪洋（1996年中國科技大學管理科學系管理科學專業工學碩士），[24]四川省委書記杜青林（1992年吉林大學法律系碩士），[25]江西省委書記孟建柱（1991年上海機械學院工業企業系統工程專業工學碩士），青海省委書記強衛（1996年中國科技大學經濟管理專業工學碩士），[26]北京市委書記、政治局委員劉淇（1968年北京鋼鐵學院冶金系煉鐵專業研究生）。[27]這八位碩士省委書記中，只有劉淇是在「文革」期間獲得的學位，其餘都是在從政以後通過在職學習。

[21] 有關王珉的簡歷，見http://zs.nuaa.edu.cn/xzfc/ftmx/20060624/061427.html。

[22] 有關張春賢的簡歷，見http://news.sohu.com/20061113/n246352456.shtml。

[23] 有關劉奇葆的簡歷，見http://news.xinhuanet.com/ziliao/2006-06/30/content_4769984.htm；
http://politics.people.com.cn/GB/shizheng/252/9667/9684/4542187.html。

[24] 有關汪洋的簡歷，見http://politics.people.com.cn/GB/shizheng/252/9667/9684/3973139.html。

[25] 有關杜青林的簡歷，見http://news.xinhuanet.com/ziliao/2002-03/01/content_295734.htm。

[26] 有關強衛的簡歷，見http://www.jjzy.cn/bbs/read.php?tid=20858。

[27] 有關劉淇的簡歷，見http://news.xinhuanet.com/ziliao/2002-02/21/content_284282.htm。

　　另外，還有三位省委書記通過在黨校學習獲得相當於研究生的學歷（而不是碩士或博士學位）。中央人民政府駐香港特別行政區聯絡辦公室主任高祀仁，政治局委員、新疆維吾爾自治區黨委書記王樂泉，西藏自治區黨委書記張慶黎都屬於這一類。高祀仁1963年進入合肥工業大學採礦工程系學習，於1968年畢業。[28]在擔任廣東韶關市委副書記之後，曾於1984年至1986年在中央黨校培訓部學習。但在他的簡歷中找不到任何攻讀研究生的經歷，所以他只具有「相當於」研究生的學歷。王樂泉的簡歷上雖然也寫著「中央黨校研究生學歷」，[29]但他的全部就學經歷僅限於三年中央黨校培訓班學習。在擔任山東省共青團委副書記時，他於1983年9月至1986年7月在中央黨校培訓班學習。但三年黨校培訓充其量相當於大專學歷，遠不及研究生學歷。張慶黎雖然跟王樂泉一樣沒有上過正規大學，但學習經歷遠為豐富。[30]在團中央工農青年部工作期間，張慶黎曾兩次進學堂深造。1980年8月至1981年2月在北京農業大學學習，1983年9月至1985年7月在中央黨校進修部大專班脫產學習。在擔任山東省東營市委副書記、副市長期間，張於1992年3月至1992年7月在中央黨校學習。在擔任山東省泰安市委書記期間，他於1995年9月至1997年12月在山東省委黨校經濟管理專業在職學習。在擔任新疆生產建設兵團司令員期間，他於1999年10月至2001年7月在石河子大學農業經濟管理專業研究生課程進修班學習。應當說，張慶黎的學歷確實相當於研究生學歷，而王樂泉的學歷則不相當於研究生學歷。

　　現任省長中只有一位沒有大學本科學歷（參見表二）。河南省省長李

---

[28] 有關高祀仁的簡歷，見http://big5.southcn.com/gate/big5/www.southcn.com/news/china/hrcn/rszhongyang/200301150100.htm。

[29] 有關王樂泉的簡歷，見http://news.xinhuanet.com/ziliao/2002-03/05/content_301890.htm。

[30] 有關張慶黎的簡歷，見http://news.xinhuanet.com/ziliao/2005-11/28/content_3844338.htm。

成玉沒有上過正規大學，但受過多次培訓。他在擔任寧夏回族自治區海原縣委常委、鄭旗公社黨委副書記期間，於1974年7月至1975年7月在中央民族學院幹訓部學習。在擔任共青團寧夏回族自治區共青團委書記、黨組書記（1978年6月至1983年9月）期間，曾在中央黨校學習半年。[31]之後，他於1983年9月至1985年8月在中央黨校幹部進修部脫產學習。

　　其餘的30位省長都擁有至少是大學本科學歷。其中一半（十五名省長）只擁有大學本科學歷；另外一半（十五名省長）擁有研究生學歷。六位省長具「中央黨校研究生學歷」。他們分別是河北省省長郭庚茂（1998年中央黨校研究生部在職研究生班政治經濟學專業）、[32]浙江省省長呂祖善（中央黨校研究生）、[33]湖北省省長羅清泉（中央黨校在職研究生）、[34]廣東省省長黃華華（1985年中央黨校二年制中青年幹部研究生班）、[35]甘肅省省長徐守盛（2002年江蘇省委黨校政治經濟學專業）、[36]青海省省長宋秀岩（中央黨校研究生）。[37]

　　但這些省長的學習經歷各有不同。郭庚茂於1982年至1984年在北京大學國際政治系政治學專業幹部專修科學習（全日制），並於1995年9月至1998年7月在中央黨校研究生部在職研究生班政治經濟學專業學習。呂祖善1968年畢業於南京航空學院，但他的簡歷中卻找不到研究生學習的經

---

[31] 有關李成玉的簡歷，見http://www.people.com.cn/GB/shizheng/252/9667/9684/20030124/914049.html。

[32] 有關郭庚茂的簡歷，見http://news.xinhuanet.com/ziliao/2007-02/13/content_5734905.htm。

[33] 有關呂祖善的簡歷，見http://news.xinhuanet.com/ziliao/2003-02/20/content_737758.htm。

[34] 有關羅清泉的簡歷，見http://news.xinhuanet.com/ziliao/2002-10/25/content_607518.htm。

[35] 有關黃華華的簡歷，見http://news.xinhuanet.com/ziliao/2003-02/20/content_737815.htm。

[36] 有關徐守盛的簡歷，見http://www.gscn.com.cn/get/gszy/081814412.html。

[37] 有關宋秀岩的簡歷，見http://news.xinhuanet.com/ziliao/2004-12/24/content_2375341.htm；http://www.chinanews.com.cn/news/2005/2005-01-22/26/531814.shtml。

歷。羅清泉於1963年9月至1968年9月，在武漢水運工程學院學習，1983年9月至1985年8月在中央黨校培訓部學習。[38]黃華華於1964年至1969年在中山大學數力係數學專業學習，1983年9月至1985年7月在中央黨校二年制中青年幹部研究生班學習。徐守盛先後在合肥農村經濟管理幹部學院農業經濟系農業經濟專業（1983年10月至1985年7月），東南大學哲學與科學系科技經濟與決策管理專業在職研究生班（1998年9月至2000年7月），江蘇省委黨校政治經濟學專業在職研究生班（1999年5月至2002年10月）學習。[39]宋秀岩則先後在中國青年政治學院（1985年9月至1987年7月）和中央黨校函授學院領導幹部班經濟管理專業（1993年8月至1995年12月）學習。[40]

　　另外有七位省長擁有碩士學位。他們分別是湖南省省長周強（1985年西南政法大學法學碩士）、[41]內蒙古自治區政府主席楊晶（1998年中國社會科學院研究生院企業管理專業碩士）、上海市市長韓正（1996年華東師範大學國際關係與世界經濟專業經濟學碩士）、[42]安徽省省長王金山（1996年南開大學經濟研究所政治經濟學專業經濟學碩士）、[43]海南省省長羅保銘（1995年南開大學明清史專業歷史學碩士）、[44]雲南省省長秦光榮（1995年中南工業大學管理科學與工程專業工學碩士）。[45]山西省代省

---

[38] 有關羅清泉的簡歷，見http://www.cnhubei.com/aa/ca207662.htm。

[39] 有關徐守盛的簡歷，見http://www.gscn.com.cn/get/gszy/081814412.html。

[40] 有關宋秀岩的簡歷，見http://news.sina.com.cn/c/2005-01-22/12374915303s.shtml。

[41] 有關周強的簡歷，見http://www.people.com.cn/GB/shizheng/252/9667/9685/20021206/882653.html。

[42] 有關韓正的簡歷，見http://zh.wikipedia.org/wiki/%E9%9F%A9%E6%AD%A3。

[43] 有關王金山的簡歷，見http://china.org.cn/chinese/zhuanti/269718.htm。

[44] 有關羅保銘的簡歷，見http://news.xinhuanet.com/ziliao/2007-02/09/content_5719386.htm。

[45] 有關秦光榮的簡歷，見http://news.sina.com.cn/c/2006-11-06/173610427618s.shtml。

長孟學農擁有工學碩士學位，但不知是從哪所大學獲得的。孟學農1968年初中畢業後，就參加了工作，沒有上過正規大學。他1987年函授畢業於中國人民大學馬列主義專業。在此前後，他曾先後擔任共青團北京市委副書記（1983年11月-1986年11月）、北京市飯店聯合公司總經理、黨委書記（1986年11月-1987年2月）、北京市工商行政管理局局長、黨組書記（1987年2月-1993年2月）等職。[46]

儘管在西方博士後不是一個學位，但在中國博士後被當作比博士更高一級的學位。陝西省省長袁純清是目前省級領導人中唯一獲得博士後證書的領導。他於1977年2月至1980年1月在北京大學法律系法律專業學習；1987年9月至1990年7月在中國政法大學法律系政治學專業攻讀碩士研究生，獲法學碩士學位；1994年9月至1998年6月在湖南大學國際商學院管理科學與工程專業攻讀博士研究生，獲管理學博士學位；1999年4月至2001年5月在北京大學經濟學院從事理論經濟學博士後研究工作，獲博士後證書。[47]袁純清在攻讀碩士期間，一直擔任共青團中央學校部部長；在攻讀博士和從事博士後研究期間，同時先後在共青團中央書記處任書記（1992年12月至1997年9月）和中央紀委任常委、秘書長（1997年9月至2001年3月）。

為評估起見，每一位原省級領導將根據其學歷分別得到一個學歷分（參見表二）：大專學歷的學歷分為0；大學本科為1；研究生學歷為2；[48]碩士為3；博士為4；博士後為5。

---

[46] 有關孟學農的簡歷，見http://news.xinhuanet.com/ziliao/2003-01/19/content_696130.htm。

[47] 有關袁純清的簡歷，見http://news.xinhuanet.com/ziliao/2007-02/05/content_5697974.htm。

[48] 但王樂泉的學歷分為0，因為他的學歷相當於大專，儘管他的簡歷上寫的是研究生。

三、部級領導經歷

　　第三個決定第十七屆政治局委員資格的因素是領導工作，尤其是副部級以上的領導工作經歷。顯然，相對於那些後來才得到提拔的幹部來說，進入副部這一級別的領導具有一定的優勢。眾所周知，省委書記、省長、部長都屬於正部級，省委副書記、省委常委、副省長、副部長都屬於副部級。

　　另外，新華社和《人民日報》相當於正部級單位，新華社社長和《人民日報》總編、社長相當於正部長級；新華社副社長和《人民日報》副總編、副社長相當於副部長級。《光明日報》相當於副部級單位，其總編、社長相當於副部級。有鑒於此，張寶順於1993年4月進入副部級行列，因為他此時被任命為新華社副社長。[49]而徐光春的級別在同月被任命為《光明日報社》總編輯時也達到副部級。[50]同理，劉奇葆也在1993年8月進入副部級行列，因為他從此開始擔任《人民日報》社副總編輯。[51]

(一)副部級工作經歷

　　所有的省委書記都在二十世紀八〇年代、九〇年代進入副部級行列（參見表3）。最早進入這一級別的是黑龍江省委書記錢運錄。他1983年1月就被任命為湖北省委副書記、常委。當時，他年僅38歲。兩年多之後（1985年5月），現任四川省委書記杜青林才擔任吉林省委常委、組織部長。二十世紀八〇年代被提到副部級的還有廣東省委書記、政治局委員張德江（1986年8月），天津市委書記張高麗（1988年），寧夏回族自治區黨委書記陳建國（1988年12月），新疆維吾爾自治區黨委書記、政治局委員王樂泉（1989年2月）。

49　見http://news.xinhuanet.com/ziliao/2004-01/12/content_1270509.htm。

50　有關徐光春的簡歷，見http://news.xinhuanet.com/ziliao/2002-03/05/content_300373.htm。

51　有關劉奇葆的簡歷，見http://news.xinhuanet.com/ziliao/2006-06/30/content_4769984.htm。

　　有趣的是，許多省委書記在1993年進入副部級。近百分之四十的省委書記（十三位）在這一年得到提升。包括江西省委書記孟建柱、甘肅省委書記陸浩、北京市委書記、政治局委員劉淇、河北省委書記張雲川、山西省委書記張寶順、河南省委書記徐光春、遼寧省委書記李克強、江蘇省委書記李源潮、重慶市委書記汪洋、廣西壯族自治區黨委書記劉奇葆、上海市委書記習近平、青海省委書記強衛以及貴州省委書記石宗源。

　　四位現任省委書記在1997年中共「十五大」之後才升為副部級。浙江省委書記趙洪祝1998年3月任監察部副部長。湖南省委書記張春賢於1998年4月被任命為交通部副部長。西藏自治區黨委書記張慶黎於1998年8月起擔任甘肅省委常委兼宣傳部部長。海南省委書記衛留成於1999年9月才擔任中國海洋石油有限公司董事長兼首席執行官。

　　每位原省委書記都將根據其到2007年為止的副部級經歷得到一個副部級分（參見表三）。其公式為2007-進入副部級年。例如，錢運錄的副部級分是2007-1983＝24。而衛留成的副部級分為2007-1999＝8。

　　相對省委書記而言，省長進入副部級的時間普遍稍晚。最早進入這一級別的是安徽省省長王金山。他於1983年4月任吉林省副省長，比最早進入這一級別的省委書記（錢運錄）僅晚3個月。其次是河南省省長李成玉，於1988年5月起任寧夏回族自治區人民政府副主席。另外一位於八〇年代進入這一級別的是天津市長戴相龍。他於1989年起任中國交通銀行總經理（相當於副部級）。

表三：中國省級領導人的副部級領導經歷（2007年9月）

省名a	省委書記	副部	副部分	省長b	副部	副部分
北　京	劉　淇	1993	14	王岐山	1993	14
天　津	張高麗	1988	19	戴相龍	1989	18
河　北	張雲川	1993	14	郭庚茂	1998	9
山　西	張寶順	1993	14	孟學農	1993	14
內蒙古	儲　波	1990	17	楊　晶	1998	9
遼　寧	李克強	1993	14	張文岳	1990	17
吉　林	王　珉	1996	11	韓長賦	2001	6
黑龍江	錢運錄	1983	24	張左己	1993	14
上　海	習近平	1993	14	韓　正	1997	10
江　蘇	李源潮	1993	14	梁保華	1994	13
浙　江	趙洪祝	1998	9	呂祖善	1995	12
安　徽	郭金龍	1992	15	王金山	1983	24
福　建	盧展工	1992	15	黃小晶	1995	12
江　西	孟建柱	1993	14	吳新雄	2001	6
山　東	李建國	1991	16	姜大明	1998	9
河　南	徐光春	1993	14	李成玉	1988	19
湖　北	俞正聲	1992	15	羅清泉	1996	11
湖　南	張春賢	1998	9	周　強	1998	9
廣　東	張德江	1986	21	黃華華	1992	15
廣　西	劉奇葆	1993	14	陸　兵	1993	14
海　南	衛留成	1999	8	羅保銘	1997	10
重　慶	汪　洋	1993	14	王鴻舉	1997	10
四　川	杜青林	1985	22	蔣巨峰	2000	7
貴　州	石宗源	1993	14	林樹森	2002	5
雲　南	白恩培	1990	17	秦光榮	1994	13
西　藏	張慶黎	1998	9	向巴平措	1998	9
陝　西	趙樂際	1994	13	袁純清	1997	10
甘　肅	陸　浩	1993	14	徐守盛	2000	7
青　海	強　衛	1993	14	宋秀岩	1995	12
寧　夏	陳建國	1988	19	王正偉	1998	9
新　疆	王樂泉	1989	18	司馬義·鐵力瓦爾地	1998	9
香　港	高祀仁c	1991	16			
澳　門	白志健c	1996	16			

資料來源：同表一。

二十三位（即百分之七十四）省長在九〇年代進入副部級。五位省長直到二十一世紀初才進入這一級別。他們分別是四川省省長蔣巨峰（2000年）、甘肅省省長徐守盛（2000年）、吉林省省長韓長賦（2001年）、江西省省長吳新雄（2001年）、貴州省省長林樹森（2002年）。值得注意的是，林樹森直到2002年9月才進入廣東省委常委，儘管在此之前他已經任廣州市長達六年之久。

每位原省長也會根據其進入副部級的年限得到一個副部級分（參見表三）。

(二)正部級工作經歷

各個省委書記的正部級工作經歷相去甚遠（參見表四）。一方面，有些省委書記任正部級職位有十年之久。杜青林、劉淇、李克強在正部級上已工作十四年；王樂泉為十三年；錢運錄和張德江均為十二年；白恩培、李建國則為十年。杜青林於1993年2月任海南省人大常委會主任；劉淇於1993年3月被任命為冶金工業部部長；李克強1993年5月任共青團中央委員會書記處第一書記。王樂泉1994年9月任新疆維吾爾自治區黨委代理書記；錢運錄1995年2月任湖北省政協主席；張德江1995年6月任吉林省委書記。白恩培1997年4月當選為青海省副省長、代省長；李建國1997年8月起任陝西省委書記。

另一方面，一些省委書記進入正部級不過三年或更短。張寶順2004年1月任山西省副省長、代省長；王瑉2004年10月任吉林省副省長、代省長；徐光春2004年12月任河南省委書記；張慶黎2005年11月任西藏自治區代理黨委書記；劉奇葆2006年6月任廣西壯族自治區黨委書記。強衛進入正部級最晚。他2007年3月剛被任命為青海省委書記。[52]

---

[52] 詳情參見http://news.xinhuanet.com/local/2007-03-26/content_5898340.htm。

　　值得注意的是，級別和職務並不完全等同。升級不升職或降職不降級的情況都是常有的事。例如，現任重慶市委書記汪洋於2003年3月調任國務院副秘書長一職時，其級別定為「正部級」。[53] 浙江省委書記趙洪祝在2003年11月任中共中央組織部常務副部長時，其級別提升為「正部級」。[54]

　　省長總的說來比省委書記進入正部級晚。有三位省長擔任正部級職務九年以上。戴相龍1995年6月任中國人民銀行行長（十二年）；張左己1998年3月任勞動和社會保障部部長（9年）；周強1998年6月當選共青團中央書記處第一書記（9年）。

　　將近百分之九十（二十七位）的省長進入正部級五年以下，其中三分之一（9位）進入正部級不到一年。陝西省省長袁純清（2006年6月）、貴州省省長林樹森（2006年7月）、河北省省長郭庚茂（2006年10月）、江西省省長吳新雄（2006年10月）、甘肅省省長徐守盛（2006年10月）、雲南省省長秦光榮（2006年11月）、吉林省省長韓長賦（2006年12月）、海南省省長羅保銘（2007年1月）、四川省省長蔣巨峰（2007年1月）、山東省代省長姜大明（2007年6月）。這些省長都是先擔任代省長，然後「轉正」。袁純清2006年6月任陝西省代省長，2007年2月正式當選為陝西省省長。林樹森2006年7月調任貴州省副省長、代省長，2007年1月正式當選為貴州省省長。郭庚茂、吳新雄、徐守盛、秦光榮、韓長賦、羅保銘、蔣巨峰都經過不同時期的「代省長」階段。但到2007年10月，孟學農和姜大明還仍然是代省長。山西省代省長孟學農的情況比較特殊。他曾於2003年1月就任北京市市長，3個月後因抗「非典」不力被免職。2007年9月被重新啟用，任山西省代省長。

---

[53] 安徽省長王金山2000年9月任中華全國供銷合作總社理事會副主任時提升為「正省級」。參見http://news.xinhuanet.com/ziliao/2002-10/25/content_607521.htm。

[54] 參見http://news.xinhuanet.com/local/2007-03/25/content_5893840.htm。

表四：中國省級領導人的正部級領導經歷（2007年9月）

省名a	省委書記	正部	正部分	省長b	正部	正部分
北　京	劉　淇	1993	14	王岐山	2000	7
天　津	張高麗	2001	6	戴相龍	1995	12
河　北	張雲川	2001	6	郭庚茂	2006	1
山　西	張寶順	2004	3	孟學農	2003	4
內蒙古	儲　波	1998	9	楊　晶	2003	4
遼　寧	李克強	1993	14	張文岳	2004	3
吉　林	王　珉	2004	3	韓長賦	2006	1
黑龍江	錢運錄	1995	12	張左己	1998	9
上　海	習近平	1999	8	韓　正	2003	4
江　蘇	李源潮	2002	5	梁保華	2002	5
浙　江	趙洪祝	2003	4	呂祖善	2003	4
安　徽	郭金龍	2000	7	王金山	2000	7
福　建	盧展工	2002	5	黃小晶	2004	3
江　西	孟建柱	2001	6	吳新雄	2006	1
山　東	李建國	1997	10	姜大明	2007	0
河　南	徐光春	2004	3	李成玉	2003	4
湖　北	俞正聲	1998	9	羅清泉	2002	5
湖　南	張春賢	2002	5	周　強	1998	9
廣　東	張德江	1995	12	黃華華	2003	4
廣　西	劉奇葆	2006	1	陸　兵	2003	4
海　南	衛留成	2003	4	羅保銘	2007	0
重　慶	汪　洋	2003	4	王鴻舉	2002	5
四　川	杜青林	1993	14	蔣巨峰	2007	0
貴　州	石宗源	2000	7	林樹森	2006	1
雲　南	白恩培	1997	10	秦光榮	2006	1
西　藏	張慶黎	2005	2	向巴平措	2003	4
陝　西	趙樂際	1999	8	袁純清	2006	1
甘　肅	陸　浩	2001	6	徐守盛	2006	1
青　海	強　衛	2007	0	宋秀岩	2004	3
寧　夏	陳建國	2002	5	王正偉	2007	0
新　疆	王樂泉	1994	13	司馬義•鐵力瓦爾地	2003	4
香　港	高祀仁c	2002	5			
澳　門	白志健c	2002	5			

資料來源：同表一。

每位元省級領導根據其任部級職務長短各得到一個「正部級分」（參見表四）。

四、省級領導工作經歷

第四個決定第十七屆政治局委員資格的因素是地方領導，尤其是省級領導工作經歷。中國是一個以省為單位的國家。管理省的經歷對於一位領導國家的中央領導人來說極為重要。

衡量一個人的省級領導工作經歷有五個方面：擔任省級領導（副省級以上）的經歷；擔任主要省級領導（省委書記、省長、省人大常委會主任）的經歷；現任省級領導工作經歷；在多個省的工作經歷；及省級領導的現任職務。

(一)省級領導工作經歷

省委書記在省級崗位上工作的平均長度為十一年，但各例之間的差異很大（參見表五）。錢運錄在省級領導崗位上工作時間最長，將近四分之一個世紀。自從1983年1月任湖北省委副書記開始，他在省裡連續工作二十四年之久。張高麗和陳建國並列第二，都是十九年。王樂泉為十八年。

個別省委書記在省裡的工作不到五年。海南省委書記衛留成2003年10月才到海南省工作，至2007年2月不到四年。徐光春2004年12月任河南省委書記。湖南省委書記張春賢2005年12月任現職，至2007年2月為一年零兩個月。趙洪祝雖然曾在內蒙古工作過多年，但2007年3月剛擔任省級領導職務。

要算年頭，杜青林從1985年5月任吉林省委常委、省委組織部長起至2007年也有二十二年。但由於他2001年8月至2006年12月擔任農業部部長，他的省級領導經歷為此減少五年。張德江，汪洋，俞正聲，石宗源，張雲川的情況與此類似。張德江先後兩次在民政部工作共六年；汪洋1999

年9月至2005年12月先後在國家發展計畫委員會和國務院工作六年；俞正聲1997年8月至2001年11月在建設部擔任副部長、部長；石宗源2000年10月至2005年12月任新聞出版署署長兼國家版權局局長；張雲川2003年3月至2007年8月任國防科學技術工業委員會主任。[55]

省長的省級領導工作經歷比省委書記稍短一些，平均為十年。但三分之二強的省長在省級領導工作崗位上工作九年以上。安徽省省長王金山在省級領導崗位上工作時間最長，達二十年之久。其次是河南省省長李成玉，工作十九年。接下來依次是黃華華（15年）、陸兵（14年）、梁寶華（13年）、和秦光榮（13年）。

在省級領導崗位上工作五年或以下的有戴相龍（5年）、林樹森（5年）、張左己（4年）、周強（1年）、韓長賦（1年）。應當指出，林樹森比其他幾位地方工作經驗豐富的多。自從1970年8月參加工作之後，他在廣東省各級崗位上工作了將近三十六年，但他2002年9月才進入廣東省委常委，成為一個名副其實的省級領導。戴相龍，張左己，韓長賦，周強則是從中央下放到地方的。戴相龍原來是中國人民銀行行長；張左己在任黑龍江省省長之前是勞動和社會保障部部長；周強2006年9月任湖南省副省長、代省長之前是共青團中央書記處第一書記；韓長賦2006年12月任吉林省副省長、代省長之前是國務院研究室副主任。

北京市市長王岐山在廣東省工作三年後，於2000年11月調回中央。在國務院經濟體制改革辦公室工作兩年。所以，他的省級領導工作經歷是八年而不是十年。安徽省省長王金山1998年11月至2002年9月在中華全國供銷總社任職，所以他在省級領導崗位上的經歷為二十年而不是二十四年。

每一位元省級領導都根據他在省級領導崗位上的實際年限得到一個省級分（參見表五）。

---

[55] 有關張雲川的簡歷，見http://news.xinhuanet.com/ziliao/2002-02/26/content_290161.htm。

表五：中國省級領導人的省級領導經歷（2007年9月）

省名a	省委書記	省級	省級分	省長b	省級	省級分
北　京	劉　淇	1998	9	王岐山	1997	8
天　津	張高麗	1988	19	戴相龍	2002	5
河　北	張雲川	1993	10	郭庚茂	1998	9
山　西	張寶順	2001	6	孟學農	1993	10
內蒙古	儲　波	1990	17	楊　晶	1998	9
遼　寧	李克強	1998	9	張文岳	1995	12
吉　林	王　珉	1996	11	韓長賦	2006	1
黑龍江	錢運錄	1983	24	張左己	2003	4
上　海	習近平	1993	14	韓　正	1997	10
江　蘇	李源潮	2000	7	梁保華	1994	13
浙　江	趙洪祝	2007	0	呂祖善	1995	12
安　徽	郭金龍	1992	15	王金山	1983	20
福　建	盧展工	1992	15	黃小晶	1995	12
江　西	孟建柱	1993	14	吳新雄	2001	6
山　東	李建國	1991	16	姜大明	1998	9
河　南	徐光春	2004	3	李成玉	1988	19
湖　北	俞正聲	1992	11	羅清泉	1996	11
湖　南	張春賢	2005	2	周　強	2006	1
廣　東	張德江	1990	11	黃華華	1992	15
廣　西	劉奇葆	2000	7	陸　兵	1993	14
海　南	衛留成	2003	4	羅保銘	1997	10
重　慶	汪　洋	1993	8	王鴻舉	1997	10
四　川	杜青林	1985	17	蔣巨峰	2000	7
貴　州	石宗源	1993	9	林樹森	2002	5
雲　南	白恩培	1990	17	秦光榮	1994	13
西　藏	張慶黎	1998	9	向巴平措	1998	9
陝　西	趙樂際	1994	13	袁純清	2001	6
甘　肅	陸　浩	1993	14	徐守盛	2000	7
青　海	強　衛	2001	6	宋秀岩	1995	12
寧　夏	陳建國	1988	19	王正偉	1998	9
新　疆	王樂泉	1989	18	司馬義·鐵力瓦爾地	1998	9
香　港	高祀仁c	1991	16			
澳　門	白志健c	1998	9			

資料來源：同表一。

(二)主要省級領導經歷

省委書記擔任主要省級領導的經歷平均為六年（參見表六）。擔任主要省級領導職務十年以上的有王樂泉（13年）、張德江（12年）、白恩培（10年）、李建國（10年）。杜青林1993年2月任海南省人大常委會主任，成為主要省級領導，但除去他擔任農業部部長的五年，他的主要省級領導經歷為九年，而不是十四年。擔任主要省級領導職務五年以下的有衛留成（4年）、張寶順（3年）、王珉（3年）、徐光春（3年）、張春賢（2年）、汪洋（2年）、張慶黎（2年）、石宗源（2年）、劉奇葆（1年）、趙洪祝（0年）、強衛（0年）。

現任省長擔任主要省級領導的經歷是省委書記的一半，平均不到三年（參見表六）。現任省長中，沒有人超過五年。約一半多（十六位）擔任主要省級領導四至五年，少於一半（十五位）在三年或以下。其中有十二位省長擔任主要省級領導工作一年或更短。他們分別是郭庚茂、韓長賦、吳新雄、周強、林樹森、秦光榮、袁純清、徐守盛、羅保銘、蔣巨峰、孟學農、姜大明。

省級領導根據其擔任主要省級領導的長短而得到一個「正省級分」（參見表六）。

表六：中國省級領導人的正省級領導經歷（2007年9月）

省名a	省委書記	正省級	正省級分	省長b	正省級	正省級分
北　京	劉　淇	1999	8	王岐山	2002	5
天　津	張高麗	2001	6	戴相龍	2002	5
河　北	張雲川	2001	3	郭庚茂	2006	1
山　西	張寶順	2004	3	孟學農	2003	1
內蒙古	儲　波	1998	9	楊　晶	2003	4
遼　寧	李克強	1998	9	張文岳	2004	3
吉　林	王　珉	2004	3	韓長賦	2006	1
黑龍江	錢運錄	1998	9	張左己	2003	4
上　海	習近平	1999	8	韓　正	2003	4
江　蘇	李源潮	2002	5	梁保華	2002	5
浙　江	趙洪祝	2007	0	呂祖善	2003	4
安　徽	郭金龍	2000	7	王金山	2002	5
福　建	盧展工	2002	5	黃小晶	2004	3
江　西	孟建柱	2001	6	吳新雄	2006	1
山　東	李建國	1997	10	姜大明	2007	0
河　南	徐光春	2004	3	李成玉	2003	4
湖　北	俞正聲	2001	6	羅清泉	2002	5
湖　南	張春賢	2005	2	周　強	2006	1
廣　東	張德江	1995	12	黃華華	2003	4
廣　西	劉奇葆	2006	1	陸　兵	2003	4
海　南	衛留成	2003	4	羅保銘	2007	0
重　慶	汪　洋	2005	2	王鴻舉	2002	5
四　川	杜青林	1993	9	蔣巨峰	2007	0
貴　州	石宗源	2005	2	林樹森	2006	1
雲　南	白恩培	1997	10	秦光榮	2006	1
西　藏	張慶黎	2005	2	向巴平措	2003	4
陝　西	趙樂際	1999	8	袁純清	2006	1
甘　肅	陸　浩	2001	6	徐守盛	2006	1
青　海	強　衛	2007	0	宋秀岩	2004	3
寧　夏	陳建國	2002	5	王正偉	2007	0
新　疆	王樂泉	1994	13	司馬義·鐵力瓦爾地	2003	4
香　港	高祀仁c	2002	5			
澳　門	白志健c	2002	5			

資料來源：同表一。

(三)現任省級領導工作經歷

省委書記在現職上平均工作三年左右（參見表七）。其中，只有王樂泉在現職上工作十年以上。王樂泉自1994年9月任新疆維吾爾自治區黨委代理書記以來已近十三年之久。他先後三次當選為新疆維吾爾自治區黨委書記，最近的一次為2006年10月。王樂泉現在是十六屆政治局委員。如果他離任現職，有可能繼續高升。

另外，有十一位省委書記任現職還不到一年。原廣西壯族自治區黨委書記曹伯純因到退休年齡離任，劉奇葆於2006年6月接任。原甘肅省委書記蘇榮調任中共中央黨校常務副校長，[56]中共中央2006年7月決定陸浩任甘肅省委書記。原上海市委書記、政治局委員陳良宇因涉嫌上海社保腐敗案被解職，上海市長韓正於2006年9月任上海市委代理書記；中共中央2007年3月決定，原浙江省委書記習近平調任上海市委書記。[57]原海南省委書記汪嘯風調任國務院三峽工程建設委員會辦公室主任，[58]衛留成於2006年12月接任。原四川省委書記張學忠因年齡原因（2006年已63歲）於2006年12月轉任十屆全國人大內務司法委員會副主任委員，[59]杜青林於同月接任。原吉林省委書記王雲坤2006年12月因年齡原因（2006年12月已64歲）離任，[60]王珉接任。原河北省委書記白克明2007年8月因年齡原因（2006年12月已64歲）離任，[61]張雲川接任。除習近平之外，2007年3月新上任的省委書記還有：原山東省委書記張高麗調任天津市委書記，接替退休的張立昌；原陝西省委書記李建國調任山東省委書記；原青海省委書

---

[56] 有關蘇榮的簡歷，見http://news.xinhuanet.com/ziliao/2002-03/05/content_301613.htm。

[57] 見http://news.xinhuanet.com/local/2007-03/24/content_5890690.htm。

[58] 有關汪嘯風的簡歷，見http://news.xinhuanet.com/ziliao/2002-03/01/content_295635.htm。

[59] 有關張學忠的簡歷，見http://news.xinhuanet.com/ziliao/2002-03/01/content_295716.htm。

[60] 有關王雲坤的簡歷，見http://news.xinhuanet.com/ziliao/2002-02/21/content_285219.htm。

[61] 有關白克明的簡歷，見http://news.xinhuanet.com/ziliao/2002-03/01/content_295175.htm。

記趙樂際調任陝西省委書記；原北京市委副書記強衛升任青海省委書記；原中共中央組織部常務副部長趙洪祝調任浙江省委書記。

現任省長擔任現職的分佈與其擔任主要省級領導的經歷完全一致，平均為三年（參見表六、表七）。除寧夏回族自治區主席馬啟智為十年外，全都不超過五年。其中有10位省長擔任現職一年或更短。他們分別是郭庚茂，韓長賦，吳新雄，周強，林樹森，秦光榮，袁純清，徐守盛，羅保銘，蔣巨峰。

省級領導根據其擔任現任省級領導職務的長短而得到一個「現任分」（參見表七）。

(四)多省份經歷

大多數省委書記有多省的工作經歷（參見表八）。不到百分之三十（九位）的省委書記只在一個省份工作過。他們分別是劉淇、張寶順、李源潮、徐光春、張春賢、劉奇葆、衛留成、陸浩、趙洪祝。百分之四十二（十四位）的省委書記在兩個省份擔任過省級領導。

將近三分之一（十位）的省委書記在三個省份擔任過省級領導。錢運錄先後在湖北、貴州、黑龍江擔任省級領導；盧展工先後在浙江、河北、福建擔任省級領導；張德江先後在吉林、浙江、廣東擔任省級領導；杜青林先後在吉林、海南、四川擔任省級領導；石宗源先後在甘肅、吉林、貴州擔任省級領導；白恩培先後在內蒙古、青海、雲南擔任省級領導；張慶黎先後在甘肅、新疆、西藏擔任省級領導；張高麗先後在廣東、山東、天津擔任省級領導；李建國先後在天津、陝西、山東擔任省級領導；習近平先後在福建、浙江、上海擔任省級領導。

表七：中國省級領導人的現任省級領導職務經歷（2007年9月）

省名a	省委書記	現任	現任分	省長b	現任	現任分
北　京	劉　淇	2002	5	王岐山	2003	5
天　津	張高麗	2007	0	戴相龍	2002	5
河　北	張雲川	2007	0	郭庚茂	2006	1
山　西	張寶順	2005	2	孟學農	2007	0
內蒙古	儲　波	2001	6	楊　晶	2003	4
遼　寧	李克強	2004	3	張文岳	2004	3
吉　林	王　珉	2006	1	韓長賦	2006	1
黑龍江	錢運錄	2005	2	張左己	2003	4
上　海	習近平	2007	0	韓　正	2003	4
江　蘇	李源潮	2002	5	梁保華	2002	5
浙　江	趙洪祝	2007	0	呂祖善	2003	4
安　徽	郭金龍	2004	3	王金山	2002	5
福　建	盧展工	2004	3	黃小晶	2004	3
江　西	孟建柱	2001	6	吳新雄	2006	1
山　東	李建國	2007	0	姜大明	2007	0
河　南	徐光春	2004	3	李成玉	2003	4
湖　北	俞正聲	2001	6	羅清泉	2002	5
湖　南	張春賢	2005	2	周　強	2006	1
廣　東	張德江	2002	5	黃華華	2003	4
廣　西	劉奇葆	2006	1	陸　兵	2003	4
海　南	衛留成	2006	1	羅保銘	2007	0
重　慶	汪　洋	2005	2	王鴻舉	2002	5
四　川	杜青林	2006	1	蔣巨峰	2007	0
貴　州	石宗源	2005	2	林樹森	2006	1
雲　南	白恩培	2001	6	秦光榮	2006	1
西　藏	張慶黎	2005	2	向巴平措	2003	4
陝　西	趙樂際	2007	0	袁純清	2006	1
甘　肅	陸　浩	2006	1	徐守盛	2006	1
青　海	強　衛	2007	0	宋秀岩	2004	3
寧　夏	陳建國	2002	5	王正偉	2007	0
新　疆	王樂泉	1994	13	司馬義•鐵力瓦爾地	2003	4
香　港	高祀仁c	2002	5			
澳　門	白志健c	2002	5			

資料來源：同表一。

值得注意的是，如果把他們進入省級領導崗位前的經歷考慮進去的話，有些省委書記的實際工作經歷不止三個省份。例如，張慶黎在調任甘肅省委常委、宣傳部部長之前，曾先後在山東工作近過二十年。他曾是山東省東平縣副書記，山東省東營市副市長、副書記、市長，山東省泰安市委書記，山東省宣傳部常務副部長，山東省委常務副秘書長。

與此類似，白恩培在任內蒙古自治區黨委常委、組織部長之前，也曾在陝西工作二十年。他曾擔任陝西省延安柴油機廠廠長、黨委副書記，陝西省延安捲煙廠黨委副書記、廠長，陝西省延安地委副書記、書記。

張雲川是唯一的在四個省份擔任過省級領導的省委書記。他於九○年代初在江西省擔任副省長，1995年至1998年先後擔任新疆維吾爾自治區政府副主席、中共新疆維吾爾自治區黨委常委、中共新疆維吾爾自治區黨委副書記，1998年至2003年先後擔任湖南省委副書記、湖南省副省長、代省長、湖南省省長。自2007年8月起，他又擔任河北省委書記。

大多數省長缺乏多省工作經歷（參見表八）。百分之六十八（二十二位）的省長只在一個省份擔任過省級領導職務。八位在兩個省份擔任過省級領導職務。他們分別是蔣巨峰（浙江、四川）、林樹森（廣東、貴州）、秦光榮（湖南、雲南）、張文岳（新疆、遼寧）、王岐山（海南、北京）、李成玉（甘肅、河南）、羅保銘（天津、海南）、徐守盛（江蘇、甘肅）。

有兩位省長曾在三個省份擔任過省級領導職務。安徽省省長王金山曾在吉林省任副省長、省委副書記，在浙江省任省委副書記。山西省省長于幼軍此前曾在廣東省任省委常委、宣傳部長，深圳市委副書記、代市長、市長，在湖南省任省委副書記、副省長。

省級領導根據其多省工作經歷而得到一個「多省分」（參見表八）。如果其工作經歷僅限於一個省份，多省分為0。如果其工作經歷為兩個省份，多省分為2。如果其工作經歷為三個省份，多省分為4。如果其工作經歷為四個省份，多省分為6。

表八：中國省級領導人的多省工作經歷（2007年9月）

省名a	省委書記	數量	省份	多省分	省長b	數量	省份	多省分
北　京	劉　淇	1	北京	0	王岐山	2	廣東，北京	2
天　津	張高麗	3	廣東，山東，天津	4	戴相龍	1	天津	0
河　北	張雲川	4	江西，新疆，湖南，河北	6	郭庚茂	1	河北	0
山　西	張寶順	1	山西	0	孟學農	2	北京，山西	2
內蒙古	儲　波	2	湖南，內蒙古	2	楊　晶	1	內蒙古	0
遼　寧	李克強	2	河南，遼寧	2	張文岳	2	新疆，遼寧	2
吉　林	王　珉	2	江蘇，吉林	2	韓長賦	1	吉林	0
黑龍江	錢運錄	3	湖北，貴州，黑龍江	4	張左己	1	黑龍江	0
上　海	習近平	3	福建，浙江，上海	4	韓　正	1	上海	0
江　蘇	李源潮	1	江蘇	0	梁保華	1	江蘇	0
浙　江	趙洪祝	1	浙江	0	呂祖善	1	浙江	0
安　徽	郭金龍	2	西藏，安徽	2	王金山	3	吉林，浙江，安徽	4
福　建	盧展工	3	浙江，河北，福建	4	黃小晶	1	福建	0
江　西	孟建柱	2	上海，江西	2	吳新雄	1	江西	0
山　東	李建國	3	天津，陝西，山東	4	姜大明	1	山東	0
河　南	徐光春	1	河南	0	李成玉	2	寧夏，河南	2
湖　北	俞正聲	2	山東，湖北	2	羅清泉	1	湖北	0
湖　南	張春賢	1	湖南	0	周　強	1	湖南	0
廣　東	張德江	3	吉林，浙江，廣東	4	黃華華	1	廣東	0
廣　西	劉奇葆	1	廣西	0	陸　兵	1	廣西	0

海　南	衛留成	1	海南	0	羅保銘	2	天津，海南	2
重　慶	汪　洋	2	安徽，重慶	2	王鴻舉	1	重慶	0
四　川	杜青林	3	吉林，海南，四川	4	蔣巨峰	2	浙江，四川	2
貴　州	石宗源	3	甘肅，吉林，貴州	4	林樹森	2	廣東，貴州	2
雲　南	白恩培	3	內蒙古，青海，雲南	4	秦光榮	2	湖南，雲南	2
西　藏	張慶黎	3	甘肅，新疆，西藏	4	向巴平措	1	西藏	0
陝　西	趙樂際	2	青海，陝西	2	袁純清	1	陝西	0
甘　肅	陸　浩	1	甘肅	0	徐守盛	2	江蘇，甘肅	2
青　海	強　衛	2	北京，青海	2	宋秀岩	1	青海	0
寧　夏	陳建國	2	山東，寧夏	2	王正偉	1	寧夏	0
新　疆	王樂泉	2	山東，新疆	2	司馬義·鐵力瓦爾地	1	新疆	0
香　港	高祀仁c	2	廣東，香港	2				
澳　門	白志健c	2	內蒙古，澳門	2				

資料來源：同表一。

(五)省級領導的現任職務

　　儘管省長和省委書記屬於同級，但是省委書記是省裡的一把手。因此，每位省委書記將得到2分的現任職務分，而省長則為0分。

　　另外，精英省級單位的省級領導將額外得到5分，作為精英省級單位分，因為這些省份更有可能出政治局委員。精英省級單位目前包括北京、天津、上海、廣東、湖北、新疆。將來，重慶和四川有可能升級為精英省級單位。省委書記中獲得精英省級單位分的有習近平、張高麗、汪洋、杜青林。省長中獲得精英省級單位分的有王岐山、黃華華、司馬義·鐵力瓦爾地。

五、政治起點

省級領導的政治起點對於其是否能成為第十七屆政治局的候選人也有作用。相對於在地方開始政治生涯的省級領導來說，把中央作為政治起點的省級領導更有可能進入政治局。

三分之一強（十二位）的省委書記源於中央（參見表九）。他們包括劉淇、白克明、張寶順、李克強、李源潮、徐光春、俞正聲、劉奇葆、衛留成、白志健、張春賢、趙洪祝。張德江、汪洋、杜青林、石宗源、張雲川雖然從地方開始政治生涯，但都曾先後在中央工作過。

起源於中央的省長數目更少，約百分之二十三（七位）（參見表九）。他們包括王岐山、戴相龍、張文岳、韓長賦、張左己、周強、袁純清。王金山雖然從地方開始從政，但也有在中央工作的經歷。

從地方開始從政的省級領導其政治起點分為0；從地方開始從政、但後來到中央工作過的省級領導其政治起點分為1；從中央開始從政的省級領導其政治起點為2（參見表九）。

六、中共中央委員會資歷

中共中央委員會的資歷也是決定第十七屆政治局候選人的一個重要因素。在現任省委書記中，白恩培在中央委員會的資歷最老（參見表十）。他是第十三屆（1987-1992）和第十四屆（1992-1997）中央委員會的候補委員，第十五屆（1997-2002）和第十六屆（2002-2007）中央委員會委員。

現任省委書記中只有白恩培進入第十三屆中央委員會。他當時是一名候補委員。十位現任省委書記進入第十四屆中央委員會：白恩培、劉淇、錢運錄、俞正聲、張德江、杜青林、石宗源、李建國、王樂泉、高祀仁。他們都是候補委員。

表九：中國省級領導人的政治起點（2007年9月）

省名a	省委書記	政治起點	起點分	省長b	政治起點	起點分
北　京	劉　淇	中央	2	王岐山	中央	2
天　津	張高麗	地方	0	戴相龍	中央	2
河　北	張雲川	地方	1	郭庚茂	地方	0
山　西	張寶順	中央	2	孟學農	地方	1
內蒙古	儲　波	地方	0	楊　晶	地方	0
遼　寧	李克強	中央	2	張文岳	中央	2
吉　林	王　珉	地方	0	韓長賦	中央	2
黑龍江	錢運錄	地方	0	張左己	中央	2
上　海	習近平	地方	0	韓　正	地方	0
江　蘇	李源潮	中央	2	梁保華	地方	0
浙　江	趙洪祝	中央	2	呂祖善	地方	0
安　徽	郭金龍	地方	0	王金山	地方	1
福　建	盧展工	地方	0	黃小晶	地方	0
江　西	孟建柱	地方	0	吳新雄	地方	0
山　東	李建國	地方	0	姜大明	中央	2
河　南	徐光春	中央	2	李成玉	地方	0
湖　北	俞正聲	中央	2	羅清泉	地方	0
湖　南	張春賢	中央	2	周　強	中央	2
廣　東	張德江	地方	1	黃華華	地方	0
廣　西	劉奇葆	中央	2	陸　兵	地方	0
海　南	衛留成	中央	2	羅保銘	地方	0
重　慶	汪　洋	地方	1	王鴻舉	地方	0
四　川	杜青林	地方	1	蔣巨峰	地方	0
貴　州	石宗源	地方	1	林樹森	地方	0
雲　南	白恩培	地方	0	秦光榮	地方	0
西　藏	張慶黎	地方	0	向巴平措	地方	0
陝　西	趙樂際	地方	0	袁純清	中央	2
甘　肅	陸　浩	地方	0	徐守盛	地方	0
青　海	強　衛	地方	0	宋秀岩	地方	0
寧　夏	陳建國	地方	0	王正偉	地方	0
新　疆	王樂泉	地方	0	司馬義·鐵力瓦爾地	地方	0
香　港	高祀仁c	地方	0			
澳　門	白志健c	中央	2			

資料來源：同表一。

十九位現任省委書記進入第十五屆中央委員會：八位正式委員，十一位候補委員。正式委員包括白恩培、劉淇、俞正聲、張德江、杜青林、李建國、王樂泉、李克強。其中，李克強是唯一一個直接成為正式委員的。白恩培、劉淇、俞正聲、張德江、杜青林、李建國，王樂泉則是由前一屆的候補委員「轉正」的。錢運錄、石宗源、高祀仁則繼續他們的候補委員身份。新進入中共中央委員會的八位候補委員是儲波、習近平、郭金龍、盧展工、孟建柱、張高麗、陸浩、陳建國。

除兩位省委書記外，現任省委書記都是第十六屆中央委員會成員。吉林省委書記王珉和新任的浙江省委書記趙洪祝都不在第十六屆中央委員會之列。在中共「十六大」召開之際，王珉僅僅是江蘇省委常委、蘇州市委書記，而趙洪祝時任中共中央組織部副部長。有六位現任省委書記是第十六屆中央委員會候補委員。他們是張寶順、李源潮、劉奇葆、衛留成、汪洋、強衛。餘下的二十五位省委書記都是正式委員，其中四位是第十六屆政治局委員（劉淇、俞正聲、張德江、王樂泉）。

相對於省委書記而言，省長的中共中央委員會資歷要淺的多（參見表十一）。現任省長中沒有人進入過第十二屆和第十三屆中央委員會。只有一位（戴相龍）是第十四屆中央委員會候補委員。九位現任省長是第十五屆中央委員會成員：兩位正式委員，六位候補委員。戴相龍，張文岳是正式委員。王岐山、王金山、黃華華、羅保銘、秦光榮、宋秀岩是候補委員。張文岳是全新的正式委員。二十六位省長是第十六屆中央委員會成員：十一位正式委員，十五位候補委員。正式委員包括王岐山、戴相龍、張左己、韓正、王金山、李成玉、羅清泉、周強、黃華華、王鴻舉、孟學農。另外有四位省長不是第十六屆中央委員會成員。他們是韓長賦、黃小晶、陸兵、蔣巨峰。

表十：中國省委書記的中央委員會資歷（2007年9月）

省名a	省委書記	13屆	14屆	15屆	16屆	中委分
北　京	劉　淇		候補委員	中委	政治局	12
天　津	張高麗			候補委員	中委	5
河　北	張雲川				中委	3
山　西	張寶順				候補委員	1
內蒙古	儲　波			候補委員	中委	5
遼　寧	李克強			中委	中委	7
吉　林	王　珉				非中委	0
黑龍江	錢運錄		候補委員	候補委員	中委	8
上　海	習近平			候補委員	中委	5
江　蘇	李源潮				候補委員	1
浙　江	趙洪祝				非中委	0
安　徽	郭金龍			候補委員	中委	5
福　建	盧展工			候補委員	中委	5
江　西	孟建柱			候補委員	中委	5
山　東	李建國		候補委員	中委	中委	10
河　南	徐光春				中委	3
湖　北	俞正聲		候補委員	中委	政治局	12
湖　南	張春賢				中委	3
廣　東	張德江		候補委員	中委	政治局	12
廣　西	劉奇葆				候補委員	1
海　南	衛留成				候補委員	1
重　慶	汪　洋				候補委員	1
四　川	杜青林		候補委員	中委	中委	10
貴　州	石宗源		候補委員	候補委員	中委	8
雲　南	白恩培	候補委員	候補委員	中委	中委	14
西　藏	張慶黎				中委	3
陝　西	趙樂際				中委	3
甘　肅	陸　浩			候補委員	中委	5
青　海	強　衛				候補委員	1
寧　夏	陳建國			候補委員	中委	5
新　疆	王樂泉		候補委員	中委	政治局	12
香　港	高祀仁b		候補委員	候補委員	中委	8
澳　門	白志健b				中委	3

資料來源：同表一。

進入第十七屆政治局的一個必要條件是第十六屆中央委員會正式委員。候補委員的幾率較低，非中委成員幾乎是不可能。自從1982年「十二大」以來，只有朱鎔基從一名候補委員一躍為一名政治局常委。他是第十三屆中央委員會候補委員，但是十四屆政治局常委。[62]原任中央辦公廳主任王剛則由第十五屆中央委員會候補委員，直接進入十六屆政治局為候補委員並成為中央書記處書記。[63]而從1982年以來，只有劉華清從一名非中委直接進入政治局常委。除此之外，別無它例。

省級領導根據其中央委員會資歷之和得到一個「中委分」（參見表十、十一）。「中委分」的計算基於兩個原則：資歷越深分數越高；資格越高分數越高。同是候補委員，第十二屆候補委員得5分，第十三屆候補委員得4分，第十四屆候補委員得3分，第十五屆候補委員得2分，第十六屆候補委員得1分。同一屆成員，正式委員比候補委員高2分，政治局委員比正式委員高2分。

按照這種演算法，省委書記中白恩培得分最高，共得14分（參見表十）。其次是劉淇、俞正聲、張德江、王樂泉等都得12分。杜青林、李建國得10分。值得注意的是白恩培、杜青林和李建國。他們是非政治局委員中資歷最深的。

省長中得5分以上的有戴相龍（10分），王岐山（5分），張文岳（5分），王金山（5分），黃華華（5分）（參見表十一）。其中，張文岳是省級領導中唯一的一位從第十五屆中央委員會正式委員，降為第十六屆候補委員。

---

[62] 有關朱鎔基的簡歷，見http://news.xinhuanet.com/ziliao/2002-03/15/content_238515.htm。

[63] 有關王剛的簡歷，見http://news.xinhuanet.com/ziliao/2002-01/21/content_246343.htm。

表十一：中國省長的中央委員會資歷（2007年9月）

省名a	省長b	14屆	15屆	16屆	中委分
北　京	王岐山		候補委員	中委	5
天　津	戴相龍	候補委員	中委	中委	10
河　北	郭庚茂			候補委員	1
山　西	孟學農			中委	3
內蒙古	楊　晶			候補委員	1
遼　寧	張文岳		中委	候補委員	5
吉　林	韓長賦			非中委	0
黑龍江	張左己			中委	3
上　海	韓　正			中委	3
江　蘇	梁保華			候補委員	1
浙　江	呂祖善			候補委員	1
安　徽	王金山		候補委員	中委	5
福　建	黃小晶			非中委	0
江　西	吳新雄			候補委員	1
山　東	姜大明			候補委員	1
河　南	李成玉			中委	3
湖　北	羅清泉			中委	3
湖　南	周　強			中委	3
廣　東	黃華華		候補委員	中委	5
廣　西	陸　兵			非中委	0
海　南	羅保銘		候補委員	候補委員	3
重　慶	王鴻舉			中委	3
四　川	蔣巨峰			非中委	0
貴　州	林樹森			候補委員	1
雲　南	秦光榮		候補委員	候補委員	3
西　藏	向巴平措			候補委員	1
陝　西	袁純清			候補委員	1
甘　肅	徐守盛			候補委員	1
青　海	宋秀岩		候補委員	候補委員	3
寧　夏	王正偉			中委	3
新　疆	司馬義·鐵力瓦爾地			候補委員	1

資料來源：同表一。

七、派系背景

現任省委書記中有十五位有派系背景（參見表十二）。其中，三位（習近平、俞正聲、李源潮）屬於太子黨，二位（孟建柱、徐光春）屬於上海幫，十位（李源潮、張寶順、李克強、錢運錄、劉奇葆、汪洋、杜青林、張慶黎、王樂泉、強衛）屬於團派。團派中，李源潮同時又是太子黨。

現任省長中有十三位有派系背景（參見表十二）。其中，一位（王岐山）屬於太子黨，一位（韓正）屬於上海幫，十二位（韓正、李成玉、楊晶、韓長賦、黃小晶、周強、黃華華、羅保銘、秦光榮、袁純清、宋秀岩、姜大明）屬於團派。團派中，韓正同時又屬上海幫。

在這些有派系背景的省級領導中，由於胡錦濤的權力日益鞏固，團派幹部略有優勢。他們的「派系分」為2分。由於他的上海幫背景，韓正只得1分。有其他派系背景的省級領導得0分（參見表十二）。

補委員得1分。同一屆成員，正式委員比候補委員高2分，政治局委員比正式委員高2分。

按照這種演算法，省委書記中白恩培得分最高，共得14分（參見表十）。其次是劉淇、俞正聲、張德江、王樂泉等都得12分。杜青林、李建國得10分。值得注意的是白恩培、杜青林和李建國。他們是非政治局委員中資歷最深的。

表十二：中國省級領導人的宗派背景（2007年9月）

省名a	省委書記	宗派背景	派系分	省長b	宗派背景	派系分
北　京	劉　淇		0	王岐山	太子黨	0
天　津	張高麗		0	戴相龍		0
河　北	張雲川		0	郭庚茂		0
山　西	張寶順	團派	2	孟學農	團派	2
內蒙古	儲　波		0	楊　晶	團派	2
遼　寧	李克強	團派	2	張文岳		0
吉　林	王　珉		0	韓長賦	團派	2
黑龍江	錢運錄	團派	2	張左己		0
上　海	習近平	太子黨	0	韓　正	團派／上海幫	1
江　蘇	李源潮	團派／太子黨	2	梁保華		0
浙　江	趙洪祝		0	呂祖善		0
安　徽	郭金龍		0	王金山		0
福　建	盧展工		0	黃小晶	團派	2
江　西	孟建柱	上海幫	0	吳新雄		0
山　東	李建國		0	姜大明	團派	2
河　南	徐光春	上海幫	0	李成玉	團派	2
湖　北	俞正聲	太子黨	0	羅清泉		0
湖　南	張春賢		0	周　強	團派	2
廣　東	張德江		0	黃華華	團派	2
廣　西	劉奇葆	團派	2	陸　兵		0
海　南	衛留成		0	羅保銘	團派	2
重　慶	汪　洋	團派	2	王鴻舉		0
四　川	杜青林	團派	2	蔣巨峰		0
貴　州	石宗源		0	林樹森		0
雲　南	白恩培		0	秦光榮	團派	2
西　藏	張慶黎	團派	2	向巴平措		0
陝　西	趙樂際		0	袁純清	團派	2
甘　肅	陸　浩		0	徐守盛		0
青　海	強　衛	團派	2	宋秀岩	團派	2
寧　夏	陳建國		0	王正偉		2
新　疆	王樂泉	團派	2	司馬義‧鐵力瓦爾地		0
香　港	高祀仁c		0			
澳　門	白志健c		0			

資料來源：同表一。

八、其他因素

其他需要考慮的因素包括性別和少數民族。目前沒有女性省委書記，只有一位女性省長。青海省女省長宋秀岩將為此得2分。

省委書記中只有一位少數民族幹部。貴州省委書記石宗源是回族。內蒙古、廣西、西藏、新疆與寧夏都是民族自治區。

根據《中華人民共和國民族自治法》的規定，[64]這些自治區的政府領導人必須從當地少數民族中產生。因此，內蒙古自治區政府主席楊晶是蒙古族；廣西壯族自治區政府主席陸兵是壯族；西藏自治區政府主席向巴平措是藏族；新疆維吾爾自治區主席司馬義·鐵力瓦爾地是維吾爾族；寧夏回族自治區政府主席王正偉是回族。除此之外，河南省省長李成玉是回族。此外，這些少數民族幹部之間是有所區別的。在其他省份工作的少數民族幹部，比在本地工作的少數民族幹部更有優勢。為此，石宗源和李成玉得2分，楊晶、陸兵、向巴平措、司馬義·鐵力瓦爾地、王正偉得1分。

參、綜合政治指數

一、省委書記

如果我們把上述因素相加，便可以得出一個綜合政治指數。在現任省委書記中，王樂泉的指數最高，達95分（參見表十三）。其次是杜青林，指數為94分。錢運錄緊隨其後，為90分。指數在68分以上的還有張德江（85）、白恩培（85）、李克強（81）、習近平（75）、李建國（73）、張高麗（71）、儲波（70）、劉淇（69）、俞正聲（69）。

---

[64] 中華人民共和國民族區域自治法（1984年5月31日第六屆全國人民代表大會第二次會議通過
根據2001年2月28日第九屆全國人民代表大會常務委員會第二十次會議（關於修改《中華人民共和國民族區域自治法》的決定修正）（北京：法律出版社，2001年3月）。

表十三：中國省委書記的綜合政治指數（2007年9月）

省名	省委書記	年齡分	學歷分	副部分	正部分	省級分	正省級分	現任分	多省分	職務分	精英分	起點分	中委分	派系分	其他分	綜合指數
新　疆	王樂泉	2	0	18	13	18	13	13	2	2	0	0	12	2	0	95
四　川	杜青林	4	3	22	14	17	9	1	4	2	5	1	10	2	0	94
黑龍江	錢運錄	2	1	24	12	24	9	2	4	2	0	0	8	2	0	90
廣　東	張德江	4	1	21	12	11	12	5	4	2	0	1	12	0	0	85
雲　南	白恩培	4	1	17	10	17	10	6	4	2	0	0	14	0	0	85
遼　寧	李克強	13	4	14	14	9	9	3	2	2	0	2	7	2	0	81
上　海	習近平	11	4	14	8	14	8	0	4	2	5	0	5	0	0	75
山　東	李建國	4	1	16	10	16	10	4	2	2	0	0	10	0	0	73
天　津	張高麗	4	1	19	6	19	6	4	2	2	5	0	5	0	0	71
內蒙古	儲　波	2	1	17	9	17	9	6	2	2	0	0	5	0	0	70
北　京	劉　淇	0	3	14	14	9	8	5	0	2	0	2	12	0	0	69
湖　北	俞正聲	3	1	15	9	11	6	6	2	2	0	2	12	0	0	69
寧　夏	陳建國	3	0	19	5	19	5	5	2	2	0	0	5	0	0	65
安　徽	郭金龍	5	1	15	7	15	7	3	4	2	0	0	5	0	0	64
福　建	盧展工	10	1	15	5	13	5	3	4	2	0	1	5	0	0	64
陝　西	趙樂際	15	0	13	8	13	8	0	2	2	0	0	3	0	0	64
江　西	孟建柱	5	3	14	6	14	6	6	2	2	0	0	5	0	0	63
香　港	高祀仁	2	2	16	5	16	5	5	2	2	0	0	8	0	0	63
重　慶	汪　洋	13	3	14	4	8	2	2	2	2	5	1	1	2	0	59
貴　州	石宗源	4	1	14	7	9	2	2	4	2	0	1	8	0	2	56
澳　門	白志健	6	1	16	5	9	5	5	2	2	0	2	3	0	0	56
江　蘇	李源潮	8	4	14	5	7	5	5	0	2	0	2	1	2	0	55
甘　肅	陸　浩	5	1	14	6	14	6	1	0	2	0	0	5	0	0	54
河　北	張雲川	4	1	14	6	10	3	0	6	2	0	1	3	0	0	50
青　海	強　衛	11	3	14	0	14	0	0	2	2	0	0	1	2	0	49
山　西	張寶順	8	3	14	3	6	3	2	0	2	0	1	2	0	0	46
西　藏	張慶黎	9	2	9	2	9	2	2	4	2	0	0	3	2	0	46
吉　林	王　珉	8	4	11	3	11	3	1	2	2	0	0	0	0	0	45
廣　西	劉奇葆	11	3	14	1	7	1	1	0	2	0	2	1	2	0	45
湖　南	張春賢	11	3	9	5	2	2	2	0	2	0	2	3	0	0	41
河　南	徐光春	2	1	14	3	3	3	3	0	2	0	2	3	0	0	36
海　南	衛留成	4	1	8	4	4	4	1	0	2	0	2	1	0	0	31
浙　江	趙洪祝	5	1	9	4	0	0	0	0	2	0	2	0	0	0	23

　　應當指出，王樂泉、張德江、劉淇、俞正聲都是十六屆政治局委員。他們的動向也值得注意。

　　遼寧省委書記李克強被普遍認為是第五代領導人核心的候選人之一。出生於1955年7月，他到2007年7月才52歲。他在1974年3月至1978年3月在安徽省鳳陽縣大廟公社插隊四年，於1976年加入中國共產黨，曾擔任大隊黨支部書記。他於1978年3月進入北京大學法律系學習，1982年2月任北大團委書記，共青團中央常委、學校部部長兼全國學聯秘書長。他在共青團中央工作長達十六年，與胡錦濤等原團中央領導及同事建立密切關係。他於1998年6月下調河南省任省委副書記，一月之後被任命為河南省副省長、代省長。2002年12月，中共「十六大」之後，李克強被任命為河南省委書記；2004年12月，調任遼寧省委書記。他是現任省委書記中四位擁有博士學位之一，是中共第十五屆、十六屆中央委員。

　　與李克強相媲美的是上海市委書記習近平。出生於1953年6月，習近平比李克強大兩歲。但習近平的地方工作經驗遠為豐富。他曾在陝西省延川縣插隊七年；在河北省正定縣擔任縣委副書記、書記；在福建省廈門市任市委常委、副市長；在福建省甯德地委任書記；在福建省福州市任市委書記、市人大常委會主任；在福建省任省委副書記、省長；在浙江省任省長、省委書記、省人大常委會主任。從1982年到河北正定縣開始，習近平在地方的各級領導崗位上已經工作近二十五年，擔任省級領導職務十四年。他也有博士學位，是中共第十五屆中央候補委員、十六屆中央委員。習近平2007年3月出任上海市委書記，使他向第十七屆政治局的方向又大跨了一步。

　　天津市委書記張高麗在省級領導崗位上工作近二十年。他1988年任廣東省副省長，1993年任廣東省委常委、常務副省長，1997年任廣東省委常委、深圳市委書記。2001年12月調任山東省委副書記，山東省副省長、代省長。2002年11月接替吳官正，任山東省委書記。2007年3月接替張立

昌，任天津市委書記。是中共第十五屆中央候補委員、十六屆中央委員。由於天津市屬政治局級別，張高麗作為天津市委書記進入政治局的可能性極大。

除上述省委書記之外，還有三位應當注意。陝西省委書記趙樂際，重慶市委書記汪洋，江蘇省委書記李源潮。這三位的綜合政治指數都不是很高。趙樂際為64分，汪洋為59分，李源潮為55分。但他們最近的曝光率很高，被認為是下一屆政治局的熱門候選人。如果只看綜合政治指數，他們不僅遠不及上述12位省委書記，而且在其他2位省委書記〈如盧展工（65分），陳建國（65分）〉之後。

但是，這三位各有其特殊原因值得考慮。趙樂際是現任省委書記中年紀最輕的。出生於1957年3月，他到2007年3月才50周歲。除年輕之外，他的最大特點是地方工作經驗豐富。雖然是陝西西安人，他生長在青海省。1974年9月至1975年8月插隊一年。從1980年1月至1993年2月在青海省商業廳各級擔任領導職務。1993年2月任青海省省長助理，1994年8月任副省長，1999年8月任代省長，2000年1月任省長，2003年8月任青海省委書記。儘管他在1983年11月至1984年12月擔任青海省商業廳政治處副主任期間曾兼任廳團委書記，他並不屬於「團派」。他是中共第十六屆中央委員，2007年3月調任陝西省委書記。

重慶市委書記汪洋進入政治局的可能性不小。除了他個人因素外，重慶市本身是一個重要因素。如果重慶被提升到與其他直轄市一樣的政治局級別，汪洋作為重慶市委書記進入政治局應當是順理成章。

江蘇省委書記李源潮若進入政治局，其成因不是由於他在地方工作的資歷。他到地方工作前後約七年左右，擔任江蘇省委書記不到五年。他在中共中央委員會的資歷更淺。2002年11月首次進入中央委員會，僅是個第十六屆中央候補委員。但是，輿論界對李源潮在江蘇的工作評價很高，認為他是一個有魄力、有見識、有潛力的新一代中國領導人。

二、省長

　　一般說來，省長不直接作為政治局的候選人，省長通常需要升為省委書記之後，才會有機會進入政治局。但是，從省長到省委書記的道路並不漫長。對於一些現任省長來說，2007年是一次極好的機會。所以，一些省長有可能在2007年先升為省委書記，接著進入政治局。

　　在現任省長中，綜合政治指數超過60分的有六位（參見表十四）。他們分別是安徽省省長王金山（77分）、天津市市長戴相龍（65分）、河南省省長李成玉（63分）、北京市市長王岐山（60分）、廣東省省長黃華華（60分）。

　　北京市市長王岐山、天津市市長戴相龍、廣東省省長黃華華屬於同一類型。由於他們所在的省（市）是有政治局級別的精英省級單位，他們很有可能因接替其省（市）委書記而進政治局。其中，王岐山進入政治局的可能性最大。因為現任北京市委書記、政治局委員劉淇會因2007年到退休年齡而退下，王岐山接任北京市委書記並進入第十七屆政治局似乎順理成章。另外，王岐山出生於1948年7月，2007年7月將為59歲，作為政治局委員候選人在年齡上沒有問題。戴相龍的情況則不同。由於張高麗已接任天津市委書記。

　　除上述省（市）長外，青海省省長宋秀岩也值得注意。宋秀岩是省級主要領導中的唯一女性，是中國高級領導中為數不多的女性，出生於1955年10月，她和全國政協副主席、中共中央統戰部部長劉延東，最有可能接替國務院副總理、政治局委員吳儀而成為下一屆政治局中的女性委員。

表十四：中國省長的綜合政治指數（2007年9月）

省名	省長	年齡分	學歷分	副部分	正部分	省級分	正省級分	現任分	多省分	職務分	精英分	起點分	中委分	派系分	其他分	綜合指數
安徽	王金山	3	3	24	7	20	5	5	4	0	0	1	5	0	0	77
河南	李成玉	4	0	19	4	19	4	4	2	0	0	0	3	2	2	63
北京	王岐山	6	1	14	7	8	5	5	2	0	5	2	5	0	0	60
天津	戴相龍	2	1	18	12	5	5	5	0	0	0	2	10	0	0	60
廣東	黃華華	4	2	15	4	15	4	4	0	5	0	5	2	0	0	60
青海	宋秀岩	13	2	12	3	12	3	3	0	0	0	0	3	2	2	55
上海	韓正	12	3	10	4	10	4	4	0	0	0	0	3	1	0	51
遼寧	張文岳	2	1	17	3	12	3	3	2	0	0	2	5	0	0	50
湖南	周強	18	3	9	9	1	1	1	0	0	0	2	3	2	0	49
山西	孟學農	7	3	14	4	10	1	0	2	0	0	1	3	2	0	47
內蒙古	楊晶	11	3	9	4	9	4	4	0	0	0	0	2	1	0	47
雲南	秦光榮	8	2	13	1	13	1	1	2	0	0	0	3	2	0	47
江蘇	梁保華	3	1	13	5	13	5	5	0	0	0	0	1	0	0	46
湖北	羅清泉	3	2	11	5	11	5	5	0	0	0	0	3	0	0	45
黑龍江	張左己	3	1	14	9	4	4	4	2	0	0	0	3	0	0	44
廣西	陸兵	2	1	14	4	14	4	4	0	0	0	0	0	0	1	44
浙江	呂祖善	4	2	12	4	12	4	4	0	0	0	0	1	0	0	43
重慶	王鴻舉	3	1	10	5	10	5	5	0	0	0	0	3	0	0	42
寧夏	王正偉	15	4	9	0	9	0	0	0	0	0	0	3	0	1	41
福建	黃小晶	4	1	12	3	12	3	3	0	0	0	0	0	2	0	40
海南	羅保銘	10	3	10	0	10	0	0	2	0	0	0	3	2	0	40
新疆	司馬義·鐵力瓦爾地	2	1	9	4	9	4	4	0	0	5	0	1	0	1	40
西藏	向巴平措	5	1	9	4	9	4	4	0	0	0	0	1	0	1	38
陝西	袁純清	9	5	10	1	6	1	1	0	0	0	2	1	2	0	38
山東	姜大明	11	2	9	0	9	0	0	0	0	0	2	1	2	0	36
甘肅	徐守盛	11	2	7	1	7	1	1	2	0	0	0	1	0	0	33
河北	郭庚茂	8	2	9	1	9	1	1	0	0	0	0	1	0	0	32
吉林	韓長賦	12	1	6	1	1	1	1	0	0	0	2	0	2	0	27
江西	吳新雄	7	1	6	1	6	1	1	0	0	0	0	1	0	0	24
四川	蔣巨峰	6	1	7	0	7	0	0	2	0	0	0	0	0	0	23
貴州	林樹森	4	1	5	1	5	1	1	2	0	0	0	1	0	0	21

三、小結

本文對現任省級主要領導人（省委書記和省長）從年齡、學歷、部級領導經歷、地方（省級）領導經歷、政治起點、中共中央委員會資歷、派系背景、以及性別與民族等各個方面進行了全面評估，從而為每一位省級領導人建立了一個綜合政治指數。

根據綜合政治指數，省委書記中最有可能進入第十七屆政治局的是新疆維吾爾自治區委書記王樂泉（95分）、四川省委書記杜青林（94分）、黑龍江省委書記錢運錄（90分）、廣東省委書記張德江（85分）、雲南省委書記白恩培（85分）、遼寧省委書記李克強（81分）、上海市委書記習近平（75分）、山東省委書記李建國（73分）、天津市委書記張高麗（71分）、內蒙古自治區委書記儲波（70分）、湖北省委書記俞正聲（69分），另外，值得注意的還有陝西省委書記趙樂際（64分），重慶市委書記汪洋（59分），江蘇省委書記李源潮（55分）。

肆、第十七屆政治局中的省級領導

中國共產黨於2007年10月15日至10月21日在北京召開了第十七次代表大會。大會於2007年10月21日選舉出由204名委員、[65]167名候補委員組成的第十七屆中央委員會，[66]並選舉出由127名委員組成的中央紀律檢查委員會。[67]

---

[65] 有關＂中國共產黨第十七屆中央委員會委員名單＂見http://news.xinhuanet.com/misc/2007-10/21/content_6917382.htm。

[66] 有關＂中國共產黨第十七屆中央委員會候補委員名單＂見http://news.xinhuanet.com/misc/2007-10/21/content_6917428.htm。

[67] 有關＂中國共產黨中央紀律檢查委員會委員名單＂見http://news.xinhuanet.com/misc/2007-10/21/content_6917387.htm。

　　中國共產黨第十七屆中央委員會於2007年10月22日召開了第一次全體會議，選舉出由二十五名成員組成的政治局以及九名成員組成的政治局常委會（表十五）。[68]這二十五名政治局委員中，有九位新成員。他們是上海市委書記習近平、遼寧省委書記李克強、北京市市長王岐山、全國政協副主席劉延東、江蘇省委書記李源潮、重慶市委書記汪洋、天津市委書記張高麗、中央軍委副主席徐才厚與商業部部長薄熙來。其中，六位來自省級領導。上海市委書記習近平和遼寧省委書記李克強更是脫穎而出，直接跨入政治局常委的行列。

　　中共第十六屆政治局曾有六位省級領導。他們是新疆自治區黨委書記王樂泉、北京市委書記劉淇、原天津市委書記張立昌、廣東省委書記張德江、原上海市委書記陳良宇與湖北省委書記俞正聲。陳良宇因腐敗而被開除；張立昌因到退休年齡而退出。其餘四位均進入新一屆政治局。加上六位來自省級領導的新成員，第十七屆政治局中共有十位現任省級領導幹部，占全部政治局成員的百分之四十。除此之外，商務部部長薄熙來也曾擔任過省級領導職務。在擔任商務部部長之前，他曾擔任遼寧省委常委、省委副書記、代省長、省長等職。[69]

---

[68] 有關〝中國共產黨中央政治局委員名單〞見http://news.xinhuanet.com/newscenter/2007-10/22/content_6921354.htm。

[69] 有關薄熙來的簡歷，見http://news.xinhuanet.com/politics/2007-10/22/content_6924941.htm。

表十五：17屆中共中央政治局成員中的省級領導（2007年10月）

姓名	排序	出生日期	年齡	籍貫	職務
政治局常委					
胡錦濤	1	1942	64	安　徽	國家主席
吳邦國	2	1941	66	安　徽	全國人大常委會主任
溫家寶	3	1942	65	天　津	總　理
賈慶林	4	1940	67	河　北	全國政協主席
李長春	5	1944	63	遼　寧	政治局常委
習近平	6	1953	54	陝　西	上海市委書記
李克強	7	1955	52	安　徽	遼寧省委書記
賀國強	8	1943	64	湖　南	中組部部長
周永康	9	1942	64	江　蘇	公安部部長
政治局委員					
王　剛		1942	65	吉　林	政治局委員
王樂泉		1944	63	山　東	新疆黨委書記
王兆國		1941	66	河　北	全國人大常委會副主任
王岐山		1948	59	山　西	北京市市長
回良玉（回族）		1944	63	吉　林	副　總理
劉淇		1942	65	江　蘇	北京市委書記
劉雲山		1947	60	內蒙古	中宣部部長
劉延東（女）		1945	61	江　蘇	全國政協副主席
李源潮		1950	56	江　蘇	江蘇省委書記
汪　洋		1955	52	安　徽	重慶市委書記
張高麗		1946	60	福　建	天津市委書記
張德江		1946	61	遼　寧	廣東省委書記
俞正聲		1945	62	浙　江	湖北省委書記
徐才厚		1943	64	遼　寧	中央軍委副主席
郭伯雄		1942	65	陝　西	中央軍委副主席
薄熙來		1949	58	山　西	商務部部長

資料來源：同表一。

綜觀第十七屆政治局中來自省級領導的新成員，可以發現如下共同特點。其一，年齡是一個十分重要的因素。進入政治局常委會的兩位，習近平和李克強，屬於省委書記中最年輕的一批。習近平54歲、李克強52歲。在現任省委書記中，只有趙樂際比他們都年輕，50歲。另一位政治局的新成員汪洋，也只有52歲。李源潮年齡稍長一些，56歲。其二，學歷也很重要。習近平、李克強、李源潮都有博士學位。汪洋有個碩士學位。其三，團派背景很有幫助。李克強、李源潮以及劉延東都與胡錦濤在團中央共過事。汪洋也曾在安徽團省委擔任過宣傳部部長和副書記職務。其四，精英省（市）很重要。北京、天津、上海、重慶四個直轄市這次都成為精英省級單位。其五，多個地區的領導經歷有幫助。習近平、李克強、汪洋、王岐山、張高麗都曾在兩個以上的地區擔任過領導職務。

在綜合政治指數中排列靠前的幾位沒有入選。他們是四川省委書記杜青林（94分）、黑龍江省委書記錢運錄（90分）、雲南省委書記白恩培（85分）、安徽省省長王金山（77分）、山東省委書記李建國（73分）與內蒙古自治區委書記儲波（70分）。相對於上述六位政治局新成員而言，這些省級領導人年齡偏大。錢運錄和儲波都已63歲；王金山62歲；杜青林、白恩培、李建國均為61歲。

伍、結論

在過去的三十年中，尤其是1992年中共「十四大」以來，中共精英政治的制度化不斷增強。中共精英的更新換代也變得越來越有章可循。與此同時，隨著中國經濟改革的不斷深化，社會成分逐步多元化，經濟、社會、環境、政治等各種問題的複雜化，精英選擇的標準也不斷提高。作為一個大國領袖，單單一個部門的領導經驗已遠不足夠。單一個地區的領導經驗也是不足的。在多個地區和部門工作的經歷顯得尤為重要。有鑒於

此，本文試圖通過對現任省級主要領導人各個因素進行綜合考察，從而預測第十七屆政治局的入選者。

將綜合政治指數（表十三和表十四）與選舉結果（表十五）相對比發現，兩者的相關性很高。除去第十六屆政治局成員（王樂泉、張德江、劉淇、俞正聲）外，李克強（81）、習近平（75）、張高麗（71）名列省委書記前七名。王岐山（63）則在省（市）長中排名第二。汪洋（59）和李源潮（55）也是事先被看好的候選人。

當然，綜合政治指數的計算有待改進。年齡、學歷、精英省份、團派背景所佔的比重應當適當加大。

應當指出，「十七大」以來中國省級領導人頻繁調動，涉及多位十七屆政治局成員。習近平、李克強調到中央，俞正聲調任上海市委書記，張文岳接任遼寧省省委書記，李源潮調任中共中央組織部部長，梁保華接任江蘇省省委書記。王岐山卸任北京市市長一職，原安徽省省委書記郭金龍任北京市市長。張德江上調中央，汪洋任廣東省省委書記，薄熙來從國務院商務部調任重慶市市委書記。

參考書目

一、中文部分

寇健文，中共精英政治的演變：制度化與權力轉移，1978-2004（臺北：五南圖書出版股份有
　　限公司，2005年）。

沈學明、鄭建英，中共第一屆至第十五屆中央委員（北京：中央文獻出版社，2001年6月），
　　頁483-484。

二、英文部分

Bo, Zhiyue, *China's Elite Politics: Political Transition and Power Balancing* (Singapore: World
　　Scientific Publishing, 2007), p. 107.

三、網際網路

汪洋的簡歷，見http://politics.people.com.cn/GB/shizheng/252/9667/9684/3973139.html。

強衛的簡歷，見http://www.bj.xinhuanet.com/bjpd_bjzq/2006-04/18/content_6776090.htm；
　　http://www.jjzy.cn/bbs/read.php?tid=20858。

王瑉的簡歷，見http://zs.nuaa.edu.cn/xzfc/ftmx/20060624/061427.html。

劉淇的簡歷，見http://news.xinhuanet.com/ziliao/2002-02/21/content_284282.htm。

周強的簡歷，見http://www.people.com.cn/GB/shizheng/252/9667/9685/20021206/882653.html。

韓正的簡歷，見http://zh.wikipedia.org/wiki/%E9%9F%A9%E6%AD%A3。

蘇榮的簡歷，見http://news.xinhuanet.com/ziliao/2002-03/05/content_301613.htm。

王剛的簡歷，見http://news.xinhuanet.com/ziliao/2002-01/21/content_246343.htm。

高祀仁的簡歷，見http://big5.xinhuanet.com/gate/big5/news.xinhuanet.com/ziliao/2002-10/25/
　　content_607526.htm；
　　http://big5.southcn.com/gate/big5/www.southcn.com/news/china/hrcn/
　　rszhongyang/200301150100.htm。

趙樂際的簡歷，見http://news.xinhuanet.com/ziliao/2002-03/05/content_301660.htm。

李克強的簡歷，見http://news.xinhuanet.com/ziliao/2002-02/25/content_289095.htm。

習近平的簡歷，見http://news.xinhuanet.com/ziliao/2002-02/22/content_286763.htm；

　　http://www.zj.xinhuanet.com/zjgov/2006-05/16/content_7003088.htm。

習近平上清華的經歷，見 http://sk.cnlu.net/sjwz/zgrw/001/001/040.htm。

張春賢的簡歷，見http://news.sohu.com/20061113/n246352456.shtml。

劉奇葆的簡歷，見http://news.xinhuanet.com/ziliao/2006-06/30/content_4769984.htm。

陳建國的簡歷，見http://news.xinhuanet.com/ziliao/2002-03/27/content_332816.htm。

李克強的簡歷，見http://news.xinhuanet.com/ziliao/2002-02/25/content_289095.htm。

厲以寧的簡介，見http://www.gsm.pku.edu.cn/jingpin/jpkc/teacher/teacher.asp。

李源潮的簡歷，見http://www.js.xinhuanet.com/zhuanti/2003-02/24/content_240420.htm。

習仲勳的情況，參見齊心，「我與習仲勳風雨相伴的55年」

　　http://book.sina.com.cn/nzt/soc/dawangshi/120.shtml。

張春賢的簡歷，見http://news.sohu.com/20061113/n246352456.shtml。

杜青林的簡歷，見http://news.xinhuanet.com/ziliao/2002-03/01/content_295734.htm。

王樂泉的簡歷，見http://news.xinhuanet.com/ziliao/2002-03/05/content_301890.htm。

張慶黎的簡歷，見http://news.xinhuanet.com/ziliao/2005-11/28/content_3844338.htm。

李成玉的簡歷，見http://www.people.com.cn/GB/shizheng/252/9667/9684/20030124/914049.

　　html。

郭庚茂的簡歷，見http://news.xinhuanet.com/ziliao/2007-02/13/content_5734905.htm。

呂祖善的簡歷，見http://news.xinhuanet.com/ziliao/2003-02/20/content_737758.htm。

羅清泉的簡歷，見http://news.xinhuanet.com/ziliao/2002-10/25/content_607518.htm；

　　http://www.cnhubei.com/aa/ca207662.htm。

黃華華的簡歷，見http://news.xinhuanet.com/ziliao/2003-02/20/content_737815.htm。

徐守盛的簡歷，見http://www.gscn.com.cn/get/gszy/081814412.html；

　　http://www.gscn.com.cn/get/gszy/081814412.html。

宋秀岩的簡歷，見http://news.xinhuanet.com/ziliao/2004-12/24/content_2375341.htm；

　　　http://www.chinanews.com.cn/news/2005/2005-01-22/26/531814.shtml；

　　　http://news.sina.com.cn/c/2005-01-22/12374915303s.shtml。

王金山的簡歷，見http://china.org.cn/chinese/zhuanti/269718.htm。

羅保銘的簡歷，見http://news.xinhuanet.com/ziliao/2007-02/09/content_5719386.htm。

秦光榮的簡歷，見http://news.sina.com.cn/c/2006-11-06/173610427618s.shtml。

孟學農的簡歷，見http://news.xinhuanet.com/ziliao/2003-01/19/content_696130.htm。

袁純清的簡歷，見http://news.xinhuanet.com/ziliao/2007-02/05/content_5697974.htm。

徐光春的簡歷，見http://news.xinhuanet.com/ziliao/2002-03/05/content_300373.htm。

張雲川的簡歷，見http://news.xinhuanet.com/ziliao/2002-02/26/content_290161.htm。

汪嘯風的簡歷，見http://news.xinhuanet.com/ziliao/2002-03/01/content_295635.htm。

張學忠的簡歷，見http://news.xinhuanet.com/ziliao/2002-03/01/content_295716.htm。

王雲坤的簡歷，見http://news.xinhuanet.com/ziliao/2002-02/21/content_285219.htm。

白克明的簡歷，見http://news.xinhuanet.com/ziliao/2002-03/01/content_295175.htm。

朱鎔基的簡歷，見http://news.xinhuanet.com/ziliao/2002-03/15/content_238515.htm。

薄熙來的簡歷，見http://news.xinhuanet.com/politics/2007-10/22/content_6924941.htm。

「幹部調整有序進行看中國新近省級高官調整」，見

　　　http://www.china-embassy.org/chn/gyzg/t175692.htm。

有關「中國共產黨第十七屆中央委員會委員名單」見

　　　http://news.xinhuanet.com/misc/2007-10/21/content_6917382.htm。

有關「中國共產黨第十七屆中央委員會候補委員名單」見

　　　http://news.xinhuanet.com/misc/2007-10/21/content_6917428.htm。

有關「中國共產黨中央紀律檢查委員會委員名單」見

　　　http://news.xinhuanet.com/misc/2007-10/21/content_6917387.htm。

有關「中國共產黨中央政治局委員名單」見

　　　http://news.xinhuanet.com/newscenter/2007-10/22/content_6921354.htm+-。

中共「十七大」：承上啟下的人事政治

由冀

（澳洲新南威爾斯大學政治系教授）

摘要

「十七大」的深遠意義在於以下兩點：首先它象徵中共最高權力向第四代領導移交的終結，以及胡錦濤權力鞏固的完成。就此而言，他承「十六大」之上。同時又將為新一輪高層交班構築平臺，開啟為「十八大」推出第五代領袖之過程。簡言之，承上啟下作為「十七大」人事安排的中心思想將由以下幾個方面體現：胡的政治與意識形態路線的全面確立；為全黨所接受的胡錦濤與溫家寶新政策導向；以及以胡為中心的人事佈局。本文著重討論第三點，但以前兩點為重要背景。如第五代新領導人浮出檯面，「十七大」將為權力向後胡時代轉移奠定人事基礎。

關鍵詞：「十七大」、第五代、精英政治、接班人、共青團

The Nexus of Institutionalisation and Informal Politics: An Initial Analysis the CCP Succession Arrangement at the 17ᵗʰ Party Congress

Ji You

(Professor, School of Social Science and International Studies, University of New South Wales)

Abstract

The significance of the 17ᵗʰ Congress of the Chinese Communist Party (CCP) is two fold. First, it formally symbolized the completion of Hu Jintao's power consolidation, an unfinished business of the 16th Congress. Secondly, it has laid a personnel foundation to facilitate emergence of the fifth generation leaders in the 18ᵗʰ Congress. Therefore it functioned as a linkage between the preceding congress and the next one. This is expressed in several ways: the centrality of Hu's polical line; confirmation of his theory as the Party's new guiding ideological principle sanctioned by the Party Charter; and construction of a discernable personnel network through leadership reshuffle. This paper will focus on the last factor in close connection with the first two. It argues that the 17ᵗʰ Congress was a platform to initiate a new succession cycle. Now with suitable younger leaders in place, Hu's succession plan will be executed in an orderly way in the 18ᵗʰ and 19ᵗʰ Congresses. All this took place in an environment where China's elite politics is undergoing substantial change.

As the CCP is being transformed from a revolutionary party to a ruling party, its elite politics is being transformed from being based on strongmen control to a mixture of personalized process and deepening institutionalization. This dynamics is best reflected by each round of generational transfer of power. A party national congress magnifies its effect.

Key words: Hu Jintao, succession, the 17th Party Congress, Xi Jinping and Li Keqian

壹、「十七大」與中共精英政治新發展[1]

　　中共精英政治的核心是繼承政治。「十七大」為我們提供了一個近距離觀察其演變的機會。在中國的集權傳統中，最高權力的傳承孕育著無法克服的內在矛盾。封建繼承的合法性已喪失殆盡。而民主選舉作為替代仍遙遙無期。一個過渡空窗期因此出現，使整個權力交接過程充斥著複雜的變數。中共的每一次全國代表大會都會將這一過程表面化，但並非會發生無法克服的危機。事實上一旦會議順利召開，即標誌此一輪矛盾的初步解決。然而又意味著新一輪競爭的開始。對此種週而復始的循環，中共採取制度化的辦法來規避風險。這是後鄧時期中國精英政治最重要的發展。但人治的傳統與慣例使制度化在人事制度上無法達到治本的效果。比如，領導人舉薦制度在中國沿用了數千年，亦是中共一種重要的甄補制度。它和黨內派系形成有重要關聯，也是繼承政治的要素。接受與否定主要領導人的舉薦常關乎他們的退休安排，而中組部在省部主要領導人退休前，一般都會徵求他們對接班人的看法，是一種「由上而下」的榮寵。個人舉薦結合組織考察有助於延攬人才而又減少錯薦的機率。但舉薦亦是非正式政治的核心，它打開了構造私人體系和裙帶關係之門，平衡點很難建立。

一、人治政治與制度化的複雜關係

　　這其中最大的矛盾在於繼承人的遴選高度憑藉非正式政治（informal politics）的博弈；[2]他是少數最高領導人妥協的結果。但他的權力真正鞏

---

[1]　On CCP succession politics, see Joseph Fewsmith, "The 16th National Party Congress: The Succession that Didn't Happen," *The China Quarterly*, no.173 (2003).

[2]　On informal politics see Lowell Dittmer and Wu Yu-shan, "The Modernization of Factionalism in Chinese Politics," *World Politics*, vol. 47 (July 1995).

固卻仰仗於制度化的深入：公共職位被用來抵禦非正式政治對他的負面影響。中共的精英政治正處於一個關鍵的轉型期。由強人統治以維護政權穩定的時代已一去不復返。而權力制度化尚難保證新領導人短期內可以充分利用其所掌之職位樹立必要的權威。但江澤民與胡錦濤的順利交班，以及胡錦濤的快速崛起似乎指向一個趨勢：制度化開始取代非正式政治而逐漸成為中共精英政治的主導。[3]

　　首先，胡的權力鞏固主要源於他的職權而非派系淵源。黨內元老退出歷史舞臺，使得公共職位的權威獲得極大的加強，而非正式政治由此弱化，縮短了新領導的鞏固週期。但與此同時，中共人治的傳統以及權力運作規律仍不斷地產生「繼承人製造者」（king-makers），黨內反制度化的力量也會因最高權力傳承的週期性縮短而局部放大。因此繼承政治是權力制度化的進步，與黨內非正式政治延伸之間角力的一個支點。在後鄧時代這種角力呈現退一步進兩步之拉鋸狀態。杭亭頓在六〇年代論述集權政府的制度化努力時曾指出，制度化並不是一個不可逆轉的過程。[4]江澤民在2002年的半退證明了這一論點。中共時下的精英政治是一種守舊與創新的共同體，但有了質的變化。如果制度化在毛澤東—鄧小平時期是個人強權的補充，在江胡時期則是其安身立命的根本。制度化無法完全地排斥非正式政治，而是不斷衍生出新的機制保障，以防止派系鬥爭無限升級。這些新的保障不斷充實黨的成文規定與不成文準則，對所有領導人產生巨大的威懾效用，使他們在從事派系活動時不得不有極深的顧忌。制度化在中共精英政治中是否已愈漸成為主流還需觀察，但非正式政治則愈漸被框架於共同遵守的遊戲規則中。這一結果將產生深遠的影響。越共在胡志明去世

---

[3] David Shambaugh argued that elite power is more vested in institutions than in individuals. "The Dynamics of Elite Politics during the Jiang Era," *The China Journal*, vol. 45(2001), p. 107. Also see Francois Godement (ed), *China's New Politics*, Les cahiers d'Asie no. 3(2003), IFRI, Paris,.

[4] Samuel Huntington, *Political Order in Changing Societies* (UK.: Yale University Press, 1968).

後其繼承政治在四十年中並未發生重大危機，說明共產黨制度並非完全無法進行有序的權力傳承。關鍵在於制度化的深度。中共是否也能做到？「十七大」是一個歷史性的關注點。

二、維護接班人權威的黨內共識

維護接班人的權威是後鄧時期黨的共識。作為黨的準則，它未必新穎，但卻被賦予新的實質內容。制度化是弱勢領導克服挑戰的有力武器。胡錦濤的中心地位固源於鄧的托付，但它更凝聚了全黨的危機意識：在內憂外患之中，他權力的鞏固繫黨之危安，所以整個制度亦要為其勝出而努力。在這種情形下，黨會讓新領導充任各種要職，以賦予他儘可能多的正統基礎，並擴充其執政的合法性。鄧讓江身兼黨魁、國家主席、三軍統帥的職位。這種三位一體的安排在中共繼承政治的過程中被制度化，使元首能通過首長簽名批准的機制掌控黨政軍的運行。同時通過執掌各主要中央領導小組，使他能主導主要政策領域的決策過程。

這種權力的制度化與領導個人權威的結合，是中共對後鄧時代體制轉型中出現的過渡空檔所作的回應。它具有既維護繼承人合法地位，又防止其無限拓展個人權威的雙重考慮。廢除最高領導人終身制的規定，由鄧江的具體實踐已成為黨的慣例。這是防止最高統治者無限擴權的最重要的制度。但限任制亦使最高權力更迭成為週而復始的常態，通常發生在兩至三次全代會之間。而每次都是權力再分配的過程，引發派系競爭，令黨經歷不斷的震盪。如應對不善，會對高層團結造成傷害。因此，黨除了要習慣於這種固定的權力傳承之外，更需要依靠加強制度化建設來避免出現零和的局面。這包括建立某種遴選協調機制；主要權力部門的意見與回饋；較為客觀的審核標準等等。而這些在以前的權力繼承過程中也曾應用，但未深度的制度化，從屬於最高領導人的主觀考慮。江胡的權力平穩過渡顯示了中共在此領域的有限進步。「十七大」的召開將為權力向第五代移交舖

路。而如何進一步深入制度化，是中共能否有效解決權力傳承這一難題的關鍵。

三、派系平衡的原則

　　有序地的權力更迭取決於一些先決條件。在高層達成某種派系平衡就是其中之一。也是「十七大」的一項重要任務。比如習近平被派往上海，可謂摻沙子以平衡上海系人事。中央的派系平衡是黨的團結的重要基礎。而平衡總是「相對」的。黨的準則（norms）允許第一把手擁有較大的派別份額，但也必須兼顧其他派系利益。這樣，在政治局人數規模大體固定的條件下，他的追隨者不應佔據過大的比例。鄧、江都未很好地遵遁這一準則。江在政治局常委中安排了四至五個自己所提撥的幹部，明顯地造成了派系不平衡。胡是否蕭規曹隨？但有一個原則似乎是明確的，即最高層的成員不應過於集中地源於某一省市（如上海）或某一團體（如共青團）。以地區團體為升遷考量是非正式政治的重要標誌，有著深刻的組織局限性。地區領導人多由同一組織部門篩選，擁有相似的工作經歷，彼此相識。如過於集中入選中央則極易形成結構性的派系。中國歷史上的鄉黨現象源遠流長，中共的組織嚴密性可使其更為嚴重。雖然沒有明確的證據可以證明廣為談論的「上海幫」的確存在（以人際往來，政策取向，以及組織路線等具體標準衡量），但非議本身亦可為高層團結蒙上陰影。

　　然而就中共目前的人事遴選制度而言，在最高層構成派系均勢並非易事。在經政治局常委討論的3000名幹部中，與總書記相熟的很少。[5]因此他在確定重要人事時通常只能在很小的範圍內斟酌。主觀性強，組織部門制約力弱。出現類似王洪文、陳良宇的任命錯誤就在所難免。因此任用親信是中國精英政治之痼疾。如胡錦濤在「十七大」有心避免此現象的膨

---

[5] 與一位中國部長訪談。

脹，將有助於制度化和他正面形象塑造。雖然胡無法除其根源，但如能更明確地依賴組織管道，運用較客觀的標準審核候選人，裙帶關係，任人為親的現象就有可能被限定在較低的水準上，相對的派系平衡在高層尋求共識意識的努力下則可能達到。當然在政治局常委人員的選擇上，個人的考量仍最具影響力。在任何社會裡，人事公平永遠是相對的。

四、制度化的深入對精英政治的影響

　　作為長期主管黨務的領導胡錦濤，對制度化的認識和敏感似乎超乎於他的同事。在2006年8月，中央辦公廳一次頒佈六個文件以深化黨內領導制度化。這批文件涉及領導幹部的任期制度、輪換制度、交流制度、迴避制度、誡勉函詢制度以及述職述廉制度。對中共精英政治的演變來說，任期和交流的新規定具有重大現實意義。從「十二大」以來，黨章不斷重申廢除終身制，但缺乏具體的任期要求和限制。許多幹部從一線下來轉赴二線，形同終身制。現在在同一職位和在同一級職任上不得超過兩任十年的制度，終於填補這一空白。而交流制度則硬性要求縣以上幹部在任職於同一單位或地方逾十年則必須交流。這樣就強化了幹部優勝劣汰機制。[6]這些規定的實質是限制黨權，其深遠影響可由以下幾點可見一斑。第一：儘管規定並未涉及至最高層，但它的精神和原則則可適用。在一定程度上可以抵消在加強黨魁職位的過程中，給予他過度權力的危險。根據中央組織部門的設想，這些黨的效力是開放性的，在條件成熟時會逐漸逐級上沿。[7]第二，任職期限和交流制度的制度化使黨內可能形成的山頭比較難以結構化。而且一旦山頭的宗主離開政壇，該山頭就很容易解體。[8]第三，定

---

[6] 張執中，「中共幹部人事制度改革之評析」，歐亞研究通訊，9卷10期（2006年），頁10。

[7] 與中組部幹部在北京的談話，2006年1月。

[8] 江澤民，李鵬等人的政治影響力迅速下降可以為此提供說明。

期輪換制度會使派系構成流動化，其成員在輪調的過程中獲得多重派系身份。在一定程度上，這可能會削弱黨內任何單一派系的剛性。當然在不具備日本自民黨派系管理傳統的情景下，[9]頻繁的派系重組亦會影響黨的穩定，或許給權謀者更多合縱連橫的機會。

貳、「十七大」：新機會新挑戰

「十七大」將為中共提供一個增進權力制度化的新機會，並為胡推進新政策構造出一個新平臺。但其承上啟下的人事安排將始於解決「十六大」高層人事的遺留問題。[10]

一、處理「十六大」的後遺症：胡和前任領導的互動

江澤民在執政晚期做出一些較為專斷的決定。最明顯的例證就是在政治局常委中安排了一半自己所提拔的官員。一些人將此比喻為向黨尋求自己榮退的籌碼。同時李鵬等也將自己的一些親信升入政治局和政治局常委。胡錦濤儘管得到全黨支持，他在中共高領導層中幾乎沒有任何親隨。胡或許是中共黨史上第一位沒有靠派系與結盟而奠定其無可爭議地位的領袖，而且也是第一位沒有依靠槍桿子來鞏固自己統帥地位的領導人。[11]

---

[9] 關於自民黨的派閥政治，見Ellis Krauss, "Explaining Party Adaptation to Electoral Reform: the Discreet Charm of the LDP," *Journal of Japanese Studies*, March 2003.

[10] For analysis on the 16th Congress, see Lowell Dittmer, "Leadership Change and Chinese Political Development." in Yun-han Chu & others (eds), *The New Chinese Leadership: Challenges and Opportunities after the 16th Party Congress* (UK.: Cambridge University Press, 2004); and John Wong and Zheng Yongnian (eds), *China's Post-Jiang Leadership Succession: Problems and Perspectives* (Singapore: National Singapore University Press, 2003).

[11] Ji You, "Hu Jintao's Succession and Power Consolidation Strategy," in John Wong and Lai Hongyi (eds), *China's Political and Social Change in Hu Jintao Era* (Singapore: World Scientific, 2006).

　　「十七大」的召開應意味著新的一輪高層甄補已大體底定。而真正的挑戰存於達到此目的的過程之中。這又涉及到本屆領導與其前任的互動。胡在處理這一複雜的人事政治時，面臨兩個重要挑戰。第一，「一朝天子一朝臣」對胡亦不例外。所以「十七大」的權力重新分配，會使除吳邦國外的多數江系人員因年齡關係而自然離退。但若使這一步驟平安落實，胡既要妥善安排他們退休後的政治生活待遇，又要適當地滿足他們在人事繼承方面的要求。從目前中國高層政治的現實看，江系人員因人事喬不定而形成一個反胡利益集團的可能性極低。儘管如此，胡仍需以謹慎的態度來應對可能出現的反彈。畢竟在本輪權力再分配中，江系由主流變為非主流，而胡則應避免「贏者通吃」的局面出現。

　　第二：為使「十六大」建立的相對不平衡的領導集體運作暢順，胡與決策層的非江系人員一直保持了良好的互動。他一方面堅守與他們的非派系關係，另一方面在工作中和其結成某種政策聯盟。比如，溫家寶在國務院的權力基礎較弱。在「十六大」之後的最初幾年，許多中央政策因部門利益傾軋而在貫徹中阻力重重，「政令不出中南海」的評論不脛而走。而在此時胡給予溫的支援是有力和及時的，而胡溫決策結構的形成亦是胡固權的保障。胡對吳官正的支持也是具體的。吳的職責艱難，特別是在處理高層腐敗案時處處掣肘。而胡的全力相挺是拿下陳良宇的關鍵。李長春雖不易界定為江系人員，但他的上升之路得益於江甚多，而胡在確定自己的執政理念的過程中，勢必要部分修正「三個代表」理論體系。作為主管意識形態的政治局常委，李的態度對胡非常重要。在很大程度上，胡與非江系人員的團結與合作是整個高層團結與合作的基礎，也有效地平衡了不太平衡的「十六大」人事安排。

　　所有這一切都是在黨的反派系的準則下推行。[12]在支持某一領導以

---

[12] 關於黨的準則，見Frederick Teiwes, " The Paradoxical Post-Mao Transition: from Obeying the Leader to Normal Politics," in Jonathan Unger (ed.) *The Nature of Chinese Politics: from Mao to Jiang* (Armonk: ME Sharp, 2002).

便壯大自身派系和支持他，以便維護高層團結之間有一層微妙的「窗戶紙」，不將其捅破而又達到總體目的則要求很高的政治智慧。胡在較短的時間裏就確立了自己的權威，既得益於他待人處事以公的態度（暗合中國傳統的御人文化），又符合黨的傳統準則。當然胡本人在高層的派系空白也因此沒有得到及時更正。在多大程度上這已影響了他的統治權威，我們沒有充分的證據來推斷。但這也許是中共精英政治的一個新發展。在決策基於共識與妥協的集體領導原則得以確立之後，派系政治的性質也因此發生了重大變化。而黨魁之功能則更多偏向於維持平衡者。江的「十六大」人事路線以及他的半退雖妨礙了胡的組織佈局，但也為他提供了另類機會：黨的總書記應鶴立各種派系之上，而非寓於其中。

二、胡錦濤的權力考驗

然而做到這點又談何容易。首先他必須有極強的執政合法性。其次他必須有廣泛的民意支持。第三他須獲得黨內各種勢力的擁戴。受遴選機制和任期制度的限制，完全實現以上三點幾乎是不可能的。所以鞏固大位的捷徑仍然是派系。而胡也的確需要有力的組織支援以成就自己的理想。重大的改革措施和事關國運的政策（如台海的戰爭與和平），必須有強而有力的人事支持才可能通過。以胡目前在黨內的地位，建立起自己的派系並非難事。而對他的真正考驗卻是既要有自己的基本班底，同時又不能過於違反派系平衡的原則，重蹈江的覆轍而遭非議。

第十七屆政治局的構成會反映胡的派系考量。而且這是胡首次對高層重組的全面主導。「十五大」胡任人事領導小組組長，但基本上是落實江的具體構思。「十六大」時胡更將此職責讓於曾慶紅。胡在人事政治上的韜光養晦，在一定程度上導致了第十六屆政治局的派系非均衡構成。事實上，胡對「十七大」的人事佈局，在江全退以後就不動聲色但緊鑼密鼓地展開。省部領導換屆為「十七大」奠定人事基礎。而胡為此所擬定的456

基調更為第五代領導人的脫穎而出鋪平道路。[13]五○年代出生者的接班態
勢日趨明朗。而六○年代的甚至還在一些重要的省部承當一、二把手的重
責（胡春華，西藏；周強，湖南；孫政才，農業部）。在省部一級胡的權
力基礎已日漸豐滿。胡有多種管道來擴充他的體系，首先他曾長期擔任中
央黨校校長，而中央黨校最基本的功能就是為中央省部培訓主要領導。除
了正常課程之外，黨校還專門舉辦省部級幹部研修班。其目的就是提升和
甄補。1999年江為了「十六大」的人事安排，令胡在黨校培訓中青年幹
部。為此胡開辦了被俗稱為「黃埔一期，二期」的省部級幹部專訓班。而
受中國文化的薰陶，黨校學生常將他們與校長的關係定位為追隨者，特別
是當黨校校長成為黨魁之後。第二，長期以來，胡在中央常委中分管西部
各省，這些省的主要領導人大多由他來考察任命。第三，胡的共青團淵源
使他對團幹部群體有巨大的影響力。[14]

　　「十七大」在人事方面的一個重要的觀察點就是如果胡派最終成形，
團系人員在其中所佔的地位。共青團出身的人士在十六屆中央委員會中是
最大的一族。[15]由於年齡尚輕，所以多會留任。加上新團系人員的加入，
他們在中國精英政治中的作用會逾加舉足輕重。他們的支持對胡的執政大
有裨益。當然將團系人員列為中共一個派系本身就有很大的定義爭議，姑
且不論它是否算是胡的派系。亦如上海幫這一論題，江與上海幫成員的縱
向聯繫似乎可以確定，但其成員之間的橫向關係則很難建立。嚴格界定，
也許只有黃菊和陳良宇的個人關係較親密。江的親信自一機部，貿促會，
電子部，上海等處，將其都列為上海幫甚為牽強。吳邦國、曾慶紅、賈慶

---

[13] 以五○年代出生者為主體，保留部份四○年代出生者並吸收部分六○年代出生者。

[14] You Ji, "Profile: the Heir Apparent." *The China Journal*, vol. 49 (July 2002).

[15] 關於團派，參見Zhiyue Bo, "The16th CC of the CCP: Formal Institutions and Factional Groups," *Journal of Contemporary China*, vol. 13, no. 39 (2004); and Cheng Li, "The New Political Elite and the New Trend in Factional Politics," in Francois Godement (ed), 2003

林的聯繫未必超出工作範圍。而且他們在江退之後，特別謹慎地處理彼此之間的橫向往來。就團派而言，與胡同期的中央領導除李克強之外多已失去晉升的機會。在中共的組織框架下，團省委書記的直接上司是省黨委，而非團中央。[16]胡可能與這些人較為熟悉，但很難認定與他們過從甚密。胡在任何時候，任何工作單位都盡力避免建立非工作的私人關係。同時胡在團中央的工作期限甚短。雖然他可能比其他中央領導更積極地提撥團幹部，但將他離開團中央二十餘年中湧現出的團幹部均說成是他的人馬多為臆測。實際上，團作為黨的幹部預備隊在中共建黨之初就已確定，提升他們並未違背黨的人事準則。而且就政策、政見等重要的派系指標而言，很難將團系人員歸納成一個結構性的派系。

三、胡修主義：政治理念與組織路線的統一

　　高層甄補是一種政治，極具政治化的特性。一如以往，半數以上的中央委員和一定數量的政治局委員會在「十七大」退出。誰進誰出除了有年歲、學歷，健康等客觀標準檢驗之外，政治理念、意識形態傾向，以及與高層領導私人關係親疏等非客觀標準亦非常重要。而他們是考察中國精英政治重要的參照物。

　　政治正確從來都是中共遴選接班人的第一標準，它事關黨的前途。戈巴契夫和趙紫陽的前例讓中國領導人戒慎恐懼。但政治正確非常抽象，而且可塑性很強。在意識形態不斷轉向的中共，本屆黨代會的正確也許下屆是不正確。而就「十七大」而言，意識形態的正確與否已不由江的「三個代表」來定義，而是由胡的和諧社會、科學發展觀，新「三民主義」等新思維來衡量。「三個代表」在語言上仍不斷得到重申，但在政治和政策的

---

[16] 從組織關係的角度看團中央並無直接調升省團委人員的權力，它需通過中組部，而省黨委擁有否決權。

層面上失去了話語權。胡對社會正義、貧富差距、弱勢群體的關注，以及他一系列高分貝的講話，構成了他對江意識形態路線的調整。[17]胡修主義除了在經濟民生政策上得到充分的體現，在「十七大」的人事安排上亦會得到充分的落實。一方面黨的組織部門甄選新路線的認同者。另一方面，接班人團隊的有心人也在主動地依附（bandwagoning）與宣示。

　　胡修主義的核心，是通過國家的讓步政策來緩和社會各階層之間、民眾與官員之間日益高漲的衝突。新「三民主義」是一種有效的治理模式。向社會讓渡經濟利益，儘可能地給予人民選擇空間和致富機會，以換取他們對政府壓抑政治自由的容忍。三十年的改革極大地改變了中國，但改革的成果愈來愈無法為大多數人民所共享。鄧江的親富人重市場，沉醉於高增長的模式造成了貧富差距迅速擴大，腐敗現象漫延滋生，生態能源高度緊張。「三個代表」欲將中共改造成執政黨全民黨，鼓勵中產階級和資本家加入以擴大其階級基礎。從長遠看對中共並非不利，但在中短期內則可能加劇社會與國家的衝突，民眾與精英的對立，內地與沿海差距的擴大。三十年的鄧江之治就難以為繼。胡上臺伊始，他與整個中共都面臨著一個重要的抉擇。

　　和諧社會與科學發展觀，並非中共筆桿子如王滬寧在近期為胡所創作的。遠在二十年前，胡在貴州省委書記任上就已經提出這些執政理念。[18]但因與鄧江以速度為中心的理念不合拍，胡保持緘默十數年。現在終有機會予以實踐。來自基層，在貧困的西部工作近半生的胡溫，在潛意識中有中國文化傳統平均主義的沉澱，有青年時代接受的社會主義「左傾」思潮，也有對社會底層人士深厚的同情心。這些被逐漸融入到他們的社會政策和治國方針之中。而「十七大」則會在政治路線和意識形態的高度上予

---

[17] 比如，他的關於「公平共用」的文章對社會產生了重大反響。新華社，2007年3月20日。

[18] 「胡錦濤在畢節的試驗」，新京報，2005年3月12日。

以確立，並由組織路線加以保障。現在在北京的官場中，人人言必稱「社會正義」。在八〇年代社會正義是一種知識份子的道德說教；在九〇年代，成為利益公平分配的精英呼籲。[19]到如今作為「十七大」的意識形態的主軸與高層遴選標準，它折射在各級政府的公共政策之中。具體而言，它將在兩個方面指導新的接班人的篩選。首先，他們對弱勢群體的態度；第二，將社會衝突、民官衝突消於無形的能力。這些固然取決於他們對於「人民」的態度，但更具體地表現在他們的公共政策取向上。據財長金人慶披露，他在2006年連續數次被胡溫召去討論國家財政的分配原則。胡溫親自制訂了重點：向中低收入群體傾斜；向西部地區傾斜；向農村傾斜。在此要求之下，2006年的七千多億元的新增財政收入將主要用於建立低保網。其中一千五百億用於農村兒童教育，上億小學生因此學費學雜費全免。在國人最關注的醫療領域，80%農民將獲得最低保50元（個人出10元，中央和地方各出20元）。[20]

如毛澤東所講的「政治路線確定之後，幹部就是決定的因素」。胡的左向路線調整阻力重重，它將衝擊黨內盤根錯節的利益集團。所以胡必須有自己的幹員去推動。「十七大」是一良機。提拔自己人與接受依附者並舉。韓正在上海也迅速地調轉船頭將公共政策的基點放在擴大社保上，將經濟政策的重點放在重建增長模式上（由投資拉動、製造業擴張轉向需求拉動、服務業引領）。[21]韓與陳良宇在治滬方略上的撇清，證明江系背景或已為他進入十七屆政治局的負資產。

然而和李克強相比，他們仍難望其項背。自兩年前主政遼寧之後，他大張旗鼓地推動親民政策，迅速地改造了一千三百萬平方米的城市棚戶

---

[19] 鄭永年，江朱治下的中國（香港：太平洋世紀出版社，2000年）。

[20] 金人慶與吳曉莉的對話，「紅雲問答神州」，鳳凰衛視，2007年3月3日。

[21] 韓正在上海市人大會上的講話，2007年2月5日。

區，令上百萬工人搬進新居。利用省市區縣的本地投資，成立了眾多的公共服務公司，著重雇用下崗的人員。他將胡修主義的思路轉化為切實可見的政績，深受高層的贊許。2007年初，胡、吳、溫在很短的時間裏接連到遼寧考察。溫表揚李「不僅談論社會主義市場經濟，更是在幹社會主義市場經濟」。[22]李的實踐或許在結合市場競爭與社會福利方面做出了一個範例，以供其他省級領導模仿。習近平緊跟其後，在浙江他將2006年的新增政府收入一千零九億中的85％用於社會福利。在全國率先達到一省所有農民、農民工、鄉鎮企業工人都享受低保，也為進入政治局內購買了一張入門證（入主上海市委）。

四、親和力：領導人個人性格決定黨的前途

　　親和力作為一個用人概念，是中共調劑制度化與非正式政治之間矛盾的一項不成文的準則。在後鄧時代，它被提高到一個戰略地位，也成為「十七大」甄選領導人的一項關鍵標準。在平常人之間，親和力只是延續友誼的要素。對一個缺乏外在制衡的執政黨而言，它是防止出現獨裁者，維護黨內團結，保證政通人和的首要條件之一。胡錦濤的成功例子證明中共已不需要像毛那樣「搬山不移」的領袖，也不需要像鄧那樣不許人們討論問題的強人。作為對一個有重大缺陷的政治制度的彌補，它不僅強調領導者的決斷力、戰略思維和個人魅力，但更重視他駕御人際關係，團結不同派系，不同性格的同事，以及凝聚共識，達成妥協的能力。鄧由強調前者而選胡耀幫轉向重視後者而選胡錦濤。一方面這反映了他對後鄧時代領袖特質的反思，更重要的是反映了領袖的角色和功能在後革命時代的變化。黨魁是集體領導的標誌，共識形成的推手，而非凌駕於中央的獨裁者。胡為高層人士所接受，主要因他不對他們構成重大威脅，也因為他能

較公平地對待各類派系。

　　所有這些似乎非常抽象，在領導遴選過程中缺乏可操作性。然而胡本人作為一個現實範例可以提供具體的比較。他不缺決斷力，如果斷然撤換上海市委書記、衛生部長、北京市長、海軍司令，提出反分裂國家法。但更多的黨內領導認為他具有合作精神，用權慎重，在制定政策時留有空間，人事安排依靠組織管道等。所以，上之所好，下必媽之。從李克強、李源潮、周強等人的行事風格，大體可以推測出「十七大」的用人之道。新領導需個性收斂、生活儉樸，戒慎恐懼、不事張揚、為人低調、分權共用。在本屆黨中央的推動下，一種新的人事文化似乎正在形成。它有別於前屆的較為浮華，重外表（政績工程）輕實際（對低層階層的境遇無動於衷）。當然作為「十七大」領導甄補原則，親和力作為現任者的主觀意識或重於黨的制度化程式。但如果推選出尊重制度和集體領導的接班人，對黨的壽命之延長甚有補益。

參、在「十八大」背景下「十七大」人事的關鍵問題

　　無庸置疑，相對於組織程式，中共的人事政治仍更多地貫徹於領導個人的「篩檢程式」。一個有趣的問題是胡的崛起，是中共的制度化的成果，還是一個偶然性的幸運。無論答案如何，胡將為其接班人留下一個難以達到的高標準。中共為培養胡錦濤，讓他在最高層歷練了十年，如此長期而繁瑣的過程從一個方面說明為什麼年齡和任期制仍無法在最高領導人身上實現。黨寧願放緩制度化的過程，也不願冒選錯接班人而造成亡黨喪權之風險，但自然規律畢竟讓中共無法永遠迴避這一挑戰。很明顯「十七大」會將胡的繼承問題提到日程上來，而且就算一切順利，甄選過程的啟動已嫌晚矣。

一、胡錦濤的戰略選擇

　　本文對「十七大」人事甄選的分析是在主觀推測的基礎上展開的。中央高層人事是一部關閉的書。某些內幕消息洩露出來但遠不足以得出任何系統性的結論。如果我們能對自己的看法不那麼拘泥的話，這當然會使我們的研究更為有趣，。而在大家關注的議題中，胡執政是兩期還是三任是一個最具挑戰的問題。[23]目前沒有絲毫跡象表明胡會在兩任後離開，儘管北京有小道消息稱胡本人在「十六大」後就談到此點。這一問題事關重大，不僅檢驗精英政治制度化的深入程度，更是第五代領導人如何登上歷史舞臺的前提。它涉及以下幾個具體問題。

　　(一)年齡與任期的有機結合：如胡錦濤任職兩期，他將在70歲時在「十八大」上榮退，完美地執行了自喬石以來70歲離休的不成文條例。又將此準則上沿至最高領導人。即使仍不形成文字規定，作為先例的建立，都會對所有後任者產生極大影響。而限任制和年齡原則亦可有機的結合。如能使不成文的默契形成文字決議，則更使中央2006年的任期涵蓋所有級別，黨的權力制度化會有質的突破。

　　(二)三任對憲法的負面壓力：與此相反，三任的選擇可能會造成與憲法的不協調。如前文所述，三合一的領導機制已成為最高領導人的正統標誌。儘管限任的規定尚不涉及黨的最高職務，國家主席則受制於憲法不得超過兩屆。如胡在不兼國家元首職位的情況下執政，在黨內或許不會引起太多議論，但在國際輿論上以及在大眾的心目中，胡的一向正面的形象則可能出現某些負面的陰影。

　　(三)「雙線領導」的幽靈：在理論上國家軍委主席的職務法源應和國家主席掛？，三任則使其脫鉤。胡當然可以沿續鄧江之前例，但這必然會

---

[23] Frederick Teiwes, 2002, ibid, p. 251.

使制度化的進展受挫。而分裂的黨權、政權與軍權在2004年獲得統一。在這之前江在軍委執行的首長負責制和胡作為黨魁所擁有的黨政軍最高裁量權有本質性的衝突。比如胡作為軍委副主席，只是江的高級助手，並無軍隊調動、核武器啟動的權力，然而是他應最終擁有戰爭決定權。因此在這一重大問題上，存在著極大的模糊空間。所以胡任期選擇雖在我們筆下只是學術遊戲，但卻攸關國家根本。難道中共會在每一次權力傳承後，都出現一段黨權軍權分離而傷及國家安全嗎？當然為實現兩任制而倉促選拔接班人但所選非人的話亦會產生巨大的風險，中共似乎並未有萬全之策。

(四)重大政治體制改革的舉措：如果胡選擇兩任，他可以修改黨章在1987年為鄧特別設立的條款：軍委主席可以不擔任其他任何黨職。此條款在當時或有正面意義，畢竟接班過程尚難制度化。而改革引發的動盪也需要一個強人來控制局面。但這一權宜之計違反黨的傳統與準則，也非正常的執政途徑。它為軍隊介入黨務、政務提供制度平臺。二十年之後的今天，中國的政局似乎已無繼續執行該條款的必要性。江在2002年的留任軍委顯然誇大了他的不可替代性。而胡若能以新視野在「十七大」上對此做出某種更改，這將是一項重大的政治體制改革舉措，有利於中國的長治久安。當然兩任制也會對改革深入帶來負面影響。總書記在第一任上忙於固權，在第二任上則忙於禪讓。使政治與政策的目標短期化，平穩交班的考量重於勇於任事的考量，重大政改就可能犧牲於這一過程中。

(五)時間的壓力：當然胡可以在「十七大」上將此棘手問題先束之高閣。其實就算胡意欲選擇兩任制，時間或許已來不及。他的在職與否不以個人的意願為轉移。最重要的是有否一個高層已達成共識的接班人。直至今日，中央對此所做的努力並不明顯。倉促提出某一人選在理論上或許可能，但在實踐上則很難。他只有五年的時間來鞏固和證實自己。所以「十七大」可能會採取更為穩妥的方法來甄補高層：先擇優挑選一組人員，創造條件讓其中一人在「十八大」上脫穎而出，到「十九大」正式接

班。

二、瓶頸問題

　　「十七大」的人事更迭面臨著一系列的瓶頸問題。首先，「十六大」政治局的構成高度集中於胡的本代人。最年輕的是1947年出生的李長春與劉雲山。假若「十八大」將由第五代領導人成為中共高層主體的話，十七屆政治局就需要引入一批生於五○年代的中生代人員，並輔以個別生於六○年代的佼佼者。然而問題是，讓他們進入政治局常委，還是經過政治局過渡。從中央委員或候補中央委員徑直進入政治局常委畢竟是一種非常態的躍升，會造成一定的政治不確定性。

　　第二個瓶頸是如果採用70歲為進出標準的話，第十六屆政治局並無太多容納新人的空間，只有曹剛川將軍超過界限。當然李瑞環的前例可以援引。由此可以提供一種新的甄補選項：以出生年代劃線，即生於三○年代者下。這樣吳儀、曾培炎和張立昌就會出局。這種作法是符合大眾期待的。如果68歲還待在政治局，他會被認為是戀棧。而迷戀權位者的社會形象都不佳。廢除終身制逐漸滋生出一種反戀棧的黨內壓力和文化。

　　第三，「特殊工作需要」是中共制度化的又一瓶頸。而且通常是主觀判斷的結果。鄧將已退休的張震將軍召回，而江澤民將68歲，已決定退休的曹川剛提升入政治局。這打破了自「十四大」以來解放軍形成的「二駕馬車」統領機制，使郭伯雄—徐才厚體制延遲五年才能在「十七大」上確立。在黨的任期制的墨跡未乾，王樂泉便在新疆展開他的第三任期。未來哪些人「超期服役」？如有的話，是何人？以什麼原因留任？都是值得研究關注的議題。

三、培養胡的接班人

　　胡的接班人尚未出現，但「十七大」會露出某些端倪。事實上自

「十六大」以來，中央從未停止對第五代領導「中心」的尋覓。在正常情況下，此人應在政治局常委中經歷練，直接參與最高層的決策，並擔任一些獨當一面的工作。他的政績有助於黨內共識的凝聚，並讓公眾逐漸瞭解他接受他。這就是陳雲在八〇年代為遴選第三代領導人所擬的程式。所以「十七大」的一個急迫任務就是開啟這一過程，即使這樣，也已是時程緊迫，因為整個過程不能超過十年。如前期無法妥善解決，類似華國鋒和江澤民式的倉促上陣的歷史又會重演。

其實繼承人的挑選標準並不是問題，它們是非常標準化的：工作經歷、年齡、健康狀況、學歷、國際形象與親和力。[24]十六屆的許多中委似乎都可列入搜尋範圍。然而，若以胡自身的例子為參照標準，能符合條件的人數其實少而又少。首先他必須是中央委員，並有十年的正省部級的領導經歷，在中央和地方都曾獨當一面並擁有較好的政聲。十年的要求符合中共的任期規定的精神，既有政治上的意義，又有現實上的考量。首先在中國的政治文化中，年資是權力的基礎，也是削弱精英阻力和顧慮的有效因素。中共對「破格提拔」有很深的忌諱。兩屆省部級正職的歷練也許是服眾的最低標準，並且亦是繞過政治局直接進入常委會，而不致引起太多負面反應的最低標準。近二十年來，胡錦濤是唯一一位這樣的幹部。如果胡的繼承人在「十七大」脫穎而出的話，這一特殊安排似乎是不可避免的。但如果胡選擇三屆任期的話，更加穩妥的方案是第五代核心在「十七大」政治局過渡，「十八大」入常委會，在「十九大」正式接班。這樣他的資歷更加完備，也更順理成章。中共自五〇年代以來，有序交班的宿望在「十四大」實現以後更在胡之後予以鞏固。當然三任所帶來的弊端亦遺留下來。對中共而言，兩權相衡，穩妥該是更重要的選項。這無疑將延長

---

[24] 有關客觀標準，見寇健文、黃霈芝、潘敏，「制度化對中共精英甄補之影響：評估『十七大』政治局的新人選」，東亞研究，第37卷第2期（2006年7月）。

整個交接班的過程。年齡這一因素也隨之更具關鍵意義。如第五代接班人在「十八大」被確定時，他不應過多地超過55歲，以便他在「十九大」接班時仍相對年輕，可以執政十至十五年。

其他的客觀標準也會發揮很大的作用，比如學歷。第五代領導人中已有數名要員獲博士學位，而且多專業於文、法與管理。這顯示了一種趨勢：中共高層的學歷學科取向逐漸由理工轉向文法、經濟學。在可能的繼任者中，如其他條件相同，學歷、學科的重要性就較容易凸顯。

除了這些客觀標準外，傳統的主觀標準將繼續發揮極大的作用。在這些主觀標準之中，最重要的是與胡的關係。胡的接班打破了中共的慣例，即他的出線並非中共時任總書記的挑選。但新一輪的交接班應使甄選過程回歸傳統，即讓黨魁擁有最大的量裁權。當然他需要和其他高層同事廣泛協商達成諒解。從邏輯上講，胡當然要選一個自己放心之人。在此情況下，候選人與胡共事的經歷就會起很大的作用。

當所有這些條件都擺到桌面時，可選之人其實異常的乏饋。55歲這一界限一劃，所有現任政治局委員就盡數出局。而十年的正省要求，加上他的資格是現任中委，而不是候補中委，又將絕大多數內閣成員、封疆大吏予以排除。事實只有李克強一人符合所有標準。當然十年的要求並非硬性的規定。若將此減至五年，李在十六屆中委中尚有少數的競爭者，如習近平、韓正、李源潮、張春賢、趙樂際、王滬寧、盧展工，尚福林等人。而他們之中絕大多數是生於五〇年代前期，在年歲上落了下風。並且多僅有一屆正部、省的任職經歷，在年資上處劣勢。加上派系淵源，獨當一面的能力，從事領導工作的領域等諸因素，他們和李克強都不在一個等級上。李克強北大經濟系博士的學歷也使他鶴立雞群。更重要的是，他和胡的淵源也是無人能及的。他自1982年北大本科一畢業就在團中央工作，直接與胡共事。在個人的親和力方面、他待人處事周到，和上司下屬的關係融合，對棘手問題的處理果斷。他的領袖氣質和同代領導人相比很是突出。

當然通往大位的道路向來充滿荊棘，誰真能笑到最後，還孰難意料。

肆、結語

　　「十七大」將標誌著中國正式進入胡錦濤時代。其重要指標如下：第一，胡制定自己的意識形態路線的條件已經成熟。第二，在組織上他能建構一個成型的班底。第三，通過「十七大」的人事安排，他可以著手進行接班人的挑選，為後胡時代的到來做鋪墊。就政治路線而言，胡一直遵循鄧江的理念，即堅持多元集權的體制。在政治上保持控制，在經濟和社會領域推動改革開放。但他的社會經濟政策則日益有別於鄧江時代。首先，他將逐漸轉變以擴張為中心的經濟政策，而更強調增長的品質和內涵。在社會政策方面他的和諧共生理念將指導調解國家與社會的衝突。通過國家在第二次分配中的主導權力，使社會弱勢群體得到最基本的照顧，從而緩解民憤民怨。這些都必須有一個相應的組織路線來支撐。這應該就是「十七大」的人事主題。而當這一主題落實在「十七大」的人事日程上時，以下幾項可能會引起普遍的關注。第一，對高層派系再平衡會涉及江系人員的去留。問題是胡系人員會否大量湧入，造成新的不平衡；第二，「十七大」會將成為第五代領導進入高層的通道。問題是其核心人員是徑直進入最高層或是先在次高層過渡。這一問題還涉及到另一個戰略問題：胡將任職兩屆或三屆。第三，如果第五代核心在「十七大」就進入最高層，還會影響到常委的人事分工。比如他很可能會主持黨務，如胡之前所為，這樣曾慶紅就勢必離位。圍繞「十七大」的人事安排，我們可以問出無數問題但真正的答案只能在「十七大」謝幕後才可能獲知，但通過對這些目前無解問題的思索，我們可以更多地瞭解中共的精英政治，它的發展方向，以及對中國整體改造的長遠影響。「十七大」作為承上啟下、繼往開來的一個重要政治議程，對中國的歷史大趨勢有著它的重要地位。

參考書目

一、中文部分

張執中，「中共幹部人事制度改革之評析」，歐亞研究通訊，9卷10期（2006年），頁10。

———，「胡錦濤在畢節的試驗」，新京報，2005年3月12日。

鄭永年，江朱治下的中國（香港：太平洋世紀出版社，2000年）。

寇健文，黃霈芝，潘敏，「制度化對中共精英甄補之影響：評估『十七大』政治局的新人
　　選」，東亞研究，第37卷第2期（2006年7月）。

二、英文部分

Bo, Zhiyue, "The16th CC of the CCP: Formal Institutions and Factional Groups," *Journal of
　　Contemporary China*, vol. 13, no. 39 (2004)

Dittmer, Lowell and Wu, Yu-shan, "The Modernization of Factionalism in Chinese Politics," *World
　　Politics*, vol. 47 (July 1995).

Dittmer, Lowell, "Leadership Change and Chinese Political Development," in Yun-han Chu &
　　others (eds), *The New Chinese Leadership: Challenges and Opportunities after the 16th Party
　　Congress* (UK.: Cambridge University Press, 2004).

Fewsmith, Joseph, "The 16th National Party Congress: The Succession that Didn't Happen," *The
　　China Quarterly*, no.173 (2003).

Godement, Francois (ed), *China's New Politics*, Les cahiers d'Asie no. 3 (2003), IFRI, Paris.

Huntington, Samuel, *Political Order in Changing Societies* (UK.: Yale University Press, 1968).

Krauss, Ellis, "Explaining Party Adaptation to Electoral Reform: the Discreet Charm of the LDP,"
　　Journal of Japanese Studies, March 2003.

Li, Cheng, "The New Political Elite and the New Trend in Factional Politics." in Francois
　　Godement (ed), 2003.

Shambaugh, David, "The Dynamics of Elite Politics during the Jiang Era." *The China Journal*, vol.

45 (2001), p. 107.

Teiwes, Frederick, "The Paradoxical Post-Mao Transition: from Obeying the Leader to Normal Politics." in Jonathan Unger (ed.) *The Nature of Chinese Politics: from Mao to Jiang* (Armonk: ME Sharp, 2002).

Teiwes, Frederick, 2002.ibid, p. 251.

You, Ji, "Hu Jintao's Succession and Power Consolidation Strategy," in John Wong and Lai Hongyi (eds), *China's Political and Social Change in Hu Jintao Era* (Singapore: World Scientific, 2006).

You, Ji, "Profile: the Heir Apparent," *The China Journal*, vol. 49 (July 2002).

Wong, John and Zheng Yongnian (eds), *China's Post-Jiang Leadership Succession: Problems and Perspectives* (Singapore: National Singapore University Press, 2003).

中共海歸派高官的仕途發展與侷限：
既重用又防範的精英甄補*

寇健文

（國立政治大學政治系副教授、國關中心第三所合聘副研究員）

摘要

　　海歸派高官的基本特徵是什麼？擔任哪些職務？具有那些海歸經驗？在中國政治發展中扮演什麼角色？這些都是本文探討的課題。本文分析165位目前擔任副省部級以上職務的中共海歸派高官後，發現海歸派高官具有下列特徵：(1)在全體副省部級以上高官的比例不到10％，比例很低；(2)多數是公派出國攻讀學位或進修研究；(3)學科專業集中在自然科學與經貿管理，社會科學與法學所佔比例都不高；(4)多數在政府技術經貿部門工作和大學研究單位工作，缺少地方黨政一把手的歷練；(5)多數滯留海外時間不到兩年；(6)非中共黨籍海歸派高官佔全體海歸派的比例高達兩成五，但多半只能擔任副省部級職務，或在全國人大，政協擔任領導職務。

　　本文認為造成上述現象的原因是「市場經濟」與「共產黨的領導地位」兩種邏輯妥協的結果。中共一方面進行經濟建設，不吝於重用前往歐美國家學習的專才；另一方面又提防傾心西方民主政治的人士進入體制任

---

* 本文原刊登於中國大陸研究季刊第50卷第3期（2007年9月），頁1-28。筆者感謝該刊同意轉載。

職。兩種邏輯碰撞妥協之下，出現「既重用又防範」的矛盾現象。中共願意在經貿科技領域重用海歸派，但組織、宣傳等要害部門就很少晉用海歸派。同時，中共偏好滯留國外時間短、公派出國的海歸派，但長期滯留國外、自費出國的海歸派就較難受到青睞。因此，中共外界不應高估海歸派在中國民主化過程中的角色。

關鍵詞：海歸派、精英甄補、留學、中共、民主化

Elite Recruitment with Restraints:
The Political Career of Chinese Ranking Officials with Oversea Study Backgrounds and Its Limitation

Chien-wen Kou

(Associate Professor Department of Political Science

Jointly Appointed Associate Research Fellow, Institute of International Relations

National Chengchi University)

Abstract

This article explores the characteristics of Chinese ranking officials with oversea study backgrounds and examines the role of these officials in Chinese politics. After analyzing 165 returned students currently holding a post at the vice minister level or above, this article finds: (1) their share in the total ranking officials at the vice minister level or above is less than 10%; (2) they usually are publicly funded to study abroad for a degree or for a short-term training and research program; (3) most of them major in natural science and engineering, or economics and management; (4) the majority of these elites work in technical and professional ministries in the government, or in major universities and research institutes; (5) their oversea study duration is usually less than two years; (6) a quarter of these ranking cadres are not members of the Chinese Communist Party.

These findings reveal that Chinese leaders are willing to put returned students trained in the West in important posts in order to promote economic growth but, at the same time, take measures to prevent these returned students from becoming a source of destabilizing the regime. West-trained returned students are absent in the systems of organization, propaganda, ideology, military and national security. China is also less willing to promote those who are self-funded and spend a long duration in study abroad. Therefore, the role of West-trained returned students in China's democratic transition cannot be overestimated.

Keywords: returned students, elite recruitment, oversea studies, China, democratization

壹、前言

　　自1978年6月鄧小平下達擴大派遣留學人員的指示之後，大陸出國進修人數就逐年遞增。根據中共公佈的資料，2005年度各類出國留學人員總數為118,500人，其中國家公派3,979人，單位公派8,078人，自費留學106,500人。從1978年到2005年底，各類出國留學人員總數達933,400人，留學回國人員總數達232,900人，約佔出國留學人數的四分之一。[1]這些「海歸派」嫻熟經濟、科技等專業技能，也諳習西方制度、通曉外語，易在中國與全球接軌的過程中嶄露頭角。更重要的是，他們之中不乏受到西方民主文化薰陶的人。從台灣、墨西哥等國的民主化經驗來看，歸國學人不但幫助國家經濟發展，也會軟化威權體制的行為，扮演「從內而外」推動民主化的角色。因此，當大陸歸國學人人數越來越多，開始擔任重要政治職位後，他們對中共政權產生何種影響，就值得我們關注。質言之，從政海歸派曾經是台灣和墨西哥民主化的一股推力，中國是否會發生同樣的現象？原因何在？

　　現有文獻對海歸派政治角色的討論大致分成兩種觀點。第一種觀點認為海歸派是體制內促進中國民主化的重要力量。海歸派受到留學國文化的薰陶，無形中把西方價值觀帶回中國，提高自由化程度，降低民主化的障礙。[2]前陸委會副主任林中斌甚至預言，2030年左右中共最高領導人會是歐美海歸派。他認為留學生改變台灣的政治、社會和經濟制度，「台灣以

1　「教育部公佈2005年度各類留學人員情況統計結果，自費出國留學人數增加百分之二點一」（2006年6月6日），中華人民共和國教育部教育涉外監管信息網，http://www.jsj.edu.cn/dongtai/041.htm。

2　段思霖，「中國政壇的『留美派』和『清華人』」，廣角鏡（香港），2001年第2期（2001年2月），頁7；康彰榮，「民族問題留學生態度強硬」，工商時報，2002年3月22日，版10。

前走過的路，也會在中國出現」。[3]事實上，中共自己也對留學生多數前往美國有所警惕，擔心美國利用留學生促使中國發生「和平演變」。[4]

　　另一種觀點對海歸派的民主化角色抱持謹慎的態度。他們認為海歸派偏好漸進式改革，無意推動激進的民主轉型。同時，中共當局透過有意識或是無意識的篩選過程，把主張民主政治的留學人員阻擋在官僚體系之外。李和（He Li）認為海歸派多半是技術官僚，很難掌握國家機器的「要害部門」，如組織和宣傳系統，也不太可能主導政治局。此外，被重用的海歸派多半是公費生或公派短期進修學人。自費出國的海歸派缺少關係網絡，很難入黨或政府工作，中共也很少提拔自費出國的博士海歸派出任高官。[5]在這種情形下，短期內海歸派很難扮演推動民主化的主要動力。

　　這兩種觀點雖然立場不同，但都是從精英甄補的面向解釋政權轉型的可能性。為了檢驗這兩種觀點的正確性，本文分析165位目前擔任副省部級以上職務海歸派高官的背景與仕途發展。研究結果發現，中共海歸派高官具有下列特徵：(1)在全體副省部級高官的比例很低；(2)多數是公派出國攻讀學位或進修研究；相反的，自費生較少擔任公職，特別是自費出國取得博士學位者；(3)學科專業集中在自然科學與經貿管理，社會科學與法學所佔比例都不高；(4)多數在政府技術經貿部門工作和大學研究單位

3　「『海歸派』留學生已成大陸自由化推手」，大紀元，2002年3月22日，http://www. epochtimes. com/b5/2/3/22/n178446.htm；「透視中國：海歸派沉浮談」，BBC中文網，2002 年4月15日，http://news.bbc.co.uk/hi/chinese/news/newsid_1931000/19311282.stm。

4　1987年鄧小平指出：「今後要增加去歐洲的，減少去美國的留學生，要作為一條方針」。 1988年起，國家教委採取定額控制的方式來調整留學國家的名額分配。田玲，中國高等教育 對外交流現象研究：北京大學與清華大學個案分析（北京：民族出版社，2003年），頁64。

5　He Li, "Returned Students and Political Change in China," *Asian Perspective*, vol. 30, no. 2 (summer 2006), p.27.

工作，缺少地方黨政一把手的歷練；(5)多數滯留海外時間不到兩年；(6)
非中共黨籍海歸派高官的比例高達兩成五，但多半只能擔任副省部級職
務，或在全國人大、政協擔任領導職務。

本文認為造成上述現象的的原因是「市場經濟」與「共產黨的領導地
位」（the leading role of the communist party）兩種邏輯妥協的結果。中共
一方面進行經濟建設，不吝於重用前往歐美國家學習的專才；另一方面又
堅持黨的領導，提防傾心西方民主政治的人士進入體制任職。兩種邏輯碰
撞妥協之下，因而出現「既重用又防範」的矛盾現象。中共願意重用海歸
派，但集中在經貿科技領域的「政策諮詢」與「政策執行」機構，組織、
宣傳、意識型態、解放軍、國家安全等要害部門就很少晉用海歸派。同
時，中共偏好滯留國外時間較短、國家或單位公派出國的海歸派；長期滯
留國外、暴露於民主文化下的海歸派就較難受到青睞。[6]

此外，儘管經濟發展已經重塑中國社會面貌與政府行為模式，但中國
迄今缺乏具有草根性動員能力的社會反對勢力，民主化不易出現。從台灣
與墨西哥等拉美國家民主化的例子來看，具有動員能力的民間反對力量才
是民主化的主要推力，體制內海歸派僅扮演軟化威權政權的輔助推力。社
會反對力量的薄弱，將使得體制內的海歸派無法與社會異議力量發揮加乘
效果，遲滯民主化進程。

本文分成八個部分。第二節簡述中共建政以後的留學生政策，包括派
遣出國與吸引回國的措施、實施情形，以及在政壇發展的趨勢。第三節則
從性別、族裔、學歷、年齡、職務級別等個人背景，探討海歸派高官的基
本屬性。第四節分析海歸派高官的留學經驗，探討他們的海歸經驗的差異
及其中的意涵。第五節則是說明他們的仕途發展概況。第六節提出「市場

---

[6] 單位公派包括單位籌資派遣人員出國留學，或是個人取得國外資助並經單位批准出國留學
兩種。後者又可稱為「公派自費」，類似於台灣的留職留薪。

經濟」與「共產黨的領導地位」兩種邏輯對甄補海歸派高官的影響，進而說明甄補海歸派的三種不同模式如何影響海歸派促進中國民主化的角色。第七節指出中共目前採取「既重用又防範」的甄補模式，以及說明海歸派高官仕途發展的侷限性。

貳、中國大陸留學政策的演變

中共建政之後，留學生政策受到國際政治環境和國內政經發展的影響，因而呈現四個階段。第一個階段起自1949年中共建政以後，刻意吸引滯留國外（特別是歐美國家）的留學生、科學家歸國服務。[7]至五〇年代末期反右傾鬥爭降低留學生返國意願為止，共約有多達兩千多人歸國服務。[8]這些原滯留海外的留學生以錢學森、錢三強、王淦昌等為代表。然而，受到資本主義、社會主義意識形態對立的影響，這些人才多在科技與教育界服務，極少轉往政界發展。

第二個階段的時間與第一個階段部分重疊，從五〇年中共宣佈向蘇聯「一面倒」至六〇年代兩國關係惡化為止。當時大量年輕學生和工人經過政治審查之後，由國家公費派往蘇聯、東歐等共黨國家，攻讀博碩士學位，或藉由短期培訓習得現代技術。這個時期的派遣工作是在國家統一計劃下進行，由高校按標準與需求遴選學生，沒有舉行公開招生考試。[9]對

---

[7] 在1945年至1949年之間留學人員集中前往美國，因此吸引留美學人回國是當時中共的主要工作。見周棉，留學生與中國的社會發展（北京：中國礦業大學出版社，1997年），頁12。

[8] 劉珊珊，「建國前後國內輿論環境與留美歸國潮的互動」，李喜所主編，留學生與中外文化（天津：南開大學出版社，2005年），頁341-343。

[9] 石川啟二，「中國文革前留學生派遣政策特質」，教育學研究，第60卷第4期（1993年12月），頁347-356。引述自王雪萍，「改革開放初期中國的派遣本科生留學政策——以1980年至1984年派赴日本、前西德的本科學生為中心」，李喜所主編，留學生與中外文化，頁376。

於留學生的管理也非常嚴格，特別留意思想政治教育工作。[10]他們在六〇年代「文革」之前陸續回國，分配到工業、國防、科技等領域工作。一般來說，「留蘇派」黨性堅強、服從性高，但缺乏創意性思考、理性大於感性，以及強烈的集體主義著稱。[11]八〇年代之後，這批前往共黨國家（特別是蘇聯）進修實習的海歸派進入權力中心，成為黨和國家領導人。代表性人物包括江澤民、李鵬、李嵐清、尉健行、鄒家華、劉華清、曹剛川、李鐵映、羅幹。

　　第三個階段從六〇年代中期「文革」爆發至七〇年代末期結束為止，中共不再派遣留學生出國學習。一方面中蘇爆發嚴重分歧，導致蘇聯撤回所有派駐中國的專家，中共也召回在蘇聯的留學生。另一方面，中共仍未放棄「世界革命」的理念，繼續與西方國家對立。在這種情形下，中共與社會主義陣營、資本主義陣營的關係同時惡化，造成國際地位孤立。1972年中共與美國建交以後，中共才恢復向國外派遣留學人員，派出少量學者與學生前往美國進修，並逐漸有極少量學人前往歐洲短期講學。[12]

　　第四個階段是從1978年鄧小平宣佈擴大派遣留學生出國迄今。這個階段又以1992年為分界線，區分為兩個次階段。在1970年末到1990年初期之間，中共的留學政策處於摸索階段。中共一方面遭受「人才外流」與「資產階級自由化」的困擾，另一方面又極需大量吸收西方先進知識的專業人

---

[10] 于增富、江波、朱小玉，教育國際交流與合作史（海南：海南出版社，2001年），頁57-58。引述自王雪萍，「改革開放初期中國的派遣本科生留學政策」，頁376。《1953年留蘇預備生選拔辦法》規定，留蘇預備生必須符合熱愛祖國、熱愛社會主義等政治條件。見吳霓，中國人留學史話（北京：商務印書館，1997年），頁189。以1959年為例，1500多位留學生之中，因政治審查而被淘汰，無法出國的比例就達到11%。見陳昌貴、劉昌明，人才回歸與使用（廣州：廣東人民出版社，2003年），頁52。

[11] Silin Duan, "The Studied-in-America Faction and the Qinghua Faction in China's Political Arena," *Chinese Education & Society*, vol. 36, no. 4 (July–August 2003), p. 94.

才。這種兩難困境使得留學政策不斷出現「放鬆—緊縮」的循環。1992年鄧小平「南巡講話」之後，中共重新肯定歸國學人對經濟建設的重要性，留學生政策才穩定下來。

　　1978年鄧小平決定擴大派遣留學生出國後，中共派出75位留學人員，前往美國學習現代科技。[13]在科技發展以及與西方國家接觸的需求下，學科專業以語言和自然科學為主。由於「文革」已經摧毀原有教育體制，此時留學多半是中年以上的國家公費生和訪問學者。[14]他們出國的目的是吸收新知，而非攻讀學位。

　　1981年至1983年間，中共開始體認唯有攻讀碩博士學位的研究生，才能一窺國外的學術殿堂。留學工作的主要重點轉為攻讀學位的研究生，訪問學者和本科生的比例都較前時期低。1981年1月國務院通過《關於自費出國留學的暫行規定》，第一次正式規範自費出國的標準。但由於出國浪潮不減，造成人才流失，同時擔心青年學子受到資產階級生活的精神污染，成為外國對中國和平演變的工具，中共開始控制自費出國。[15]

　　1984至1986年之間，留學生政策又開始鬆綁。1984年9月國務院頒布《關於自費出國留學的規定》，取代1982年公佈的《關於自費出國留學若干問題的決定》。新規定取消大學生和研究生畢業後工作兩年方能申請出國的規定，對在校研究生申請留學的限制也放寬。同時規定獲得碩士學位的留學人員，由國家支付他們學成歸國的國際旅費。[16]1985年初國務院取

[12] 張建主編，中國教育年鑑，1949-1981（北京：中國大百科全書出版社，1984年），頁667。

[13] 吳霓，中國人留學史話，頁195。

[14] 陸丹尼，「20世紀80年代中國留學政策的演變」，李喜所主編，留學生與中外文化，頁402。

[15] 如1981年9月教育部頒布《關於在校研究生自費出國留學問題的通知》、《關於自費出國留學若干問題的決定》，限制學生自費出國。見陸丹尼，「20世紀80年代中國留學政策的演變」，頁407-408。

[16] 陸丹尼，「20世紀80年代中國留學政策的演變」，頁410-411。

消大部分對於自費留學的限制，允許任何獲得國外大學錄取通知和獎學金的個人出國留學，公派留學人員的選拔和審批則下放到高校與研究所。[17]這使得公派出國學習的人數大增。

1987年至1989年間，中共留學政策又轉而趨緊。八〇年代中期寬鬆的留學政策導致出國熱潮高漲，加上留學生逾期不歸的現象十分嚴重，引起中共當局的憂慮。[18]在歸國人員中，多為訪問學者和短期培訓人員。[19]因此，1987年國家教委規定學生必須先工作數年，完成對國家的義務後方得自費出國，[20]1988年採取定額方式調整留學國家的名額分配。[21]1989年天安門事件發生之後，西方國家同意大陸留學生取得留學國永久居留權，數萬名留學生滯留海外，中共流失大量人才。[22]同時，中共掀起「反資產階級自由化」浪潮，加強大學生的思想教育。[23]為了防止人才外流，中共從

---

[17] 陸丹尼，「20世紀80年代中國留學政策的演變」，頁409。

[18] 在1979年至1989年間，大約有80,000的中國學生和學者到美國與其他西方國家，但只有26,000的人回國。見Bangchen Pang and Nicholas Appletopn, "Higher Education as an Immigration Path for Chinese Students and Scholars," *The Qualitative Report*, vol. 9, no. 3 (September 2004), p. 501.

[19] 陸丹尼，「20世紀80年代中國留學政策的演變」，頁412。

[20] 當時規定大學生必須工作三年，研究生工作五年，方得自費留學。見Bangchen Pang and Nicholas Appletopn, "Higher Education as an Immigration Path for Chinese Students and Scholars," p. 505.

[21] 田玲，中國高等教育對外交流現象研究，頁64。

[22] 1989年六四事件後，許多大陸留學生在世界各國發起抗議活動。1992年美國總統布希簽署1992年中國學生保護法，超過50,000名留學生獲得美國永久居留權。澳洲則發給36,000名大陸留學生合法居留權。加拿大也給予當時所有在該國留學的大陸學生居留權。見潘晨光、婁偉，「中國留學事業的回顧與展望」，潘晨光、王力主編，中國人才發展報告，no. 1（北京：社會科學文獻出版社，2004年），頁414。

[23] Ruth Hayhoe, "China's Returned Scholars and the Democracy Movement," *China Quarterly*, no. 122 (June 1990), p. 293.

1990年開始對具有大專以上學歷的自費出國留學人員進行資格審核，並收取「高等教育培養費」的制度。[24]

　　1992年鄧小平「南巡講話」確立改革開放路線不變，中共因此需要更多海外學人歸國效力。1992年8月國家教委主任李鐵映首度提出「支援留學，鼓勵回國，來去自由」方針，成為現今留學政策的基礎。教育部改革國家公費留學制度，提高國家公派留學效益，規範管理自費留學市場，保障自費留學人員的權益。同時，強化吸引留學生回國的工作，頒布許多重要措施。[25]1993年完全放開自費留學以後，自費留學比例大幅度超過公派人數。[26]2002年2月教育部發布《關於簡化大專以上學歷人員自費出國留學審批手續的通知》，廢止已經執行十二年的「高等教育培養費」、「自費出國留學資格審核」規定。[27]隨著大陸經濟持續發展，近年來自費生人

---

[24] 高等教育培養費隨年度變化而調整。根據2000年4月的資料，各級培養費標準如下：大專生1500元／年；本科畢業生（含雙學士學位生）2500元／年；研究生班3000元／年；碩士研究生4000元／年；博士研究生6000元／年。見「公費生申請自費留學交高等教育培養費標準如何規定？」，搜狐網站，2000年4月29日，http://learning.sohu.com/20000429/100253. html。

[25] 1993年7月國家教委頒布《關於自費出國留學有關問題的通知》，解除大部分青年不能申請自費出國留學的限制。見苗丹國、楊曉京，「改革開放以來出國留學教育決策的重大轉折以及宏觀調整的教育政策」，李喜所主編，留學生與中外文化，頁314-317。1993年11月十四屆三中全會《關於建立社會主義市場經濟若干問題的決定》確立鼓勵留學人員回國工作或其他方式為國服務的工作方針。同時，中共放寬留學生選擇工作的自由。1992年之前留學生歸國後由國家指定、分配工作。在1992年5月之後，人事部提出留學生可以離開其居住城市，自行覓求適當工作，不再受到必須回到原單位服務的約束。見David Zweig, Chen Changgui and Stanley Rosen, "Globalization and Transnational Human Capital: Overseas and Returnee Scholars to China," *China Quarterly*, no. 179 (September. 2004), p. 738.

[26] 李慎明、王逸舟主編，2007年：全球政治與安全報告（北京：社會科學文獻出版社，2007年），第八章第二節，http://www.china.com.cn/node_7000058/2007-04/01/content_8044063_3. htm。

數激增，成為主要留學生類別。2005年度中國大陸留學人員總數為11.85萬人，其中自費留學人員高達10.65萬人。[28]

綜合來看，海歸派於九〇年代中期前「學成而不歸」有經濟與政治兩大因素。在經濟方面，單位制限制了職業流動性，加上大陸的薪資與社會福利遠遜於國外，使得留學生歸國意願大減。在政治方面，由於歐美國家的生活水準較高，能夠提供專業的工作環境，「政治干預」少見。加上六四事件降低留學生歸國意願，造成嚴重的人才外流（brain drain）。從1978年到1996年，自費留學達13.9萬人，但回國僅0.4萬人，回歸率只有3％。[29]九〇年代中期後，中共運用國家力量推動公費出國，培植優秀學生、學者、官員進修或攻讀學位。隨著大陸經濟快速成長與政治趨向穩定，以及美國九一一事件的影響下，留學生回國服務意願增加。[30]同時，中共也開始甄補海歸派進入官場服務。[31]

---

[27] 該通知指出，不再向申請自費出國留學的高學在校生、具大專以上學歷但尚未完成服務期年限的人員收取「高等教育培養費」，不再對上述人員進行「自費出國留學資格審核」工作，也不再要求上述人員向各地出入境管理機關提交《自費出國留學資格審核證明信》。請見「自費留學停收『培養費』」，人民網（北京），2003年9月1日，http://www.people.com.cn/BIG5/paper464/10051/921661.html。

[28] 李慎明、王逸舟主編，2007年：全球政治與安全報告，第八章第二節，http://www.china.com.cn/node_7000058/2007-04/01/content_8044063_3.htm。

[29] 李慎明、王逸舟主編，2007年：全球政治與安全報告，第八章第二節，http://www.china.com.cn/node_7000058/2007-04/01/content_8044063_3.htm。

[30] David Zweig, "To Return or Not to Return? Politics vs. Economics in China's Brain Drain," *Studies in Comparative International Development*. vol. 32, no. 1 (Spring 1997), pp. 95-101; Bangchen Pang and Nicholas Appletopn, *"Higher Education as an Immigration Path for Chinese Students and Scholars,"* p. 523.

[31] Silin Duan, "The Studied-in-America Faction and the Qinghua Faction in China's Political Arena," pp. 93-94。此外，重慶市、吉林與遼寧省也以部分行政機關，直接對海外招募，見謝斌慧，「淺析當代『海歸從政』現象」，大連幹部學刊（遼寧），第21卷第5期（2005年5月），頁40-41。

參、海歸派高官的基本特徵

　　本文中，海歸派高官泛指「具有出國攻讀學位、進修受訓、講學研究經驗，現任副省部級以上職務的幹部」。這些幹部都是中共中央、國務院、全國人大與政協、中共省委、省政府、省人大與政協、解放軍、重點高校、研究機構等單位擔任副省部級以上職務的人員，是中共政治精英的組成分子。在出國經驗方面，本文幾乎把旅遊、探親、開會以外的出國原因包括進去。這個寬鬆的定義正好讓我們觀察、對比不同原因出國的高官，在仕途發展上是否出現的差異。

　　其次，由於無法直接訪談海歸派高官，本文主要依賴匯整、分析他們的簡歷，進而得出中共任用海歸派的規律。本文蒐集海歸派高官的基本資料，包括出生時間、性別、籍貫、學歷與就學起訖時間、過去經歷與任職起訖時間、現職、留學經驗、滯留國外起訖時間、主修學科、留學國家等。人事資料主要來自中共公佈的官方資料，人名錄與組織史資料，[32]以及新華網、人民網與國務院各部委、各省、高校與研究機構的網站，另外利用政大中國大陸研究中心「中共政治精英資料庫」（http://ics.nccu.edu.tw/chinaleaders/index.htm）補充部分資料不足之處。經過廣泛蒐集資料之後，計有165位符合本文海歸派高官定義的人員，蒐錄時間至2007年4月為止。[33]

---

[32] 例如中共中央組織部、中共中央黨校研究室、中央檔案館主編，中國共產黨組織史資料（1921～1997）（全十三卷）（北京：中共黨史出版社，2000年）；中共中央組織部、中共中央黨史研究室編，中國共產黨歷屆中央委員大辭典（1921—2003）（北京：中共黨史出版社出，2004年）。

[33] 2007年4月底致公黨副主席萬鋼出任科技部部長，同年6月底無黨籍的陳竺被任命為衛生部部長。他們是1972年傅作義辭去水利部部長之後，首批出任國務院部委正職首長的非中共黨籍人士。萬鋼和陳竺都是海歸派，在本文原本蒐集的副部級高幹範圍之內。為求保持所有數據均在相同時間終止，本文並未因為這兩人的職務晉升而調整相關數據。

　　本節先分析海歸派高官性別、年齡、學歷、族裔、出生省份、黨籍、職務等面向的分布情形。在性別方面，海歸派高官以男性為主，為全體的90.9%，女性僅佔9.1%（參見表一）。在年齡方面，以50至54歲者為最高，超過三分之一強（35.2%），其次是60至64歲與55至59歲兩個年齡層，分別為22.4%和18.2%。根據這個年齡層的分布，超過三分之一以上海歸派高官將在五年之內陸續屆齡退休。若沒有較年輕的海歸派進入高官行列，此一政治精英群體的人數將大量減少。在教育程度方面，海歸派高官擁有博士學位的比例將近一半（46.1%），其次是大學本科學歷的26.1%和擁有碩士學位的25.5%。在族裔方面，海歸派高官是以漢族為主，佔全體比例的91.5%，少數民族的比例僅有6.1%。在出生地方面，可以發現海歸派高官來自於華東地區的比例為最高，達46.7%，其次是華北地區的16.4%與中南地區的14.5%，其餘地區的比例皆未超過10.0%。海歸派高官主要來自於經濟較為發達的華東與華北地區，兩者的比例超過全體的六成。在黨籍方面，中共黨員占全體海歸派高官的72.5%，無黨籍和民主黨人士則為27.5%。這顯示民主黨派是吸收非中共黨籍海歸派進入官場的一個重要管道。[34]

---

[34] 筆者感謝由冀評論本文初稿時提醒作者要注意這個現象。2005年3月，中共下發《中共中央關於進一步加強中國共產黨領導的多黨合作和政治協商制度建設的意見》。該《意見》對於政治參與和黨外監督也有所規定，如保證民主黨派成員和無黨派人士在各級人大的比例，和政府部門對於黨外人士的選配力度。其中又以行政執法監督、與群眾利益密切相關、緊密聯繫知識份子、專業技術性強的政府部門領導為優先甄補黨外人士的領域。2007年萬鋼與陳竺相繼出任國務院部委一把手之後，胡溫政權已經打破非中共黨籍不可擔任正部級政府首長的政治束縛。由於不少傑出的海歸派並非中共黨員，中共統戰工作的新方向提供他們躋身高幹的機會。

表一：海歸派高官的基本特徵

基本特徵	項　目	次　數	百分比
性　別	男	150	90.9%
	女	15	9.1%
年　齡	44歲以下	4	2.4%
	45-49歲	18	10.9%
	50-54歲	58	35.2%
	55-59歲	30	18.2%
	60-64歲	37	22.4%
	65-69歲	10	6.1%
	70歲以上	6	3.6%
	資料缺漏	2	1.2%
教育程度	大學專科	2	1.2%
	大學本科	43	26.1%
	碩士（研究生）	42	25.5%
	博士	76	46.1%
	資料缺漏	2	1.2%
族　裔	漢	151	91.5%
	少數民族	10	6.1%
	資料缺漏	4	2.4%
出生地 (地理區域)	華北地區	27	16.4%
	東北地區	11	6.7%
	華東地區	77	46.7%
	中南地區	24	14.5%
	華南地區	7	4.2%
	西南地區	5	3.0%
	西北地區	7	4.2%
	資料缺漏	7	4.2%
黨　籍	無黨籍	25	14.6%
	中國共產黨	124	72.5%
	民主黨派	22	12.9%

說明：1. 族裔包括蒙古族、回族各3人，滿族、壯族各2人。

2. 出生地（區域）歸屬標準如下：華北地區包括河北、北京、山西、內蒙古、天津等省市。東北地區包括遼寧、吉林、黑龍江三省。華東地區包括江蘇、上海、浙江、山東、福建、安徽、江西等省。中南地區包括湖南、湖北、河南等省分；華南地區包括廣東、廣西、海南與台灣；西南地區包括重慶、四川、貴州、雲南、西藏等。西北地區則是陝西、寧夏、甘肅、內蒙古、青海、新疆等。

　　儘管近年大陸官方媒體常報導海歸派屢被重用，但海歸派高官佔全體高幹比例並不高。中共黨、政、軍、人大、政協、高校、科研機構等各系統中的副省部級以上幹部應該超過二千人，[35]故現任海歸派佔全部群體的比例應該約在5％到10％之間。[36]在職務級別上，海歸派擔任黨與國家領導人級職務者共14人，佔164位海歸派高官的8.5％。擔任正省部級職務者則共12人，佔7.3％。擔任副省部級職務者為絕對多數，佔全體的84.2％（139人）（參見表二）。[37]

　　表二同時將海歸派擔任的職務分成「黨務行政」、「專政工作」、「專業工作」、「學術研究」、「黨政決策」、「民意匯集」等六大類別，以便觀察海歸派高官的職務屬性分布。絕大多數海歸派高官任職於學術研究崗位（29.1％）和專業工作崗位（30.9％）兩大領域，共佔60％。其次是黨政決策的21.8％。在黨務行政、專政工作兩類職務的比例都非常低，合計只有7.9％。另外，在人大、政協任職者共佔10.3％。在人大、政協任職者除一位是全國人大常委、一位是省政協主席外，其餘均為全國或省級人大、政協的副手。不過，這些職務全部都屬於酬庸、待退、政策諮

---

[35] 根據1998年的統計資料，黨務、政府、人大、政協、法院、檢察院、人民團體全體正副省部級以上幹部總數為2562人。這個數據應該不包括解放軍、重點高校與研究單位、大型國有企業的同級幹部。見中共中央組織部編著，黨政領導幹部統計資料匯編（1954-1998）（北京：黨建讀物出版社，1999年），頁7。本文無法找到新的全國數據以供對比。按照由冀的觀點，經政治局常委會討論的幹部就有3000人。見由冀，「中共十七大：承上啟下的人事政治」，中共十七大政治精英甄補與地方治理學術研討會，國立政治大學國際關係研究中心主辦：（台北，2007年4月14-15日），頁4。

[36] 這個比例遠低於九〇年代墨西哥政治精英中的海歸派（19％）。關於墨西哥海歸派政治精英的比例，見He Li, From Revolution to Reform: A Comparative Study of China and Mexico (Lanham, MD: University Press of America, 2004), p. 132.

[37] 關於中共幹部職務與行政級別的對照，參見寇健文，「共青團幹部與中共政治精英的甄補：團中央常委仕途發展調查」，中國大陸研究，第44卷第9期（2001年9月），頁10。

商的性質，沒有實質決策權。合計約六成的海歸派幹部擔任政府科技、管理部門正副首長職務，或是出任重點高校與科研單位正副負責人。

表二：海歸派高官的職級與職務類型

基本特徵	項目	次數	百分比
職務級別	黨和國家領導人	14	8.5%
	正省部級	12	7.3%
	副省部級	139	84.2%
職務類型	黨務行政	9	5.5%
	專政工作	4	2.4%
	專業工作	51	30.9%
	學術研究	48	29.1%
	黨政決策	36	21.8%
	民意匯集	17	10.3%

說明：1. 各類職務類型定義如下：「黨務行政」為宣傳、統戰、組織等三大系統相關部門的正副首長，涵蓋部分相關的國務院職能部門或事業機構。例如國家民族工作委員會屬於統戰系統，人事部屬於組織系統等等。「專政工作」包括公法檢、解放軍、國家安全三大系統的正副首長。「專業工作」涵蓋經濟財管、工業工程與科技、外交、教育、衛生醫療、農業等專業技術部門正副首長。「學術研究」則為副部級高校的校委書記和校長、研究機構的副部級以上負責人。「黨政決策」包括一級黨和國家領導人（政治局常委等同級黨政職務）、二級黨和國家領導人（政治局委員、副總理、國務委員等同級職務）、省委書記、省委副書記、省委常委、省長、副省長。「民意匯集」則限定為全國人大、政協兩大系統的副部級以上幹部。

2. 為了分類的方便，同時擔任數個級別不同的職務時，歸類到職級較高的類別；同時擔任數個職級相同的黨政職務者，依照黨職高於政職的原則，以黨職歸類。

　　若同時從職務級別與職務類型交叉對比來看，結果更能凸顯海歸派職務的特徵。擔任黨和國家領導人的海歸派中，有一半的人擔任全國人大或全國政協副手，位高榮尊但毫無實權。在正省部級海歸派中，除了王滬寧在中共中央職能部門工作、林文漪在民主黨派工作外，其餘都在國務院管轄的專業職能單位任職。由此可見，多數海歸派高官的技術官僚屬性非常

強烈。他們通常扮演「政策諮詢」的決策，如在高校科研機構服務，或是在政策執行部門（如國務院部委）工作。相形之下，「政策決策」的角色就低了很多，很少在決策核心圈內任職（如政治局、政治局常委會、國務院領導人）。換言之，雖然政策諮詢、政策執行也很重要，但多數海歸派高官擁有的是政策建議權，或是負責政策的具體實施，而不是決策權。

肆、海歸派高官的留學經驗

在海歸派中，出國攻讀學位、交流或進修的學科專業方面，以工程與自然科學比例為最高，達48.5％。其次是經貿管理的19.4％（參見表三）。社會科學與法學的比例僅佔全體海歸派高官的6.1％，人文相關學科則是3.6％，比例最低。這種偏重理工學科、經貿管理兩大專業類別的現象顯示，中共重用海歸派的原因仍在於經濟產業與科學技術。

在留學國類別上，本文按傳統國際政治的觀點區分為第一世界（歐美民主國家）、第二世界（共黨國家）與第三世界（其他亞洲、非洲、拉丁美洲國家）。前往第一世界國家攻讀學位或短期進修研究的比例佔大多數，為92.7％，至第二世界、第三世界國家的比例則分別僅4.8％與1.8％。從學科專業與留學國兩方面來看，中共提拔海歸派擔任要職的時候，完全符合當初大量派遣留學人員出國的目標——前往歐美先進國家學習自然科學技術與經濟管理知識，加速國家的現代化。

表三：海歸派高官的海歸經驗

海歸經驗	項　目	次　數	百分比
學科專業	工程與自然科學	89	48.5%
	經貿管理	32	19.4%
	社會科學與法學	10	6.1%
	人文學科	6	3.6%
	資料缺漏	37	22.4%
國家類別	第一世界	153	92.7%
	第二世界	8	4.8%
	第三世界	3	1.8%
	資料缺漏	1	0.6%
留學目的	交換與訪問學者	64	38.8%
	短期進修與受訓	21	12.7%
	攻讀學士學位	9	5.5%
	攻讀碩士學位	15	9.1%
	攻讀博士學位	44	26.7%
	資料缺漏	12	7.3%
留學時間	1年	57	34.5%
	2年	38	23.0%
	3年	17	10.3%
	4年	7	4.2%
	5年	9	5.5%
	6年以上	9	5.4%
	資料缺漏	28	17.1%

說明：1. 第一世界包括美、英、西德、日、加、法、澳洲、奧地利、丹麥、比利時、愛爾
蘭、挪威、瑞士、芬蘭、香港（1997年前）、瑞典、希臘等國。第二世界涵蓋蘇
聯、捷克、北韓、南斯拉夫、東德等國。第三世界則包括新加坡、剛果、印度等
國。

2. 部分人員同時具有攻讀學位與交換訪問的經驗，或者數度出國進行短期進修研究。
前者發生時，以攻讀的最高學位做為歸類依據；後者出現時，則以時間較長之留學
經驗為主。

3. 部分人員出國短期進修、講學，時間只有幾個月，但表中均以一年計算。

　　當分析焦點轉移到海歸派高官的留國目的後，本文發現一些特別的現象。海歸派高官的留國目的，以交換與訪問學者為多數，佔全體的38.8%。其次分別是攻讀博士學位與碩士學位的26.7%與9.1%，兩者合計35.8%，至於短期進修與受訓的比例則為12.7%，攻讀學士學位僅為5.5%。以交換與訪問學者、短期進修與受訓名義出國留學者，高達全體的51.5%。這些進修受訓或是交換訪問的人員通常是公派出國。如果加上比例不低的公費出國攻讀學位的比例，[38]公派生應該佔海歸派高官的多數。

　　若以滯留國外時間來看，出國一年以內的比例最高，達34.5%，其次是兩年的23.0%，兩者合計為67.5%。滯留國外長達三年以上的比例合計為25.4%，其餘17.1%海歸派高官的資料不全。由此可見，海歸派高官當中超過三分之二都是滯留國外時間較短，直接受到西方民主政治薰陶的時間也比較短的學人。

　　本文認為這個現象不是一種偶然，而是反映中共甄補海歸派的偏好。留學人員在出國期間不但吸收專業知識，也暴露於留學國的政治價值觀之中。隨著生活經驗的累積，可能（但不必然發生）使得該國政治價值觀內化到留學人員的思考模式之中。雖然中國與西方國家在市場經濟體制差異日益縮小，但雙方政治制度的差異性仍大。改革開放後，大量中國留學人員前往西方國家求學受訓。這並不代表中共在提拔海歸派擔任要職時，不會顧慮「和平演變」的問題。事實上，過去的經驗顯示，中共在重用海歸

---

[38] 由於缺少精確的資料，本文只能以海歸派高官出國時間做出公費生比例的估算。若以1981年中共第一次正式規費自費留學為基準，在之前出國攻讀學位者有27人（16.4%），之後是39人（23.6%），其餘均為公費短期進修受訓或交換訪問學者。在本文分析的164位海歸派高官中，推估至少有三分之二以上應為公費生。若以1985年中共解除大部分對於自費出國的限制為基準，1985年前出國攻讀學位的為45人（27.3%），1985年後是21人（12.7%），海歸派高官的公費生比例推估將接近九成。

派之際，會考量部分留學人員是否成為西方政治價值的載體，因此避免在要害部門晉用海歸派高官。[39]

此外，以「交換與訪問學者」、「短期進修與受訓」為留學目的的海歸派高官，可能是在中共支持下出國吸收專業知識，甚至出國前就已經安排好他們未來的發展方向。這也會反映在絕大多數海歸派高官滯留海外時間都在兩年以下。這些幹部前往國外鍍金之後，回國後即獲得上級的重用（如回國後半年內就被拔擢到更高級別職務任職），根本就是「體制內的自己人」。自費出國留學，而且攻讀博士學位者，因滯留海外時間較長，反而不容易進入黨和政府機關工作。

伍、海歸派高官的仕途發展

根據本文的歸納，海歸派回國服務後，平均需要11.7年方能晉升為副省部級幹部，至正省部級職務則需16.2年，黨和國家領導人則是需要20.5年。其中每一個職級階層距離另外一個職級階層都有四到五年，符合「循序漸進，按部就班」的仕途發展規律。[40]（參見表四）

在副省部級海歸派高官中，留學「第一世界國家」者回國後至晉升副部級幹部所需的平均時間（11.3年）明顯短於留學「第二世界國家」的海歸派（18.5年）（參見表五）。從學科專長來看，修習「經濟、經貿與管理」專業者回國，至初任副省部級職務所需平均時間最短，為10.0年，

---

[39] 過去中國曾經出現留學國影響留學生仕途發展的現象。如留學蘇聯、東歐共黨國家的留學生大量從政，成為政治精英。但1949年以前在歐美資本主義國家留學，於1949年以後歸國服務的留學人員就很少進入政壇。這個差異正好突顯留學國政權型態會影響海歸派的仕途發展。

[40] 寇健文，中共精英政治的演變－制度化與權力轉移，1978-2004（台北：五南圖書公司，2005年），頁212-220。

其次是「社會科學與法學」的10.9年。令人意外的是，「工程與自然科學」專長的海歸派返國後平均要花12.5年才能晉升副省部級幹部。這個平均時間雖然低於「人文學科」所需的15.4年，卻遠高於「經濟、經貿與管理」、「社會科學與法學」兩類。從留學目的來看，「交換與訪問學者」晉升所需平均時間最短，為9.6年。「攻讀碩士學位」、居次「短期進修與受訓」，分別是11.5年和12.1年。「攻讀博士學位」海歸派需要13.2年，最長是「攻讀學士學位」的17.7年。

表四：海歸派高官晉升所需時間（年）

	個數	最小值	最大值	平均數	標準差
晉升至副省部級	145	0	38	11.7	6.4
晉升至正省部級	23	5	35	16.2	6.2
晉升至黨與國家領導人	13	13	39	20.5	7.5

說明：1. 晉升所需時間以留學人員回國後開始計算
　　　2. 21位海歸派高官缺少留學回國時間的資料，無法計算他們晉升所需時間。

海歸派晉升正省部級職務所需平均時間也呈現類似的現象。在留學國類別上，留學「第一世界國家」的海歸派晉升正省部級幹部所需時間（14.2年），明顯短於「第二世界國家」（25年）。從學科專長來看，「經濟、經貿與管理」專長的海歸派晉升正省部級職務所需時間最短，平均為10年，其次是「社會科學與法學」的11年。「工程與自然科學」專長的海歸派回國後要花18.2年才能晉升為正省部級。這個平均時間依舊高於「經濟、經貿與管理」、「社會科學與法學」兩類專長的海歸派。從留學目的來看，「短期進修與受訓」晉升所需平均時間最短，為10.5年。「交換與訪問學者」、「攻讀碩士學位」居次，分別是13.8年和14.3年。「攻讀博士學位」的海歸派回國後平均需要19.8年，方能晉升為正省部級幹部。最長的是「攻讀學士學位」的21.7年。

表五：海歸派高官晉升所需平均時間（年）的交叉分析

級　別	海歸經驗	項　　目	個數	平均數	標準差	最小值	最大值
副部級幹部	留學國別	第一世界	134	11.3	6.0	0	28
		第二世界	8	18.5	9.0	6	38
		第三世界	3	12.0	11.8	2	25
		總　　和	143	11.7	6.3	0	38
	學科專業	工程與自然科學	74	12.5	5.6	0	38
		經濟、經貿與管理	30	10.0	7.2	1	28
		社會科學與法學	7	10.9	8.7	0	23
		人文學科	5	15.4	3.0	12	20
		總　　和	114	11.9	6.3	0	38
	留學目的	交換與訪問學者	58	9.6	5.1	0	27
		短期進修與受訓	19	12.1	7.0	2	28
		攻讀學士學位	9	17.7	11.3	2	38
		攻讀碩士學位	13	11.5	6.1	3	22
		攻讀博士學位	41	13.2	5.5	1	25
		總　　和	138	11.8	6.5	0	38
正部級幹部	留學國別	第一世界	18	14.2	4.0	5	20
		第二世界	4	25.0	8.2	15	35
		第三世界	1	15.0	n/a	15	15
		總　　和	23	16.2	6.2	5	35
	學科專業	工程與自然科學	16	18.2	6.1	11	35
		經濟、經貿與管理	2	10.0	7.1	5	15
		社會科學與法學	2	11.0	1.4	10	12
		總　　和	20	16.7	6.5	5	35
	留學目的	交換與訪問學者	8	13.8	3.1	11	20
		短期進修與受訓	2	10.5	7.8	5	16
		攻讀學士學位	3	21.7	5.9	15	26
		攻讀碩士學位	4	14.3	3.8	10	19
		攻讀博士學位	6	19.8	7.9	12	35
		總　　和	23	16.2	6.2	5	35

黨與國家領導人	留學國別	第一世界	8	16.9	3.6	13	22
		第二世界	4	29.0	7.7	22	39
		第三世界	1	16.0	n/a	16	16
		總　和	13	20.5	7.5	13	39
	學科專業	工程與自然科學	11	21.1	7.9	14	39
		經濟、經貿與管理	1	22.0	n/a	22	22
		總　和	12	21.2	7.5	14	39
	留學目的	交換與訪問學者	4	15.5	3.1	13	20
		短期進修與受訓	1	21.0	n/a	21	21
		攻讀學士學位	3	25.7	4.7	22	31
		攻讀碩士學位	3	15.3	1.2	14	16
		攻讀博士學位	2	30.5	12.0	22	39
		總和	13	20.5	7.5	13	39

　　黨和國家領導人層級上，留學「第一世界國家」的海歸派晉升所需時間（16.9年），明顯短於留學「第二世界國家」的海歸派（29年），與正副省部級幹部與留學國之間的關係相同。在學科專長方面，研習「經濟、經貿與管理」的海歸派平均需要22年才能晉升黨和國家領導人，高於研習「工程與自然科學」的21.1年。[41]在留學目的方面，晉升黨和國家領導人職務的趨勢，與晉升正副省部級職務的趨勢稍有不同。「攻讀碩士學位」的海歸派所需時間最短，為15.3年，其次是「交換與訪問學者」的15.5年。「短期進修與受訓」、「攻讀學士學位」晉升所需平均時間分別是2.01年和25.7年。「攻讀博士學位」的海歸派反而比較不討好，所需時間長達30.5年。

---

[41] 由於研習「經濟、經貿與管理」的海歸派領導人只有一位，因此不能過度解釋這個結論代表的意義。

透過上述的資料分析，可以得到下列幾個結論。首先，歐美海歸派所學的知識技術較受到重視，因而晉升所需時間明顯短於蘇聯東歐海歸派。這充分顯示改革開放以後，中共向西方國家取經的心態。1978年鄧小平決定擴大派遣留學生的原因，正是想要吸收西方先進技術與知識，完成經濟建設目標，促進中國的現代化。當留學歐美國家的學人歸國服務後，被甄補進入高幹隊伍的速度自然比較快。

第二、出國進修學習「經濟、經貿與管理」、「社會科學與法學」相關領域的人數雖然遠低於學習「工程與自然科學」領域者，但獲得拔擢的速度卻比較快。這反映中共甄補自然科學留學人才進入官場的需求趨於飽和，經貿管理、社會科學的留學人才，反而成為急需的「搶手貨」。由於中共國家發展策略已經開始轉型，著重解決經濟發展與社會變遷後產生的問題，「經濟、經貿與管理」、「社會科學與法學」兩大類別的海歸專才因而晉升速度較快。同時，學習自然科學的海歸派人數過多，導致幹部隊伍對這類專才的需求趨於飽和。八〇至九〇年代間留學者多半是自然科學專長的人才，他們出任專業職能部門的領導職務後，後來的海歸派需要等到前者退休才能晉升。這也是造成工程與自然科學海歸專才晉升，所需時間較長的另一個原因。

第三、海歸派若是屬於短期出國留學的「短期進修與受訓」、「交換與訪問學者」、「攻讀碩士學位」三種類別時，他們晉升所需的平均年限都比「攻讀學士學位」、「攻讀博士學位」兩種類別短。這顯示留學時間不長的海歸派被甄補的機會較大。特別是對正副省部級海歸派高官而言，滯留國外時間短而專精程度比較高者，最容易成為中共正副省部級高官。滯留國外時間長和專精程度高者（攻讀博士學位）居次。滯留國外時間較長但專精程度較低者（攻讀學士學位），較不受到中共青睞。

滯留國外時間短的海歸派晉升平均時間較短是可以被理解的。一方面他們在國內完成大學本科以上訓練，另一方面又已有基本歷練。這些人在

心態與政治價值觀上已經成熟，基本學科訓練也較完整。更重要的是，他們短期出國後就返國服務，對中共幹部調度具有最高的實用性與效率。同時，具有博士學位的海歸派平均需要花較多時間晉升，顯示在國外攻讀博士學位對仕途發展不一定具有加分效果。具有博士學位的海歸派不是待在任職科研機構，就是先在這些單位過渡後，再憑藉傑出專才直接進入副部級高官的群體，而非在官僚體系中慢慢晉升。[42]其晉升模式與其他留學目的的海歸派不同。

陸、「市場經濟」和「共產黨的領導地位」並存的雙重邏輯

根據以上分析，多數海歸派高官主要擔任「政策諮詢」、「政策執行」的工作，極少在組織（人事）、宣傳（意識型態）、軍方、國家安全等要害部門任職。同時，他們通常是國家或單位公派出國，以進修研究受訓為主，滯留國外時間則多半不超過兩年。這些群體輪廓正是「市場經濟」與「共產黨的領導地位」兩種邏輯妥協的產物。中共既想重用海歸派（特別是歐美海歸派），以便推動經濟發展，但在中國與美國政權型態對立的情形下，又疑慮他們受到西方價值觀的影響，因而在重用之際必須採取某些機制防範「和平演變」。前述海歸派高官的四項群體特徵正好反映出中共「防範」的具體措施。

「市場經濟」邏輯是1978年以後為推動現代化而引入的制度與思維。有鑑於公有化政策與計劃經濟體制無法有效推動經濟成長，中共承認資本

---

[42] 年齡因素是中共任免幹部的重要考量，因此花了四、五年以上年在國外攻讀學位的海歸派在這點上非常吃虧。如果他們沒有特殊關係，他們在基層公務員體系中很難和比他們年輕四、五歲的人一起競爭，晉升速度也不容易追上同年齡而未出國的幹部。

主義經濟體制確實有值得效法之處。為了推動國家現代化建設，中共因而願意大量吸收西方經驗，主導行政改革，發展私營經濟。人才甄補方面，「市場經濟」邏輯具體表現在幹部四化政策中的年輕化、知識化、專業化。[43]中共擴大開放大陸留學生前往西方國家求學受訓，頒布各種政策吸引海外學人歸國服務，也是這個時空背景下的產物。同時，中共引入「功績制」，將更多專業人才甄補到政府崗位上。換言之，「市場運作」邏輯的出現導致中共願意重用海歸派高官，甄補他們擔任政府專業職能部門首長、高校科研單位負責人，以追求經濟建設的目標。

「共產黨的領導地位」可以從幾方面來觀察其內涵：[44]

第一、黨管幹部。中共透過「黨管幹部」的制度，掌握幹部任免的權力，並可透過政治篩選，阻止異議份子進入政治體系中，避免西方民主價值「污染」政權內部。[45]同時，中共政治體制給予政治精英許多特權與利益，把他們整合為一個既得利益團體，降低政治精英改變既有政治體制的興趣。[46]因此，中共黨內精英並不熱衷於追求中國的民主化（轉型為西方

---

[43] 鄧小平、陳雲等中共元老提出幹部年輕化的構想，一方面是為了達成經濟建設的目標，另一方面也是為了防止「文革」餘孽重掌朝政，培養自己派系的接班人。相關討論參見寇健文，中共精英政治的演變，頁78-97。

[44] 關於「共產黨的領導地位」的內涵，詳見Janos Kornai, *The Socialist System: The Political Economy of Communism* (Princeton, NJ: Princeton University Press, 1992), pp. 36-40. 本文以國家與社會關係作為「共產黨的領導地位」的第三個特徵，取代卡尼亞（Janos Kornai）所說的黨組織監督國家機關。

[45] 關於對中共「任命制」的相關研究，可參見Melanie Manion, "The Cadre Management System, Post-Mao: The Appointment, Promotion, Transfer and Removal of Party and State Leaders," *The China Quarterly*, no. 102 (June 1985), pp. 203-233; John P. Burns, "Strengthening Central CCP Control of Leadership Selection: The 1990 Nomenklatura," *The China Quarterly*, no. 138 (June 1994), pp. 458-491.

[46] 一些調查研究指出，大陸民眾認為黨政幹部是改革開放中受益最多的群體之一。參見李培林、張翼、趙延東、梁棟，社會衝突與階級意識：當代中國社會矛盾問題研究（北京：社會科學文獻出版社，2005年），頁202-204。

民主政治），反而較重視政權的穩定性。[47]

第二、控制決策過程。「文革」之後，中共對於「黨的領導」已經界定清楚。黨的領導表現在政治領導、思想領導、組織領導。政治領導就是對國家和黨的發展方向的主導。首先，國家重大政策的決定，必須透過黨的決策來確立。最明顯的例子就是重要法令或人事案的決定，都是先經政治局常委或政治局同意。[48]其次，在國家機關與群眾團體中成立黨組，「討論和決定本單位的重要問題。」[49]

第三、不惜使用暴力壓制社會異議力量。中共使用強制與整合兩種方式控制社會團體。中共透過分類控制的策略，區分社會團體的性質，藉由自利官僚競爭的方式，直接或間接的將社會團體統合到黨國體制中。[50]同時，中共採取嚴厲手段，鎮壓危及「共產黨的領導地位」的社會團體。[51]從以上的例子來看，可以看出中共希望透過對於社會力量的控制，維繫其一黨領導的地位。

這種雙重邏輯其實源自鄧小平「一個中心，兩個基本點」。鄧小平推動改革的目的是在保存社會主義體制下，實現四個現代化。這種策略要掃除現代化的障礙，如幹部終身制；同時要保護現有體制的基本內涵，如一黨專政。鄧小平因而提出「一個中心，兩個基本點」——「以經濟建設為

---

[47] He Li, *From Revolution to Reform: A Comparative Study of China and Mexico* (Lanham, MD: University Press of America, 2004), pp. 141-142.

[48] 楊光斌編，當代中國政治制度（北京：華文出版社，2004年），頁97。

[49] 「中國共產黨章程」（2002年11月14日），法律出版社法規中心主編，中國共產黨黨內法規新編（2005年版）（北京：法律出版社，2005年），頁21。

[50] 王信賢，爭辯中的中國社會組織研究：「國家—社會」關係的視角（台北：韋伯文化圖書公司，2006年），頁39-51。

[51] 舉例來說，中共將法輪功定位為邪教組織，並利用輿論力量與司法公安力量制裁。「人民日報評論員：危害社會，必受懲罰」（2002年9月21日），人民網（北京），http://past.people.com.cn/BIG5/shizheng/252/8576/8577/index.html。

中心，進行改革開放，堅持四項基本原則」——解決這個「變」與「不變」的矛盾。改革過程中黨內出現的重大理論、路線爭辯，皆肇因於社經變遷激化黨內對於兩個基本點孰輕孰重的歧見。[52]1992年鄧小平「南巡」解決黨內姓社姓資的爭議，但中共從未放棄「共產黨的領導地位」。

　　這兩個邏輯並存的現象類似於吳玉山所說的「後極權的資本主義發展國家」（post-totalitarian capitalist developmental state）。[53]他認為當今中國一方面出現「後極權主義」（post-totalitarianism）的特徵，如制度化、科技官僚統治、消費主義，與蘇聯東歐等共黨國家執政情形並無明顯差異；另一方面出現東亞式的「資本主義發展國家」（capitalist developmental state），一群受到政治領袖信任的優秀經濟官僚主導國家的產業政策、操控市場，決定商業競爭的贏家。由於匯合「後極權主義」與「資本主義發展國家」兩種看似南轅北轍的制度，使得中國的整體經驗與眾不同。不過，無論是「後極權主義」或是「資本主義發展國家」，都是為了中共延續統治而出現。換言之，延續政權才是最核心的目標，後極權主義與資本主義發展國家則是工具，不能違背核心目標的實現。[54]

---

[52] 關於1978年以後中共黨內的路線辯論與鬥爭，以及兩個基本點的碰撞，詳見楊繼繩，中國改革年代的政治鬥爭（香港：Excellent Culture Press，2004）。該書導言提供改革開放後中共政經發展的輪廓。

[53] 吳玉山，「觀察中國：後極權資本主義發展國家——蘇東與東亞模式的揉合」，徐斯儉、吳玉山主編，黨國蛻變：中共政權的精英與政策（台北：五南圖書公司，2007年），頁309-335。

[54] 裴敏欣的觀點與本文的觀點有異曲同工之妙。他認為中共遵循的是政治生存邏輯（the logic of political survival），推動市場經濟改革、政治體制改革都是為了這個政權的政治生存。因此，改革只能在不違反執政精英自身利益的前提下進行。見Minxin Pei, *China's Trapped Transition: The Limits of Developmental Autocracy* (Cambridge, MA.: Harvard University Press, 2006), p. 7.

　　由於「市場經濟」和「共產黨的領導地位」兩種邏輯的重要性，會隨著大環境變遷而出現消長，本文得出三種甄補海歸派高官的可能模式。（參見表六）第一種甄補模式是「防範」。在這種模式的制度環境是不重視「市場經濟」邏輯，但重視「共產黨的領導地位」邏輯。它通常出現於社會主義國家和資本主義國家對抗，而且執政者對於社會主義的憧憬與優越性尚未破滅的歷史背景下，受到政權型態對立與意識形態衝突的影響，留學歐美國家的海歸派極少擔任高官，留學蘇聯東歐國家者則較無障礙進入官場。這種甄補模式存在於改革開放之前的時代。由於留學歐美的海歸派基本上被排除在高官之中，他們基本上不太可能從體制內促進中國的民主化。

　　第二種甄補海歸派的模式是「既重用又防範」。此時的制度環境是中共體認經濟建設的急迫性，極欲引入西方的管理技術與專業知識。但中共在重視「市場經濟」邏輯之際，還是擔心中共政權被西方國家「和平演變」，因此也重視「共產黨的領導地位」邏輯。此即現今中共採取的模式。由於中共採取措施預防海歸派高官成為西方國家「和平演變」中國的「第五縱隊」，外界很難期望他們站出來促進中國的民主化。

　　第三種甄補模式是「重用但不防範」。採取這種甄補模式的制度背景是中共重視「市場經濟」邏輯，但已不再注重「共產黨的領導地位」邏輯。換言之，留學歐美的海歸派完全不受到猜忌與限制，長期滯留國外、攻讀博士學位與自費出國的海歸派除了大量進入技術專業部門、重點高校、研究單位工作外，許多人也在國家要害部門任職。中共歷史中尚未出現這種甄補模式，但台灣則曾經出現類似甄補模式，留學歐美國家者大量進入國民黨威權政權的要害部門任職。[55]在這種甄補模式下，海歸派從體

---

[55] 在六〇年代以後，台灣的海歸派技術官僚進入技術部門擔任主管，特別是財經與理工部門。這一點和當前中共海歸派的任職分布相同。然而，台灣海歸派也有機會擔任國家機器

制內促進中國民主化的可能性比較高。

表六：制度環境對海歸派甄補原則的影響

甄補模式	制度環境	具體特徵	民主化角色
防範	不重視「市場經濟」邏輯，但重視「共產黨的領導地位」邏輯	1.不願意甄補（歐美）海歸派，海歸派高官人數極少。	海歸派不太可能從體制內促進中國民主化
既重用又防範	既重視「市場經濟」邏輯，也重視「共產黨的領導地位」邏輯	1.在國家要害部門工作者很少，多半在技術專業部門、重點高校、研究單位任職； 2.滯留國外時間很短，一般低於兩年； 3. 公費出國、進修受訓研究者佔絕大多數。	海歸派從體內推動中國民主化的可能性不高
重用但不防範	重視「市場經濟」邏輯，但不注重「共產黨的領導地位」邏輯	1.在國家要害部門工作者顯著增加； 2.滯留國外時間明顯加長至三四年； 3.自費生比例大量增加； 4.前往國外攻讀博士學位者顯著增加	海歸派從體制內促進中國民主化的可能性比較高

要害部門的主管。如李煥（美國哥倫比亞大學碩士）、關中（美國塔夫茲大學佛萊契爾國際關係學院博士）兩人曾任國民黨組工會主任、台灣省黨部主委，鄭心雄（威斯康新大學諮商博士）曾任國民黨副秘書長、陸工會主任、海工會主任，宋楚瑜（喬治城大學政治學博士）曾任國民黨正副秘書長、文工會主任，馬英九（哈佛大學法學博士）曾任國民黨副秘書長、孫震（美國奧克拉荷馬大學經濟學博士）曾任國防部部長等等。

柒、「既重用又防範」的甄補模式

　　1978年以後中共政治發展受到「市場運作」和「共產黨的領導地位」兩種邏輯導引，海歸派的仕途發展也因而受到這個制度環境的影響。由於改革開放後留學生絕大多數前往「具有敵對政權型態」的西方國家留學，自然出現受到「精神文明污染」的疑慮。中共不希望「市場運作」邏輯動搖「共產黨的領導地位」邏輯，所以運用多種機制，避免偏好民主政治的海歸派進入決策過程。這種「既重用又防範」的現象，降低海歸派高官主導中國民主化進展的可能性。

　　首先，中共區分可以重用、避免重用海歸派的部門領域。在與經濟發展有關的領域中，重用學有專精的海歸派，如重點高校、研究單位、人大、政協、國務院科技、財經、衛生、管理等專業部門，但在攸關政權延續的要害部門中，則避免提拔海歸派，如組織、宣傳、意識形態、解放軍、國家安全等系統。

　　其次，海歸派高官人數過少，升遷管道不夠寬廣，不易對中共政權發揮質變的功效。根據本文的推估，海歸派高官僅佔現有副省部級以上全體幹部的5％至10％之間，比例非常低。若是以出國攻讀學位做為海歸派的定義，海歸派高官的比例將再降為一半。同時，「精英二元化」（elite dualism）的存在，壓縮海歸派能夠佔據的高層黨政職務，進而他們降低主導中共政權走向的可能性。「精英二元化」的觀點認為，現今中共政治精英有兩條不同的甄補管道：一條管道為「黨務行政系統」，如組織、宣傳、統戰系統相關的中共職能部門；另一條管道為「專業技術系統」，如科技、財經、管理等的政府職能部門。這兩種政治精英共同掌握中共國家機器，但各有甄補管道與仕途發展模式，互不重疊。前者著重政治憑證（political credentials），以政治忠貞為核心標準；後者則著重教育憑證（educational credentials），以人力資本為核心標準。現今中國的精英甄

補雖然有「技術工作取向」（technical-task oriented）的趨勢，但黨務行政部門對於政治忠誠的重視程度，仍然高於技術與教育程度。[56]

　　在這種情形下，海歸派極少在組織、宣傳等黨務行政部門生根，也不見得受到這些部門的歡迎，很難經由傳統黨務系統進入中共決策高層。絕大多數海歸派為理工、經貿背景出身，僅在專業技術部門發展。在這種「精英二元化」的甄補模式下，大陸海歸派的仕途發展與台灣海歸派有很大的差別，無法寄望臺灣過去的經驗在中共政壇出現。在專業技術部門中，海歸派還需要和為數眾多的「土鱉派」（不具備國外經驗者）競爭。因此，海歸派事實上無法壟斷「專業技術系統」的甄拔管道。

　　同時，近年來省級正副領導職務（如正副省委書記、正副省長等），逐漸成為晉升為中共黨和國家領導人的重要歷練。目前海歸派高官沒有一人具有省級黨政一把手的經歷。具有省級黨政副手資歷的人數也不多，其中還包括許多不易出任正省部級要職（特別是地方黨政一把手）的民主黨派海歸派。若海歸派無法跳出專業技術系統，進入省級黨政領導班子歷練，勢必增加邁向高層的阻力。

　　第三、中共偏好重用與政權關係較為密切的海歸派。有些海歸派高官根本就是高幹子弟或是姻親，與中共政權的關係最為緊密。[57]這些海歸派深受父執輩與切身利益的影響，不太可能推動民主化而挑戰中共政權的合

---

[56] 參見Xiaowei Zang, *Elite Dualism and Leadership Selection in China* (New York: Routledge, 2004).

[57] 以留美海歸派為例，人民銀行行長周小川是前機械部部長周建南之子，教育部副部長章新勝亦是將門之後。見段思霖，「中國政壇的『留美派』和『清華人』」，頁7。另外，外交部領導班子成員是高幹子弟的比例非常高。外交部長李肇星的岳父秦力真，曾任駐挪威等多國大使，外交部常務副部長戴秉國則是前文化部長黃鎮的金龜婿。中共駐聯合國大使王光亞則是已故元帥陳毅幼女陳叢軍（陳姍姍）的先生，現任駐日大使王毅則是前駐日內瓦大使錢嘉東的女婿。見亓樂義，「傳王光亞明年將接替李肇星任中國外交部長」，中國時報，2006年12月14日，版A17。

法性。另一部分海歸派高官員先就任職於體制內，以公費生、短期進修訪問學人為代表[58]。這些人通常在出國前就必須先通過政治檢查，才能取得公費出國的機會，屬於政治忠貞度比較高的一群人。[59]同時，他們通常不會滯留國外太久，比較不容易受到西方政治制度的影響。他們進入政府單位服務後，又成為既得利益群體的一分子。因此，這批海歸派高官不熱衷於追求民主化，反而較重視維繫中共政權的穩定性。

　　根據上述論點，海歸派固然能以技術專家身份，引入西方經驗，參與科技、經濟等政府專業部門工作，少數人甚至有可能躋身政治局或政治局常委會。然而，但他們成為中共決策高層主體，並主動改變一黨領導體制的機會並不高。簡言之，在當今中共政壇中，海歸派帶有強烈工具主義的色彩，只是為了滿足「市場運作」邏輯的考量，短期內並不會大量進入決策高層。這些因素都使得外界不應該高估海歸派在中國民主化過程中扮演的推力。[60]

---

[58] 如青海省委常委、副省長李津成是在青海省團委副書記任上，由團中央派遣到日本富士精工株式會社研修一年。江蘇省副省長李全林是在昆山市委書記任上，參加省高級管理人才經濟研究班，並赴美培訓半年。江蘇省副省長黃莉新則在省水利廳廳長助理任內、參加同一個研究班赴美培訓三個月。廣東省副省長李容根在擔任深圳市副市長期間，赴德參加城市規劃、建設、管理研討班學習一個月。另外，棗莊市委副書記、代市長陳偉（不在本文分析對象之內）則是被國家人事部門選派，前往日本東京工業大學深造，再由中共中央統戰部和人事部舉薦回國服務。

[59] 本文第一節曾經提到，留學東歐蘇聯的學人必須通過嚴格的政治檢查，以確保留學生對於政府的忠誠。改革開放之後，這種制度仍然存在。1987年中共發佈《國家教育委員會關於加強公派出國留學人員政治審查工作的通知》，強調要以「熱愛社會主義祖國」、「堅持四項基本原則」、「組織紀律好」、「道德品質好」作為政治審查的標準。見「國家教育委員會關於加強公派出國留學人員政治審查工作的通知」（1987年4月11日），國家人事局編，人事工作文件選編（第十卷）（河北：河北人民出版社，1988年），頁341-342。

[60] 中共「現在」對海歸派有顧忌，但並不代表中共「永遠」有顧忌。一旦本文提到的三個趨勢消失，這將代表中共「既重用又防範」的甄補原則出現變化。

　　最後，中國大陸欠缺草根性動員能力的社會反對勢力，「體制內」的海歸派無法與社會上「體系外」力量結合，推動民主化進程。從台灣與墨西哥等國家民主化的例子來看，具有動員能力、草根性支持的民間反對力量，才是民主化的主要推力，體制內海歸派僅扮演軟化威權政權的輔助推力。[61]儘管經濟發展已經重塑中國社會面貌與政府行為模式，目前中共對於挑戰、危及「共產黨的領導地位」的社會團體與個人，仍然毫不留情的鎮壓。[62]以中國大陸維權律師的遭遇為例，中共雖然允許民眾爭取自身受損的權利，但大力打壓組織弱勢民眾維權的律師或民間人士，因此發生迫害維權律師的事件。[63]這種看似矛盾的政策，反映出中共不希望大陸出現具有動員力的社會團體或領袖人物。由於社會反對力量的薄弱，體制內的海歸派無法與之發揮加乘效果，結果將遲滯中國的民主化進程。

捌、結論

　　分析165位目前擔任副省部級以上職務的海歸派之後，本文發現中共海歸派高官的基本特徵是男性（90.9%）、漢族（91.5%）、具有研究生以上學歷（碩士學歷25.5%，博士學歷46.1%，合計71.6%）、以50-54歲

---

[61] 在台灣個案中，黨外（以及後來的民進黨）扮演推動民主化的驅力。在墨西哥個案中，民主化的推力也是來自反對黨、教會、民間組織等等。對於墨西哥民主化推力的觀點，見Vikram, K. Chand, *Mexico's Political Awakening* (Notre Dame, IN: University of Notre Dame Press, 2001), p. 285. 引述自He Li, From Revolution to Reform: A Comparative Study of China and Mexico (Lanham, MD: University Press of America, 2004), p. 140.

[62] 舉例來說，中共將法輪功定位為邪教組織，並利用輿論力量與司法公安力量制裁。這種作法參見人民日報評論員，「危害社會，必受懲罰」，人民網（北京），2002年9月21日，http://past.people.com.cn/BIG5/ shizheng/252/8576/8577/index.html。

[63] 「陳光誠的三名律師被警方拘留」，BBC中文網，http://news.bbc.co.uk/chinese/trad/hi/newsid_5260000/newsid_5261900/5261950.stm。

與60-64歲兩個年齡層為主（合計為57.6%）、出生於華東地區、華北地區或中南地區（合計77.6%）。他們主要擔任副省部級職務（84.2%）、集中在專業工作與學術研究相關部門（合計60.0%）。

在海歸經驗上，他們以研習工程與自然科學、經貿管理兩個專業領域（共計67.9%），前往第一世界國家留學（92.7%）；留學目的以「交換與訪問學者」（38.8%）、「攻讀博士學位」（26.7%）、「短期進修與受訓」（12.7%）三種為主（合計78.2%）；滯留外期間以兩年以內居多（58.5%），特別是一年以內最多（34.5%）。

本文認為，海歸派的政治甄補必須放在中國政經發展的大格局下了解。中共一方面拔擢前往歐美國家學習的專才，促進國家現代化；另一方面卻提防他們受到西方民主政治薰陶，而成為西方國家推動中國「和平演變」的工具。因此，海歸派高官的群體輪廓是「重用」與「防範」並存的結果。在「市場經濟」與「共產黨的領導地位」兩個邏輯妥協之下，中共願意重用海歸派，但集中在經貿科技領域的「政策諮詢」與「政策執行」機構，要害部門就很少晉用海歸派。同時，中共偏好滯留國外時間較短、國家或單位公派出國的海歸派。長期滯留國外、暴露於民主文化下的海歸派就較難受到青睞。這顯示中共甄補海歸派的模式比較接近「精英複製」（elite reproduction），而非「精英循環」（elite circulation）。[64]當然，百

---

[64] 精英複製與精英循環原來用來描述後共黨時期東歐與俄羅斯的精英流動。前者是指共黨時期的精英在政權轉型後還是精英群體的一分子，沒有喪失特權地位；後者則是指共黨時期的精英被新的精英取代，新的精英往往與共黨政權建立以前的精英有密切關係，因而形成精英循環輪替的現象。本文將精英複製的意義加以延伸，認為中共企圖從與政權關係最密切、政治價值觀最接近的那些海歸派挑選合適人選，或是培養自己的優秀幹部出國進修。關於精英複製與精英循環原始意涵的討論，見Ivan Szelinyi and Szonja Szelinyi, "Circulation or reproduction of Elites During the Postcommunist Transformation of Eastern Europe," *Theory and Society*. vol. 24, no. 5 (October 1995), pp. 615-638.

分之百的精英複製是不容易達成的。不同時代需求導致國家甄補不同專業技能的精英，[65]但中共在甄補精英時仍會留意新精英的政治態度。透過本文提到的多重篩選、區隔之後，海歸派比較不容易透過「由內而外」、「由上而下」的方式，促進中共政權的民主化。

最後，本文認為對於海歸派精英群體仍有繼續研究的必要。本文分析的海歸派高官多半在九○年代初期已前回國，當時中共沒有太多自費出國留學的海歸派可以委以重任。九○年代中期以後，自費出國留學人員歸國情況才逐漸增加。自費生是以攻讀碩博士學位為主，滯留國外時間也比較長，通常在兩年以上。大量的自費生回國之後，未來海歸派高官的人數與比例是否增加？未來中共是否重用自費生、長期旅外的學人，取代公派生、短期進修研究學人成為海歸派高官的主體？未來中共是否任命海歸派（特別是具有長期留學經驗的海歸派）擔任組織、宣傳、軍事等要害部門的主管？如果對於上述三個前提都被滿足，那就代表中共甄補海歸派的模式出現根本性變化，不再擔心他們成為西方國家「和平演變」中國的工具。在這種情形下，海歸派從體制內促進中國民主化的可能性才存在（但不一定發生）。若是這三個條件未被滿足，海歸派就不可能扮演中國民主化的推手角色。

---

[65] 舉例來說，技術官僚在政治經驗、意識型態、行政能力與價值取向等方面都不同於動員者（mobilizers）與意識型態理論家（ideologues）出身的上一代精英。參見Cheng Li and Lynn White, "The Thirteenth Central Committee of the Chinese Communist Party," *Asian Survey*, vol. 28, no. 4 (April 1988), pp. 371-399.

參考書目

一、中文專書

中共中央組織部、中共中央黨史研究室編，中國共產黨歷屆中央委員大辭典（1921—2003）（北京：中共黨史出版社出，2004年）。

中共中央組織部、中共中央黨校研究室、中央檔案館主編，中國共產黨組織史資料（1921—1997）（全十三卷）（北京：中共黨史出版社，2000年）。

中共中央組織部編著，黨政領導幹部統計資料匯編（1954-1998）（北京：黨建讀物出版社，1999年）。

王信賢，爭辯中的中國社會組織研究：「國家—社會」關係的視角（台北：韋伯文化圖書公司，2006年）。

王雪萍，「改革開放初期中國的派遣本科生留學政策－以1980年至1984年派赴日本、前西德的本科學學生為中心」，李喜所主編，留學生與中外文化（天津：南開大學出版社，2005年），頁376-398。

田玲，中國高等教育對外交流現象研究：北京大學與清華大學個案分析（北京：民族出版社，2003年）。

由冀，「中共十七大：成上啟下的人事政治」，中共十七大政治精英甄補與地方治理學術研討會，國立政治大學國際關係研究中心主辦，台北，2007年4月14-15日。

李培林、張翼、趙延東、梁棟，社會衝突與階級意識：當代中國社會矛盾問題研究（北京：社會科學文獻出版社，2005年）。

李慎明、王逸舟主編，2007年：全球政治與安全報告（北京：社會科學文獻出版社，2007年），http://www.china.com.cn/aboutchina/data/07zzaq/node_7016038.htm。

吳玉山，「觀察中國：後極權資本主義發展國家——蘇東與東亞模式的揉合」，徐斯儉、吳玉山主編，黨國蛻變：中共政權的精英與政策（台北：五南圖書公司，2007年），頁309-335。

吳霓，中國人留學史話（北京：商務印書館，1997年）。

周棉，留學生與中國的社會發展（北京：中國礦業大學出版社，1997年）。

法律出版社法規中心主編，中國共產黨黨內法規新編（2005年版）（北京：法律出版社，
　　2005年）。

苗丹國、楊曉京，「改革開放以來出國留學教育決策的重大轉折以及宏觀調整的教育政
　　策」，李喜所主編，留學生與中外文化（天津：南開大學出版社，2005年），頁
　　313-331。

寇健文，中共精英政治的演變－制度化與權力轉移，1978-2004（台北：五南圖書公司，2005
　　年）。

國家人事局編，人事工作文件選編（第十卷）（河北：河北人民出版社，1988年）。

張建主編，中國教育年鑑，1949-1981（北京：中國大百科全書出版社，1984年）。

陳昌貴、劉昌明，人才回歸與使用（廣州：廣東人民出版社，2003年）。

陸丹尼，「20世紀80年代中國留學政策的演變」，李喜所主編，留學生與中外文化（天津：
　　南開大學出版社，2005年），頁400-419。

楊光斌，當代中國政治制度（北京：華文出版社，2004年）。

楊繼繩，中國改革年代的政治鬥爭（香港：Excellent Culture Press，2004）。

劉珊珊，「建國前後國內輿論環境與留美歸國潮的互動」，李喜所主編，留學生與中外文化
　　（天津：南開大學出版社，2005年），頁333-350。

潘晨光、婁偉，「中國留學事業的回顧與展望」，潘晨光、王力主編，中國人才發展報告，
　　No. 1（北京：社會科學文獻出版社，2004年），頁399-422。

二、專書期刊

段思霖，「中國政壇的『留美派』和『清華人』」，廣角鏡（香港），2001年第2期（2001年
　　2月），頁6-9。

寇健文，「共青團幹部與中共政治精英的甄補：團中央常委仕途發展調查」，中國大陸研
　　究：第44卷第9期（2001年9月），頁1-26。

謝斌慧，「淺析當代『海歸從政』現象」，大連幹部學刊（遼寧），第21卷第5期（2005年5

月），頁40-41。

三、報紙

亓樂義，「傳王光亞明年將接替李肇星任中國外交部長」，中國時報，2006年12月14日，版
　　A17。

康彰榮，「民族問題留學生態度強硬」，工商時報，2002年3月22日，版10。

四、網路資料

「『海歸派』留學生已成大陸自由化推手」，大紀元，2002年3月22日，〈http://www.
　　epochtimes. com/b5/2/3/22/n178446.htm〉

「人民日報評論員：危害社會，必受懲罰」，人民網（北京），2002年9月21日，〈http://past.
　　people.com.cn/BIG5/shizheng/252/8576/8577/index.html〉。

「公費生申請自費留學交高等教育培養費標準如何規定？」，搜狐網站，2000年4月29日，
　　〈http://learning.sohu.com/20000429/100253.html〉。

「自費留學停收『培養費』」，人民網（北京），2003年9月1日，〈http://www.people.com.
　　cn/BIG5/paper464/10051/921661.html〉。

「教育部公佈2005年度各類留學人員情況統計結果，自費出國留學人數增加百分之二點一」
　　（2006年6月6日），中華人民共和國教育部教育涉外監管信息網，〈http://www.jsj.edu.
　　cn/dong tai/041.htm〉。

「透視中國：海歸派沉浮談」，BBC中文網，2002年4月15日，〈http://news.bbc.co.uk/hi/
　　chinese/news/newsid_1931000/19311282.stm〉。

「陳光誠的三名律師被警方拘留」，BBC中文網，〈http://news.bbc.co.uk/chinese/trad/hi/
　　newsid_5260000/newsid_5261900/5261950.stm〉。

五、英文專書

Kornai, Janos, *The Socialist System: The Political Economy of Communism* (Princeton, NJ: Princeton

University Press, 1992).

Li, He, *From Revolution to Reform: A Comparative Study of China and Mexico* (Lanham, MD: University Press of America, 2004).

Pei, Minxin, China's Trapped Transition: The Limits of Developmental Autocracy (Cambridge, MA.: Harvard University Press, 2006).

Zang, Xiaowei, *Elite Dualism and Leadership Selection in China* (New York: Routledge, 2004).

六、英文期刊

Burns, John P., "Strengthening Central CCP Control of Leadership Selection: The 1990 Nomenklatura," *The China Quarterly*, no. 138 (June 1994), pp. 458-491.

Duan, Silin, "The Studied-in-America Faction and the Qinghua Faction in China's Political Arena," *Chinese Education & Society*, vol. 36, no. 4 (July–August 2003), pp. 91-98.

Hayhoe, Ruth, "China's Returned Scholars and the Democracy Movement," *China Quarterly*, No. 122 (June 1990), pp. 293-302.

Li, Cheng and Lynn White, "The Thirteenth Central Committee of the Chinese Communist Party," *Asian Survey*, vol. 28, no. 4 (April 1988), pp. 371-399.

Li, He, "Returned Students and Political Change in China," *Asian Perspective*, vol. 30, no. 2 (summer 2006), pp. 1-29.

Manion, Melanie, "The Cadre Management System, Post-Mao: The Appointment, Promotion, Transfer and Removal of Party and State Leaders," *The China Quarterly*, no. 102 (June 1985), pp. 203-233.

Pang, Bangchen and Nicholas Appletopn, "Higher Education as an Immigration Path for Chinese Students and Scholars," *The Qualitative Report*, vol. 9, no. 3 (September 2004), pp. 500-527.

Szelinyi, Ivan and Szonja Szelinyi, "Circulation or.reproduction of Elites during the Postcommunist Transformation of Eastern Europe," *Theory and Society*, vol. 24, no. 5 (October 1995), pp. 615-638.

Zweig, David, "To Return or Not to Return? Politics vs. Economics in China's Brain Drain, *Studies in Comparative International Development*," vol. 32, no. 1 (Spring 1997), pp. 92-125.

Zweig, David, Chen Changgui and Stanley Rosen, "Globalization and Transnational Human Capital: Overseas and Returnee Scholars to China," *China Quarterly*, no. 179 (September. 2004), pp. 735-757.

中共「十七大」中央與地方
權力分配邏輯：
四地模式與人事甄補*

王嘉州

（義守大學公共政策與管理學系副教授）

摘要

　　2006年中國政治發展傾向中央集權，但2007年卻又出現權力平衡之特徵。因此，中共「十七大」的權力分配邏輯乃成各說各話。為解決此一問題，需要提出一以貫之的分析指標與測量方法。本文從中央與地方的角度，以各省級行政區的黨政一把手為對象，以「四地模式」為途徑，度測中共「十七大」中央與地方權力分配的邏輯，究竟屬於「權力平衡」模式，或是「中央集權」模式。在依序分析四十四位書記與省長之籍貫地、崛起地、現職地與前職地後發現，權力平衡的特徵可歸納為三點，而中央集權的特徵可歸納為六點。因此，本文預測中共「十七大」中央與地方權力分配的邏輯，乃趨向中央集權的權力平衡模式。經與實際發展比對後證明預測無誤，且其特徵如下：第一，地方在政治局常委會中的代表人數同樣維持兩人。第二，地方在政治局常委會的代表不久即調往中央任職，且其前職地包括共青團之經歷。第三，地方在政治局中之代表人數同樣維持

---

* 本文為國科會補助之專題研究計畫成果之一，計畫編號：NSC 96-2414-H-214-002。特此致謝！

十位。第四，經職務調整後現職地為地方的政治局委員將少於六位。第五，胡錦濤以自己人馬擔任地方在政治局中之代表。

關鍵詞：籍貫地、崛起地、現職地、前職地、中央與地方關係

The Logic of 17th PC Central/Local Power Distribution：
Four Places and Personnel Recruitment

Chia-chou Wang

（Associate Professor I-Shou University）

Abstract

China's political development has been strongly centralized since the Communist Party took control in 1949, but since 2006, as preparations for the 17th Party Congress in 2007 have been churning, the power balance has been shifting. Hence, the logic of the 17th Party Congress in power distribution is not from one voice. In order to examine this shift, using a coherent analysis indicator and scale method is recommended. This paper analyzed the provincial chiefs from the central and local angle, based on the "Four Places Model" to forecast the logic of the 17th Party Congress central/local power distribution whether it is the Power Balancing Model or Centralization Model. There are three characteristics indicative of the Power Balancing Model and six characteristics that exhibit the Centralization Model after sequential analysis of the place of ancestry origin (PAO), place of rise to power (PRP), place of current position (PCP) and place of previous position (PPP) of 44 mayors and party secretaries. Our findings reveal that the logic of 17th PC central/local power distribution is a Power Balance Model with centralization tendency.

In conclusion, it is predicted that President Hu Jintao will centralize his government while arranging PB and PBSC for the 17th Party Congress.

Keywords: jiguandi (place of ancestry origin or PAO), jueqidi (place of rise to power or PRP), xianzhidi (place of current position or PCP), qianzhidi (place of previous position or PPP), central/local relations

壹、前言

在中共第十六屆中央政治局委員中，扣除兩位軍方代表不算，其餘二十二位中有二十位具省級工作經驗（參閱表一），比率高達91％。截至2006年12月底，這些擁有省級工作經歷之政治局委員，其任職各省的時間，最長有二十一年（張立昌），最短為一年（劉雲山），平均為十年。若以各省為分析單位，現任職於各省的政治局委員共有五位，包括新疆（王樂泉）、北京（劉淇）、天津（張立昌）、廣東（張德江）及湖北（俞正聲）。若加上2006年9月才被免職的陳良宇（上海），則有六位之多。此外，曾在上海任職的政治局委員有四位，山東也是四位，北京與福建都是三位，吉林、河南、湖北與廣東都是兩位。從以上敘述可知，省級幹部已成為中共中央領導人的重要來源。[1]此外，如此多的政治局委員與各省具有正式制度關係，或非正式之淵源，勢必影響中央與地方關係。

胡錦濤執政以來，中央權威不足，地方諸侯坐大之趨勢已成，中央對地方政府，特別是沿海省市，駕馭能力已大不如前。從2004年上海市委書記陳良宇在政治局會議指摘，溫家寶的宏觀調控措施嚴重傷害「長三角」的利益。[2]到2005年廣東等十七省市聯名上書中央，要求禁止中央媒體的異地監督。[3]這些都是地方當局日趨跋扈、公然對抗中央的明證。[4]此外，從中共制訂「第十一個五年規劃」之過程，更可看出中央與地方關係之失

---

[1]　胡鞍鋼，中國：新發展觀（杭州：浙江人民出版社，2004年），頁70。

[2]　「正面衝撞胡溫體制，江派上海幫攻擊宏觀調控」，中國時報，2004年7月12日，版A11。

[3]　紀碩鳴，「地方向中央說不，挾經濟以自重」，亞洲週刊，第19卷第39期（2005年9月25日），頁12-17。

[4]　潘小濤，「胡曾結盟，諸侯有難」，亞洲時報，2005年9月28日，〈http://www.atchinese.com/index.php?option=com_content&task=view&id=7836&Itemid=28〉。

調。在中共「十六屆五中全會」審議通過前，[5]九位中共政治局常委已分赴各省市進行調查研究，足跡遍及十四省市，[6]更有兩位政治局常委重複前往甘肅、湖南、雲南及新疆等四省。對照九位常委省級工作經歷與此次調研之省市（參閱表二），兩者間竟無重疊處。換言之，九位常委調研之省市，都不是其升任政治局常委前工作過的省市。此舉似乎在於避免地方介入中央政策的制訂。根據中共學者之解讀，中央領導到地方考察之目的有三：一是驗證原有資訊之準確度。二是瞭解原擬方案是否可行。三是取得地方認同。[7]根據《亞洲週刊》之報導，政治局常委此行乃為「協調中央與地方關係」，尤其溫家寶到廣東是要「擺平中央與地方失調已久的關係」。[8]

---

[5] 「中共中央關於制定國民經濟和社會發展第十一個五年規劃的建議」，新華網，2005年10月18日，〈http://big5.xinhuanet.com/gate/big5/news.xinhuanet.com/politics/2005-10/18/content_3640 318.htm〉。

[6] 「中央領導全國密集調研，尋求五年規劃地方動力」，新華網，2005年9月23日，〈http://news.xinhuanet.com/fortune/2005-09/23/content_3530403.htm〉。

[7] 同上註。

[8] 紀碩鳴，「地方向中央說不，挾經濟以自重」，前引書，頁12-17。

表一：中共第十六屆中央政治局委員省級工作經歷

編號	姓名	現職	任副省級時段	時間	任省級時段	時間	省級工作經歷（副書記、副省市長以上）
1	胡錦濤	國家主席	***		1985-1992	7	貴州書記、西藏書記
2	吳邦國	全國人大委員長	1985-1991	6	1991-1994	3	上海書記
3	溫家寶	國務院總理	***		***		***
4	賈慶林	全國政協主席	1985-1991	6	1991-2002.10	11	福建書記、北京書記
5	曾慶紅	國家副主席	1986-1989	3	***		上海副書記
6	黃　菊	國務院副總理	1983-1991	8	1991-2002.10	11	上海書記
7	吳官正	中紀委書記	1986-1995	9	1995-2002.11	8	江西書記、山東書記
8	李長春	政治局常委	1985-1987	2	1987-2002.11	6	遼寧、河南書記、廣東書記
9	羅　幹	政法委書記	1981-1983	2	***		河南書記
10	王樂泉	新疆書記	1989.2-1994.9	5.5	1994.9-2006.12	12	山東、新疆書記
11	王兆國	全國政協副主席	1987-1989	1.5	1989-1990	1.5	福建省長
12	回良玉	國務院副總理	1987.7-1994.11	7	1994.11-2003.3	8.5	吉林、湖北、安徽書記、江蘇書記
13	劉　淇	北京書記	1998.3-1999.2	1	1999.2-2006.12	7.5	北京書記
14	劉雲山	宣傳部部長	1992.3-1993.4	1	***		內蒙古副書記
15	吳　儀	國務院副總理	**1988-1991**	3	***		北京副市長
16	張立昌	天津書記	1985.10-1993.6	7.5	1993.6-2006.12	13.	天津書記
17	張德江	廣東書記	1990.10-1995.6	4.5	1995.6-2006.12	11.5	吉林書記、浙江書記、廣東書記

18	陳良宇	上海書記	1992.12-2001.12	8	2001.12-2006.9	4.5	上海書記
19	周永康	公安部部長	***		1999.12-2003.3	3.5	四川書記
20	俞正聲	湖北書記	1992.2-1997.8	5.5	2001.11-2006.12	5	山東、湖北書記
21	賀國強	組織部部長	1986.3-1991.2	5	1996.10-2002.10	6	山東、福建、重慶書記
22	郭伯雄	軍委副主席	***		***		***
23	曹剛川	國防部部長	***		***		***
24	曾培炎	國務院副總理	***		***		***

資料來源：整理自胡鞍鋼，中國：新發展觀（杭州：浙江人民出版社，2004年），頁73、
　　　　　75-76；「中國共產黨第十六屆中央領導機構成員」，中國網，〈http://www.china.
　　　　　com.cn/Chinese /zhuanti/233621.htm#1〉；「地方領導」，新華網，〈http://big5.
　　　　　xinhuanet.com/gate/big5/news. xinhuanet.com/ziliao/2002-02/20/content_476046.
　　　　　htm〉。

表二：九位常委之省級工作經歷與調研省市對照表

姓名	省級工作經歷（常委以上）	「十六屆五中全會」前調研省市
胡錦濤	貴州書記、西藏書記	山西、河南、江西、湖北
吳邦國	上海書記	山東
溫家寶	***	雲南、安徽、湖南、廣東
賈慶林	福建書記、北京書記	湖南、西藏
曾慶紅	上海	新疆
黃　菊	上海書記	新疆、雲南
吳官正	江西書記、山東書記	浙江、上海、甘肅
李長春	遼寧、河南書記、廣東書記	甘肅、內蒙古
羅　幹	河南	黑龍江

資料來源：整理自表一及「中央領導全國密集調研，尋求五年規劃地方動力」，新華網，
　　　　　2005年9月23日，〈http://news.xinhuanet.com/fortune/2005-09/23/content_3530403.
　　　　　htm〉。

中共「十七大」於2007年下半年在北京召開。[9]胡錦濤提出中國未來走向的路線圖，並部署實現藍圖的人事梯隊。[10]為排除前述之施政阻力，胡錦濤以反貪腐為手段，展開「掃江派」、「鎮諸侯」行動。2006年以來遭調查或免職之副省部級以上高官即有九人（參閱表三）。其中包括具政治局委員身份的上海市委書記陳良宇。因此，外界認為胡錦濤權力已定於一尊，[11]在人事調度上將體現其執政意志。[12]不過，2007年以來之發展，似顯示江系勢力並未一蹶不振。首先，黃菊續任安全生產委員會主任，顯示其仍保有權力，並未受上海「社保案」及健康因素之影響，[13]其次，一年一度的省部級主要領導專題研討班，學習主題乃《江澤民文選》，[14]《人民日報》更發表題為「把學習《江澤民文選》活動引向深入」之社論。[15]第三，黃菊抱病出席人大開幕式，並在與上海團人大代表座談時強調，「重大決定不能一個人說了算」，[16]顯示其與上海幫的政治生命尚

---

[9] 「黨的十七大定於2007年下半年在北京召開」，新華網，2006年10月11日，〈http://big5.xinhuanet. com/gate/big5/news.xinhuanet.com/politics/2006-10/11/content_5190490.htm〉。

[10] 陳曉銘、楊韻、謝冠平，中共十七大幕前戲（香港：明鏡出版社，2006年），頁3-9。

[11] 潘小濤，「陳良宇免職：中共十七大權力鬥爭提前落幕」，亞洲時報，2006年9月25日，〈http://www.atchinese.com/index.php?option=com_content&task=view&id=22621&Itemid=110〉。

[12] 方德豪，「陳良宇垮台：胡錦濤主導十七大人事佈局已無懸念」，亞洲時報，2006年9月27日，〈http://www.atchinese.com/index.php?option=com_content&task=view&id=22825&Itemid=47〉。

[13] 張一，「黃菊續主持安全生產：爭取討價還價本錢」，亞洲時報，2007年1月30日，〈http://www.atchinese.com/index.php?option=com_content&task=view&id=28616&Itemid=110〉。

[14] 「省部級主要領導幹部學習《江澤民文選》專題研討班開班」，新華網，2007年2月2日，〈http:// big5.xinhuanet.com/gate/big5/news.xinhuanet.com/politics/2007-02/02/content_5688623.htm〉。

[15] 「把學習《江澤民文選》活動引向深入」，人民日報，2007年2月3日，2版。

[16] 林克倫，「黃菊:重大決定不能一人說了算」，中國時報，2007年3月8日，A17版。

在。[17]

表三：2006年中共查處之貪污高官

編號	姓　　名	原職	處分
1	陳良宇	政治局委員、上海市委書記	免職
2	邱曉華	國家統計局局長	免職
3	李寶金	天津市檢察長	免職
4	劉志華	北京市副市長	免職
5	王守業	海軍副司令員	免職
6	雍戰勝	北京市檢察院副檢察長	免職
7	何閩旭	安徽省副省長	免職
8	鄭治棟	湖南省軍區司令	涉貪污被調查
9	田維謙	安徽省副省長	外地「學習」

資料來源：作者整理自相關新聞報導。

　　綜上所述，本文將從中央與地方的角度，以各省級行政區的黨政一把
手為對象，以「四地模式」為途徑，度測中共「十七大」中央與地方權力
分配的邏輯，究竟屬於「權力平衡」模式，或是「中央集權」模式。在文
章架構上，第一部份為前言，說明研究背景與目的。第二部分為文獻分
析，將探討中央與地方權力分配的模式及測量指標與方法。第三部分為研
究方法，將說明研究對象與四地模式的測量方法。第四部分為資料分析，
將依序分析四十四位書記與省長之籍貫地、崛起地、現職地與前職地。第

---

[17] 王珍，「兩會硝煙瀰漫成胡江曾交鋒的前線」，大紀元，2007年3月9日，〈http://epochtimes.
com/b5/7/3/9/n1640819.htm〉。

五部分則為結論，將說明何以中共「十七大」權力分配的邏輯，乃趨向中央集權的權力平衡模式。

貳、文獻分析

　　中國中央與地方政府間之權力分配，存在三類主張：第一類是中央集權。第二類是地方分權。第三類是依職能劃分權力。主張中央集權者認為，向市場經濟轉型過程中應當由中央政府扮演主導的角色。[18]主張地方分權者認為，中國改革的方向應是鼓勵嘗試不同的領域與方向，並分散決策過程。[19]相較於中央集權與地方分權兩極端，主張依職能劃分權力可謂較折衷的方式，也獲得較多學者的論述，但切入點不同，所提出的主張也就隨之而異。總括而言，可區分為以下四派觀點：「制度化分權」、「合理分權」、「選擇性集權」及「地方自治」。「制度化分權」主張改造政治結構與法律體系，以保障已形成的地方利益，並加強中央統一國家的能力。[20]「合理分權」主張訂出中央集權的上下限及地方分權的上下限，以建立合理分權體制。[21]「選擇性集權」主張中央政府僅掌控攸關國家利益的權力，例如司法權力等，其他權力則下放給地方。[22]「地方自治」主張

---

[18] 王紹光、胡鞍鋼，中國國家能力報告（香港：牛津大學出版社，1994年）。

[19] 周雪光，「中央集權的代價」，刊於吳國光編，國家、市場與社會（香港：牛津大學出版社，1994），頁82-88。

[20] 吳國光、鄭永年，論中央-地方關係：中國制度轉型中的一個軸心問題（香港：牛津大學出版社，1995年），頁1～17；吳國光，自由的民族與民族的自由（台北：大屯出版社，2002年12月），頁1-3。

[21] 薄貴利，集權分權與國家興衰（北京：經濟科學出版社，2001年1月），頁230～261。

[22] 鄭永年、王旭，「論中央地方關係中的集權和民主問題」，戰略與管理（北京），2001年第3期（2001年6月），頁61-70。

中國未來全面實行兩級地方自治，以保障中央與地方的規範化分權。[23]

　　上述關於中央與地方權力分配的三種主張，第一類與第二類近似於精英政治中的「贏者全拿模式」（the model of the winner-take-all game），第三類則與「權力平衡模式」（the model of power balancing）相近。薄智躍（Zhiyue Bo）認為廿一世紀中國精英政治須採「權力平衡模式」分析，其與另一模式的差別有二：第一，允許非零和政治博弈的存在。第二，接受政治結果出現多方贏家的可能。[24]根據本文前言之論述，已知2006年中國政治發展有偏向「贏者全拿」之可能，但2007年卻又出現「權力平衡」之特徵。因此，中共「十七大」的權力分配邏輯乃成各說各話。為解決此一問題，需要提出一以貫之的分析指標與測量方法。

　　中共中央委員會、政治局、政治局常委會是分析中共決策與政策執行的重要指標。[25]因為，中國共產黨是政權體系的核心，[26]領導中國政府與政治。[27]中央委員會領導黨的全部工作，對外代表黨，並選舉總書記、政治局委員、政治局常委、中央軍委等領導人，是黨的最高領導機關。在中央委員會閉會期間則由政治局及其常務委員會行使中央委員會之職權。[28]形式上，中共「中央委員會」是最高領導機關，實質上，「政治局」及

---

[23] 喻希來，「中國地方自治論」，戰略與管理（北京），2002年第4期（2002年8月），頁9-23。

[24] Zhiyue Bo, "Political Succession and Elite Politics in Twenty-First Century China: Toward a Perspective of 'Power Balancing'," *Issues & Studies*, vol. 41, no. 1(March 2005), pp.166-167.

[25] 趙建民，「塊塊壓條條：中國大陸中央與地方新關係」，中國大陸研究，第38卷第6期（1995年6月），頁70。

[26] 胡偉，政府過程（杭州：浙江人民出版社，1998年12月），頁31。

[27] 謝慶奎、楊鳳春、燕繼榮，中國大陸政府與政治（台北：五南出版公司，1999年），頁183-184。

[28] 朱光磊，當代政府過程（天津：天津人民出版社，2002年第二版），頁30。

「政治局常務委員會」才是真正的權力機關。[29]主要原因乃中央委員會開
會天數太少，且人數太多。[30]不過由於中央委員會仍掌握了選舉政治局委
員、政治局常委和總書記，同意中央書記處成員，及決定黨的中央軍事委
員會組成人員等三項權力。故中央委員會與政治局及其常委會的關係乃成
為「雙向負責」（reciprocal accountability）之關係。[31]因此，相關研究均
以中共中央委員會委員、政治局委員及政治局常委在中央與地方的分配情
形，作為衡量中央與地方關係的指標。[32]

　　在確定分析指標後，接續所要處理的就是測量方法。目前學界慣用的
方式乃「制度模式」，但另有「關係模式」與其競爭。制度模式以謝淑麗
（Susan L. Shirk）之著作最廣為人知。她認為身為中央委員之各省領導人
乃地方利益之代表，為保護地方利益將會在中央委員會中對抗中央領導
人。[33]因此，制度模式在政治利益的分配計算上，乃以現職地為依據。其
優點是計算容易。只要計算各省在中央委員會、中央政治局及政治局常委
會中所佔之席次，即可說明各地政治利益之多寡，以及中央與地方關係之
演變。因此獲得許多研究者之採用。[34]

---

[29] 浦興祖，中華人民共和國政治制度（上海：上海人民出版社，2002年），頁809-811。

[30] 郭定平，政黨與政府（杭州：浙江人民出版社，1998年），頁168。

[31] Susan L. Shirk, *The Political Logic of Economic Reform in China*（Berkeley : University of California Press , 1993）, p.103.

[32] 例如，垂水健一，「第十五屆中國共產黨大會後的情勢—向中央反映地方意見的趨勢」，載於陳永生主編，十五大後中國大陸的情勢（台北：政大國際關係研究中心，1998年9月），頁29-49。Xiaowei Zang, The Forteenth Central Committee of the CCP: Technocracy or Political Technocracy?," *Asian Survey*, vol. 33, no.8(August 1993),pp.793-795. Cheng, Li and Lynn White, "The Fifteenth Central Committee of the Chinese Communist Party : Full-Fledged Technocratic Leadership with Partial Control by Jiang Zemin," *Asian Survey*, vol. 38, no.3(March 1998),pp.245-247.

[33] Susan L. Shirk, *The Political Logic of Economic Reform in China, ibid,* pp.149-196.

　　不過，此方式從中共「十四大」起，對中央委員已逐漸失去衡量意義。因為，在「十六大」時，中央委員的現職地在各省的分佈極為平均，除廣東、重慶、西藏、新疆為3位外，其餘各省均為2位（參閱表四）。「十四大」時的分配尚未如此平均，以2人的省市最眾，共22省市，3人的省市有5個，1人的省市有3個。「十五大」時則更平均，除雲南為1人，及新疆為3人外，其他省市均為2人，顯示「十五大」起已建立各省市均有兩名中央委員的體制，而「十六大」則延續此一體制。因此，如何在「制度模式」外另闢蹊徑，乃成必要之舉。

　　關係模式主要用以研究中共精英政治。[35]「關係」可定義為「一種能影響資源分配的社會資源。」[36] Xuezhi Guo 指出，即使至今，「關係」仍有效地影響著中國政治精英的行為。[37]他以光譜的方式，一端是工具因素，另一端是情感因素，將「關係」區分為工具面（instrumental dimension）、禮儀面（etiquette dimension）、道德面（moral

---

[34] E.g. Zhiyue Bo, "The 16th Central Committee of the Chinese Communist Party: formal institutions and factional groups," *Journal of Contemporary China*, vol.13, no.39 (May 2004), pp.223-256. Yumin Sheng, "Central–Provincial Relations at the CCP Central Committees: Institutions, Measurement and Empirical Trends,1978–2002," *The China Quarterly*, no.188(June 2005), pp.338-355. Fubing Su and Dali L. Yang, "Political Institutions, Provincial Interests, and Resource Allocation in Reformist China," *Journal of Contemporary China*, vol.9, no.24(July 2000), pp.215-230.

[35] 有關以關係模式研究中共精英政治的學者與文章，可參見：Cheng Li and Lynn White, "The Fifteenth Central Committee of the Chinese Communist Party : Full-Fledged Technocratic Leadership with Partial Control by Jiang Zemin", ibid, pp.245-247. Cheng Li, "Jiang Zemin's Successors: The Rise of the Fourth Generation of Leaders in the PRC," *The China Quarterly*, no.161(March 2000), pp.1-40.

[36] 陳俊杰，關係資源與農民的非農化（北京：中國社會科學出版社，1998年），頁35。

[37] Xuezhi Guo, "Dimensions of Guanxi in Chinese Elite Politics," *The China Journal*, no.46(July 2001), p.69.

dimension）、情感面（emotional dimension）等四面向。工具面的關係源
自得失的計算，伴隨利益交換之目的。禮儀面的關係立基於中國「人情」
的觀念，且源自個人和諧社會網絡的需求。道德面的關係主要靠「忠心」
與「義氣」的支撐。情感面的關係最初源自「感情」與「恩情」，與「人
情」同屬中國文化中重要的社會文化概念。[38]

表四：中共「十二大」至「十六大」中央委員之現職地分佈

地　區	12大	13大	14大	15大	16大
北　京	2	2	3	1	2
天　津	5	2	2	2	2
河　北	2	1	2	2	2
山　西	1	3	2	3	2
內蒙古	2	2	2	2	2
遼　寧	3	3	2	2	2
吉　林	2	3	2	2	2
黑龍江	4	3	2	2	2
上　海	4	1	2	1	2
江　蘇	4	3	3	2	2
浙　江	3	2	3	2	2
安　徽	2	2	2	2	2
福　建	3	2	2	2	2
江　西	2	2	2	2	2
山　東	1	3	2	1	2
河　南	3	2	1	1	2
湖　北	5	3	2	2	2
湖　南	3	3	2	2	2
廣　東	3	2	3	1	3

---

[38] Xuezhi Guo, "Dimensions of Guanxi in Chinese Elite Politics," *ibid*, pp.72-87.

廣　西	2	1	2	2	2
海　南	0	1	2	2	2
重　慶	0	0	0	2	3
四　川	4	3	2	2	2
貴　州	3	3	2	2	2
雲　南	2	2	2	1	2
西　藏	3	3	2	2	3
陝　西	4	3	2	2	2
甘　肅	1	1	1	2	2
青　海	2	1	1	2	2
寧　夏	1	2	2	2	2
新　疆	4	2	3	3	3
香　港	0	0	0	0	1
澳　門	0	0	0	0	1
地方合計	80	66	62	58	68
中　央	88	77	84	74	89
軍　方	42	32	43	39	41
總　和	210	175	189	171	198

說明：以各屆黨大會當選時之職務所在地為統計依據。

資料來源：本文整理自王嘉州，「理性選擇與制度變遷：中國大陸中央與地方政經關係類型分析」，未出版（台北：政治大學東亞研究所博士論文，2003年6月），頁213-229。

　　若將關係模式用在研究中央與地方關係，則除了制度模式採用的現職地外，尚要加入籍貫地與崛起地。因為，中國人一向講究「人際關係」，[39] 現職地、崛起地、籍貫地正是人際關係的主要來源地。換言之，中央委

---

[39] Lucian W. Pye , *The Spirit of Chinese Politics* (Cambridge : The M.I.T. Press , 1970), p.171. 另可參見，黃光國，「人情與面子：中國人的權力遊戲」，刊於黃光國編，中國人的權力遊戲（台北：巨流圖書公司，1989年7月），頁7-56。

員（包括政治局委員及常委）除代表現職地的利益外，也代表其籍貫地及崛起地的利益，其中，現職地利益＞崛起地利益＞籍貫地利益。因為，基於本位主義，中央委員將為現職地爭取利益，[40]以作為日後升遷之基礎。[41]基於穩固權力來源，中央委員將顧及崛起地的利益。[42]基於傳統文化，中央委員有照顧籍貫地利益的傾向。[43]此三地模式已曾用以分析「十六大」後的中央與地方關係，[44]故應也可用以預測「十七大」。

參、分析方法

在研究對象上，根據文獻分析可知，可用中共中央委員會委員、政治局委員及政治局常委為研究對象，以解答中共「十七大」中央與地方權力分配之邏輯，究竟屬於「贏者全拿」或者「權力平衡」。不過，本文屬預測性分析，完成於「十七大」召開前，故對象尚未確定。根據對「十六

---

[40] 王紹光與胡鞍鋼指出，「腦袋總是隨著屁股走。無論是從中央派來個省長，還是從外地調來個省長，只要當了省長，他都會主動地或被動地充當本地利益的代表人物」。詳見：王紹光、胡鞍鋼，中國國家能力報告，前引書，頁125。

[41] 鄭永年，江澤民的政治遺產：在守成和改革之間，前引書，頁151。此外，何頻與高新亦指出，地方諸侯若不保護地方利益，就無法獲得百姓的擁戴，自身將缺乏「政治本錢」。詳見：何頻、高新，中共新權貴─最新領導者群像（香港：當代月刊，1993年3月），頁442。

[42] 鄭永年亦指出，「地方經常要在中央尋找自己的保護人來支持當地利益，而中央領導人則要在地方尋求支持者來加強自己在中央的地位。」吳國光、鄭永年，論中央-地方關係，前引書，頁39。

[43] 例如，中共「十三大」召開前，鄧小平「藉口自己家鄉四川省的地位特殊，提出四川省也應該在政治局裡有一個代表」。詳見：高新，降伏「廣東幫」（香港：明鏡出版社，1999年9月），頁278。

[44] 王嘉州，「中共『十六大』後的中央與地方關係─政治利益分配模式之分析」，東吳政治學報，第18期（2004年3月），頁157～185。

大」的研究可知，每一省級行政區會有兩人擔任中央委員，而其本職通常為省的一把手與二把手（書記與省市長）。加上2006與2007年正值省級幹部換屆年。此時上任或連任之書記與省長，應可確定在「十七大」時將獲選為中央委員。因此，本文將以2006年以來獲得任命之書記與省市長為分析對象。

在分析指標上，由於關係模式可以補制度模式之不足，故本文將採用關係模式。不過配合本文預測性分析之需要，將增加前職地。因此，本文所謂之「四地」乃指籍貫地、崛起地、現職地與前職地。

籍貫地乃指其祖籍，有些學者則是採用出生地。[45]本文採用籍貫地而非出生地之理由有三：第一，在中國大陸，多數人的籍貫地與出生地是相同的。第二，籍貫地亦即慣稱的「哪裡人」，亦為人名錄的普遍寫法，[46]具有資料收集上的便利性。第三，在傳統文化上，官員會對籍貫地而非出生地特別照顧，乃因籍貫地是歷代血緣、姻緣關係之所在。分析籍貫地時，除描述其分佈情形外，觀察重點有二：第一，籍貫地屬於安徽省者的比例是否增加？第二，籍貫地屬於江蘇省者是否減少？因胡錦濤之籍貫地為安徽省，而江澤民的籍貫地為江蘇省。因此，若籍貫地屬安徽者增加，而江蘇者減少，可視為「贏者全拿」之佐證。此外，則視為「權力平衡」。

崛起地的認定，乃以初次擔任省部級正職之職務所在地為崛起地。因為，其職務在地方通常已是省委書記或省長，在中央則為部長，正是其獨當一面並往上爬升的開始。若當時職務為地方幹部，則歸類入所在省級行

---

[45] 例如李成針對中共第四代領導人的研究，即使用出生地而非籍貫地作為分析指標。詳見 Cheng Li, "Jiang Zemin's Successors: The Rise of the Fourth Generation of Leaders in the PRC," *The China Quarterly*, no.161(March 2000), pp.15~18.

[46] 例如中國共產黨大辭典、中共人名錄等均是。

政區內。若為中央政府的部門，則歸類入中央政府。若為軍職，則歸入中央政府。[47]分析崛起地時，除描述其分佈情形外，觀察重點乃崛起地為中央的比例是否增加？若是，則可視為「中央集權」的證據。

現職地指本文分析時的職務所在地，此乃學界普遍使用之方法，在認定上較無爭議。分析現職地時，焦點乃其在現職地任職之年數。因胡錦濤成為黨政軍最高領導人，起於2005年3月接任「中華人民共和國中央軍事委員會主席」，迄本文分析截止點（2007年6月）僅有2.3年。故各省領導人任職的年數，有越高的比例少於2.3年，代表越多的省級領導人乃胡錦濤所主導任命，越傾向「中央集權」。

前職地包含兩個意涵：第一，2006年以來獲得任命之前一個職務所在地。若當時職務為地方幹部，則歸類入所在省級行政區內。若為中央政府的部門，則歸類入中央政府。若為軍職，則歸入中央政府。第二，2006年以來獲得任命前之所有職務。使用第一個意涵分析時，乃關注前職地為中央所佔的比例。其比例越高，越可視為具「中央集權」之傾向。採第二個意涵分析時，觀察重點為是否具有共青團之工作經歷。越高比例具共青團經歷，則越傾向「中央集權」。

肆、資料分析

截至2007年6月30日，2006年以來獲得任命之書記與省長共有四十四位（參閱表五），佔總數的71％。各省黨委會換屆均已完成，故三十一位書記均已獲得新任命。其中二十位（64.5％）為連任，十一位（35.5％）為新任。至於省市長的換屆選舉尚未展開，故獲新任命的省長有十三位，

---

[47] 因中央政府仍控制著軍隊，參見，鄭永年，政治漸進主義：中國的政治改革和民主化前景（台北：吉虹資訊公司，2000年），頁70-72。

全為新任。先由省人大常委會通過任命為代省長，再於省級人民代表大會上當選省長，然後在於換屆選舉中當選為省長，乃為避免中央規劃候選人出現落選情形。除姜大明（山東省）與王正偉（寧夏省）因剛獲任命，還屬代理階段外，其他十一位均已真除。兩位代理省長應會在最近一次的省級人民代表大會上當選省長。

　　以下將根據研究方法所設定的四地模式，依序分析此四十四位書記與省長之籍貫地、崛起地、現職地與前職地。

一、籍貫地

　　扣除吉林省長韓長賦之籍貫查無資料外，其他四十三位分析對象的籍貫地可整理如表六，從中可有三點發現：

　　第一，籍貫地以江蘇省最多，共有八人（18.6％），其次為安徽省與山東省，各有五人，分佔總數的11.63％。

　　第二，與「十六大」中央委員的籍貫地分佈相較，絕對成長幅度最大的是安徽（6.53％），其次是江蘇（3.95％）與河北（3.74％）。

　　第三，單看籍貫地為安徽的省級黨政一把手人數增加，則人事甄補邏輯傾向中央集權。不過，因籍貫屬江蘇者亦隨之增加，故目前觀之應屬權力平衡模式。

二、崛起地

　　2006年以來換屆或新派省級領導人之崛起地分佈可整理如表七，從中可有五點發現：

　　第一，三十六位（81.8％）的崛起地在各省市，八位（18.2％）來自中央。與「十六大」任職地為地方之中央委員的崛起地分佈相較，中央大幅增加4.94％，增加幅度高過各省。此比例較支持中央集權模式。

表五：2006年以來換屆或新派之省級領導人

編號	地區	書記	任職時間	換屆或新派	新／連任	省市長（主席）	任職時間	換屆或新派	新／連任
1	北京	劉淇	2002.10	2007.5	連任	王岐山	2003.4		
2	天津	張高麗	2007.3	2007.3	新任	戴相龍	2002.12		
3	河北	白克明	2002.10	2006.11	連任	郭庚茂	2006.10	2007.1	新任
4	山西	張寶順	2005.7	2006.10	連任	于幼軍	2005.7	2006.1	新任
5	內蒙古	儲波	2001.8	2006.11	連任	楊晶	2003.4		
6	遼寧	李克強	2004.12	2006.10	連任	張文岳	2004.2		
7	吉林	王珉	2006.12	2006.12	新任	韓長賦	2006.12	2007.1	新任
8	黑龍江	錢運祿	2005.12	2007.4	連任	張左己	2003.4		
9	上海	習近平	2007.3	2007.3	新任	韓正	2003.2		
10	江蘇	李源潮	2002.12	2006.11	連任	梁保華	2002.12		
11	浙江	趙洪祝	2007.3	2007.3	新任	呂祖善	2003.1		
12	安徽	郭金龍	2004.12	2006.10	連任	王金山	2002.10		
13	福建	盧展工	2004.2	2006.11	連任	黃小晶	2004.12		
14	江西	孟建柱	2001.4	2006.12	連任	吳新雄	2006.10	2007.1	新任
15	山東	李建國	2007.3	2007.3	新任	姜大明	2007.6	2007.6	新任
16	河南	徐光春	2004.12	2006.10	連任	李成玉	2003.1		
17	湖北	俞正聲	2001.11	2007.6	連任	羅清泉	2002.10		
18	湖南	張春賢	2005.12	2006.11	連任	周強	2006.9	2007.2	新任
19	廣東	張德江	2002.11	2007.5	連任	黃華華	2003.1		
20	廣西	劉奇葆	2006.6	2006.6	新任	陸兵	2003.1		
21	海南	衛留成	2006.12	2006.12	新任	羅保銘	2007.1	2007.2	新任
22	重慶	汪洋	2005.12	2007.5	連任	王鴻舉	2002.10		
23	四川	杜青林	2006.11	2006.11	新任	蔣巨峰	2007.1	2007.1	新任
24	貴州	石宗源	2005.12	2007.4	連任	林樹森	2006.7	2007.1	新任
25	雲南	白恩培	2001.10	2006.11	連任	秦光榮	2006.11	2007.1	新任
26	西藏	張慶黎	2005.11	2006.5	連任	向巴平措	2003.5		
27	陝西	趙樂際	2007.3	2007.3	新任	袁純清	2006.6	2007.2	新任
28	甘肅	陸浩	2006.7	2006.7	新任	徐守盛	2006.10	2007.1	新任
29	青海	強衛	2007.3	2007.3	新任	宋秀岩	2004.12		
30	寧夏	陳建國	2002.3	2007.6	連任	王正偉	2007.5	2007.5	新任
31	新疆	王樂泉	1994.9	2006.10	連任	司馬義‧鐵力瓦爾地	2003.1		

資料來源：本文整理自「中國地方領導人活動報導」，新華網，〈http://www.xinhuanet.com/local/ dfld/bdj.htm〉。

表六：2006年以來換屆或新派省級領導人之籍貫地分佈

地　區	人數	人名	比例（％）	16大中委之比例
天　津	1	羅保銘	2.33	1.52
河　北	4	張寶順、陸浩、石宗源、郭庚茂	9.30	5.56
內蒙古	1	趙洪祝	2.33	0.51
遼　寧	1	張德江	2.33	5.56
吉　林	1	杜青林	2.33	4.04
江　蘇	8	李源潮、郭金龍、孟建柱、強衛、劉淇、于幼軍、吳新雄、徐守盛	18.60	14.65
浙　江	4	盧展工、徐光春、俞正聲、蔣巨峰	9.30	6.57
安　徽	5	儲波、李克強、王珉、劉奇葆、汪洋	11.63	5.10
福　建	1	張高麗	2.33	1.01
山　東	5	李建國、張慶黎、王樂泉、陳建國、姜大明	11.63	10.61
河　南	2	張春賢、衛留成	4.65	6.57
湖　北	2	錢運祿、周強	4.65	4.55
湖　南	2	秦光榮、袁純清	4.65	5.56
廣　東	1	林樹森	2.33	2.02
陝　西	4	白克明、習近平、白恩培、趙樂際	9.30	6.06
寧　夏	1	王正偉	2.33	0.51

資料來源：資料來源：本文整理自「中國地方領導人活動報導」，前引書；王嘉州，「理性選擇與制度變遷：中國大陸中央與地方政經關係類型分析」，前引書，頁226-229；中共中央組織部，中國共產黨歷屆中央委員大辭典（北京：中共黨史出版社，2004年）。

　　第二，八位崛起地為中央者，包括七位擔任書記，一位擔任省長，現職地分佈於河南、河北、浙江、湖南、湖北、重慶、貴州等七省市。其中湖南的書記與省長均崛起於中央，是否會更加配合中央政策，將是值得特別觀察的目標。

　　第三，八位崛起地為中央者，原在中央的職務以國務院系統者最眾，共計五位，另有二位為中共中央，及一位為團中央。國務院系統的五位分別為俞正聲（建設部部長）、張春賢（交通部部長）、汪洋（國務院副秘書長）、徐光春（國家廣播電影電視總局局長）、石宗源（新聞出版署署長）。中共中央系統者有白克明（人民日報社社長）與趙洪祝（中央組織部常務副部長）。共青團中央則為周強（共青團中央書記處第一書記）。

　　第四，三十六位崛起地為地方者，分佈於二十一個省市。其中以吉林、海南與青海為崛起地者最眾，各有三位。山西、福建、江西、山東、貴州、西藏、陝西、甘肅與寧夏各有二位。

　　第五，與「十六大」任職地為地方之中央委員的崛起地分佈相較，增加幅度最大的是吉林、海南與青海，均為3.88%，其次是福建、山西、山東與貴州（均為3.08%）。

表七：2006年以來換屆或新派省級領導人之崛起地分佈

地區	人數	人名	比例（％）	16大中委之比例
北京	1	劉淇	2.27	1.47
河北	1	郭庚茂	2.27	1.47
山西	2	張寶順、于幼軍	4.55	1.47
吉林	3	張德江、王珉、韓長賦	6.82	2.94
江蘇	1	李源潮	2.27	1.47
福建	2	習近平、盧展工	4.55	1.47
江西	2	孟建柱、吳新雄	4.55	4.41
山東	2	張高麗、姜大明	4.55	1.47
河南	1	李克強	2.27	1.47
湖南	1	儲波	2.27	2.94
廣西	1	劉奇葆	2.27	2.94
海南	3	衛留成、杜青林、羅保銘	6.82	2.94
四川	1	蔣巨峰	2.27	2.94
貴州	2	錢運祿、林樹森	4.55	1.47
雲南	1	秦光榮	2.27	5.88
西藏	2	郭金龍、張慶黎	4.55	2.94
陝西	2	李建國、袁純清	4.55	2.94
甘肅	2	陸浩、徐守盛	4.55	5.88
青海	3	白恩培、趙樂際、強衛	6.82	2.94
寧夏	2	陳建國、王正偉	4.55	4.41
新疆	1	王樂泉	2.27	1.47
中央	8	白克明、趙洪祝、徐光春、張春賢、俞正聲、汪洋、石宗源、周強	18.18	13.24

資料來源：整理自「中國地方領導人活動報導」，前引書；王嘉州，「理性選擇與制度變遷：中國大陸中央與地方政經關係類型分析」，前引書，頁226-229；中共中央組織部，中國共產黨歷屆中央委員大辭典。

三、現職地

2006年以來換屆或新派省級領導人之現職地任職年數可整理如表八，從中可有四點發現：

第一，平均任職年數恰等於2.3年，但中位數僅有1.5年，顯示多數省領導人的任職年數小於2.3年。就此分佈情形而言，較傾向中央集權模式。

第二，眾數為0.3年，計有六人，佔總數的13.6%。顯示中共「兩會」結束後的2007年3月，為2006年以來省籍幹部更動最多的月份。

表八：2006年以來換屆或新派省級領導人之現職地任職年數

年數	人數	比例（%）	人名
≦0.5	10	22.73	姜大明、王正偉、張高麗、習近平、趙洪祝、李建國、趙樂際、強衛、羅保銘、蔣巨峰
0.5＜X≦1	8	18.18	王珉、衛留成、韓長賦、杜青林、秦光榮、周強、陸浩、林樹森
1＜X≦1.5	5	11.36	劉奇葆、袁純清、郭庚茂、吳新雄、徐守盛
1.5＜X≦2	7	15.91	錢運祿、張春賢、汪洋、石宗源、張慶黎、張寶順、于幼軍
2.5＜X≦3	3	6.82	李克強、郭金龍、徐光春
3＜X≦3.5	1	2.27	盧展工
4.5＜X≦5	2	4.55	李源潮、張德江
5＜X≦5.5	3	6.82	陳建國、劉淇、白克明
5.5＜X≦6	2	4.55	俞正聲、儲波
6＜X≦6.5	2	4.55	孟建柱、白恩培
12.5＜X≦13	1	2.27	王樂泉

資料來源：本文整理自「中國地方領導人活動報導」，前引書。

第三，出現極端值12.83年。王樂泉從1994年9月代理新疆黨委書記，1995年12月真除，迄今一直擔任此職務。任期之長，無人能及。

第四，任職年數在2.3年以內的有三十人（68.2%），這些黨政一把手，可視為胡錦濤派往地方的代表，似將較有利於中央集權。比對書記與省長的任職年數，兩位黨政一把手的任職年數均少於2.3年者有九省，包括山東、寧夏、山西、四川、甘肅、吉林、海南、陝西與湖南。未來這些省分是否會更加配合中央政策，將是值得特別觀察的目標。

四、前職地

2006年以來換屆或新派省級領導人之前職地分佈可整理如表九，從中可有四點發現：

第一，三十九位（88.6%）的前職地在各省市，五位（11.4%）來自中央。此一比例，較支持「權力平衡」模式。

第二，五位前職地為中央者，包括三位擔任書記，二位擔任省長，現職地分佈於浙江、四川、湖南與吉林。其中湖南的書記與省長均來自中央，是否會更加配合中央政策，將是值得特別觀察的目標。

第三，五位前職地為中央者，原在中央的職務三位來自國務院，一位為中共中央，一位為團中央，分別為杜青林（農業部部長）、張春賢（交通部部長）、韓長賦（國務院研究室黨組副書記兼常務副主任）、趙洪祝（中央組織部常務副部長）、周強（共青團中央書記處第一書記）。

第四，三十位前職地在各省市者中，以海南省為前職地者有三位，北京、江蘇、山東、廣東、雲南、陝西、甘肅、寧夏、新疆各有二位。

表九：2006年以來換屆或新派省級領導人之前職地分佈

地　區	人數	比例（％）	人　　　名
北　京	2	4.55	劉淇、強衛
河　北	1	2.27	郭庚茂
山　西	1	2.27	張寶順
內蒙古	1	2.27	儲波
遼　寧	1	2.27	李克強
吉　林	1	2.27	王珉
黑龍江	1	2.27	錢運祿
江　蘇	2	4.55	李源潮、吳新雄
浙　江	1	2.27	習近平
安　徽	1	2.27	郭金龍
福　建	1	2.27	盧展工
江　西	1	2.27	孟建柱
山　東	2	4.55	張高麗、姜大明
河　南	1	2.27	徐光春
湖　北	1	2.27	俞正聲
湖　南	1	2.27	于幼軍
廣　東	2	4.55	張德江、林樹森
廣　西	1	2.27	劉奇葆
海　南	3	6.82	羅保銘、衛留成、白克明
重　慶	1	2.27	汪洋
四　川	1	2.27	蔣巨峰
貴　州	1	2.27	石宗源
雲　南	2	4.55	秦光榮、白恩培
陝　西	2	4.55	李建國、袁純清
甘　肅	2	4.55	陸浩、徐守盛
青　海	1	2.27	趙樂際
寧　夏	2	4.55	陳建國、王正偉
新　疆	2	4.55	張慶黎、王樂泉
中　央	5	11.36	趙洪祝、杜青林、張春賢、周強、韓長賦

資料來源：本文整理自「中國地方領導人活動報導」，前引書。

2006年以來換屆或新派省級領導人之共青團經歷可整理如表十，從中可有四點發現：

第一，共有十五位具有共青團經歷，佔總數的34.1％，均任職於不同省市。其中省委書記十位（佔總數32.3％），省長五位（佔總數38.5％）。

第二，十五位中有七位擔任過共青團中央書記處書記，其中兩位擔任過第一書記，且是前後任，由李克強交棒給周強。此二人與胡錦濤擔任共青團第一書記，僅間隔一與二人次，[48]故其仕途發展被賦予更多關注。

第三，與2002年「十六大」召開前相較，[49]出身共青團者擔任省級黨政一把手的人數大幅增加，省委書記由三人增加至十人，省長由三人增加至五人。

第四，尚未換屆的省市長中，具有共青團經歷者尚有五位，包括楊晶（內蒙古）、韓正（上海）、黃小晶（福建）、李成玉（河南）及黃華華（廣東）。若這五位都獲得連任，則人數將為「十六大」時的3.3倍。

---

[48] 胡錦濤於1984年擔任共青團第一書記，1985年由宋德福接棒，1993年換成李克強，1998年則由周強接任，2006年則改為胡春華擔任。

[49] 寇健文，中共精英政治的演變：制度化與權力轉移，1978—2004（台北：五南圖書，2005年），頁165。

表十：2006年以來換屆或新派省級領導人之共青團經歷

編號	地區	職稱	姓名	共青團經歷
1	山　西	書記	張寶順	1979年後，團中央青工部幹事，副處長，副部長。 1982年，團中央書記處候補書記。 1985年，團中央書記處書記。
2	遼　寧	書記	李克強	1982年2月，任北京大學團委書記，團中央常委。 1983年12月，任團中央書記處候補書記。 1985年11月，當選為團中央書記處書記。 1993年5月至1998年6月，團中央書記處第一書記。
3	黑龍江	書記	錢運祿	1982年9月至1983年1月，任共青團湖北省委書記。
4	江　蘇	書記	李源潮	歷任共青團復旦大學委員會副書記，共青團上海市委副書記、書記。 1983年後，團中央書記處書記。
5	廣　西	書記	劉奇葆	1980至1982年，共青團安徽省委宣傳部副部長。 1982至1983年，共青團安徽省委副書記兼宣傳部部長。 1983至1985年，共青團安徽省委書記。 1985至1993年，團中央書記處書記兼機關黨委書記。
6	重　慶	書記	汪　洋	1981年10月至1982年10月，共青團安徽省宿縣地委副書記。 1982年10月至1983年8月，共青團安徽省委宣傳部部長。 1983年8月至1984年10月，共青團安徽省委副書記。
7	四　川	書記	杜青林	1978年8月至1979年8月，吉林省吉林市團市委書記。 1979年8月至1984年8月，吉林省團委副書記、書記，團中央委員。
8	西　藏	書記	張慶黎	1979年1月至1983年1月，團中央工農青年部副處長、處長。 1983年1月至1986年3月，團中央工農青年部副部長。
9	青　海	書記	強　衛	共青團北京市委書記。

10	新　疆	書記	王樂泉	1982年3月至1986年9月，共青團山東省委副書記。
11	吉　林	省長	韓長賦	1986年，團中央常委、宣傳部部長。 1990年，團中央常委、青農部部長。
12	湖　南	省長	周　強	1995年11月，調入團中央書記處。 1997年，團中央常務書記。 1998年6月，團中央書記處第一書記。 2003年7月，再次當選團中央書記處第一書記。
13	海　南	省長	羅保銘	1981年09月至1984年3月，共青團天津市委青工部幹部。 1984年3月至1984年11月，共青團天津市委研究室主任。 1984年11月至1985年11月，共青團天津市委副書記。 1985年11月至1992年4月，共青團天津市委書記。
14	陝　西	省長	袁純清	1978年5月至1979年12月，北京大學團委副書記。 1980年1月至1984年6月，團中央學校部幹事、副處長。 1984年6月至1985年5月，團中央學校部學聯辦公室主任。 1985年5月至1987年3月，團中央學校部副部長。 1987年3月至1992年12月，團中央學校部部長、共青團十二屆中央委員、團中央常委。 1992年12月至1997年9月，團中央書記處書記。 1995年2月至1997年9月，團中央機關黨委書記。 1997年9月至1997年10月，團中央書記處書記。
15	山　東	省長	姜大明	1982年1月至1984年6月，團中央組織部幹事。 1984年6月至1986年1月，團中央組織部組織處副處長。 1986年1月至1987年4月，團中央組織部組織處處長。 1987年4月至1990年6月，團中央組織部副部長。 1990年6月至1991年12月，團中央組織部部長。 1991年12月至1993年5月，團中央常委、組織部部長。 1993年5月至1998年2月，團中央書記處書記。 1998年2月至1998年6月，團中央書記處書記。

資料來源：本文整理自「中國地方領導人活動報導」，前引書。

伍、結論

　　根據以上分析，可將「十七大」前人事甄補中所顯露的權力平衡與中央集權特徵整理如下：

　　權力平衡的特徵可歸納為三點：第一，以江蘇為籍貫地的比例高居第一位，且與「十六大」相較，成長幅度第二大，並未受江澤民退位之影響。第二，獲新任命的書記有三十一位，其中二十位（64.5%）為連任，十一位（35.5%）為新任。第三，中央並未大力進行中央與地方的幹部交流。因為，三十九位（88.6%）的前職地在各省市，五位（11.4%）來自中央。

　　中央集權的特徵可歸納為六點：第一，以安徽為籍貫地的比例高居第二位，且與「十六大」相較，成長幅度最大。第二，湖南省的黨委書記與省長均崛起於中央，且前職地也是中央，可能因而更加配合中央政策。第三，三十六位（81.8%）的崛起地在各省市，八位（18.2%）來自中央。與「十六大」任職地為地方之中央委員的崛起地分佈相較，中央大幅增加4.94%，增加幅度高過各省。第四，平均任職年數恰等於2.3年，但中位數僅有1.5年，任職年數在2.3年以內的有三十人（68.2%）。這些黨政一把手，可視為胡錦濤派往地方的代表，將較有利於中央集權。第五，兩位黨政一把手的任職年數均少於2.3年者有九省（29%）。未來這些省分可能會較聽命於中央。第六，出身共青團者擔任省級黨政一把手的人數大幅增加。與「十六大」召開前相較，目前增幅為150%（六人增加至十五人）。隨著換屆的進行，且有可能增幅成長為233%。

　　根據以上歸納之特徵，本文預測中共「十七大」權力分配的邏輯，乃趨向中央集權的權力平衡模式。因此，「十七大」的人事安排，在政治局委員與政治局常委的人選上，胡錦濤應會傾向增加中央集權。以下將從三方面提出預測並進行驗證：

第一，從現職地角度預測政治局常委：十六屆政治局常委會組成之際，有兩位地方代表名列其中，分別是任職山東省委書記的吳官正與廣東省委書記的李長春。雖說兩位地方代表不久後都高升至中央任職，但在常委會組成之際能有兩位地方代表，確可解讀為地方勢力的提升。因此，為增加中央集權，則政治局常委中地方代表之人數，不可能高過「十六大」的兩人。人數越少，代表中央集權程度越高。「十七大」的發展，的確符合趨向中央集權的權力平衡模式。因為，地方在政治局常委會中的代表人數並未超過「十六大」，同樣維持兩人，分別是習近平（上海市委書記）與李克強（遼寧省委書記）。

第二，從前職地角度預測政治局常委：若十七屆政治局常委會組成之際，仍有地方代表名列其中，則其發展將類似十六屆，亦即不久即調往中央任職，使地方成為該政治局常委之前職地。此外，政治局常委之前職地很大可能會包括共青團之經歷。「十七大」的發展，的確符合上述預測。因為，在2007年10月27日，《新華社》已報導指出：習近平不再兼任上海市委書記。目前報導顯示，習近平將接任國家副主席，而李克強將接任國務院第一副總理。[50] 此外，李克強之前職地的確包括共青團。

第三，從四地模式預測政治局委員：十七屆的政治局，地方代表之人數不會多過十六屆。十六屆組成時，現職地在各省者共計十位。[51]依照「十四大」與「十五大」之例，江蘇、浙江、新疆、四川和湖北等省之書記並未進政治局。隨後經職務調整後，由政治局委員出任地方書記的省市

---

[50] 朱建陵等，「習近平將接副主席 李克強任第一副總理」，中國時報，2007年10月23日，A13版。

[51] 分別為李長春（廣東省委書記）、吳官正（山東省委書記）、王樂全（新疆自治區書記）、回良玉（江蘇省委書記）、劉淇（北京市委書記）、張立昌（天津市委書記）、張德江（浙江省委書記）、陳良宇（上海市委書記）、周永康（四川省委書記）、俞正聲（湖北省委書記）。

僅剩六個，分別為廣東、北京、天津、上海、湖北及新疆。若胡錦濤要增加中央集權，則十七屆政治局組成時現職地為地方者不會多於十位，職務調整後現職地為地方者會少於六位。另外可能之發展是由胡錦濤人馬擔任地方在政治局中之代表，這些人選可能具有的特徵包括籍貫地為安徽、崛起地為中央、前職地具共青團經歷。

　　從十七屆政治局委員分析，的確符合趨向中央集權的權力平衡模式，理由有三：第一，地方代表之人數等於十六屆，一樣是十位。包括上海市委書記習近平、新疆自治區黨委書記王樂泉、北京市長王岐山、北京市委書記劉淇、遼寧省委書記李克強、江蘇省委書記李源潮、重慶市委書記汪洋、天津市委書記張高麗、廣東省委書記張德江、湖南省委書記俞正聲。第二，經職務調整後現職地為地方的政治局委員會少於六位。除李源潮已確定接任中共中央組織部部長外，習近平將接任國家副主席，李克強將接任國務院第一副總理，王岐山與張德江亦將接任國務院副總理。[52] 如此調動後，現職地為地方的政治局委員僅剩五位。第三，胡錦濤以自己人馬擔任地方在政治局中之代表。其中具有共青團經歷者包括王樂泉、李克強、李源潮與汪洋。籍貫地為安徽者包括李克強與汪洋。崛起地為中央者包括俞正聲與汪洋。

---

[52] 朱建陵等，「習近平將接副主席 李克強任第一副總理」，中國時報，2007年10月23日，A13版。

參考書目

一、中文部分

「中央領導全國密集調研，尋求五年規劃地方動力」，新華網，2005年9月23日，〈http://
　　news.xinhuanet.com/fortune/2005-09/23/content_3530403.htm〉。

「中共中央關於制定國民經濟和社會發展第十一個五年規劃的建議」，新華網，2005年10
　　月18日，〈http://big5.xinhuanet.com/gate/big5/news.xinhuanet.com/politics/2005-10/18/
　　content_3640 318.htm〉。

「中國共產黨第十六屆中央領導機構成員」，中國網，〈http://www.china.com.cn/Chinese
　　/zhuanti/233621.htm#1〉。

「正面衝撞胡溫體制，江派上海幫攻擊宏觀調控」，中國時報，2004年7月12日，版A11。

「地方領導」，新華網，〈http://big5.xinhuanet.com/gate/big5/news. xinhuanet.com/
　　ziliao/2002-02/20/content_476046.htm〉。

「把學習《江澤民文選》活動引向深入」，人民日報，2007年2月3日，2版。

「省部級主要領導幹部學習《江澤民文選》專題研討班開班」，新華網，2007年2月
　　2日，〈http://big5.xinhuanet.com/gate/big5/news.xinhuanet.com/politics/2007-02/02/
　　content_5688623.htm〉。

「黨的十七大定於2007年下半年在北京召開」，新華網，2006年10月11日，〈http://big5.
　　xinhuanet.com/gate/big5/news.xinhuanet.com/politics/2006-10/11/content_5190490.htm〉。

中共中央組織部，中國共產黨歷屆中央委員大辭典（北京：中共黨史出版社，2004年）。

方德豪，「陳良宇垮台：胡錦濤主導十七大人事佈局已無懸念」，亞洲時報，2006年9月27
　　日，〈http://www.atchinese.com/index.php?option=com_content&task=view&id=22825&Itemi
　　d=47〉。

王珍，「兩會硝煙瀰漫成胡江曾交鋒的前線」，大紀元，2007年3月9日。〈http://epochtimes.
　　com/b5/7/3/9/n1640819.htm〉。

王紹光、胡鞍鋼，中國國家能力報告（香港：牛津大學出版社，1994年）。

王嘉州，「中共『十六大』後的中央與地方關係—政治利益分配模式之分析」，東吳政治學報，第18期（2004年3月），頁157～185。

王嘉州，「理性選擇與制度變遷：中國大陸中央與地方政經關係類型分析」，政治大學東亞研究所博士論文（2003年）。

朱光磊，當代政府過程（天津：天津人民出版社，2002年）。

朱建陵等，「習近平將接副主席 李克強任第一副總理」，中國時報，2007年10月23日，A13版。

何頻、高新，中共新權貴—最新領導者群像（香港：當代月刊，1993年）。

吳國光，自由的民族與民族的自由（台北：大屯出版社，2002年）。

吳國光、鄭永年，論中央—地方關係：中國制度轉型中的一個軸心問題（香港：牛津大學出版社，1995年）。

周雪光，「中央集權的代價」，吳國光編，國家、市場與社會（香港：牛津大學出版社，1994年），頁82-88。

林克倫，「黃菊：重大決定不能一人說了算」，中國時報，2007年3月8日，A17版。

垂水健一，「第十五屆中國共產黨大會後的情勢—向中央反映地方意見的趨勢」，陳永生主編，十五大後中國大陸的情勢（台北：政大國際關係研究中心，1998年），頁29-49。

紀碩鳴，「地方向中央說不，挾經濟以自重」，亞洲週刊，第19卷第39期（2005年9月25日），頁12-17。

胡偉，政府過程（杭州：浙江人民出版社，1998年）。

胡鞍鋼，中國：新發展觀（杭州：浙江人民出版社，2004年）。

浦興祖，中華人民共和國政治制度（上海：上海人民出版社，2002年）。

高新，降伏「廣東幫」（香港：明鏡出版社，1999年）。

寇健文，中共精英政治的演變：制度化與權力轉移，1978—2004（台北：五南圖書，2005年）。

張一，「黃菊續主持安全生產：爭取討價還價本錢」，亞洲時報，2007年1月30，〈http://www.atchinese.com/index.php?option=com_content&task=view&id=28616&Itemid=110〉。

郭定平，政黨與政府（杭州：浙江人民出版社，1998年）。

陳俊杰，關係資源與農民的非農化（北京：中國社會科學出版社，1998年）。

陳曉銘、楊韻、謝冠平，中共十七大幕前戲（香港：明鏡出版社，2006年）。

喻希來，「中國地方自治論」，戰略與管理，2002年第4期（2002年8月），頁9-23。

黃光國，「人情與面子：中國人的權力遊戲」，刊於黃光國編，中國人的權力遊戲（台北：巨流圖書公司，1989年），頁7-56。

趙建民，「塊塊壓條條：中國大陸中央與地方新關係」，中國大陸研究，第38卷第6期（1995年6月），頁70。

潘小濤，「胡曾結盟，諸侯有難」，亞洲時報，2005年9月28日，〈http://www.atchinese.com/index.php?option=com_content&task=view&id=7836&Itemid=28〉。

潘小濤，「陳良宇免職：中共十七大權力鬥爭提前落幕」，亞洲時報，2006年9月25日，〈http://www.atchinese.com/index.php?option=com_content&task=view&id=22621&Itemid=110〉。

鄭永年，政治漸進主義：中國的政治改革和民主化前景（台北：吉虹資訊公司，2000年）。

鄭永年、王旭，「論中央地方關係中的集權和民主問題」，戰略與管理，2001年第3期（2001年6月），頁61-70。

薄貴利，集權分權與國家興衰（北京：經濟科學出版社，2001年）。

謝慶奎、楊鳳春、燕繼榮，中國大陸政府與政治（台北：五南出版公司，1999年）。

二、英文部分

Bo, Zhiyue, "The 16th Central Committee of the Chinese Communist Party: formal institutions and factional groups," *Journal of Contemporary China*, vol.13, no.39 (May 2004), pp.223-256.

Bo, Zhiyue, "Political Succession and Elite Politics in Twenty-First Century China: Toward a Perspective of 'Power Balancing'," *Issues & Studies*, vol. 41, no. 1(March 2005), pp.166-7.

Guo, Xuezhi, "Dimensions of Guanxi in Chinese Elite Politics," *The China Journal*, no.46(July 2001), p.69.

Li, Cheng and Lynn White, "The Fifteenth Central Committee of the Chinese Communist Party : Full-Fledged Technocratic Leadership with Partial Control by Jiang Zemin," *Asian Survey*, vol. 38, no.3(March 1998),pp.245-247.

Li, Cheng , "Jiang Zemin's Successors: The Rise of the Fourth Generation of Leaders in the PRC," *The China Quarterly* , no.161(March 2000), pp.1-40.

Pye, Lucian W. , *The Spirit of Chinese Politics* (Cambridge : The M.I.T. Press , 1970).

Sheng, Yumin, "Central–Provincial Relations at the CCP Central Committees: Institutions, Measurement and Empirical Trends,1978–2002," *The China Quarterly*, no.188(June 2005), pp338-355.

Shirk, Susan L., *The Political Logic of Economic Reform in China* (Berkeley : University of California Press , 1993）.

Su, Fubing and Dali L. Yang, "Political Institutions, Provincial Interests, and Resource Allocation in Reformist China," *Journal of Contemporary China*, vol.9, no.24(July 2000), pp.215-230.

Zang, Xiaowei, "The Forteenth Central Committee of the CCP: Technocracy or Political Technocracy?," *Asian Survey*, vol. 33, no.8(August 1993), pp.793-795.

中共黨內民主規劃：
從四級黨委換屆探討

張執中

（開南大學公共事務管理學系助理教授）

摘要

　　胡錦濤接班後，積極進行代表機構、決策與紀檢體制的改革，除了在形式上遵循黨章規範運作（如代表政治局向中央委員會報告工作）、推動幹部票決制與代表大會常任制試點，同時也藉由制度的建立為改革提供正當性。如「十六屆四中」全會提出包括：完善黨內選舉制度、改進候選人提名方式、適當擴大差額推薦和差額選舉的範圍和比例，逐步擴大基層黨組織領導班子成員直接選舉的範圍等內容，而這些方針也體現在四級黨委換屆與「十七大」黨代表的選舉中。從胡錦濤在「十七大」的政治報告顯示集體領導原則、常委會與全委會的復權、基層幹部直選與幹部制度改革成為「十七大」後中共黨內民主的發展目標。然而，雖然發揚黨內民主，推進人民民主，是中共為社會主義民主政治所設立的路徑，但問題是：兩者之間是否真能形成相互促進的效果？黨組織內外不同的權威模式，是否會因改革與既存秩序間的銜接問題，而讓兩者之間形成相互牽制的力量，值得進一步探索。因此，本文希望藉由宏觀的角度，從制度環境、制度設計與制度銜接等面向，並依據本次四級黨委換屆到「十七大」的政治報告，探討中共「十六大」以來關於「黨內民主」的實踐與修正，依此觀察中共政治改革的軌跡，並思考在既有框架中所訴諸的選擇。

關鍵詞：黨內民主、十七大、民主集中制、常任制、選舉

Analysis of Inner-Party Democracy
and Reshuffling Four Tiers of Local Officials of CCP

Chih-chung Chang

(Assistant Professor, Department of Public Affairs and Management, Kainan University)

Abstract

The Chinese authorities consider this upcoming reshuffling one of the three largest turnovers of local elites since China began its economic reform in 1978. An important feature of this reshuffling is the fact that a large number of local leaders will have to step down, because the CCP Organization Department has called for downsizing the membership of party standing committees at all levels of the local leadership, especially the number of deputy party secretaries. The purpose of this article is to analyze China's progress and difficulties of inner-party democracy in the new leaders' agenda for political reform, including expanding power-sharing among the Party elite, developing a division of power within the Party, allowing limited inner-party electoral competition, and resolving the tension between the principle of majority rule and that of democratic centralism. Specifically, the article explores the constraints of the old system on China's institution building and political reform.

Keywords: inner-party democracy, democratic centralism, election, structural reforms of the CCP, division of power within the Party

壹、研究目的

在中國大陸，近期以來最牽動廣大幹部情緒的，無疑是四級黨委換屆。這一涉及十七萬地方領導幹部的「進留轉退」，是中共「十七大」召開前的一項重要工作，其中新任或續任的省級領導人絕大部分將成為「十七大」中央委員與主席團成員，部分精英也將進入政治局，甚至政治局常委會，成為下一代接班人。這不僅決定未來胡溫路線的推動、中央與地方政府的關係，以及新世代精英之訓練，其短期影響在於中央領導的鞏固，長期影響則是中共的執政能力。

胡錦濤接班後，積極進行代表機構、決策與紀檢體制的改革，除在形式上遵循黨章規範運作（如代表政治局向中央委員會報告工作）、推動幹部票決制與代表大會常任制試點，同時也藉由制度的建立為改革提供正當性。如「十六屆四中」全會通過《關於加強黨的執政能力建設的決定》具體提出包括完善黨內選舉制度、改進候選人提名方式、適當擴大差額推薦和差額選舉的範圍和比例；逐步擴大基層黨組織領導班子成員直接選舉的範圍等內容，而這些目標也體現在四級黨委換屆，與「十七大」黨代表與中央委員的選舉。胡錦濤在「十七大」的政治報告中，提出完善黨代表任期制、黨代表大會常任制試點、發揮常委會與全委會機制、重大人事與決策的票決制，以及推廣基層黨組織領導班子成員由黨員和群眾公開推薦與上級黨組織推薦相結合的辦法。[1]「十七大」的黨內民主規劃與試點經驗如何進一步發展，除了成為觀察中共黨內民主的指標，也是觀察胡錦濤個人政治風格與信念的一個窗口。

---

[1] 「胡錦濤在黨的十七大上的報告」，新華網，2007年10月24日，〈http://news.xinhuanet.com/newscenter/2007-10/24/content_6938568.htm〉。

　　另一方面，中共的組織與領導制度所形成的權力體系，使共產黨事實上成為大陸社會的公共權威領域。在這樣的背景下，大陸的民主化很難避開共產黨，或在共產黨之外另起爐竈；加上黨與國家的共存與分工，使兩者間界限模糊，任一方的改革都勢必成為政治體制的一環，並相互影響。[2]這除了讓中共領導人在政治改革過程中必須「瞻前顧後」，避免任何一方的改革形成「轟動效應」（如三權分立、地方領導人直選），動搖既有政治體制框架。[3]也不禁引起筆者思考，雖然發揚黨內民主，推進人民民主，是中共為社會主義民主政治所設立的路徑。但問題是：兩者之間是否真能形成相互促進的效果？黨組織內外不同的權威模式，是否會因改革與既存秩序間的銜接問題，而讓兩者之間形成相互牽制的力量（見圖一），值得吾人進一步探索。因此，本文希望藉由宏觀的角度，從制度環境、制度設計與制度銜接等面向，並依據本次四級黨委換屆過程與結果，探討中共在胡錦濤時期關於「黨內民主」的規劃與實踐，依此觀察中共政治改革的軌跡，並思考在既有框架中所訴諸的選擇。

---

[2] 如1987年農村基層民主的啟動，「海選」模式也推及基層鄉鎮政權的鄉鎮長選舉中。如「三輪兩票制」推選鎮長、選民直選鄉長、「民推競選」鄉長候選人、海選縣長等諸現象。鄉鎮長直選的推動，造成民選鄉鎮長的合法性與上級任命的黨委書記合法性之間產生矛盾，其結果可能影響黨委書記的產生機制，以適應鄉鎮長直接選舉的出現。包括從村支部競爭性選舉到鄉鎮黨政領導公推公選，再到鄉鎮黨委書記和黨委班子公推直選。請參考李凡，「中國政治體制改革的新思路一步雲鄉直選的意義」，背景與分析（北京），第17期（1999年2月），〈http://www.world-and–china.com/00/back17.html〉。

[3] 如全國人大常委會副委員長盛華仁在《求是》撰文指出：「在換屆選舉中，一定要嚴格依照憲法和地方組織法的規定選舉產生鄉鎮長，避免類似由選民直選鄉鎮長的情況再次發生。」請參考盛華仁，〈依法做好縣鄉兩級人大換屆選舉工作〉，求是，2006年第16期，〈http://www.qsjournal.com.cn/qs/20060818/GB/qs^437^0^5.htm〉。再者，前述「公推公選」和「兩推一述」仍屬縣長候選人的政黨提名環節的一種創新，並沒有脫離黨管幹部與現行體制。請參考王勇兵，「縣(市)長候選人推薦人選產生方式創新」，學習時報，2006年8月9日，〈http://www.studytimes.com.cn/ txt/2006-08/09/content_7066386.htm〉。

圖一：黨內民主與人民民主的關係

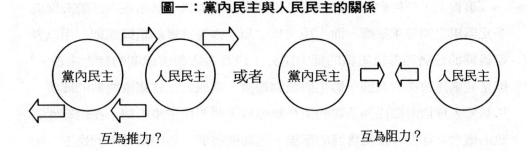

就黨內民主與人民民主的關係位置

互為推力？　　　　　　　　　　　　　互為阻力？

貳、中共「黨內民主」的制度環境

　　黨內民主的研究，通常與政黨的組織結構相互重疊且有密切關連。政黨的組織結構，包括設定黨員活動的總體環境、建構黨員凝聚的型態，決定領導人與權力運作等機制。就如同一個政治體系的縮影，包含了代表與選舉制度、精英甄補、界定目標和解決內部衝突的程序所形成一個決策體系。[4]自密契爾斯（R. Michels）、莫斯卡（G. Mosca）以及巴瑞圖（V. Pareto）等學者揭示多數組織，尤其是政黨，其權力主要掌控在少數領導精英手中。[5]多數政黨的黨員參與感普遍不足，基層黨員與黨的官僚體系的疏離感高，專職制度造成少數黨職官僚壟斷決策，黨的官僚未經民主程序進退，這些問題係建構黨內民主運作的最大障礙，這種「寡頭現象」的強弱，相當程度還得靠政黨自身的規範加以限制。

---

[4] Samuel J. Eldersveld, *Political Parties: A Behavioral Analysis* (Chicago: Rand Mcnally, 1964), p. 1.

[5] 如密契爾斯（Robert Michels）「寡頭鐵律」（iron law of oligarchy）的論點，認定領導或統治系統與最基本的民主要求無法調和的事實，一直是研究黨內運作的重心。見 Robert Michels, *Political Parties: A Sociological Study of the Oligarchical Tendencies of Modern Democracy* (New York: The Free Press, 1962).

　　事實上，任何政治組織為維持生存與基本架構，必須在內部的凝聚與多元需求之間尋求平衡。而「民主集中制」作為共黨的組織原則，用以界定組織的分層和各級組織的權力劃分，以及各級領導機關的權力來源。[6]但是共黨建政後的黨國一體化與統制經濟，造成對正式國家體制的破壞，和基於人身依附關係為基礎的家長制權威，使「民主集中制」在規範性的政治概念上存在理論與實踐的落差。這種僅強調「集中指導下的民主」，卻忽略「民主基礎上的集中」，讓民主與集中之間，時常難以「辯證統一」，也因此在具體案例中無法妥協。

一、代表大會與雙重領導制度

　　共黨作為一個縱向聯繫制（vertical link）的政黨。[7]在實質運作上，黨的組織只有從中央到地方，再到基層的縱向關係，透過間接選舉的普遍運用，讓每個基層單位選出代表，組成地方性代表大會，再由這些地方代表中選出全國代表，形成代表大會制度，成為黨的路線與制度獲得合法性的程序。[8]就中共而言，透過多層次的間接選舉，黨的全國代表大會間接地由黨的地方組織選舉產生，中央委員會由全國代表大會代表選舉產生，政

[6]　Michael Waller, *Democratic Centralism* (New York: St. Martin's Press, 1981), pp. 12-13; Alan Ware, *Political Parties and Party Systems* (New York: Oxford University Press, 1996), p. 140; Barrington Moore, *Soviet Politics: the Dilemma of Power* (New York: Harper & Row, 1965), pp. 70-71.

[7]　Maurice Duverger, *Political Parties* (London: Lowe & Brydone, 1967), pp. 43-44；劉少奇對此曾提出說明：「僅有三個黨員在一起，這還不是黨的組織，還必須按民主的集中制組織起來。……這三個黨員中有一個是組長，其餘兩個是組員，即是在各種活動中有一個領導者，兩個被領導者，才能成為黨的組織」。見劉少奇，「論黨」，劉少奇選集，上卷（北京：人民出版社，1985年），頁358。因此中共黨章規定，凡是有正式黨員三人以上的，都應當成立黨的基層組織。

[8]　Duverger, *Political Parties,* ibid, pp. 138-140.

治局及政治局常委會由中央委員會選舉產生，這是各級領導機關及其相應權力得以產生的基礎。而黨的組織分層類似國家行政區劃分，包含中央、地方、基層三個層級，前者對後者依次具有領導關係；反之，後者對前者則處於服從的地位，即「下級服從上級」。在中央和地方黨組織中，各自又分為三個層次：代表大會一全委會一常委會。

　　作為一個強連結（strong articulation）的政黨，其組織維繫除意識型態及理論上的工作，還有賴指揮與領導制度方面的設計。「民主集中制」反映在中共組織運作上，所建立的「黨組織制度」、「黨委統一集體領導下的首長分工負責制」，對維護「黨的領導」原則起了極為關鍵作用。共產黨的組織系統從形式上可以分為三個子系統：以塊塊為基礎的地方黨組織系統，以條條為基礎的國家職能部門黨組織和軍隊黨組織系統。這三個子系統通過各自的途徑，統一於中國共產黨中央委員會及政治局。黨每一階層的組織都分成三個功能相關的機構：即黨代表機構、決策中心及辦事機構；地方黨組織在結構與職權方面，基本上則是對中央的結構的不同規模複製。[9]地方黨組織系統與職能部門黨組織系統有職權交錯關係，形成「雙重領導制度」，也就是每級職能部門黨組織，除接受上級職能部門黨組織的領導外，還接受同級地方黨委的領導，形成一個複雜且相互掛鉤的階層體制。雙重領導的主要目標在於協調，每個黨委雖然對上級負責，但每個黨委內則包含各部門的核心幹部，沒有任何個人可以比黨委更好地協商部門間運作，因此雙重領導最終是強化黨委的權威。[10]

---

[9] James R. Townsend and Brantly Womack, *Politics in China* (Boston: Little, Brown, 1986), p. 93; Kenneth Lieberthal, *Governing China: From Revolution Through Reform* (New York: W. W. Norton & Company, Inc., 1995), p. 169; Franz Schurmann, *Ideology and Organization in Communist China* (Berkeley: University of California Press, 1966), p. 89.

[10] Schurmann, *Ideology and Organization in Communist China*, ibid, p.191.

二、顛倒的權力關係

　　黨內民主所反映的現實意義，在於以民主化的內部組織架構，遵循由下而上的意見形成方式，確保黨員的參與權。然而，中共在多層次的間接選舉制度下，使得代表的級別每增多一級，基層的意願與上層決定之間的距離就拉遠一些，[11]加上在重要職位採「等額選舉」的一系列程序設計，稀釋黨員的參與權，使其影響力更加式微。

　　再者，「文革」期間「九大」通過的黨章，將大會改為五年一次，改變以往每年開會的規定，一直延續至今。加上中央委員會通常一年召開一次會議，實際上黨大會和中央委員會經常處於閉會狀態，無法履行職責。當「民主集中制」的選舉原則，以及黨的代表大會職責逐漸變成空洞的形式，制度的從屬關係也就被顛倒，催化黨的寡頭統治，構成一個不易滲透的「內圈」（inner circle），[12]包括中央政治局及其常務委員會在實質上成為黨政領導中樞，而黨的總書記則在政治局及其常委會中扮演關鍵角色。這個鄧小平口中的「領導集體」與「核心」，[13]成為實質上掌控著國

---

[11] 嚴家其，民主怎樣才能來到中國（台北：遠流出版社，1996年），頁60-62；再者，中共為實現群眾路線所採取包括「醞釀」、「預選」、「界別」等一系列程序設計，也稀釋了選舉的功能。請參考張執中，「中國大陸選舉制度的變遷：對四次修正『選舉法』之分析」，政治學報，第42期（2006年12月），頁79-124。

[12] Maurice Duverger, *Political Parties,* ibid, pp. 151-168; Roy C. Macridis, *Modern Political Regimes: Patterns and Institutions* (Boston: Little, Brown and Company, 1986), pp. 17-20; 同樣的觀點也可以參考Panebianco所提出「支配聯盟」（dominant coalition），以及鄒讜教授所提出「同心圓的權力結構」：黨的代表大會、中共中央委員會、政治局、政治局常務委員會。見Panebianco, *Political Parties,* ibid, pp. 37-40；鄒讜，二十世紀中國政治（香港：牛津大學出版社，1994年），頁160；Tang Tsou, *The Cultural Revolution and Post-Mao Reform: A Historical Perspective* (Chicago: University of Chicago Press, 1986), pp. 309-318.

[13] 鄧小平，「組成一個實行改革的有希望的領導集體」，鄧小平文選，第三卷（北京：人民出版社，1993年），頁296-301。

家資源分配和權力關係的「中央」。同樣的情況也出現在地方黨組織，在黨代會、全委會閉會後，黨內的立法權與執行權集於黨委一身，黨委既是決策機關又是執行機關，同時黨內監督機關（紀委會）也在其領導之下，集黨內三權於一體的黨委，成了一級黨組織中的唯一領導機關，使得黨內權力配置失衡。[14]在黨內權力運作上，常委會、書記辦公會權力過於集中，而黨委的權力又往往集中於書記。黨內重大事項的決策、重大工作任務的部署、重要幹部的任免、調動與處理，一般都是常委會或書記辦公會決定。形成趙紫陽所說的：「常委取代全委、全委取代了代表大會，一層代一層」的一種顛倒的權力關係。[15]

三、中共對「黨內民主」的規劃

　　2005年九月，中共「十六屆五中」全會召開前夕，北京日報曾刊登中共中央黨校副校長李君如的文章，題為「中國能夠實行什麼樣的民主」，文中以黨內民主、人大制度、政治協商會議作為實現民主的制度基礎。[16]隔月官方也公佈《中國的民主政治建設》白皮書，提出「中國的民主是中國共產黨領導的人民民主……以發展黨內民主帶動人民民主的發展，是中國共產黨民主執政的重要內容」。[17]而中共「十六屆六中」全會與胡錦濤

---

[14] 李永忠，「關於改革黨委『議行合一』領導體制的思考」，中國黨政幹部論壇（北京），2002年1月，頁22-23。

[15] 王貴秀，「黨務公開勢在必行」，中國黨政幹部論壇（北京），2005年1月，頁10-13；吳國光著，趙紫陽與政治改革（台北：遠景出版社，民國86年），頁270；李永忠，「加強黨內監督的兩個『最重要』」，中國黨政幹部論壇（北京），2004年8月，頁12-14。

[16] 李君如，「中國能夠實行什麼樣的民主」，北京日報，2005年9月26日，〈http://www.bjd.com.cn/BJRB/20050926/GB/BJRB^19113^17^26R1710.htm〉。

[17] 中華人民共和國國務院新聞辦公室，「中國的民主政治建設」，人民網，2005年10月19日，〈http://gov.people.com.cn/BIG5/46733/46844/3783456.html〉。

在「十七大」的政治報告，也提出「以擴大黨內民主帶動人民民主，以增進黨內和諧促進社會和諧」。[18]一方面我們可從這些文件，觀察「黨內民主」與「社會主義民主」的相互關係；另一方面這些文件也都試圖提醒外界，在民主政治制度選擇的問題上，必須尊重國情與歷史的決定，現行制度是「路徑依賴」（path-dependence）的結果，其目標也不在於否定社會主義制度或削弱共產黨的領導。

　　自一九八○年代以來，中共歷經至少八次全會的討論，其內涵大致圍繞著理論創新、黨內民主、反腐監督與黨群關係等環環相扣的四個層面。「黨內民主」一直是中共政治體制改革的重要面向，希望透過尋求解決黨內民主程序的問題，包括選舉、表決和任期，帶動社會民主。[19]並指出發揚黨內民主，推進人民民主，是建設社會主義民主政治的一條重要途徑。[20]大陸學界持相似看法者不在少數，認為選擇一條理性漸進的改革戰略，就是沿著從中央到基層、從黨內到黨外、從精英到大眾、從體制內到體制外的順序。因為黨組織層級愈高，組織機構便愈完整、幹部素質也較高，越具備民主化改革的條件，加上涉及人數較少，便於操作，較易達到預期

---

[18] 「中共中央關於構建社會主義和諧社會若干重大問題的決定」，人民網，2006年10月18日，〈http://politics.people.com.cn/GB/1026/4932440.html〉；「胡錦濤在黨的十七大上的報告」。

[19] 如趙紫陽曾提出：「講社會民主，重點是黨內民主；講黨內民主，重點是中央一級。中央的民主健全了，可以影響全黨；黨內民主健全了，可以帶動全國，因此我們要形成一種風氣，建立制度、程序，要黨中央帶頭，由上而下。」參見吳國光著，趙紫陽與政治改革，前引書，頁158-159。

[20] 「中共中央關於加強黨的建設幾個重大問題的決定」，載於中共中央文獻研究室編，十一屆三中全會以來黨的歷次全國代表大會中央全會重要文件選編（北京：中央文獻出版社，1997年），頁309-314；「中共中央關於加強和改進黨風建設的決定」，〈http://www.china.com.cn/chinese /PRmeeting/64103.htm〉；江澤民，「開創中國特色社會主義事業新局面」，大公報（香港），2002年11月9日，版A10。

目標而產生示範效應。依據「民主集中制」下所衍生的黨委制、代表大會制等基本制度規範，或能為大陸的民主提供發展空間，問題在於落實這些制度的規範並不容易。[21]

　　中共在「八大」黨章中曾改採黨代表大會（以下簡稱「黨代會」）年會制與常任制，以彌補黨內不經常召集代表大會，而以幹部會議取代的缺憾。[22]然而，前述文革期間「九大」通過的黨章，將大會改為五年一次，改變以往每年開會的規定反而成為「新傳統」而延續至今。每屆黨的代表大會僅開一次會，代表大會在選舉產生新一屆中央委員會之後，它的使命便已完成。因此，黨代會不可能聽取和審查由它選舉產生的中央委員會的工作報告，並對其進行監督，最終只能由別的機構超越代表大會的權限，替代代表大會行使權力（參見表一）。一直延續至今。使得黨章所規範的最高權力機關，成為黨員口中「五年開次會，會期三五天，舉舉手，畫畫圈，散會就靠邊」的橡皮圖章。

---

[21] 胡偉，「中共黨內民主與中國的政治發展—中國民主化的可能性途徑探討」，載於林佳龍、邱澤奇主編，兩岸黨國體制與民主發展：哈佛大學東西方學者的對話（台北：月旦出版社，民國88年），頁341-365。

[22] 請參考鄧小平，「關於修改黨的章程的報告」，鄧小平文選，第一卷（北京：人民出版社，1961年），頁233。

表一：中共「八大」以來黨章關於代表大會位階與會期之規定

八十大 (1956)	第二十一條　黨的各級最高領導機關如下：
	(一)在全國，是全國代表大會；在代表大會閉會期間，是它所選出的中央委員會。
	(二)在省、自治區、直轄市，是省代表大會、自治區代表大會、直轄市代表大會；在代表大會閉會期間，是它們所選出的省委員會、自治區委員會、直轄市委員會。
	(三)在自治州，是自治州代表大會；在代表大會閉會期間，是它所選出的自治州委員會。
	(四)在縣、自治縣、市，是縣代表大會、自治縣代表大會、市代表大會；代表大會閉會期間，是它們所選出的縣委員會、自治縣委員會、市委員會。
	(五)在基層單位（工廠、礦山、其他企業、農村中的鄉、民族鄉、鎮和農業生產合作社、機關、學校、街道、人民解放軍中的連隊和其他基層單位），是基層代表大會或者黨員大會；在基層代表大會或者黨員大會閉會期間，是它們所選出的基層黨委員會、黨支部委員會或者支部委員會。
	第三十一條　黨的全國代表大會每屆任期五年。 　　　　　　……全國代表大會會議由中央委員會每年召開一次。……
	第三十八條　黨的省、自治區、直轄市代表大會每屆任期三年。…… 　　　　　　省、自治區、直轄市代表大會會議由省、自治區、直轄市委員會每年召開一次。
	第 四 十 條　……省、自治區、直轄市委員會在省、自治區、直轄市代表大會閉會期間，在本省、本自治區、本市範圍內，執行黨的決議和指示，領導各種地方性的工作，建立黨的各種機關並且領導它們的活動，根據中央委員會所規定的制度管理和分配黨的幹部，領導地方國家機關和人民團體中的黨組的工作，有系統地向中央委員會報告自己的工作。
	第四十三條　黨的縣、自治縣、市代表大會每屆任期二年。縣、自治縣、市代表大會會議由縣、自治縣、市委員會每年召開一次。
	第四十四條　黨的縣、自治縣、市代表大會聽取和審查縣、自治縣、市委員會和其他機關的報告，討論和決定本縣、市的地方性政策和工作問題，選舉縣、自治縣、市委員會，選舉出席省、自治區黨的代表大會的代表。
	第四十九條　設立基層黨委員會的基層組織的代表大會，每年至少召開一次。總支部黨員大會或者代表大會，每年至少召開兩次。支部黨員大會，每三個月至少召開一次。

九大 (1969)	第　六　條	党的最高領導機關，是全國代表大會和它產生的中央委員會。地方、軍隊和各部門党的領導機關，是同級的黨代表大會或黨員大會和它產生的黨的委員會。黨的各級代表大會由各級黨的委員會召開。	
	第　八　條	黨的全國代表大會，每五年舉行一次。在特殊情況下，可以提前或延期舉行。	
	第　十　條	黨的地方縣以上、人民解放軍團以上的代表大會，每三年舉行一次。在特殊情況下，可以提前或延期舉行。	
	第 十一 條	…黨的基層組織，每年改選一次。在特殊情況下，可以提前或延期舉行。	
十大 (1973) ↓ 十一大 (1977)	* 同「九大」黨章		
十二大 (1982)	第 十八 條	黨的全國代表大會每五年舉行一次，由中央委員會召集。中央委員會認為有必要，或者有三分之一以上的省一級組織提出要求，全國代表大會可以提前舉行；如無非常情況，不得延期舉行。	
	第 二十 條	黨的中央委員會每屆任期五年。……在全國代表大會閉會期間，中央委員會執行全國代表大會的決議，領導党的全部工作，對外代表中國共產黨。	
	第二十一條	…….中央政治局和它的常務委員會在中央委員會全體會議閉會期間，行使中央委員會的職權。	
	第二十四條	黨的省、自治區、直轄市、設區的市和自治州的代表大會，每五年舉行一次。 黨的縣（旗）、自治縣、不設區的市和市轄區的代表大會，每三年舉行一次。	
	第二十六條	……黨的地方各級委員會全體會議，每年至少召開一次。 黨的地方各級委員會在代表大會閉會期間，執行上級黨組織的指示和同級黨代表大會的決議，領導本地方的工作，定期向上級黨的委員會報告工作。	
	第二十七條	黨的地方各級委員會全體會議，選舉常務委員會和書記、副書記，並分別報上級黨的委員會批准。黨的地方各級常務委員會，在委員會全體會議閉會期間，行使委員會職權….	
	第三十一條	設立委員會的基層組織的黨員大會或代表大會，一般每年召開一次。總支部黨員大會，一般每年召開兩次。支部黨員大會，一般每三個月召開一次。	

十三大 (1987) ↓ 十六大 (2002)	＊ 同「十二大」黨章

說明：＊同前屆黨章意指黨代表大會開會任期與開會間隔，非指黨章條文之細部修正。

資料來源：作者整理自景杉主編，中國共產黨大辭典（北京：中國國際廣播出版社，1991
　　　年），頁853-889；中共中央文獻研究室編，十一屆三中全會以來黨的歷次全國代表大
　　　會中央全會重要文件選編（北京：中共中央文獻出版社，1997年）；「中國共產黨章
　　　程」，人民日報（北京），2002年9月19日，版1。

　　為解決黨內權力配置的失衡，學者提出黨內的分權架構，即選舉產生
中央委員會，使其成為「執行機關」；中央委員會選舉產生常務委員會
（政治局與常委會合併，權力結構上減少一層級），在中央委員會閉會期
間行使職權。中央紀律檢查委員會作為黨的專職監督機構，由代表大會產
生並向其負責。[23]特別是在地方層級，也依據上述原則，分設黨委會、執
委會（或書記處）、紀委會（參見圖二），並推行黨代表大會的常任制，
每年召開一次，增加全委會與常委會的開會次數，以解決立法與執行權過
度集中於黨委，破壞兩者的制約關係。此外還包括縮減代表大會規模、避
免領導幹部兼任黨代表，黨代表有權對三個委員會進行質詢，並可聯名提
案罷免不稱職幹部；黨代會閉會期間，全委會或常委會代行對執委會、紀
委會的監督。[24]這些構想，實際上是以落實黨章規範為訴求，並試圖解決

---

[23] 類似論點請參考李銳，「關於政治體制改革的意見」，開放雜誌（香港），2002年12月，
　　頁9；王貴秀，「加強黨的制度建設—紀念鄧小平《黨和國家領導制度的改革》發表20週
　　年」，中國黨政幹部論壇（北京），1995年6月，頁29-30；王貴秀，「關於發展黨內民主問
　　題」，頁18；應克復，「黨內民主的關鍵是健全黨的代表大會制度」，唯實（北京），2001
　　年8月，頁127；林尚立，黨內民主—中國共產黨的理論與實踐（上海：上海社會科學出版社，
　　2002年），頁296-297。

制度的缺陷,使黨的權力核心由黨委回歸代表大會,而且在制度設計上採決策、執行與監督權的區劃,特別是紀委獨立行使監督的職能與權限,用以凸顯權力制約的必要性。

圖二:中共地方黨組織改革構想

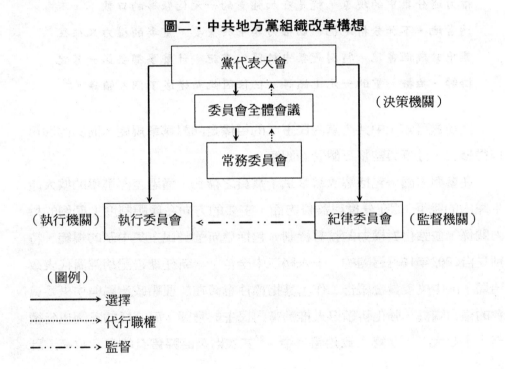

資料來源:作者整理自本文內容

---

24 類似論點請參考王貴秀,「關於發展黨內民主問題」,中國黨政幹部論壇(北京),2001年11月,頁18;李永忠,「關於改革黨委『議行合一』領導體制的思考」,中國黨政幹部論壇(北京),2002年1月,頁22-24;李永忠,「必須把制度建設作為黨的根本建設」,中國黨政幹部論壇(北京),2002年4月,頁11-13。

參、十六大以來「黨內民主」的實踐

就如鄧小平在「黨和國家領導制度的改革」一文中所述：

權力過分集中的現象，就是在加強黨的一元化領導的口號下，不適當地、不加分析地把一切權力集中於黨委，黨委的權力又往往集中於幾個書記，特別是集中於第一書記，什麼事都要第一書記掛帥、拍板。黨的一元化領導，往往因此而變成了個人領導。[25]

從前述可知，中共「黨內民主」的目標是回歸黨章規範，而其內涵可以從參與、分權與監督三個層面觀察。

在參與方面，包括解放黨章賦予黨員之權利、通過差額選舉的擴大產生黨內的競爭；[26]在分權與監督方面，主要的方向在理順制度上顛倒的權力關係，並強化對權力的監督機制。包括重新強調民主集中制的規範，特別是自2003年10月召開的「十六屆三中全會」，新任總書記胡錦濤代表政治局，向中央委員會報告工作，其指標性意義在於理順政治局與中央委員會的權力關係，強化新領導人推動黨內民主的意圖，而這樣的意圖也延續至「十七大」，並寫入政治報告中。[27]其次則是回歸舊有的黨章規範，計

---

[25] 鄧小平，「黨和國家領導制度的改革」，鄧小平文選，1975-1982（北京：人民出版社，1983年），頁280-302。

[26] 王貴秀，「關於發展黨內民主問題」，頁12；胡偉，「中共黨內民主與中國的政治發展—中國民主化的可能性途徑探討」，前引書，頁358；李銳，「關於政治體制改革的意見」，頁9；劉益飛，「建立黨代會常任制的三個關鍵性問題」，中國黨政幹部論壇（北京），2003年10月，頁14；蕭功秦，「＂黨內民主論＂的出現及其前景評估」，當代中國研究，2002年第2期，頁123-124；胡績偉，「『劉少奇路線』異想」，求是（北京），1989年第2期，頁24-28。

畫將黨代表大會回復至「八大」黨章的「常任制」，改造既有的「議行合一」體制，包括在中央或地方，形成決策、執行、監督有限的分權關係，以改變權力集中黨委或書記的現況；[28]最後則是強化紀檢監察的功能，形成對權力機構的制衡關係，以制約日益嚴重的幹部腐敗現象。

一、權力回歸黨代會：常任制試點

　　在實際操作上，中央組織部於1988年就已批准在浙江、黑龍江、山西、河北、湖南等5省的12個市、縣、區作為全國首批，先後開展了黨代會常任制試點工作。[29]而中共在「十六大」的報告中提出：「以完善黨的代表大會制度和黨的委員會制度為重點，……擴大在市、縣進行黨的代表大會常任制的試點，積極探索黨的代表大會閉會期間發揮代表作用的途徑和形式」。[30]也激勵黨代會常任制擴大試點。包括廣東、浙江、江蘇、湖北、四川、吉林轄下更多試點單位，而試點的主要內容著重在代表大會結構、代表產生、代表行使職權、代表大會年會制以及全委會取代常委會

---

[27] 「十七大」政治報告提出：「建立健全中央政治局向中央委員會全體會議、地方各級黨委常委會向委員會全體會議定期報告工作并接受監督的制度」。請參考「胡錦濤在黨的十七大上的報告」。

[28] 類似論點請參考胡土貴，「改革和完善黨的全國代表大會制度」，華東政法學院學報（上海），1999年第2期，頁55-58；張明楚，「加強黨代表大會的權力監督作用」，黨政論壇（北京），1996年4月，頁17-18；221-226；郭道暉，「改善黨在法治國家中的領導方略與執政方式」，法學（北京），1999年第4期，頁9-14；李永忠，「關於改革黨委『議行合一』領導體制的思考」，頁22-24；李永忠，「必須把制度建設作為黨的根本建設」，頁11-13。

[29] 田冰，「對試行黨代表大會常任制的思考」，紅旗文摘，〈http://www.bjdj.gov.cn/article/detail.asp?UNID=15263〉；張書林，「近年來黨代會常任制問題研究綜述」，理論與現代化，2006年第3期，頁121-127。

[30] 江澤民，「開創中國特色社會主義事業新局面」，大公報（香港），2002年11月9日，版A10。

等，可歸納如下（參見表二）。[31]

表二：黨代會常任制試點工作內容

目　標	內　容
代表機構精簡	代表名額一般都比原來減少20%以上，並調整代表的組成比例，以符合結構和素質要求。
擴大差額比例	為便於黨員對代表候選人的瞭解，以小選區直接選舉產生代表。
縮小選區與直選	代表由基層黨組織差額選舉產生，差額比例從40%到50%以上。
代表大會年會制	年會的主要任務是聽取並審議「兩委」工作報告；討論決定下一年度重大問題；對「兩委」成員進行評議或信任投票；選舉上一級黨代會代表。
代表團（組）制度	按區域或工作性質將代表劃分為若干個代表團或代表組，定期或不定期組織代表對熱點問題等進行實地考察和專題調研。
代表聯繫制度	黨委組織部設立了代表聯絡組（處）或代表聯絡辦公室，負責代表的聯絡、收集意見和建議，溝通代表及代表團之間的聯繫。並建立了黨委委員聯繫代表、代表聯繫黨員、黨員聯繫群眾的四級聯繫制度。
取消常委會	實行由全委會領導閉會期間黨的日常工作，直接受黨代會監督。

資料來源：李志宏，「關於黨代表大會常任制試點工作的調查」，北京黨建網，2004年11月18日，〈http://www.bjdj.gov.cn/article/detail.asp?_Show.asp?UNID=17366〉。

---

[31] 李志宏，「關於黨代表大會常任制試點工作的調查」，北京黨建網，2004年11月18日，〈http://www.bjdj.gov.cn/article/ detail.asp?_Show.asp?UNID=17366〉。

　　「十六大」以來的試點，除了實行黨代會年會制和黨代表常任制外，還有不少突破。如四川雅安市的雨城區和滎經縣從第一道民主程序開始改革，對黨代表實行直接選舉；[32]湖北省宜都市則舉行了公開推選市委委員的試驗。而另一引人注目的就是關於黨內分權的嘗試，重新界定黨代會、全委會、常委會之間的權力關係。如湖北省羅田縣取消縣委常委會設置，實行縣委委員制。規定「全委會是黨代會常設機構，領導黨的日常工作」，「在閉會期間，涉及全縣政治、經濟、文化和社會生活中的重大事項和幹部任免事項，均由全委會表決」等（參見表三）。[33]在試點的經驗中，以羅田模式為例，其制度安排著重解決由誰授權向誰負責的問題，保障黨員權利。但是對羅田縣委全委會大小工作一把抓，裁判兼球員，決策權、執行權界限不清的問題，學術界還有很大爭論。一種意見主張將全委會改組為黨代會常設委員會和執行委員會，使前者成為黨代會閉會期間的最高決策和監督機構，後者專管執行；另一意見則認為，這種決策和監督合一的模式很容易陷入過去黨委管人、政府管事的老框架，最終還是不能解決問題。[34]

---

[32] 中共四川省委組織部，「健全黨代表大會制度的有效途徑—黨的代表大會常任制試點的調查與思考」，求是，2003年第11期，頁18-19；裴澤慶，「黨內民主貴在創新—四川省雅安市黨代表大會常任制的實踐與啟示」，中共四川省委黨校學報，2004年第1期，頁78-82。

[33] 胡偉，「湖北羅田大膽改革縣委領導體制」，中國青年報，2004年2月28日，版1；吳理財，「羅田政改：從黨內民主啟動的憲政改革」，學習時報，2004年3月25日，〈http://www.china.com.cn/xxsb/txt/2006-01/24/content_6104089.htm〉。

[34] 同前註。

表三：黨代會常任制試點模式

椒江模式	雅安模式	羅田模式
縮小選舉單位	黨代表直選	黨代會年會制
擴大差額比例	黨代會年會制	黨代表常任制
全委會取代常委會	代表視察與評議制	全委會取代常委會
幹部任免全委會票決	代表權利與經費保障	縣委委員交叉任職
黨代表常任制	黨代會設立監督委員會	重大事項表決制
決策、執行、監督	黨代表聯絡辦公室	黨代表對委員考評

資料來源：方根法，「椒江模式：實行黨代會常任制」，世紀橋，2004年第5期，頁50-52；許法根、蔣漢武，「協商機制與黨內民主的實踐─對浙江省椒江區黨代會常任制的一種思考」，西南交通大學學報（社會科學版），第7卷第1期（2006年2月），頁148-152；中共四川省委組織部，「健全黨的代表大會制度的有效途徑─黨的代表大會常任制試點的調查與思考」，求是，2003年第11期，頁18-19；裴澤慶，「黨內民主貴在創新─四川省雅安市黨代表大會常任制的實踐與啟示」，中共四川省委黨校學報，2004年第1期，頁78-82；胡偉，「湖北羅田大膽改革縣委領導體制」，中國青年報，2004年2月28日，版1；吳理財，「羅田政改：從黨內民主啟動的憲政改革」，學習時報，2004年3月25日，〈http://www.china.com.cn/xxsb/txt/2006-01/24/content_6104089.htm〉。

二、權力回歸（常）全委會：「三減」改革與票決制

　　本次四級黨委換屆一大特徵在於多數地方領導人將卸職，不僅是因為屆齡，還包括落實「十六屆四中全會」提出的地方黨委領導班子配備改革目標，包括「減人」─精簡黨委班子職數；「減層」─減少副書記職數；以及「減線」─擴大黨政交叉任職比例。[35]自「十六大」以來，由省委書記兼人大主任已成為一重要特點。而透過本次換屆，從鄉縣市到省逐步完

---

[35] 中共「十六屆四中全會」通過《關於加強黨的執政能力建設的決定》，其內容提到「完善黨委常委會的組成結構，適當擴大黨政領導成員交叉任職，減少領導職數，切實解決分工重疊問題……。」以及「重視縣（市）黨政領導班子建設。減少地方黨委副書記職數，實行常委分工負責，充分發揮集體領導作用。逐步加大黨委、人大、政府、政協之間的幹部交流。」

成地方領導班子「一正二副」的格局，即兩名副書記之中，一位兼任地方首長，一位則為專職副書記，並且黨委班子組成必須符合黨的規範（參見表四），如省級黨委常委會由十二至十三個成員組成，[36]而縣一級黨委班子除「一正二副」，並針對黨政業務設八名常委。[37]究其原因在於黨委副書記的職數偏多，在常委會中幾乎過半，以致書記辦公會提交給常委會的工作議題，很容易在常委會上成為決策。

表四：中共地方各級黨委人數規定

	全委會（含候補委員）	常委會	書 記	副書記
省、自治區、直轄市	50-80(60)*	9-13(11)≦15	1	3-5(4)
自治州	20-40(20-30)	7-11	1	2-3
省轄市	30-50(40)	7-13(7-11)	1	2-4
直轄市區	20-40	7-11	1	2-3
縣（旗、市）	20-40(20-30)	7-11(7-9)	1	2-3
省轄市區	20-30	7-11(7-9)	1	2-3

說明：＊括弧內數字代表一般人數
資料來源：作者整理自中共《關於黨的地方各級代表大會若干具體問題的暫行規定》。

---

[36] 在兩輪省級黨委換屆完成後，除了西藏與新疆外，各省黨委常委會都維持12-13人，請參見人民網，〈http://cpc.people.com.cn/GB/64093/67206/68346/5926220.html〉。

[37] 八名常委分別由組織部長、宣傳部長、統戰部長、紀檢委書記、政法委書記、縣委辦公室主任、常務副縣長以及縣武裝部政委組成。李靜，「領導幹部們，調整好換屆心態了嗎」，引自中國選舉與治理網，2006年4月29日，〈http://www.chinaelections.com/readnews.asp? newsid={90061290-9038-4175-8871-56355FEA2DA9}〉；「北京觀察：四級黨委換屆佈局十七大」，引自大公網，2006年5月28日，〈http://www.takungpao.com.hk/news/06/05/28/ZM-571721.htm〉；「中國新一輪省級黨委換屆高峰 涉京滬等地」，星島環球網，2007年3月20日，〈http://www.singtao net.com/hot_news/gd_20070320/200703/t20070320_494043.html〉。

　　「書記辦公會」作為一種實際存在的黨委工作方式，由來已久。但使之成為一種普遍的制度性的會議形式、正式的議事決策機構，卻是1996年4月《中國共產黨地方委員會工作條例（試行）》的實施。條例中對地方黨委的「議事和決策」機構分為三個層次：全委會、常委會、書記辦公會。[38]使得書記辦公會實際上成了規範化、制度化的黨委議事機構和會議形式。雖然這樣的工作方式得以提高常委會的工作效率，但也因為在地方黨委換屆前，普遍存在副書記職數過多的問題。[39]以縣（市、區）為例，有的地方在十一名縣（市、區）常委中，就有五名副書記，佔常委總數的45.5%，早已超過《關於黨的地方各級代表大會若干具體問題的暫行規定》中所規範的人數限制（參見表四）。除了使副書記事實上成了黨委班子中的一個領導層次，也讓書記辦公會成了事實上的決策層。

　　雖然《地方委員會工作條例》第26條規定「書記辦公會不是一級決策機構，不得決定重大問題。」但在實際工作中，對重大問題，都是先上書記辦公會，如幹部任免討論決定時，有書記、副書記、組織部長、秘書長參加，已經超過了常委會的半數，事實上已主導常委會的決策。基於此，即使聲稱「書記辦公會」的主張只是「意見」或「建議」，而不是「決定」，也只是一種說詞而已。[40]因此，取消「書記辦公會」，除了符合黨

---

[38] 《中國共產黨地方委員會工作條例（試行）》第27條，規定書記辦公會議事範圍包括：（一）醞釀需要提交常委會議討論決定的問題；（二）對常委會決定事項的組織實施進行協調；（三）交流日常工作狀況。

[39] 「王政堂：我是這樣評價書記辦公會的」，引自人民網，2007年3月19日，〈http://theory. people. com.cn/BIG5/49150/49152/5484762.html〉。

[40] 王貴秀，「發展黨內民主的一項重要舉措」，學習時報，2006年3月21日，〈http://big5.china. com.cn/xxsb/txt/2006- 03/21/content_6160629.htm〉；中共濰坊市委組織部課題組，「常委分工負責：地方黨委換屆後的重要制度安排」，學習時報，2006年9月4日，〈http://www. studytimes.com.cn/txt/2006-09/04/content_7130296. htm〉。

章規範，也符合「十六大」報告「完善黨的代表大會制度和黨的委員會制度為重點」之精神。而隨著四級黨委換屆選舉後精簡副書記職數，對於「書記辦公會」這一獨具特色的地方黨委工作方式退出歷史舞台，並回歸黨的委員會制度是具有直接的推進效果。

此外，民主制度的精神，除了體現參與者的偏好，也在於其公平性，任何人無法預知或確保競爭的結果。黨委任命幹部是「黨管幹部」的重要一環，按制度要求必須經常委會集體討論決定。但因為缺乏程序上，特別是票決制的規範。在中共黨史中出現過鼓掌通過、舉手投票、記名投票、無記名投票等形式來表達黨員意志，不過這些投票主要是用於黨內的各種選舉。而經選舉產生的各級黨代表、黨委委員、常委會委員，卻絕少採用票決的形式決定黨內的重大問題。在實際過程中往往經主要領導提名即獲得通過，常委們雖有表決權，但既難有充分發表意見的機會，也沒有充分體現個人偏好之條件，最終仍由「一把手」或少數人說了算。[41]因此票決制實際上涉及對決策機制的權力制衡，透過黨委全體會議一人一票表決，得以體現選舉人意願。

對此，中共中央組織部（以下簡稱「中組部」）自2001年開始對擬任人選班子正職擬任人選和推薦人選表決辦法》，具體規定地縣黨政領導班子正職的擬任人選，分別由省、市黨委常委會提名，並交全委會審議，進行無記名投票表決。（參見表五）成為分解地方黨委常委會決策權，回歸全委會的重要改革。在黨內「三重一大」（重要幹部任免、重大決策、重要項目安排和大額度資金的使用）的問題上已經跨出第一步，其他重要事項的票決制則是黨內民主發展應有的趨勢，透過票決制以及對重大問題決策，有利於提升全委會之地位。

---

[41] 李永忠，「票決制的思考」，理論學刊（北京），第114期（2003年3月），頁71。

表五：1980年以來中共黨內選舉與票決制度的變遷

時　間	會議或法規名稱	內容摘要與程序特徵
1980.02	十一屆五中全會《關於黨內政治生活的若干準則》	選舉要充分體現選舉人的意志。不得規定必須選舉或不選舉某人。選舉應實行候選人多於應選人的差額選舉辦法，或者先採用差額選舉辦法產生候選人作為預選，然後進行正式選舉。黨員數量少的單位，可不實行差額選舉或實行預選，候選人的基本情況要向選舉人介紹清楚，選舉一律用無記名投票。
1982.09	十二大《中國共產黨章程》	第十一條　黨的各級代表大會的代表和委員會的產生，要體現選舉人的意志。選舉採用無記名投票的方式。候選人名單要由黨組織和選舉人充分醞釀討論。可以經過預選產生候選人名單，然後進行正式選舉，也可以不經過預選，採用候選人數多於應選人數的辦法進行選舉。選舉人有了解候選人情況，要求改變候選人、不選任何一個候選人和另選他人的權利。……
1985.02	《關於黨的地方各級代表大會若干具體問題的暫行規定》	一、選舉的具體形式有兩種：一是採用預選產生候選人名單後進行正式選舉；二是採用候選人數多於應選人數的辦法進行選舉。提出的候選人數，一般應多於應選人數的20%左右。黨委的正式委員候選人落選，列入候補委員選舉人選舉。 二、代表大會代表中應有各級領導幹部、各類專業技術人員、各戰線先進模範人物、解放軍、武警部隊等各方面代表。
1987.11	十三大《中國共產黨章程》	第十一條第一款修正　可以直接採用候選人數多於應選人數的差額選舉辦法進行正式選舉，也可以先採用差額選舉辦法進行預選，產生候選人名單，然後進行正式選舉。

1988.03	《關於黨的省、自治區、直轄市代表大會實行差額選舉的暫行辦法》	一、代表大會代表、委員會委員、候補委員和常委、紀委會委員和常委實行差額選舉。委員會和紀委會的書記、副書記暫不實行差額選舉。顧委會委員、常委、主任、副主任實行等額選舉。 二、代表大會代表候選人差額不應少於代表名額20%；委員會委員、候補委員、紀委會委員候選人差額不應少於應選名額10%；常委會委員、紀委會常委候選人名額要比應選名額多1至2人。 三、代表大會代表、委員會委員、候補委員、常委，以及紀委會委員和常委的選舉方式有兩種：一是直接採用候選人數多於應選人數的差額選舉辦法選舉；二是先採用差額選舉辦法進行預選，產生候選人名單，然後進行正式選舉。
1990.06	《中國共產黨基層組織選舉工作暫行條例》	一、代表大會代表、委員會委員候選人數應多於應選人數20%，常委候選人按照比應選人數多1至2人的差額提出。 二、選舉人對候選人可以投贊成票或不贊成票，也可以棄權，投不贊成票者可以另選他人。 三、進行選舉時，有選舉權的到會人數超過應到會人數的五分之四，會議有效。實行差額預選時，贊成票超過實到會有選舉權人數半數者，方可列為候選人；進行正式選舉時，被選舉人獲得贊成票超過實到會有選舉權的人數半數，始得當選。
1992.10 ｜ 2002.11	十四大 ｜ 十六大 《中國共產黨章程》	第十一條　黨的各級代表大會的代表和委員會的產生，要體現選舉人的意志。選舉採用無記名投票的方式。候選人名單要由黨組織和選舉人充分醞釀討論。可以直接採用候選人數多於應選人數的差額選舉辦法進行正式選舉。也可以先採用差額選舉辦法進行預選，產生候選人名單，然後進行正式選舉。選舉人有了解候選人情況，要求改變候選人、不選任何一個候選人和另選他人的權利。……

1994.01	《中國共產黨地方組織選舉工作條例》	一、地方各級代表大會代表、委員會委員、候補委員和常委、紀委會委員和常委實行差額選舉；委員會和紀委會的書記、副書記，紀委會書記、副書記實行等額選舉。
		二、參加選舉的人數超過應到會人數半數，方能進行選舉。選舉可以直接採用候選人數多於應選人數的差額選舉辦法進行正式選舉，也可以先採用差額選舉辦法進行預選，產生候選人名單，然後進行正式選舉。
		三、代表大會代表候選人差額比例不少於20%；委員會委員、候補委員、紀委會委員候選人差額比例不少於10%；各級委員會和紀委會常委候選人數，應分別多於應選人數1至2人。
		四、預選時，贊成票超過應到會有選舉權人數半數者，方可列為正式候選人；正式選舉時，被選舉人獲得贊成票超過應到會有選舉權的人數半數，始得當選。委員候選人落選後，可以作為候補委員候選人。
		五、各級代表大會代表中應有各級領導幹部、各類專業技術人員、各戰線先進模範人物、解放軍、武警部隊等各方面代表。
2002.07	《黨政領導幹部選拔任用條例》	第三十三條　市（地）、縣（市）黨委、政府領導班子正職的擬任人選和推薦人選，由上級黨委常委會提名，黨的委員會全體會議審議，進行無記名投票表決；黨的委員會全體會議閉會期間，由黨委常委會作出決定，決定前應當徵求全委會成員的意見。
		第三十四條　黨委（黨組）討論決定幹部任免事項，必須有三分之二以上的成員到會，……在充分討論的基礎上，採取口頭表決、舉手表決或者無記名投票等方式進行表決。…….

| 2006.08 | 《黨的地方委員會全體會議對下一級黨委政府領導班子正職擬任人選和推薦人選表決辦法》 | 第三條 市（地、州、盟）、縣（市、區、旗）黨委、政府領導班子正職的擬任人選和推薦人選，一般應當由上一級黨委常委會提名並提交全委會無記名投票表決。 |

資料來源：作者整理自中國社會科學院編，中國共產黨黨內法規制度手冊（北京：紅旗出版社，1997年）；中共中央文獻研究室編，十一屆三中全會以來黨的歷次全國代表大會中央全會重要文件選編（北京：中共中央文獻出版社，1997年）；北京黨建，〈http://www.bjdj.gov.cn〉。

三、由下而上的參與及制衡

(一)黨員代表結構與差額選舉擴大

依據2006年中共中央發佈《關於黨的十七大代表選舉工作的通知》（以下簡稱「通知」），2007年6月底前將進行「十七大」黨代表選舉。從全國三十八個選舉單位選出2,220名（較「十六大」多100名）代表。[42] 在代表的組成上，除了擴大黨員的結構，包括生產和工作第一線的黨員（工、農和專業技術人員），以及新經濟組織和新社會組織的黨員；也將差額選舉的比例提高，即代表候選人多於應選名額的15%，較「十六大」增加五個百分點。[43]

對於擴大黨員結構，學者認為，列寧主義政黨包容性的擴大，是組織

---

[42] 據官方說法，黨代表席次增加原因有二：一是十六大以來全國黨員人數增加了600萬人；二是適當增加生產和工作一線代表。見「中組部負責人就黨的十七大代表選舉工作答記者問」，新華網，2006年11月12日，〈http://news3.xinhuanet.com/politics/2006-11/12/content_5319164.htm〉。

[43] 「關於黨的十七大代表選舉工作的通知」，新華網，2006年11月13日，〈http://news3.xinhuanet.com/video/2006-11/13/content_5324584.htm〉。

面對環境變遷最常採取的策略。透過甄補新成員，以期為黨帶來新的觀念與目標，並藉此與非黨組織建立連繫，使組織與環境之間達到更好的整合，以獲取較充分的資訊與政治支持，成為極為自然的選擇。[44]因此，無論是增加工、農代表，[45]或是增加新經濟社會組織代表，[46]都是體系包容性（inclusion）的增加之表現。包括體現在決策過程中諮商頻率的上升（譬如擴大統一戰線）、利用立法機制統合政治社群等，也就是藉著統合而非壓制的手段，擴大政權內部的邊界（boundary-spanning），以防止政治反對的出現。[47]

　　問題是，雖然「十七大」代表選舉在差額、年齡及範圍規定上有所提升，但領導幹部代表比例仍高達百分之七十，壓縮其他團體的代表性；其

---

[44] Bruce J. Dickson, "Cooptation and Corporatism in China: The Logic of Party Adaptation, " *Political Science Quarterly,* vol. 115, no. 4 (Winter 2000/2001), pp. 517-540.

[45] 李永生，「增加農民工代表體現民主」，引自北京市農村工作委員會網站，〈http://www. bjnw. gov.cn/jqdt/shzyxncjs/lldt/200703/t20070312_70948.html〉；車海剛，「增加農民工代表的制度意義」，學習時報，2007年3月12日，〈http://www.studytimes.com.cn/txt/2007-03/12/content _7948384.htm〉。

[46] 舉例而言，依據中共中央統戰部、中華全國工商業聯合會、國家工商行政管理總局、中國民（私）營經濟研究會組成的《中國私營企業研究》課題組在2006年實施了第七次全國私營企業抽樣調查結果顯示，截至2006年6月底，私營企業從2004年12月的365萬戶增加到465萬戶。個體工商戶與私營企業的從業人員（含私企投資者）已達1億1千多萬人，占當年27331萬城鎮就業人口的41.25%，其中私營企業主當中，中共黨員占了32.2%。引自「2006年中國第七次私營企業抽樣調查資料分析綜合報告」，中華工商時報新聞網，〈http://www. cbt.com.cn/ cbt/dzb/news.asp?ID=111169〉。

[47] Kevin J. O'Brien, *Reform Without Liberalization: China's National People's Congress and the Politics of Institutional Change* (New York: Cambridge University Press, 1990), p. 5; Thomas B. Gold, "After Comradeship: Personal Relations in China Since the Cultural Revolution, " *China Quarterly,* no. 104 (Dec. 1985), pp. 674-675; Richard Baum, "Modernization and Legal Reform in Post-Mao China: The Rebirth of Socialist Legality, " *Studies in Comparative Communism,* no. 19 (Summer 1986), pp. 94-95.

次，選舉的對象大多是「黨的模範」而非意識能力高者，[48]這樣的結構也影響差額選舉的效用，以及黨代表大會的監督角色。中共自1980年「十一屆五中」全會通過《關於黨內政治生活的若干準則》，確立差額選舉原則以來，選舉制度在普遍性與定期改選已經落實（參見表五），但如前所述，選舉權的開放，無論擴大直選或差額的範圍—勢必壓縮黨干預幹部與代表提名的空間，因此差額選舉的原則，其所產生的效用並無法導致整體的變革。尤其黨中央在由下而上的選舉機制仍不成熟的情況下，假如黨意和黨員之間缺乏一定程度的「同質性」（homogenization），則整合組織意志的民主機制就會無法維持，因此不得不依靠不同於民主程序的紀律和組織運作統一全黨的意志，包括在「幹部職務名稱表」所列的重要職位，或正職領導人可因提名一人而採等額選舉；而選舉法中只規定預選的差額而未規定正式選舉採差額選舉，意味正式選舉依然可以是等額選舉，使差額選舉的原則依然無法貫穿於選舉制度當中。這種的規範上的彈性與模糊，無形中為選舉的形式化與操控提供制度上的合法運作空間。

(二)鄉鎮黨委與縣市長候選人選舉

過去的制度選擇與遺產雖然限制中共的制度建構，卻也同時也為改革派精英提供新的契機。就如大陸學者的觀點，在這種情況下高層是不能講話的，支持或不支持都不可以；說不支持—馬上就被否定，說支持—中央不能承擔這個責任，正是在這種情況下地方政府的主動性最強。[49]地方和基層的許多創新作法，體現的就是這方面的探索。例如為提高黨委和政府決策的透明化，利用「民主懇談會」擴大公眾參與；又如針對傳統「少數人選人、在少數人中選人」的幹部任用方式，一些地方改革提名制度，

---

[48] 此部份依據楊開煌教授之觀點。

[49] 「中國入世後的政治體制改革從選舉開始—訪世界與中國研究所所長李凡」，大公報（香港），〈http://202.153.114.133/news/20011115/big5/zm30.cht〉。

甚至嘗試對黨政領導班子進行直選。[50]再者,如地方對黨代會常任制的探索,除了調整黨組織架構,也進一步透過直選,增加黨代會的權力,這些嘗試在相當程度上成為地方和基層進行政治改革和黨內民主創新的推動力。

隨著1987年農村基層民主的啟動,「海選」模式也推及基層鄉鎮政權的鄉鎮長選舉中。如「三輪兩票制」推選鎮長、選民直選鄉長、「民推競選」鄉長候選人、海選縣長等諸現象引發了基層政權選舉的勃勃生機。當選舉制度被廣為接受,鑲嵌於公眾的政治意識,將不斷增加「自我強化」(self-enforcement)的力量。[51]以四川省步雲鄉長直選為例,鄉鎮長直選的推動,造成民選鄉鎮長的合法性與上級任命的黨委書記合法性之間產生矛盾,其結果可能影響黨委書記的產生機制,以適應鄉鎮長直接選舉的出現。[52]

黨內民主在基層與地方的發展並非一步到位,而是一個循序漸進的過程。從村支部競爭性選舉到鄉鎮黨政領導公推公選,再到鄉鎮黨委書記和黨委班子公推直選,甚至縣(市)長候選人的提名競爭等。黨內競爭性選舉制度的形成和發展是一個累積創新的過程。公推公選建立一種幹部選拔的競爭機制,但仍然是幹部選幹部,於是產生公推直選,公推直選作為對

---

[50] 王長江,「鄭重對待地方和基層的民主創新」,學習時報,2007年3月21日,〈http://www.studytimes.com.cn/txt/2007 -03/21/content_7993060.htm〉。

[51] Kathleen Thelen, "Historical Institutionalism in Comparative Politics," *Annual Review of Politics Science,* vol. 2(1999), p. 387; Paul J. DiMaggio and Walter W. Powell, "The Iron Cage Revisited: Institutional Isomorphism and Collective Rationality in Organizational Fields," in Walter W. Powell and Paul J. Dimaggio, eds., *The New Institutionalism in Organizational Analysis* (Chicago: The University of Chicago Press, 1991), pp. 169-170.

[52] 李凡,「中國政治體制改革的新思路—步雲鄉直選的意義」,背景與分析(北京),第17期(1999年2月),〈http://www.world-and –china.com/00/back17.html〉。

公推公選的一種改進性創新，既體現競爭原則，又落實黨員的民主權利。自2002年以來，湖北、四川、江蘇和雲南等省進行了大規模的鄉鎮黨委書記的直接選舉，隨著公推直選試點與層級的擴大，也預示這是基層民主政治發展的一個趨勢。

　　無論是公推公選、公推直選鄉鎮黨委書記或縣（市）長候選人，除了在程序與運行成本差異外，其共同特徵是擴大黨內參與、體現競爭原則，但同時也須符合黨管幹部與現行體制。比如江蘇「公推公選」和四川「兩推一述」縣（市）長候選人推薦人選，從推薦到演講答辯，每一環節都有人在競爭中被淘汰，讓黨管幹部的方式轉向「多數人選多數人」、個人推薦走向自薦競爭，並且由等額考察和等額決定，向差額考察和差額決定轉變。

　　此外，在村民自治、村委會直選的基礎上，鄉鎮黨政領導班子的直選也正逐步推進。村委會選舉實踐活動不僅影響和推動鄉鎮長的直接選舉，而且**影響和推動**鄉鎮黨委書記的直接選舉，比如村民自治中的兩票制和競選機制就被引入了鄉鎮黨委書記的直選。如湖北咸安的「兩票推選」、雲南紅河的「兩推直選」、四川成都、重慶與陝西南證的「公推直選」鄉鎮黨委書記。至2005年10月，大陸已經有200多個鄉鎮進行公推直選的試點，至今公推直選進一步在更大範圍推廣。由村民自治，再到鄉鎮黨政領導班子直選，就是通過選舉來解決執政合法性與黨群關係，這樣的結果體現在「十七大」政治報告作為推廣的目標，也表明以直接選舉為標誌的改革，將會對大陸政治體制的核心部分產生重要的示範作用和擴散效應。[53]

---

53 劉啟雲，「湖北、四川鄉鎮黨委書記選舉模式比較」，學習時報，2005年12月19日，〈http://www.studytimes.com.cn/txt/2005-12/29/content_6074952.htm〉；「擴大黨內民主的有效實踐－重慶渝北區公推直選鎮黨委書記衝擊波」，新華網，2004年12月9日，〈http://news.xinhuanet.com/focus/2004-12/09/content_2337028.htm〉；黃宗華，「渝北區公推直選鎮黨委

四、黨內的制衡：紀檢與反腐

自胡錦濤上臺後，通過《黨內監督條例》、《紀律處分條例》文件，將十四、十五屆中紀委的反腐措施加以制度化；並針對黨政幹部利益迴避、集體決策、人事任免提出六項法規。[54]其目標在於擴大決策與選任權，避免權力集中黨委與書記。藉由強化紀檢的獨立性以及中央紀委對「條條」的直轄，以巡視來監督省委書記、用派駐來監督部長，並藉「官員問責」追究幹部的責任，強化權力監督並宣示反腐決心。新領導班子藉由強化代表與紀檢機構權限，希望形成制度上的制衡關係，改變權力集中黨委與書記的企圖。[55]

在雙重領導的架構下，過去中央對地方的監督一直存在盲點，即「知情的監督不了，有權監督的不知情」。因此依據《黨內監督條例》，透過巡視制度的建立，是在不改變紀檢雙重領導體制的前提下，試圖解決「管得著看不見」的問題。[56]巡視組雖然冠以「中央紀委、中央組織部巡視

書記的工作實踐與啟示」，重慶黨建，〈http://www. cqdj.gov.cn/cqdj2006/1449618120292 43392/20040910/35987.html〉；王勇兵，「鄉鎮黨委書記公推直選需完善的問題」，學習時報，2006年4月19日，〈http://www.studytimes.com.cn/txt/2006-04/19/content_6187 968. htm〉；「南鄭直選試驗黨內民主」，新華網，2005年9月23日，〈http://news.xinhuanet.com/ newmedia/2005-09/23/ content_3532342.htm〉；周梅燕，「2006年雲南省紅河鄉鎮黨委換屆直選報告」，今日中國論壇，2006年第5期，頁101-104；「胡錦濤在黨的十七大上的報告」。

[54] 大陸稱為「5+1」規定，即《對黨政領導幹部在企業兼職進行清理的通知》、《黨政領導幹部辭職從事經營活動有關問題的意見》、《地方黨委全委會對下一級黨政正職擬任人選和推薦人選表決辦法》、《公開選拔黨政領導幹部工作暫行規定》、《黨政機關競爭上崗工作暫行規定》與《黨政領導幹部辭職暫行規定》。

[55] 「中共反腐鬥爭步入新階段—解讀中共黨內監督條例」，引自人民網，〈http://www.people. com.cn/BIG5/shizheng/1026/2344372.htm〉；李永忠，「25年紀檢體制改革的回顧與思考」，中國黨政幹部論壇（北京），2004年5月，頁26-31。

[56] 依據中紀委副書記、秘書長干以勝的說法，中央暫無打算對地方紀委由「雙重管理」轉為「垂直管理」。引自「巡視制度與垂直管理『初衷』一致」，大公網，2007年8月3日，〈http://www.takungpao.com/news/07/08/03/ZM-774711.htm〉。

組」的名稱，但實際上卻是由中央統一部署，由中央直接派出，這和「垂直領導」想法的初衷一致。如山西省委副書記侯伍傑的腐敗問題，以及陳良宇上海社保案都是中央巡視組的偵查成果。[57]

　　其次，前述「十六屆四中全會」的「三減改革」下，本屆黨委換屆過程中，新任命的省紀委書記不再像過去擔任省委副書記，而是只擔任省委常委。[58]從表面上，這一變動似乎使紀委又回到了2001年之前的狀態，降低紀委的地位。[59]但實際上，為了改變中紀委唱「獨角戲」的局面，讓地方紀委「主動出擊」，中共中央決定加強管轄省部級紀律檢查委員會書記人選，[60]以及加強省級紀律檢查委員會書記異地交流。[61]主因有二：一是

---

[57] 「巡視組」的主要任務是監督檢查部門或地方主要負責人及領導班子貫徹執行黨的路線、方針、政策的情況，黨風廉政建設的情況，實行民主集中制的情況，以及執行幹部人事制度的情況。見「中央巡視組成反腐主力」，大公網，2006年10月2日，〈http://www.takungpao.com/news/06/10/02/ZM-630770.htm〉。至2006年底，中央巡視組已對31個省（自治區、直轄市）和新疆生產建設兵團、9家中央管理的銀行、4家國有金融資產管理公司、部分保險公司進行了巡視，並開展對國有重要骨幹企業的巡視試點工作。根據新頒布的《中國共產黨黨內監督條例》（試行）的規定，各地方黨委派出的巡視組，要向派出它的黨組織報告工作。至2006年底，各省（自治區、直轄市）也相繼建立了巡視機構和隊伍，共對150個市（地、州）、507個縣（市、區）進行巡視，見梅麗紅，「十六大以來的紀檢體制改革」，學習時報，2007年4月17日，〈http://big5.china.com.cn/xxsb/txt/2007-04/17/content_8128775.htm〉。

[58] 在31省市中，只有內蒙古（一正三副）紀委書記巴特爾兼任黨委副書記。見人民網，〈http:// cpc.people.com.cn/GB/64093/67206/68346/5926220.html〉。

[59] 梅麗紅，「十六大以來的紀檢體制改革」；李霖歌，「四直轄市黨委順利換屆，紀委書記皆由中央空降」，引自人民網，2007年6月11日，〈http://news.xinhuanet.com/politics/2007-06/11/ content_6227409.htm〉。

[60] 如本次換屆過程中，四個直轄市的紀委書記皆由中央「空降」，北京市紀委書記馬志鵬原為中央紀委常委、中央國家機關紀工委書記；天津市紀委書記臧獻甫原為中央國家機關工委副書記；上海市紀委書記沈德詠原為中紀委常委；重慶市紀委書記徐敬業原為中央紀委駐商務部紀檢組組長。但是按中組部的說法，中央機關選派領導幹部到四個直轄市任紀委

中共「十六大」以來，中共中央曾多次提出要「適當擴大黨政官員成員異地和交叉任職」；二是2006年8月初，中共中央辦公廳為幹部人事制度改革頒發《黨政領導幹部職務任期暫行規定》、《黨政領導幹部交流工作規定》、《黨政領導幹部任職迴避暫行規定》等三個文件。前者規定幹部在任期內保持穩定，不要頻繁調動；後者則規定幹部在任期結束後加快流動，防止產生利益結合，並藉此防堵在熟人社會中存在幹部隱蔽與間接的腐敗現象。[62]但無論是中央紀委直接下派，還是各省異地調任，實質上都由中央掌握省級紀委書記的提名權和任命權，打破過去由地方黨委提名本地紀委書記的慣例，試圖削減地方黨委對地方紀委的影響，強化紀委書記的獨立性，其實際效果能否超越紀委書記由同級黨委副書記兼任的橫向管理模式，值得持續觀察。但外界也認為，中央如此「排兵佈陣」無非希望有利於扭轉地方反腐力度疲弱的局面。[63]

書記，只是幹部交流中的一部分，這也意味中央暫無打算對地方紀委由「雙重管理」轉為「垂直管理」。見邵道生，「學者：從中央"空降"四大直轄市紀委書記說起」，人民網，2006年10月8日，〈http://opinion.people.com.cn/BIG5/5145963.html〉；李霖歌，「四直轄市黨委順利換屆，紀委書記皆由中央空降」；「巡視制度與垂直管理『初衷』一致」，大公網，2007年8月3日，〈http://www.takungpao.com/news/07/08/03/ZM-774711.htm〉。

[61] 2006年以來省級紀委書記異動的有廣東、浙江、湖北、安徽、河南、山西、山東、福建等八個省，除湖北省紀委書記宋育英和山東省紀委書記楊傳升屬於省內平調官員外，其餘六省紀委書記均為異地交流。請參考「加強反腐 中共實施省級紀委書記異地調職」，星島環球網，2006年11月23日，〈http://www.singtaonet.com:82/hot_news/gd_20061123/t20061123_400301.html〉。

[62] 「防堵家屬貪污 中共嚴查高官家庭婚姻情況」，中時電子報，2007年2月5日，〈http://news.chinatimes.com/2007Cti/2007Cti-News/2007Cti-News-Content/0,4521,130505+132007020500753,00.html〉；「防貪腐 中國軍方將清查高官住房」，中時電子報，2007年2月26日，〈http://news.chinatimes.com/2007Cti/2007Cti-News/2007Cti-News-Content/0,4521,130505+132007022600832,00.html〉。

[63] 「中國重組反瀆職侵權局 懲治不揣腰包腐敗」，星島環球網，2007年2月12日，〈http://www.singtaonet.com/china/200702/t20070212_467868.html〉。

肆、制度變革與制度銜接

　　事實上，自「八大」、「十三大」到「十七大」，中共所面臨的困境始終如一，若權力監督是黨內民主的目標，何以黨代會長期延續「九大」黨章的規範？甚至「十七大」也沒有修改黨章來實現黨代會常任制。

　　由於改革勢必引進更多的參與者與不確定因素，中共所宣稱的民主建設目標，常為維護中央權威與鞏固領導核心所抵銷，使中共在面對政治改革的議題時，原本具有高度自主性的中央權威，反而經常顯得迷惑而優柔寡斷，有時甚至追求相互衝突的政策。中共試圖保持現況，透過「修補」以解決問題，因此形成如歷史制度論（historical institutionalism）的假設，[64]即執政者為變革設定不得逾越的前提與進行干預的權力，現行體制結構成為改革所無法超越的「既定邊界」，也使得制度的創新與既存秩序之間產生銜接性的問題。

一、群眾路線與黨代會結構

　　從中共的立場觀察，選舉不僅要體現多數人的意志，還要有合理的「結構」，也就是說各階層和「界別」都要有自己的代表，並且透過「三

---

[64] Kathleen Thelen, "Historical Institutionalism in Comparative Politics," *Annual Review of Politics Science,* vol. 2(1999), pp. 369-401; Paul J. DiMaggio and Walter W. Powell, "The Iron Cage Revisited: Institutional Isomorphism and Collective Rationality in Organizational Fields," in Walter W. Powell and Paul J. Dimaggio, eds., *The New Institutionalism in Organizational Analysis* (Chicago: The University of Chicago Press, 1991), p. 80; David Stark, "Path Dependence and Privatization Strategies in East Central Europe," *East European Politics and Societies,* vol. 6, no. 1(1992), pp. 17-54; Paul Pierson, "Increasing Returns, Path Dependence, and the Study of Politics," *American Political Science Review,* vol. 94, no. 2(June 2000), pp. 251-266.

上三下」的協商醞釀過程，使得組織與地方或基層利益得以調和。[65]這也意味著多數人的意志並不是唯一的標準，代表的構成同樣重要，而為了達成合理結構的目標，也就產生目標與政策的衝突。從「十二大」到「十七大」，黨的全國代表大會代表分別為1545、1936、2035、2048、2120、2220人；加上按《關於黨的地方各級代表大會若干具體問題的暫行規定》（以下簡稱《暫行規定》），對於省、地、區、縣黨代表名額之規定粗略估算，全國各級黨代會人數有三百萬左右（參見表六）。代表人數過多的弊端是很明顯的：一是耗費成本高；二是效率低落；三是不利深入討論議題，這也說明黨代會人數成為常任制的首要挑戰。

　　再者，前述黨代會中領導幹部所佔比例過大與「模範」代表，包括《暫行規定》、《地方組織選舉工作條例》，以及「十七大」的《通知》，都維持領導幹部可佔70%之規定，這樣的比例結構，很容易使黨代表大會成為黨員領導幹部代表大會，模糊了監督與被監督的關係。因應黨代會常任制的推動，代表大會的組成與結構問題亦成為改革目標。學者認為應該從制度上作出規定，降低幹部代表比例、普通黨員（非領導幹部黨員）至少佔總數的50%，並提高生產一線黨員代表比例。此外，黨代會常任制試點的縣、市、省，全委會成員擬分別控制在30、40、50人以內；劃小選舉單位，以小選區直接選出代表，每個選舉單位只選1-2名代表，便於黨員對代表候選人的瞭解，而這些調整也正體現在兩次常任制試點中，[66]畢竟人員結構的問題終會影響常任制實施的層級。

---

65 石之瑜，中國大陸基層的民主改革文化篇一集體主義的民主（台北：桂冠出版社，1998年），頁8-33；趙建民，當代中共政治分析（台北：五南出版社，1997年），頁60。

66 張林龍，「基層黨的代表大會常任制研究」，北京黨建，〈http://www.bjdj.gov.cn /article/detail.asp?UNID=15266〉；李永忠，「『黨代會常任制』是黨內民主新突破」，中國網，〈http://www.china. org. cn/chinese/zhuanti/sljszqh/432007.htm〉；王貴秀，「改革和完善黨的代表大會制度十議」，理論學刊（北京），第119期（2001年1月），頁50-56。

表六：中共地方各級代表大會人數

代表名額		領導幹部	專業技術人員	先進模範	解放軍、武警	婦女	少數民族
省、自治區、直轄市	300-400；700-900（400-700）	70%	20%	8%	2%	20%	按實際情況
自治州	200-500						
省轄市	（200-400）；400-600						
直轄市區	200-400						
縣（旗、市）、省轄市區	（200-400）；500	60%	20%	8%	2%	20%	

說明：＊括弧內數字代表一般人數

資料來源：作者整理自中共《關於黨的地方各級代表大會若干具體問題的暫行規定》。

二、直選幹部與黨管幹部

　　至2005年10月，大陸已經有二百多個鄉鎮進行公推直選的試點，至今公推直選進一步在更大範圍推廣。由村民自治，再到鄉鎮黨政領導班子直選，就是通過選舉來解決執政合法性與黨群關係。不過，由於是在任命制的框架下進行改革，把一些屬於選舉制的要素納入任命制的框架內，兩種制度的衝突就隨處可見，比如與地方人大提名權的衝突與黨管幹部的衝突。

　　依現行《中華人民共和國地方各級人民代表大會和地方人民政府組織法》（以下簡稱《組織法》）規定，地方政府正副職候選人的選舉提名權是地方人大代表的權力，應該在地方人大的框架下進行。但是在公推公選中，地方政府正副職候選人的提名是由選民公推和上級黨委提名推薦的，事實上這與《組織法》相違背[67]。因此，當人選確定後，仍必須由縣人大

---

[67] 繆國書，「『公推公選』面臨的法規衝突與制度缺失問題研究」，發表於2007TASPAA年會暨第三屆兩岸四地「公共管理」研討會（台北：世新大學，2007年6月2日）。

選舉任命。也意味「公推公選」和「兩推一述」只能作為縣長候選人的政黨提名環節的一種創新。[68]

再者，黨的各級地方領導幹部（包括行政領導幹部），多數是由上級黨委「自上而下」提出和確定候選人或推薦人選，形成所謂「下派參選指標」，並且強調必須實現上級黨委的意圖，讓選舉制往往變相為任命制。黨的代表大會的選舉，往往得不到應有的尊重而受到衝擊，這突出表現在代表大會所選舉的領導人在任期內屢屢被隨時調動。不僅在換屆前夕對幹部，特別是書記、副書記大量調動和委派，而且還表現在換屆之後不久和任期內也經常調動和委派。如果選舉產生的幹部在任期內頻繁調動、交流，無異於對選舉的否定或對選舉結果的改變，也意味少數領導決定幹部的選拔任用，一直是幹部制度的最大弊端。[69]

依據《黨建文彙》雜誌對十個省區市的調查顯示，縣（市）委書記、縣（市）長一屆任職時間平均只有兩年多。[70]如此頻繁調動，除了挑戰人大與地方組織法的地位，也導致幹部急功近利、跑官要官，以及考評不易等問題。因此《任期規定》除了把黨的系統納入，明確規定省委書記直到縣委書記的任期問題，並規定因工作需要調整職務不得超過一次，以保持黨政領導幹部任內的穩定。

---

[68] 王勇兵，「縣(市)長候選人推薦人選產生方式創新」，學習時報，2006年8月9日，〈http://www.studytimes.com.cn/txt/2006-08/09/content_7066386.htm〉。

[69] 陳景云、王進敏，「擴大黨內民主 完善黨內選舉制度」，中國黨政幹部論壇（北京），2006年第一期，頁27-28。倪洋軍，「『下派參選代表』能代表誰？」，引自中國選舉與治理網，〈http://www.chinaelections.com/NewsInfo.asp?NewsID=91796〉。

[70] 引自「黨政領導任期出臺制度政改又邁新步」，中國評論新聞網，〈http://gb.chinareviewnews.com/doc/1001/8/7/4/100187461.html?coluid=73&kindid=1973&docid=100187461〉。

三、常任制與分權化

　　黨代會常任制主要是實行年會制和代表常任制,年會制和代表常任制並不難以實行,但是年會制和代表常任制,本身並不意味著黨內民主的突破性進展。前述黨代會人數過多,而且大多數人是兼職,不易成為日常領導機關,難以充分發揮每個參會人員的作用,除了實現「黨委向代表大會報告工作」,最終仍是以全委會為主要的決策機制。[71]

　　面對常任制第一次試點的經驗,大陸學者做了這樣的分析:

　　　不少試點無疾而終,都有一個共性問題,就是陷入了一種可能突破卻未能突破的境地,在涉及科學分解黨委權力,改革議行合一的領導體制,改變現行黨內權力運行機制方面,沒有實質性的進展。結果,試點的改革因失去動力而停滯不前,因缺乏方向而流於形式,從而也因黨員幹部群眾對其失去興趣而自行中止。[72]

　　因此包括年會制與代表常任制的成本、代表的權利保障,特別是可能產生與人大職權的重疊與侵犯等問題難以解決。可能造成中央從「十六大」提出:「擴大在市、縣進行黨的代表大會常任制的試點」,到「十七大」提出「選擇一些縣(市、區)試行黨代表大會常任制」,[73]對於常任制試點的態度趨於保守。

---

[71] 這也是「十七大」政治報告提出「完善黨的地方各級全委會、常委會工作機制,發揮全委會對重大問題的決策作用。……建立健全地方各級黨委常委會向委員會全體會議定期報告工作幷接受監督的制度」,請參見「胡錦濤在黨的十七大上的報告」。

[72] 李衛東,「試論黨代會常任制的發展歷程和探索方向」,引自戚區黨建,〈http://www.qqdj.gov.cn/Article_Show.asp?ArticleID=129〉。

[73] 「胡錦濤在黨的十七大上的報告」。

事實上，大陸學者也瞭解「決策」、「監督」與「執行」權的劃分，勢必挑戰既有的「雙重領導」體制與「集體領導」的決策模式，而這又是中共作為強連結（strong articulation）的縱向聯繫政黨之基本特徵，以及遏阻橫向聯繫與維持同一性的必要手段。就如鄒讜教授的觀點，中共長期以來圍繞著核心領導人的權力結構，是已經建立起來的規則和習慣；[74]上海師範大學蕭功秦教授也認為，由於中共是高度組織化、連隊型的、具有集體主義自上而下的聚合力的政黨，就像原先合為一體的手足四肢，很難獨立自主化為多元個體一樣，其操作有相當的困難。[75]如何改變傳統的「議行合一」走向「分權制衡」，才可能改變長期以來權力過度集中與缺乏制約的困境。

伍、結論—黨內民主與人民民主的互動

本文藉本次四級黨委換屆，從宏觀面觀察中共「十六大」到「十七大」對黨內民主的推動與規劃，所涉及的是中共在政治改革的策略選擇、黨代會權力的復歸、黨代表產生的方式、黨代會常設機構的設立、黨代會的人數與職權行使、黨組織的三權（決策、執行、監督）關係，以及最終反映在「十七大」報告與黨章修改等問題。可以看出集體領導原則、常委會與全委會的復權、基層幹部直選與幹部制度改革成為「十七大」之後中共黨內民主的發展目標，值得學界繼續深入研究，評估其成效。

從中共「十六大」報告提出「建立結構合理、配置科學、程序嚴密、制約有效的權力運行機制」的論述，到胡錦濤提出「加強對權力的制約和

---

[74] 鄒讜，二十世紀中國政治，頁162-168。

[75] 蕭功秦，「新加坡的"選舉權威主義"及其啟示—兼論中國民主發展的基本路徑」，戰略與管理（北京），2003年第1期，頁72。

監督」，也都可以看出從中共從八○年代強調決策過程的有效性，到強調權力制約的轉變。只是在改革的過程中，即便黨組織在制度設計上採決策、執行與監督權的劃分，但是在理論上仍強調以黨代表大會為核心，黨的決策、執行與監督權雖然分開，但最終都源於黨的代表大會，其權力結構是一元的，並符合「政治體制」的改革前提。[76]同樣，巡視制度的建立，也是在不改變紀檢雙重領導體制為前提。因此一方面確立代表大會制度的地位，相對於集權黨委系統，形成事實上的制衡關係；另一方面則在代表大會制度的架構下，透過立法（決策）與紀檢監察系統形成雙重監督。這樣的作法能否取代「分權制衡」，改變長期以來權力過度集中與缺乏制約的困境，是觀察中共黨內民主發展的一個重要面向。

從本文的討論可以發現，黨內民主與人民民主兩者之間，在發展初期的確具有相互促進的效果。比如在村委會直選的基礎上，鄉鎮黨政領導班子的直選也正逐步推進。村委會選舉實踐活動不僅影響和推動鄉鎮長的直接選舉，而且影響和推動了鄉鎮黨委書記的直接選舉，比如村委選舉中的兩票制和競選機制就被引入了鄉鎮黨委書記的直選，包括湖北咸安的「兩票推選」、雲南紅河的「兩推直選」、四川成都、重慶與陝西南鄭的「公推直選」鄉鎮黨委書記，也顯示直接選舉的效用，的確對大陸政治體制的核心部分產生重要示範效果。

但是這樣的效用能否擴散？主要還是受制於現行體制與規範（參見圖三），包括與地方人大提名權的衝突與黨管幹部的衝突。黨組織的權力如考核（目標責任制）、調動（幹部交流制）的結合，使得黨委可隨時調動由競選產生的鄉鎮黨委政府領導班子成員。再者，黨委領導制度下，鄉鎮一切重要決策都要通過鄉鎮黨委，也制約民選幹部的自主性。[77]另一方

---

[76] 王貴秀，「關於發展黨內民主問題」，頁18。

[77] 張執中，「中國大陸選舉制度的變遷：對四次修正《選舉法》之分析」，頁112。

面，直選的效用對長期以來黨在人事任免上，擁有決定權的傳統提出了挑戰，使得市級或更高級別黨的領導，對開放行政職位候選人提名的緊密控制感到不安，不希望地方追求所謂「轟動效應」。而鄉鎮一級直選面臨與《組織法》衝突，以及缺少制度依託的前提下，黨國具有依法以及組織的干預能力，包括宣告違法、違憲、中央發文件宣示立場，甚至懲治相關幹部，使選舉在體制範圍內進行。[78]

圖三：中共黨內民主與人民民主的關係

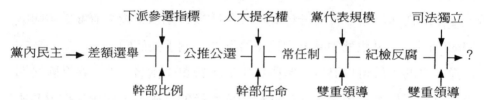

*垂直線表示因果序列的中斷

資料來源：作者自製

　　再者，中央對紀檢系統積極的「排兵佈陣」，除了顯示其反腐決心，緩解公眾對貪腐的不滿。但是在結構與制度的限制下，日常最重要的政策制定者，仍落在黨委身上。在少了外在競爭與代表監督的情況下，權力集中一把手仍是腐敗的主要根源。從陳良宇案也暴露出中國大陸政治制度的弱點，陳良宇下臺後，上海市政府的網站與大陸各大入口網站上刪除了所有同陳良宇有關的內容。陳良宇被革職的表面理由是北京反腐敗，但內在仍是以政治鬥爭的方式解決問題，以顯示胡錦濤的力量。[79]這也讓人思考

---

[78] 同前註，頁113。

[79] 「中國反腐成為當局政治鬥爭手段」，美國之音中文網，2007年4月5日，〈http://www.voanews.com/chinese/w2007-04-05-voa2.cfm〉。

強化紀檢權力的結果，是將權力鐘擺指向司法機關還是黨組織？強化非司法機關的司法權是增進還是削弱法治？

　　因此，在中國大陸，黨內民主改革要自上而下的推進，這是很多人的共識。從實踐看，對試點單位的選擇，本身就體現上級的意圖。以黨代會常任制為例，如果沒有上級的支持，常任制很難試行。常任制推動黨內民主的關鍵不在於開會次數的多少，而在於代表的產生，以及會議的過程是否民主，如四川雅安試點的成效主要在於引入公開直選與平等參與，而選舉結果的不確定性也成為該區試點最大的成果。但是要想黨內民主有真正的突破，衝破這個民主「瓶頸」，地方黨委有時無能為力，也不願意給自己套上個「緊箍咒」。所以，各級黨委領導對推行常任制的認識程度也就決定了改革的深度。就此來說，之所以要繼續試點，就是因為黨代會常任制的效果如何還沒有定論。[80]在這種「鳥籠式」的改革過程中，除了從上而下觀察中共政治改革的軌跡，以及從下而上結合政治體系漸進的演化，與個別「經營者」藉著制度提供合法性，形成一連串的商議試探的效果，是否形成改革壓力，並激勵執政者承擔短期成本進行改變，都將影響著胡錦濤時期黨內民主發展的路徑。

---

[80] 田冰，「對試行黨代表大會常任制的思考」；「南風窗：黨代會常任制—掌聲且慢響起」，新華網，〈http://www.msxh.com/content/2004-9/18/content_200491880327.htm〉。

參考書目

一、中文專書

中共中央文獻研究室編，十一屆三中全會以來黨的歷次全國代表大會中央全會重要文件選編
（北京：中央文獻出版社，1997）。

中國社會科學院中國特色社會主義理論研究室，中國共產黨黨內法規制度手冊（北京：紅旗
出版社，1997）。

王崇明、袁瑞良，中華人民共和國選舉制度（北京：中國民主法制出版社，1990）。

史衛民、雷兢璇，直接選舉：制度與過程（北京：中國社會科學出版社，1999）。

石之瑜，中國大陸基層的民主改革文化篇—集體主義的民主（台北：桂冠出版社，1998）。

李凡，中國基層民主發展報告（北京：知識產權出版社，2005）。

汪鐵民，「關於界別選舉的幾個問題探討—選舉制度改革研究之三」，載於全國人大常委會
辦公廳研究室（編），人民代表大會制度論叢，頁210-214（北京：中國民主法制出版
社，1992）。

林尚立，黨內民主—中國共產黨的理論與實踐（上海：上海社會科學出版社，2002）。

林佳龍、邱澤奇主編，兩岸黨國體制與民主發展：哈佛大學東西方學者的對話（臺北：月旦
出版社，1999）。

吳國光，趙紫陽與政治改革（臺北：遠景出版社，1997）。

鄒讜，二十世紀中國政治（香港：牛津大學出版社，1994）。

趙建民，當代中共政治分析（台北：五南出版社，1997）。

劉少奇，「論黨」，載於中共中央文獻編輯委員會（編），劉少奇選集，頁358-370（北京：
人民出版社，1985）。

鄧小平，「組成一個實行改革的有希望的領導集體」，載於中共中央文獻編輯委員會
（編），鄧小平文選，第三卷，頁296-301（北京：人民出版社，1993）。

嚴家其，民主怎樣才能來到中國（臺北：遠流出版社，1996）。

二、專書期刊

中共四川省委組織部，2003，「健全黨的代表大會制度的有效途徑—黨的代表大會常任制試點的調查與思考」，求是，第11期，頁18-19

王貴秀，2001，「關於發展黨內民主問題」，中國黨政幹部論壇（北京），第11期。

王貴秀，2005，「黨務公開勢在必行」，中國黨政幹部論壇（北京），第1期。

方根法，2004，「椒江模式：實行黨代會常任制」，世紀橋，第5期，頁50-52

王玉明，1993，「關於修改我國選舉法的理論探討」，政法論壇，第3期，頁9-10。

江澤民，2002，「開創中國特色社會主義事業新局面」，大公報（香港），版A10。2002/11/9。

李永忠，2002，「關於改革黨委『議行合一』領導體制的思考」，中國黨政幹部論（北京），第1期。

李永忠，2002，「必須把制度建設作為黨的根本建設」，中國黨政幹部論（北京），第4期。

李永忠，2003，「票決制的思考」，理論學刊（北京），第114期。

李永忠，2004，「25年紀檢體制改革的回顧與思考」，中國黨政幹部論壇（北京），第4期。

李永忠，2004，「加強黨內監督的兩個「最重要」」，中國黨政幹部論壇（北京），第8期。

周梅燕，2006，「2006年雲南省紅河鄉鎮黨委換屆直選報告」，今日中國論壇，第5期，頁101-104。

胡偉，2004，「湖北羅田大膽改革縣委領導體制」，中國青年報，版1。2004/2/28。

胡土貴，1999，「改革和完善黨的全國代表大會制度」，華東政法學院學報（上海），第2期。

徐勇，2000，「草根民主的崛起：價值與限度」，中國社會科學季刊，第30期，頁199-203。

唐娟，2004，「從體制到程序—中國直接選舉制度規則與實踐的落差分析」，深圳大學學報，第21卷第4期，頁43-46。

陳景云、王進敏，2006，「擴大黨內民主完善黨內選舉制度」，中國黨政幹部論壇（北京），第1期。

許法根、蔣漢武，2006，「協商機制與黨內民主的實踐—對浙江省椒江區黨代會常任制的一

　種思考」，西南交通大學學報（社會科學版），第7卷第1期，頁148-152。

郭道暉，1999，「改善黨在法治國家中的領導方略與執政方式」，法學（北京），第4期。

張明楚，1996，「加強黨代表大會的權力監督作用」，黨政論壇（北京），第4期。

張書林，2006，「近年來黨代會常任制問題研究綜述」，理論與現代化，第3期，頁121-127。

裴澤慶，2004，「黨內民主貴在創新—四川省雅安市黨代表大會常任制的實踐與啟示」，中
　　共四川省委黨校學報，第1期，頁78-82。

劉益飛，2003，「建立黨代會常任制的三個關鍵性問題」，中國黨政幹部論壇（北京），第
　　10期。

賴海榕，2003，「競爭性選舉在四川省鄉鎮一級的發展」，戰略與管理，第2期，頁57-70。

賴朝霞，2004，「試論黨代會常任制的實踐與探索」，中共杭州市委黨校學報，第3期，頁
　　69-72。

應克復，2001，「黨內民主的關鍵是健全黨的代表大會制度」，唯實（北京），第8期，頁
　　123-128。

蕭功秦，2002，「黨內民主論」的出現及其前景評估」，當代中國研究，第2期。

蕭功秦，2003，「新加坡的『選舉權威主義』及其啟示—兼論中國民主發展的基本路徑」，
　　戰略與管理（北京），第1期。

三、網路資料

「2006年中國第七次私營企業抽樣調查資料分析綜合報告」，2007，中華工商時報新聞網：
　　http://www.cbt.com.cn/ cbt/dzb/news.asp?ID=111169。

「王政堂：我是這樣評價書記辦公會的」，2007，人民網：http://theory.people.com.cn/
　　BIG5/49150/49152/5484762.html。2007/3/19。

「中共反腐鬥爭步入新階段—解讀中共黨內監督條例」，2004，人民網：http://www.people.
　　com.cn/BIG5/shizheng/1026/2344372.htm。2004/2/17。

「中央巡視組成反腐主力」，2006，大公網：http://www.takungpao.com/news/06/10/02/
　　ZM-630770.htm。2006/10/2。

「中組部負責人就黨的十七大代表選舉工作答記者問」，2006，新華網：http://news3.
　　xinhuanet.com/politics/2006-11/12/content_5319164.htm。2006/11/12。

「北京觀察：四級黨委換屆佈局十七大」，2006，大公網：http://www.takungpao.com.hk/
　　news/06/05/28/ZM-571721.htm。2006/5/28。

「加強反腐中共實施省級紀委書記異地調職」，2006，星島環球網：http://www.singtaonet.
　　com:82/hot_news/gd_20061123/t20061123_400301.html。2006/11/23。

「南鄭直選試驗黨內民主」，2005，新華網：http://news.xinhuanet.com/newmedia/2005-09/23/
　　content_3532342.htm。2005/9/23。

「南風窗：黨代會常任制一掌聲且慢響起」，新華網：http://www.msxh.com/content/2004-9/18/
　　content_200491880327.htm。2004/9/18。

「胡錦濤在黨的十七大上的報告」，新華網：http://news.xinhuanet.com/newscenter/2007-10/24/
　　content_6938568.htm。2007/10/24。

「擴大黨內民主的有效實踐一重慶渝北區公推直選鎮黨委書記衝擊波」，2004，新華網：
　　http://news.xinhuanet.com/focus/2004-12/09/content_2337028.htm。2004/12/9。

「關於黨的十七大代表選舉工作的通知」，2006，新華網：http://news3.xinhuanet.com/
　　video/2006-11/13/content_5324584.htm。2006/11/13。

「國務院新聞辦發表《中國的民主政治建設》白皮書」，2005，人民網：http://gov.people.
　　com.cn/BIG5/46737/3783367.html。2006/9/06。

「對選舉制度改革的幾點議案」，2006，公益維權網：http://www.bfgywq.com/news_more.
　　asp?Newsid=313。

中共濰坊市委組織部課題組，2006，「常委分工負責：地方黨委換屆後的重要制度安排」，
　　學習時報網：http://www.studytimes.com.cn/txt/2006-09/04/content_7130296.htm。

王長江，2007，「鄭重對待地方和基層的民主創新」，學習時報網：http://www.studytimes.
　　com.cn/txt/2007-03/21/content_7993060.htm。

王貴秀，2006，「發展黨內民主的一項重要舉措」，學習時報網：http://big5.china.com.cn/
　　xxsb/txt/2006-03/21/content_6160629.htm。

王勇兵，2006，「縣（市）長候選人推薦人選產生方式創新」，學習時報網：http://www.
　　studytimes.com.cn/txt/2006-08/09/content_7066386.htm。

王勇兵，2006，「鄉鎮黨委書記公推直選需完善的問題」，學習時報網：http://www.
　　studytimes.com.cn/txt/2006-04/19/content_6187968.htm。

田冰，2006，「對試行黨代表大會常任制的思考」，紅旗文摘，http://www.bjdj.gov.cn/article
　　/detail.asp?UNID=15263。

李靜，「領導幹部們，調整好換屆心態了嗎」，中國選舉與治理網：http://www.chinaelections.
　　com/readnews.asp? newsid={90061290-9038-4175-8871-56355FEA2DA9}。2006/4/29。

李凡，2001，「中國是否可以開展鄉鎮長得直接選舉」，背景與分析，第26期，http://www.
　　world-and–china.com/00/back26.html。

李君如，2005，「中國能夠實行什麼樣的民主」，北京日報：http://www.bjd.com.cn/
　　BJRB/20050926/GB/BJRB^19113^17^26R1710.htm。2005/9/26。

李志宏，2006，「關於黨代表大會常任制試點工作的調查」，北京黨建網：http://www.bjdj.
　　gov.cn/article/ detail.asp?_Show.asp?UNID=17366。

李衛東，2006，「試論黨代會常任制的發展歷程和探索方向」，戚區黨建網：http://www.qqdj.
　　gov.cn/ Article_Show.asp?ArticleID=129。

車海剛，「增加農民工代表的制度意義」，學習時報網：http://www.studytimes.com.cn/
　　txt/2007-03/12/content_7948384.htm。

吳國光，2000，「中國大陸的選舉制度及其變革」，當代中國研究，第68期，http://www.
　　chinayj.net/stubindex.asp?issue=0001&total=68。

胡佳佳，2006，「鄉鎮長直選的社會基礎問題研究」，中國選舉與治理網：http://www.
　　chinaelections.org/NewsInfo.asp?NewsID=95495。

胡堅，2006，「黨的代表大會常任制的實踐與探索」，北京黨建網，http://www.bjdj.gov.cn/
　　article/detail.asp?UNID=16210。

倪洋軍，「『下派參選代表』能代表誰？」，中國選舉與治理網：http://www.chinaelections.
　　com/NewsInfo.asp?NewsID=91796。

陳客，2003，「重慶：鎮長直選夭折」，明日沙龍網：http://www.mrsl.com.cn/shownews.
　　asp?NewsID=1982。

張林龍，2006，「基層黨的代表大會常任制研究」，北京黨建網：http://www.bjdj.gov.cn
　　/article/detail.asp？UNID=15266。

黃宗華，2004，「渝北區公推直選鎮黨委書記的工作實踐與啟示」，重慶黨建網：http://www.
　　cqdj.gov.cn/cqdj2006/144961812029243392/20040910/35987.html。

鄒樹彬、黃衛平、劉建光，2003，「深圳市大鵬鎮與四川省步雲鄉兩次鎮長選舉改革命運之
　　比較」，當代中國研究，第80期，http://www.chinayj.net/StubArticle.asp?issue=030110&tota
　　l=80。

趙曉力，2004，「醞釀還是預選：論區縣人大代表選舉中正式候選人的產生方式的改革」，
　　法律思想網：http://law-thinker.com/show.asp?id=2326。

劉啟雲，2005，「湖北、四川鄉鎮黨委書記選舉模式比較」，學習時報網：http://www.
　　studytimes. com.cn/txt/2005-12/29/content_6074952.htm。

劉亞偉，2004，「漸進式民主：中國縣鄉的直接選舉」，中國選舉與治理網：http://www.
　　chinaelections.com/NewsInfo.asp?NewsID=22391。

四、英文專書

Clark, G. L. & Dear, M., 1984. *State Apparatus: Structures and Language of Legitimacy*. Boston:
　　Allen & Unwin, Inc.

Diamond, L. et al., 1995. *Politics in Developing Countries：Comparing Experiences with
　　Democracy*(2nd). Boulder：Lynne Rienner Publishers.

Dickson, B. J., 1997. *Democratization in China and Taiwan: The Adaptability of Leninist Parties*.
　　Oxford: Clarendon Press.

DiMaggio, P. J., & Powell, W. W., 1991. *The New Institutionalism in Organizational Analysis*.
　　Chicago: The University of Chicago Press.

Duverger, M., 1967. *Political Parties*. London: Lowe & Brydone.

Eldersveld, S. J., 1964. *Political Parties: A Behavioral Analysis*. Chicago: Rand Mcnally.

Eyal, G., Szelényi, I., & Townsley, E. R., 1998. *Making Capitalism Without Capitalists: Class Formation and Elite Struggles in Post-Communist Central Europe*. London: Verso.

Halpern, N. P., 1993. "Studies of Chinese Politics." In David Shambaugh, eds., *American Studies of Contemporary China*. (pp. 120-137). NY: M. E. Sharpe.

Lieberthal, K., 1995. *Governing China: From Revolution Through Reform*. New York: W. W. Norton & Company, Inc. .

Macridis, R. C., 1986. *Modern Political Regimes: Patterns and Institutions*. Boston: Little, Brown and Company.

Michels, R., 1962. *Political Parties: A Sociological Study of the Oligarchical Tendencies of Modern Democracy*. New York: The Free Press.

Moore, B., 1965. *Soviet Politics: the Dilemma of Power*. New York: Harper & Row.

Nathan, A. J., 1986. *Chinese Democracy*. Berkerly: University of California Press.

North, D. C., 1990. *Institutions, Institutional Change, and Economic Performance*. Cambridge: Cambridge University Press.

Przeworski, A. et al., 2000. D*emocracy and development: political institutions and material well-being in the world, 1950~1990*. Cambridge: Cambridge University Press.

Ranney, A., 2001. *Governing: An Introduction to Political Science*. New Jersey: Prentice-Hall.

Schurmann, F., 1966. *Ideology and Organization in Communist China*. Berkeley: University of California Press.

Shih, C. Y., 1999. *Collective Democracy：Political and Legal Reform in China.* Hong Kong：The Chinese University Press.

Steinmo, S. et al., 1992. *Structuring Politics: Historical Institutionalism in Comparative Analysis*. New York: Cambridge University Press.

Taagepera, R. & Shugart, M. S., 1989. *Seats and Votes：The Effects and Determinants of Electoral Systems*. New Haven：Yale University Press.

Townsend, J.R. and B. Womack, 1986. *Politics in China*. Boston: Little, Brown.

Waller, M., 1981. *Democratic Centralism*. New York: St. Martin's Press.

Ware, A., 1996. *Political Parties and Party Systems*. New York: Oxford University Press.

五、英文期刊

Dickson, B. J., 2000. "Cooptation and Corporatism in China: The Logic of Party Adaptation." *Political Science Quarterly*, Vol. 115, No. 4, pp. 517-540.

Hall, P. A. & Taylor, R. C. R., 1998. "The Potential of Historical Institutionalism: a Response to Hay and Wincott." *Political Studies*, Vol. 46, No.5, pp. 958-962.

Pei, M., 1995. "Creeping Democratization in China." *Journal of Democracy*, Vol. 6, No.4, pp. 65-79.

Pierson, P., 2000. "Increasing Returns, Path Dependence, and the Study of Politics." *American Political Science Review*, Vol. 94, No. 2, pp. 251-266.

Shi, T., 1999. "Village committee elections in China: Institutionalist tactics for democracy." *World Politics*, Vol. 51, Iss. 3, pp. 385-413.

Thelen, K., 1999 "Historical Institutionalism in Comparative Politics. " *Annual Review of Political Science*, Vol. 2, pp. 369-401.

胡錦濤時代財政資源分配的邏輯：
經濟增長、社會穩定或均衡發展？

耿曙
（政大東亞所副教授)

陳陸輝
（政大選研中心副研究員）

涂秀玲
（政大東亞所博士生)

盧乃琳
（政大東亞所碩士）

摘要

　　本文以中國1997-2003年中央政府對地方政府之淨移轉支付為研究對象，運用量化之研究途徑，分析中國近年來中央政府資源分配之財政目標變化，以及影響此財政目標之主要因素。依據本文實證結果分析，在1997-2003年這段期間，中國中央政府的財政資源分配方式由過去以穩定社會環境、發展整體經濟為主要目標，轉以均衡各地情況為主。與此同時，影響此財政資源分配模式之主要因素為區域政策之轉折，並推論中國區域政策的產出與執行，並非如一般所論，僅是領導人安定環境、攏絡民心的口頭宣示和空頭支票。作者在結尾並就此研究發現，針對十七大後的中國大陸發展，進行簡單的展望。

關鍵詞：中國經濟、區域經濟、中央—地方關係、區域政策、移轉支付

The Logic of China's Fiscal Expenditure: In Search of Economic Growth, Political Stability, or Regional Balance?

Shu Keng

(Associate Professor, Graduate Institute of East Asian Studies, NCCU)

Luhuei Chen

(Associate Research Fellow, Election Study Center, NCCU)

Lynn Tu

(Ph. D. Student, Graduate Institute of East Asian Studies, NCCU)

Nailin Lu

(Master, Graduate Institute of East Asian Studies, NCCU)

Abstract

By examining the transfer payment from China's central government to provincial governments, this study seeks to discover the logic of financial resource allocation in China. It goes on to compare the modes of financial transfer in different years to see whether China has devoted more resources on income redistribution, and if so, which factor makes that happen. Our findings suggest that China does adjust the logic of resource allocation, shifting from pro-growth to pro-balance through these years. In conclusion, the key that triggers such change is the modification of regional policy instead of the reshuffling of the top leadership.

Keywords: Chinese economy, regional economy, central-local relations, transfer payment

壹、緒論

一、區域失衡：轉軌時期的市場失靈

處於轉型時期的中國，在經過了二十多年的努力改革後，其區域間發展不平衡的問題亦逐漸浮上臺面，成為中國研究領域裡熱門的課題。

有關區域差距的相關研究，主要的焦點不外乎兩項：區域失衡的成因以及解決的辦法，這兩者的答案彼此緊扣，如何斷定成因將是怎麼解決問題的前提；而「中央—地方」關係則在這一系列的討論中，佔據主要地位，其一，多數的討論集中在市場開放下地方政府的靈活性，若是中央介入管制，則會扼殺市場的積極性，不利當前的市場化經濟，此即「社會主義的中央vs.市場經濟的地方」；其二則是，由於地方政府的相互競爭資源，必將不利於弱勢省份的發展，因此須由中央負起彌平差距的責任，亦即「照顧全局的中央vs.競逐私利的地方」。[1]

區域差距的起因則是由於東部佔先天之優勢，加上中央政府有意的租稅減免等優惠政策，使得東部在經濟發展上，發展出良性自我循環，[2]而中部和西部地區則剛好相反，需要藉助外力，其發展速度始能趕上東部沿海；除了區域差距之外，城鄉差距亦是市場化經濟所帶來的另一個嚴重社會問題，因為生活水準的距離，使得中國社會近幾年來成為孫立平所形容

---

[1] 耿曙，「中國大陸的區域經濟動態：問題意識與研究成果的回顧」，中國大陸研究（台北），第46卷第4期（2003年7、8月），頁55-101。

[2] 「良性自我循環」係指成本降低有助於規模擴大，而規模擴大又再促使成本降低。魏候凱，〈中國市場轉型中的區域經濟差距：社會影響與政策調整〉，發表於「中國市場轉型與社會發展：變遷、挑戰與比較」研討會（台北：政治大學國際關係研究中心第四所，2006年4月29-30日）；耿曙，「東西不平等的起源：國家、市場、區域開發」，中國大陸研究（台北），第45卷第3期（2002年5月），頁27-57。

的「斷裂的社會」。[3]

　　這些由市場經濟所引起的社會不公平問題，受到學界和實務界的重視，起因於區域不均衡可能會讓相對落後的中西部地區拖累繁榮的東部，進而影響到整個中國的經濟發展；而城鄉之間的差距，則會造成貧困地區人民的相對剝奪感，動搖社會的穩定，因此各界莫不注重中國經濟發展所帶來的社會不公平問題。[4]

　　針對這個問題，許多解決的辦法則是要求中央政府負擔起平衡發展的責任，提出這樣呼籲的學者其立場是認為中央政府必須進行逆市場操作，以財政政策為手段，調節區域間不均衡的發展以及縮小城鄉差距，如此中國的經濟發展才能延續，並且保持這社會的和諧。然而，另一些人則以為區域發展的失衡既是市場造成，則應由市場進行自我矯正。

　　但是以上的討論，不論學者的預設立場是「社會主義的中央vs.市場經濟的地方」還是「照顧全局的中央vs.競逐私利的地方」，都是限縮在國家體制的框架之內，而全球化則帶來了學術上新的契機。由於全球化的作用，市場經濟將不再侷限於國內，而是與整個國際市場相連結，形塑出「市場─中央─地方」的結構，中央作為市場與地方的仲介橋樑，角色重要性重新被凸顯出來，從這裡出發，作為轉型中國家的中國之區域經濟失衡問題，要再加上全球化的作用，尤其是加入WTO之後，研究方向即轉而成為「國家─市場」的關係。[5]因之，要如何弭平經濟市場化後所帶來的不平衡困境，主要的焦點會是擺在國家如何校正市場失靈，爭執點在於

---

[3] 孫立平，「我們在開始面對一個斷裂的社會？」，戰略與管理（北京），2002年第2期（2002年4月），頁9-15。

[4] 高長，「大陸職工『下崗』難題」，經濟前瞻（台北），總第70期（2000年7月），頁76-80。

[5] 耿曙，「中國大陸的區域經濟動態：問題意識與研究成果的回顧」，中國大陸研究（台北），第46卷第4期（2003/7、8），頁55-101。

政府介入市場的深度，以及政府的職責範圍。

二、政策介入：轉軌時期的政府因應

前述言及研究中國的區域失衡之方向，轉為政府面對市場失靈時的作為。而中央政府要作為弭平區域差距的主角，除了意圖之外，還要保證有足夠的財力與行政力量執行之。依照世界銀行（World Bank）對國家能力的定義，則是國家不論是在汲取資源或是貫徹政策上面，是否能集中有限的能力，有效回應社會需求。[6]觀察中國的中央政府之財政力量，自1994年分稅制之後，「兩個比重」的逐漸上升，[7]可以保證中央在執行其財政政策時有足夠的財力支援，如此一來，需要深入探討的，即為中央政府的政策意圖。

觀察到這幾年中國政府出臺的區域政策，從1999年的「西部大開發」、2003年的「振興東北老工業區」、到2006年的「提升中部」，[8]在這一連串的區域政策當中，中央政府著重於對落後地區的財政投資、移轉性支付等財政手段，皆不同於以往因注重效率而傾斜於東部為主的政策，同時，中國官方亦在宣示這些政策之時，強調當中將區域發展導向均衡的涵意。[9]這樣的舉動明顯表示中央對區域失衡的關心，也是中國國家自從改革開放逐漸退出市場之後，再重新介入的表現。

---

[6] World Bank, World Development Report 1997（Washington DC: World Bank, 1997），轉錄自陶儀芬，「從西部大開發之基礎建設看國家能力的延伸與限制」，宋國城主編，21世紀中國卷一：西部大開發（臺北：國立政治大學國際關係研究中心，2002年），頁353-370。

[7] 兩個比重係指「政府財政收入佔國民生產總值的比重」以及「中央政府財政收入占政府總體收入的比重」。

[8] 魏候凱，中國地區發展：經濟增長、制度變遷與地區差異（北京：經濟管理出版社，1997年）。

[9] 國務院西部地區領導小組開發辦公室。〈http://www.chinawest.gov.cn/web/index.asp〉。

另外，胡錦濤於「「十六大」」開會期間即宣示要建設小康社會，他表示：

> 改革開放二十多年來，……，我國綜合國力不斷提高，……，但是，也應該清醒地看到，我國還處於社會主義初級階段，人民生活水準還比較低，距離全面建設小康社會還有很大的差距。……，一些地區、一些鄉村、一些居民群體的生活還比較困難。我們必須把實現人民群眾的利益作為一切工作的出發點和歸宿，……，最終使不同地區、不同城市、不同鄉村、不同群體都能普遍、全面地實現小康。[10]

由此可見，此為胡政權已充分意識到中國經濟市場化之後帶來的各地差距之影響，一改過去江時代以建設社會主義市場經濟為主調的政策，企圖轉向，以均衡區域發展為政策核心。

由此可知，最高領導人的宣示和政府中財政資源的分配，可以讓外界窺見政府意圖的最佳途徑，而財政支出中的縱向移轉支付，則是這個途徑的最佳代表。尤其在中國大陸，其憲政體制與政府外預算約束尚未完全建立，因此相較於西方國家，其政府預算的產出更是增添一層神秘色彩。

若是中國政府真是以均衡發展作為區域的目標、輔以財政政策作為手段，則中國已進入公共財政所說的政府職能範疇。然而這裡出現的問題是：中國的區域政策是否有如其所宣示的一般，是以均衡區域發展、矯正市場失靈為導向？以西部大開發為例，不少學者指出，此處一系列的政策如西電東送、西氣東輸，著眼點仍是十幾年後東部發展會面臨的資源短缺

---

10 「新華時評：以『三個代表』重要思想指引全面建設小康社會征程」，新華網，2002年11月10日。〈http://news.xinhuanet.com/newscenter/2002-11/10/content_624515.htm#〉。

問題，[11]與均衡區域發展並無太大關係，因此，中國的財政體制是否走上公共財政的道路，為市場經濟服務，仍是一大問號。一些學者如高培勇、賈康等，[12]肯定中國的財政體制已逐步朝向公共財政的方向改革，雖然仍有許多改革的空間，但是達到公共財政的期望是指日可待；然而，另一些學者亦懷疑中國的平衡區域發展、城鄉差距的政策，認為只是表面上宣示均衡區域發展，實際上財政資源的分配並沒有如公共財政所期望的以公平為原則，反而是考量政治上的因素，如王紹光[13]、耿曙[14]等。學界不同的爭議，則構成為本文的背景。

三、研究問題：政府資源的分配模式

　　基於以上背景，參考有關中國大陸財政研究的相關文獻，[15]我們發展出本文的研究問題：作為一個轉型中的國家，中國的財政體制究竟是否已經走向公共財政的範疇，從而服務於市場經濟？抑或儘管市場經濟已臻於成熟，中國的財政體制仍並未跟上腳步，其財政資源背後的分配邏輯，仍

---

[11] 例如魏候凱，「中國西部大開發：新階段與新思路」，發展（蘭州），2005年第11期（2005年11月），頁12-16。

[12] 高培勇，「公共化：公共財政的實質」，人民日報（北京），2004年10月22日。轉錄於〈http://big5.china.com.cn/chinese/OP-c/686888.htm〉。

[13] 王紹光，「為了國家的統一：中國轉移支付的政治邏輯」，胡鞍鋼編，國家制度建設（北京：清華大學出版社，2003年），頁253-274。

[14] 耿曙、涂秀玲，「區域開發的政治邏輯」，發表於中共政權變遷：精英、體制與政策研討會（台北：中央研究院，民94年11月19日）。

[15] 相關研究可參考徐斯勤，「改革開放時期中國大陸的財政問題：政治學視角下議題聯結層面的相關研究評析」，中國大陸研究（台北），47: 3（2004年9月），頁59-84；徐斯勤，「改革開放時期中國大陸的財政制度與政策：財政單一議題範圍內相關研究之評析」，中國大陸研究（台北），47: 2（2004年6月），頁1-31；以及徐斯勤，「中國大陸中央與各省關係中的水平性與垂直性權力競爭：精英政治與投資政策的議題聯結分析」，載徐斯儉、吳玉山編，黨國蛻變－中共政權的精英與政策（台北：五南，2007年），頁211-265。

然不是服膺於公共財政的原則？同時，影響中國財政資源分配的主要因素為政策的宣誓，抑或領導政權之更替？

　　由於公共財政的原則是要求政府的職能係回應社會需求，包括要提供足夠的公共財，如此才能顯示政府的公共性，並且符合市場經濟要求的效率，因此本文想要瞭解中國的財政資源分配對中國這樣一個地域如此廣大、各地需求不一的國家，是不是能夠提供各地方實際上所需的資源，藉著政府重新介入市場的力量，解決市場失靈問題？同時，本文研究亦想瞭解政權之更替與財政資源分配的連結之程度？

貳、文獻檢閱

　　本文的問題背景為中國區域發展失衡，以及政府回應的理由和需要，主要檢證的焦點則是究竟區域問題失衡的政府對策，其轉變因素係政策制定過程中即決定抑或領導人影響佔較重要因素？其中的連結則是國家資源分配是否隨著政策制定，或是領導人權力更替而有所轉變，基於這些問題的構成，以下本文將逐一檢閱相關文獻。

一、區域失衡：起因與回應

(一)問題的起源：市場失靈

　　在以區域之間不平衡的發展為主要討論對象的研究中，王紹光和胡鞍鋼合著的《中國：不平衡發展的政治經濟學》實屬該問題分析的代表。首先，二人先指出區域差距的概念不僅限於經濟增長，因此在探討區域不平衡發展的成因時，不能只用GDP一項指標。接著在探討地區不平衡發展的經濟成因時，二人結論：發展水準是當地儲蓄的重要決定因素，而省級經濟規模是外商投資的重要決定因素。但是兩人認為經濟因素的解釋價值有限，因為這個理由無法解釋為何特定的省區能夠實現並保持高資本積累的

速度。

　　王氏與胡氏緊接著由政治層面著手尋找答案，認為由於改革開放以來，中央政府奉行「梯度理論」和「滴入論」，[16]因此政策上是向東部傾斜。除了有意的政策傾斜之外，中央政府的財政汲取能力，也是造成中國區域不平衡發展的原因，這個觀點的推論基礎則是由於中央政府放權讓利的原則，使得中央財政收入佔GDP的比例連年下降，[17]因而影響到政府執行平衡區域政策的能力，包括把資源從富裕地區轉移到落後地區的能力。因此該書中的結論認為造成中國區域不平衡發展的主要原因是政治的，而非經濟的，中央政府的地區政策和資源汲取能力則是最終影響不同地區增長能力的因素。[18]

　　對於上述王紹光與胡鞍鋼提出的觀點，耿曙則有不同的看法。其在「東西不平等的起源：國家、市場、區域開發」一文中提出與王氏和胡氏相對立的觀點，認為區域間發展的落差，並非直接源自於國家之政策，而必須歸結於市場的影響。王氏與胡氏對於國家介入的看法是「國家直接造成失衡」，為政治解釋，耿氏則提出替代模型——「國家透過市場形成失衡」，為政治經濟觀點，兩者最大的差別在於對「市場」角色的認知：王、胡的政治解釋基本上忽略市場的作用。其新模型的推論過程則是：首先，一旦市場發展取得先機、擁有規模經濟之後，又可以支持自己的競爭優勢，觸發下一輪的良性循環，以此來看東西部之間的落差，則東部因為

---

[16] 「梯度理論」將中國劃為東、中、西三塊區域，認為政府投資應當發揮沿海優勢，等到沿海地區足夠發達時，才能把注意力轉向中部，而後西部，而西部地區必須耐心等到輪到它的時候。「滴入論」則主張政府應該把有限的資源把注在最具發展潛力的區域，等到該區域的經濟發展到一定程度時，自然會把資源流入相對落後的地區。

[17] 兩位作者的實證資料為從1978年的31%下降到1995年的11%。參考該書頁204。

[18] 王紹光、胡鞍鋼，中國：不平衡發展的政治經濟學（北京：中國計劃出版社，1999）。

市場鼓勵自我擴張，而愈發鞏固，使區域間的發展差距更形擴大。其次，從貿易條件著手進行的觀察，認為先進與落後地區的貿易條件實基於不平等交易，在交易過程中，落後地區的剩餘價值將被轉移至先進地區，也因此喪失技術趕超的資源；同時，在價格機制逐漸成為資源配置的主導因素之後，由於出價上的劣勢或是獲利率難能匹敵，落後地區將喪失其掌握稀缺要素的能力，因而導致生產流程之拆解，造成其他資源亦遭到閒置。

　　根據以上推論，耿氏結論中國區域發展未如改革開放之初預期的「滴入論」一般，財富由東部向西部轉移，主因在於市場機制的內在傾向。順應此邏輯，耿氏在文末提及，當市場體制已推廣於中國全國之時，地區間產業供求及其平衡，靠的是市場聯繫，而國家該做的唯有培育市場，方能弭平區域間的差距。[19]

(二)政府介入：財政理論中關於政府職能的論述

　　綜上所述，不論主張市場失靈的主要原因為國家政策傾斜，或是市場機制的內在傾向的學者，在面對市場失靈時，都認為需要靠國家的協助才能逐步矯正回來，而本文將從公共經濟學中關於政府職能的論述，找出國家面對市場失靈時的解決辦法。

1. 公共財政理論

　　馬斯格雷夫（Richard Musgrave）接在皮古（Arthur Piguo）的福利經濟學派之後，[20]提出「公共財政理論」。他沿襲經濟學家一貫的概念，仍是以「效率」為其論述的核心，但是更多地涉及公平的概念。

　　他在1959年發表的《公共財政理論》（*The Theory of Public Finance: A Study in Public Economy*）一書當中，將政府的財政職能劃分為三種：配

---

[19] 耿曙，「東西不平等的起源：國家、市場、區域開發」，中國大陸研究（台北），第45卷第3期（2002年），頁27-57。

[20] 福利經濟學派認為不完全競爭和壟斷才是現實世界的常態，因而在這同時，也決定了政府的功用，Piguo主張通過政府把富人的錢拿給窮人，如此則整體的社會福利會提高。

置、穩定與分配。這三種政府財政職能，成為財政學界經常用以衡量政府
財政績效的規範性標準。其中的配置職能就是具外部性的公共物品應由公
部門供給，是因為這些商品無法由私部門提供，而公部門的必要性在於補
充私部門；第二項穩定職能，Musgrave談到，政府應利用財政政策解決在
提供公共財方面會產生市場失靈的私有部門，同時亦需解決失業等更宏觀
的問題。

至於第三項分配職能，牽涉到移轉性支付的問題，Musgrave觀察到，
自從二十世紀以來，美國的政府支出佔其GDP的比例愈來愈高，而這些支
出當中，以移轉性支付的成長佔最大比例，會有這樣的結果，是因為人們
在社會不平等的條件下，對分配問題日益關注，同時這樣的關注亦增加中
央政府預算的重要性。

由於上述的三種政府職能，Musgrave特別強調的是公平（equity）和
正義（justice）的問題，他認為要建立完整的稅收—支出財政體制，就必
須找出明確的社會福利函數。Pigou認為「削減高收入階層的收入向低收
入階層轉移則會提高全社會的總體福利水準」，這與John Rawls認為，只
要能改善最貧窮的人之生活，則會提高總體的社會福利類似，而Musgrave
則接受這樣的想法。

2. 內生性增長理論對財政政策的看法

除了公共財政的相關論述之外，在巴羅（Robert Barro）於1995年提
出的模型中，認為政府透過徵稅用於生產性公共資本投資，並將公共資本
以低價格供於社會生產，則能防止企業的邊際產出遞減，從而提高長期的
實質GDP，這個模型的重要意義在於：勞動力充裕的國家應該更加重視生
產性公共資本投資。[21]

---

[21] 類洪，「現代經濟增長理論與財政政策」，財政研究（北京），2006年第5期（2006年5
月），頁2-7。

　　由以上的文獻回顧可以發現，財政職能的劃分都是圍繞著公共財的提供所展開的，而政府的職能除了Musgrave所說的配置、穩定和分配之外，內生性增長理論補充政府財政政策的應有功能，本文則利用這些理論的觀點，套用在中國的實證議題，作為研究之立論基礎。

二、回應方式：領導人事或政策宣示？

　　關於中國政策產出過程的研究中，大部分文獻以為以領導人為中心的精英決策過程佔了極大的因素，此種政策過程相對於西方民主國家而言，是無序的、隨意的，更多表現在政策的非連續性上，[22]然而近幾年的些許研究則轉而發現到政府官僚的政策延續性，從而回應到多元的社會需求。以下，本文先回顧關於社會主義國家領導人因素的文獻，再陳述中國政府政策轉折的相關研究。

(一)領導班子與政策轉變

　　在社會主義國家中，領導人作為國是制定的核心，許多大政方針皆出自於領導人之意志。過去的研究著重於在社會主義國家中，政府的預算分配是否會隨著領導人的替換，而形成類似於西方民主國家的政治景氣循環。

　　1. 政治制度化較高的非民主國家：對蘇聯的研究

　　首先，邦斯（Valerie Bunce）在*Do New Leaders Make A Difference*？一書中，提出核心問題：在社會主義國家中，我們是否可以期待領導人交替對政策的影響和衝擊與西方國家一樣，成為一種循環，或是在領導人繼承和政策創新之間，有不同的連結方式？[23]

---

[22] 魏淑豔，「試論當代中國的決策模式轉換方向」，社會科學輯刊（瀋陽），2005年第3期（2005年5月），頁197-199。

[23] Valerie Bunce, *Do New Leaders Make A Difference ?* (Prinston, N. J.: Princeton University Press, 1981), pp. 28-38.

　　他假設：在社會主義國家中，領導人的繼承對於國家預算和投資順序有很強的影響力，藉此反映出社會主義國家領導者所擁有的權力，同時繼承過程和新一輪的議題之間有很強的連結關係。在通過對蘇聯等七個社會主義國家的財政資料分析比較之後，[24]Bunce的假設被證實：領導人之間的繼承對於預算改革和投資順序是個強有力的機制。

　　隨後，Bunce在另一項相關研究中發現，不論是因為前任領導者死亡，或僅是改變取向（change-oriented）所引起的權力繼承，在公共政策的轉變程度上，沒有太大差別，因為權力繼承者要證明自己不同於前任的價值。最後Bunce強調在研究社會主義國家時，與西方國家一樣，國家政策制定過程皆不能免於精英的控制。[25]

　　同時，他在「蘇聯的領導繼承與政策創新」（Leadership Succession and Policy Innovation in Soviet Republics）一文中並進一步發現，此種政策轉變並非如西方民主國家發生在政權交替之前，而是發生在政權交替之後，主要是由於剛繼承的政權行使人在文官體系當中並沒有絕對威信，此時發生繼承危機（succession crises），因此新任執政者需要改變投資順序、以提高經濟增長，形成Bunce所說：經濟週期及政治週期之間的「繼承連結」（"succession connection" between economic and polical cycles）」。[26]

---

[24] 包含蘇聯、保加利亞、捷克斯拉夫、東德、匈牙利、波蘭、羅馬尼亞。

[25] 同註23。

[26] Valerie Bunce, "Leadership Succession and Policy Innovation in Soviet Republics," *Comparative Publics*, vol. 11, no. 4, (July 1979), pp. 379-401，轉錄自陶儀芬，「政治權力交替與經濟機會主義：集體行動與改革時期中國『政治經濟景氣循環』」，問題與研究（台北），第45卷第3期（2006年5月），頁77-102。

2. PBC理論在中國的應用

陶儀芬以為在過去既有PBC的理論基礎和對中國的觀察上，僅及於宏觀層次，而微觀因果機制推論則不足。[27]為了彌補這樣的不足，陶氏借用Philip Roeder和Susan Shirk的「相互問責」模型，[28]從銀行貸款成長趨勢、固定資產投資成長趨勢，以及中央政府和地方政府投資行為變化，來檢證其假說：在宏觀層面所看到的PBC，是由於黨政機關每五年換屆期間，系統性權力更替所產生的政治不確定性，引發中央的派系政治與地方的集體行動兩層機會主義行為交互作用所產生。該文檢證時間則是從「十三大」到「十六大」（1987年到2004年）四個政府換屆週期。陶氏發現，政治週期對地方項目成長率變化有顯著的影響，但對中央項目的影響卻不顯著，這個結果顯示，地方項目的固定資產投資確實有受到政治週期的影響，但中央項目卻沒有這個跡象。

因此，陶氏在這篇文章中的結論為，隨著中國政治過程與經濟運作制度化的程度越來越高，中國在宏觀層面的確出現類似西方民主國家或其他新興民主國家所擁有的PBC現象。然而，在微觀層次的因果關係卻是完全不同的。在中國政治經濟景氣循環，係由於地方精英在面對中央集體領導

---

[27] 例如胡鞍鋼發現，從1952年到1992年中，中國經濟共歷經了十一次「大起大落」，每一次都是由一波政治運動或中國共產黨全國代表大會的召開所帶動，然後由另一波的政治運動或高層經濟鬥爭結束。胡氏給予這種經濟波動和政治週期在時間上的相關性趨勢的解釋為，中國全國上下的「趕超」心態，然而，「趕超」心態是持續存在的，因此並不能解釋經濟波動和政治週期這兩者之間的因果關係。

[28] 係指在集權國家中，第一層的最高領導精英，由於沒有真正意義上的定期選舉，所以一般情況下沒有人可以向他們問責，而同時因為其為最高政策制定者，因此可以對第二層精英（多半為各部門或各區域的負責人）問責；然而，由於第二層精英在某個領域屬於負責人，其政治實力可以在官僚體系中不斷累積擴大，因而逐漸對政策制定產生正式或非正式的影響力，也因此Roeder和Shirk主張在兩層精英之間會有相互問責的關係。詳見Philip G. Roeder, *Red Sunset: The Failure of Soviet Politics* (Princeton: Princeton University Press, 1993).

控制投資擴張的集體行動暫時失靈，所產生的爭先恐後增加投資的「搭便車」行為。然而，這個結果僅能說明政治制度對政治精英行為的制約越來越強，而不能證明中國領導人是受到一般民眾問責，或是地方政治精英的制約。[29]

(二)政策宣示與政策轉折

除了領導人因素可能對於政府財政支出順序產生影響外，中央政府的整體政策調整，也是政策產出過程中不容忽視的因素。

起因於漸進式的改革邏輯，在中國的區域經濟發展中，「政府」一直佔有主導地位，[30]因此除了直接觀察政策內容之外，還需要從中央政府的資源配置行為瞭解其實際作為。

首先，我們可以從過去中國的五年計畫中，觀察中央政府的政策內容，在「八五」（1991-1995）期間，中國首次面臨到棘手的區域差距問題，因此，自「八五」計畫開始，區域經濟的議題從「發展」轉為「協調」。自此之後，在「九五」期間提出的西部大開發，以及到目前和諧社會的提出，始終可以看到中國區域政策協調發展的一貫性。[31]

---

[29] 陶儀芬，「政治權力交替與經濟機會主義：集體行動與改革時期中國『政治經濟景氣循環』」，頁77-102。此外也可參考陶儀芬，「十六大後大陸的經濟改革與政治繼承」，中國大陸研究（台北），46: 2（2003年3/4月），頁27-40；陶儀芬，「從『放權讓利』到「宏觀調控」：後鄧時代中央與地方金融關係的轉變」，載丁樹範編，胡錦濤時代的挑戰（台北：新新聞，2002年），頁235-262；陶儀芬，「政治權力交替與經濟機會主義：集體行動與改革時期中國政治經濟景氣循環」，載徐斯儉、吳玉山編，黨國蛻變─中共政權的精英與政策（台北：五南，2007年），頁177-210；Yifeng Tao, "The Evolution of Central-Provincial Relations in Post-Mao China, 1978-98: An Event History Analysis of Provincial Leader Turnover," *Issues & Studies*, 37: 4 (Jul./Aug., 2001), pp. 90-120.

[30] 主要是在改革過程中，需要以政府的力量安排新利益團體與舊利益團體共存，避免相互的競爭而破壞整體經濟發展。

[31] 林昱君，「中國區域經濟的發展與演變」，經濟前瞻（台北），第108期（2006年11月），頁52-53。

　　王紹光認為，判斷政府政策的取向，除了可從政策宣言窺視，更可以從財政資金的流向看政府政策的調整方向。[32]他觀察了從九〇年代到2003年中央對地方的移轉支付，在這十幾年中，經歷兩次跳躍，分別為1994年與1999年，但第一次的跳躍僅是表面的，因為這包含分稅制下的稅收返還在內，然而第二次的跳躍則是一個轉捩點，因為1999到2002年之間，中央對各省的稅收返還總額增加了一千億，而在同一時期，其他的移轉支付則增加了四千億。

　　除了從移轉支付可以看出政策轉折的端倪外，中央的財政支出在1998年新增「社會保障支出」一項，亦可以視為中國政府調整財政資源分配的一種指標。因此，王氏認為在過去幾年，中國政府的政策調整已經進行了兩步，而由於需要獲得人民的支援，新的領導人則是會朝著這個方向持續推動。

(三)稅制改革

　　在談到財政資源分之的議題時，就不得不瞭解中國稅制的特殊性，以及對於財政資源分配的影響。

　　中國的稅制以1994年作為分水嶺，在此之前是自1988年開始實行了數年的「財政包乾」體制。[33]實行分稅制一個最明顯的作用，即是提高中央收入佔整體政府收入的比重，[34]然而，分稅制的過渡性質，使其仍殘留著

---

[32] 王紹光，「順應民心的變化：從財政資金流向看中國政府政策調整」，戰略與管理（北京），2004年第6期（2004年6月），頁51-60。

[33] 此體制的基本精神為放權讓利，基於分權的精神讓地方保有大部分的收入，以比例包乾或定額包乾的方式上繳給中央，而不同省分繳納的比例或定額，則是中央與每個省討價還價的結果。

[34] 例如在1990-2003年中央財政收入佔全國財政總收入的比重，從30%上升到50%。楊之剛，「中國分稅財政體制：問題成因與建議改革」，財貿經濟（北京），2004年第10期（2004年10月），頁60。

舊體制中央地方討價還價的影子，[35]最明顯的莫過於「稅收返還」，可以說地區間的差距導致稅入不平等，而在討價還價的體制下，收入不平等又再次加劇地區間的發展差距。[36]

有鑑於此，馬駿企圖建立一個中央對地方移轉支付初步的均等化模型。他以各省的財政能力減去財政支出，作為中央需移轉給地方財政資源多寡的依據，並假設中央的移轉補助完全用於彌補地方政府財政能力和支出需求的差距。

馬駿以線性迴歸的方式進行估算，假設中央的移轉支付是百分之百使人均地方收入均等化，得出的式子為$Y = 517.77–83.97X$，其中Y代表中央給某省的人均移轉支付，X代表該省的人均GDP。可以看到X的係數為負值且顯著，表示以馬駿的設定而形成的淨移轉支付公式，是可以解決地區間公共服務的不均等。

然而，以此公式作為移轉支付的基礎，與實際上的分配情形差距太遠，沒有操作性可言，因此重新試驗了百分之五十、百分之二十、以及1994年的實際情況。在比較了四個模型之後，馬駿結論：中國大陸整體的財政移轉支付體制，幾乎沒有體現地區間財力再分配的功能。[37]

雖然馬駿的實證分析是以1994年各省的資料為基礎，距今已十多年，其數字不能完全體現目前的情況。然而，中國大陸的分稅制實行至今，沒

---

[35] 中國分稅制中的移轉支付包含了四個部份：第一部份，各省按承包制時固定或比例上繳中央或接受補助，亦稱體制上解或體制補助；第二部份，即所謂的「稅收返還」，保證各地的財政收入不少於1993年的水準；第三部份，是以公式計算出各地方的財政能力和財政需求，中央再進行移轉支付；第四部份則為專款專項的補助。其中的體制補助或上解之數額、以及稅收返還的公式制定，都是中央與地方討價還價的妥協結果。

[36] 同註36，頁60-66。

[37] 馬駿，「中央向地方的財政轉移支付——一個均等化公式和模擬結果」，經濟研究（北京），1997年第3期（1997年3月），頁11-20。

有再次進行體制改革。因此，馬駿這個實證分析仍對本研究有基礎性的啟發。

三、不同觀點之辯論

在過去以中央對地方移轉支付為研究對象的文獻中，首先是王紹光以中央對地方的人均淨轉性支付作為模型的依變項，檢驗三組共十個變項：第一組為「中央決策者對公平的考慮」，包括人均GDP、人均受災成本、農業在地區經濟中所佔份額、依賴比例與人口密度；第二組為「中央決策者的政治考慮」，包括少數民族的人口比例或是否為自治區域與勞動爭議的情況；第三組為「地區的要價能力」，包括政治局席位、人口多少、按省級GDP（各省的經濟規模大小）計算的經濟規模。

王紹光最驚人的研究發現是，在第二組變項中，少數民族比例的係數在統計上達顯著水準，顯示非漢族人口比例愈高的省，得到越多的淨移轉支付；另外，勞動爭議與人均淨移轉支付呈負向關係且達顯著水準，顯示中央淨移轉支付的考量偏愛能維持社會穩定的省份。總結在王紹光的論證中，中央淨移轉支付背後優先考慮的因素為國家統一。[38]

接著，耿曙、涂秀玲以中央對地方的「淨移轉支付比例」作為檢測預算分配的參考依據，以迴歸模型檢驗中國區域政策的背後邏輯，究竟是回應社會需求或是幫助精英收編？[39]

---

[38] 王紹光，「中國財政轉移支付的政治邏輯」，戰略與管理（北京），2002年第3期（2002年5月），頁47-54。

[39] 若是背後邏輯為回應社會需求，則「受補助人口比重（回應社會需求）」、「投資報酬比率（回應發展潛力）」或是「每千人勞動爭議數（回應社會壓力）」等三者的迴歸係數應為正值且達顯著；若中央的預算分配背後的邏輯為幫助精英收編，在以各省市的一把手（省委書記）為依據後，附從於中央的「主流派」係數估計應顯著高過立場中立的「中間派」，而「中間派」的係數估計又將顯著高於對抗中央的「非主流派」。

　　該文以1999年到2003年期間，以及單就2003年度，兩個時段進行迴歸分析，其結果顯示：檢測回應社會需求的三項指標，不是作用矛盾就是作用有限。在此，耿曙、涂秀玲的結論與王紹光文中「中央決策者對公平的考慮」之假設所得到的結論類似。至於另一個假設——中央財政分配的邏輯為幫助精英收編，檢驗後得出結論為：由於2003年為權力交班之時，胡錦濤的權力尚未鞏固，因此需要討好中間派以及非主流派，與江時代領導人之權力地位，大有不同。

　　因此，耿曙、涂秀玲認為：中國財政資源的分配，係以中央地方相互撐場、強化派系聯盟與發展出主從關係為背後意涵，此種結果導因於威權體制下的接班競爭與權力鞏固，因此中央需要以手中的財政資源作為交換，此則為中國區域開發政策的轉折之因。這與王紹光的研究發現稍有不同，然而兩者的相同之處在於，推翻中央淨移轉支付是回應社會需求或是回應公平性的假設。[40]

　　最後，王軍在《中國轉型期公共財政》一書中詳盡論述目前處於經濟體制二元轉型時期的中國財政。其認為在經濟轉型時期，公共財政應該負擔著雙重任務：財政是為政府推進經濟體制轉型、調控經濟的重要手段。同時，財政本身亦為經濟轉型的重要部分，也就是說這財政與經濟互為一體的兩面，應該同步轉型。而目前由於經濟體制轉型已到一定階段，財政的任務已由原先為經濟建設進行的任務，轉成以為市場提供公共產品和服務的職責。

　　王軍從五個方面的佐證，認為自從1994年分稅制以及1998年中國政府明確提出建立公共財政以後，中國的財政改革以不斷朝向公共財政的方向發展並取得了明顯的成效。第一，財政在公共領域的支出比重持續上升；

---

[40] 耿曙、涂秀玲，「區域開發的政治邏輯」，發表於「中共政權變遷：精英、體制與政策」研討會，（臺北：中央研究院，民94年11月19日）。

第二，國家、企業與個人之間的分配關係獲得規範；第三，中央─地方財政關係改善，分稅制之後，重新加強中央收入佔政府收入的比重，而更能夠執行諸如加強中西部建設及補助落後地區等政策；第四，預算管理制度的改善，讓政府的收支得到明確規範；第五，在調控宏觀經濟職能方面亦日趨成熟。由以上五個面向的改善，王軍認為中國已經基本建成公共財政體制框架。[41]

　　綜合上述文獻，我們可以得出如下結論：針對於經濟發展所造成的市場失靈問題，不論是主張政府積極主導，抑或只是培育市場維持其框架，一般都認為需要政府介入，差別僅在於介入之角色與深度，而對於中國政府的財政資源分配方式，則與其所扮演的角色息息相關。

參、研究架構與研究假設

一、研究焦點：中央對地方之淨移轉支付

　　在上述有關中國政策轉變的相關文獻中，不論是以為政策具有制定上的延續性或是領導人對政策內容具有舉足輕重地位，兩類研究都是透過縱向的財政支出作為研究對象，而這個政府間縱向移轉支付，也是本文研究之焦點，因此，在形成研究假設之前，必須將這個部份作一番瞭解。

　　(一)分稅制理論與分稅制下的地方不均衡

　　1994年分稅制之後，中國才有所謂的「淨移轉支付」，亦即在中央給予地方的財政補貼中，扣除「稅收返還」的剩餘部分，才是可以看出中央政策意圖的資源分配。分稅制理論提到，由於各地方的需求不一，因此提供公共服務或社會福利的責任，落在地方政府的身上才是具有效率的，[42]

---

[41] 王軍，中國轉型期公共財政（北京：人民出版社，2006年）。

然而中央政府在組織收入方面具有相對優勢，而大部分公共服務或社會福利的提供則是地方政府的責任範圍，此種情況即是縱向的財政不平衡，因此需要通過中央對地方的移轉支付來彌補此種財政缺口。

(二)分稅制下的地方不均衡

雖然分稅制明確劃分了中央和地方的收入來源，提高了中央的財政權威，然而，此制度當初為了贏得地方對體制改革的支持，承諾「不損害地方既得利益」，即中央承諾返還每省相當於因實施分稅制而減少的地方稅，也就是說在這個稅收返還制度之下，分稅制並沒有達到原先欲使地方收入再分配的目的。[43]

另外，分稅制改變了中央—地方的利益結構，[44]各地方為了獲得相對多的資源，勢必相互競爭，因此中央在分配財政資源時，政治因素或經濟因素的考量，或許比規範性的公平倫理原則來得實際許多。[45]

以上的推論連接著本文的研究假設，亦即，中央在進行財政資源分配的考量，是基於政治因素、經濟因素，或是規範性的公平倫理原則，而在決定這些分配模式時，決策關鍵又是為何？以下，即在前述基礎上，展開本文的各項研究假設。

---

[42] John E. Anderson, *Public Finance* (Boston: Houghton Mifflin Company, 2003), pp.533-536.

[43] 楊之剛等著，財政分權理論與基層公共財政改革（北京：經濟科學出版社，2003年），頁87-89。

[44] 許多富有省市如上海、天津、廣東，皆從原先的中央依賴地方型轉為地方依賴中央型。胡鞍鋼，「分稅制：評價與建議」，稅務研究（北京），1997年第2期（1997年2月），頁3-9。

[45] 王紹光，「中國財政轉移支付的政治邏輯」，戰略與管理（北京），2002年第3期（2002年5月），頁47-54。

二、研究變項與研究假設

　　如前所述，學界對於中國的財政體制是否走向公共財政的方向，仍有許多爭議，同時中央的資源分配決策過程中，關鍵的影響力是區域政策的轉折，抑或領導人因素，兩個關係密切的問題正是本文想要探討的。本文的假設為：由於中國市場轉型造成市場失靈，而導致社會問題嚴重，故中央政權不得不採取公共財政理論中政府應該扮演的角色，即從過去的「發展為主的財政分配」轉變為「均衡為主的財政分配」。

　　另外，本文的立場為：中國在面對經濟轉型時期所產生的各種社會問題，無法由市場進行自我調節，因此中央政府要做的工作是以積極財政的作為進行逆市場調節，同時，由於政策過程的制度化程度提升，使得過去的精英決策模式所表現之政策隨意性、不連續性的情況減輕，因為連續性的區域均衡政策才能矯正市場失靈，如此一來，以回應社會多元需求為工具的政府才能穩固其政權。下圖為本文研究架構之示意圖：

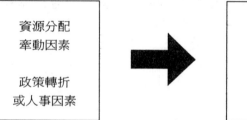

圖一：本文研究架構示意圖

　　圖一為本文研究架構示意圖，「資源分配的牽動因素」為因，而「財政資源的分配目標」為果，由前述討論中可以得知，牽動因素資源分配的因素中，最可能之影響為政策轉折或是領導人因素，而在財政資源的分配目標上，則可從前人之研究中區分為三種目標：穩定社會環境、發展經

濟、以及均衡各地狀況。

　　筆者由近幾年出台的政策與宣示，觀察到中國的國家發展目標與意圖似乎從穩定與發展為主，轉變為回應社會需求與提供公共財為主，[46]但是這不能代表實際上的財政資源分配會朝著這個方向走。因此本研究企圖從中國財政預算中的分配方式，檢視財政分配的真正意圖，以及關鍵之影響因素。以下說明本研究重要概念及選取的操作化變數。

(一)穩定與發展的財政目標

　　就財政目標在社會穩定方面而言，強調的是政府運用財政政策和貨幣政策進行宏觀調控，以穩定經濟的環境。在中國，經濟環境不穩定的來源，主要是區域發展的不平衡：除了會影響到整個國家的經濟發展之外，這更是一個政治問題，因為社會不平等和政治不穩定是緊密相連的。[47]其中，少數民族分佈的地區多與落後地區重疊，因此少數民族的問題與區域發展不平衡的問題又有了一定的連結。當民族、宗教或語言不同的因素，加上顯著的經濟差距，就會產生爆炸性的影響，[48]因此，在穩定經濟環境這項職能上，首要工作就是促進各民族的和諧，所以本文選取「少數民族人口佔各省人口數之比例」，作為此項指標的第一個操作性變數。而選取的理由除了前述政治問題外，亦無法脫離經濟層面的思考，由於少數民族佔中國總人口的相對比例雖然小，但是絕對數字卻很大，同時其聚集地多是在西部和西南部等天然資源豐富的地帶，為了能善加利用這些資源、兼

---

[46] 例如西部大開發、振興東北等區域政策。「中國政府正式著手振興東北老工業基地」，新華網，2003年8月14日，〈http://news3.xinhuanet.com/fortune/2003-08/14/content_1026101.htm〉。

[47] Douglas Hibbs, *Mass Political Violence: A Cross-Sectional Analysis*，轉錄自王紹光、胡鞍鋼，中國：不平衡發展的政治經濟學，頁7。

[48] 例如加拿大的魁北克省、英國的蘇格蘭、威爾士和北愛爾蘭。

而彌補東部經濟發展上可能面臨的資源短缺問題，因此中央政府必須安撫
好少數民族的情緒，讓他們相信與中央政府合作比分裂出去更有利。[49]基
於上述兩個理由，本研究假設：若中央財政分配的考量在維持社會穩定，
則少數族民人口佔該省份人口比例愈高的省份，應該獲得愈多的淨移轉支
付（研究假說一）。

　　再來，本文選取「各省勞動爭議件數」作為檢驗社會穩定的第二個操
作化變數。採用此一變數之原因是其代表來自社會上的壓力。由於「各省
勞動爭議件數」愈高則代表該省威脅社會穩定的壓力越高，因此對於中央
的財政目標而言，以著重社會穩定為主的財政分配方式必須對壓力予以回
應。在此本研究提出之假設為：若是中央的財政目標是在社會的穩定，則
應該對於勞動爭議愈多的地區，給予愈多的淨移轉支付（研究假說二）。

　　再來，若是以經濟發展為主要考量的財政分配模式，則對於能創造較
高產值的外國投資，會給予更高的優惠，以期能帶來更多產值，同理，對
於能吸引外資愈多的省份，則給予愈多的補助以茲鼓勵。因此本文假設：
在以經濟發展為主的財政分配方式之下，擁有愈高外資金額的省份，會得
到愈多中央給予的淨移轉支付（研究假說三）。

　　接著，在經濟發展優先的考量下，中央政府在分配財政資源時，應該
是考量各省（市）獲得經費後自我發展的潛力。其中發展潛力愈大者，給
予的資金才會有愈多的回收，因此應該要得到愈多的中央資源分配。本文
擬用「各省投資報酬率」作為衡量發展潛力的指標，計算方式為GDP除以
固定資產投資。本研究假設：若是中央政府資源分配前提為經濟增長，則
投資報酬率愈高的省份應會得到愈多的淨移轉支付（研究假說四）。

---

[49] 王紹光，「為了國家的統一：中國財政移轉支付的政治邏輯」，胡鞍鋼主編，國家制度建設
（北京：清華大學出版社，2003年），頁269。

(二)社會需求與公共財供給

依據本文的研究假設，在市場呈現失靈之後，政府的財政資源分配方式應會轉向「以公平為主的財政分配」，而這種財政分配的方式，則是以回應社會需求和提供足夠的公共財為原則。

1. 回應社會需求

在這項職能方面，本文選取的變數為「各省人均GDP」以及「各省貧窮比重」。由於中國在橫向移轉支付方面幾乎沒有實行，因此中央政府在調節經濟方面，必須負起一定程度的責任，而要代表各省之間的經濟差距，最重要的指標為各省的人均GDP，因為人均GDP代表各地方每個人的平均收入，這個數值若是較低則代表該省較窮，基於公平原則與一個理想化的原則，需要中央較多的補助，因此本研究的假說：若中央分配淨移轉支付的考量依據為回應社會需求，則人均GDP為愈低的省份，應該得到越高比例的中央淨移轉支付（研究假說五）。

而「各省貧窮人口比重」中，各省貧窮人口代表生活水準低於國家規定的人口數，其佔各省人口比例的多寡亦顯示各省人民的生活水準高低，因此研究假說為：若是該省貧窮人口愈多，則中央給予該省的淨移轉性支付則應該愈多（研究假說六）。

2. 公共財供給

一般而言，社會保障是被視為政府應提供的典型公共財，這是由於這項公共財的作用符合前述的條件，可提高人力素質，而政府能著力的地方則在於教育和健康。另外，在財政學的認定上，因為地方政府更能貼近於人民的需求，因此由地方政府提供這些公共財更能符合效率和公平。[50]

所以在此將「社會福利救濟費佔地方支出比重」作為檢視此標準的操

---

[50] John E. Anderson, *Public Finance*, pp.533-536.

作化變數，由於此項支出屬於法規明訂之地方政府責任，而成為必要的、不得不之開支。因此，若一省在這方面的支出佔所有支出的比重愈高，則代表該省地方財力愈窘迫，形成本文的研究假說：若中央政府支出的依據為各地公共財供給量一致，則社會福利救濟費佔地方支出比重愈高的省份，獲得的淨移轉支付應該越高（研究假說七）。

(三)財政資源分配的方式

本文以「各省得到的淨移轉支付佔中央淨移轉支付的比例」作為衡量政府資源分配方式的標準。

由於在新稅制中，中央對地方的移轉支付包括了稅收返還，實際上則是地方分權，在這樣的承諾之下，就不可能遵照公平的原則，只有扣除稅收返還後的移轉性支付，才能代表中央財政分配的意思，因此在討論中央財政分配的邏輯時，本文選取「中央對地方的淨移轉支付」作為觀察的依變項。

三、模型設定與統計方法

(一)資料解釋與統計方法

本文觀察時間為1997-2003年，每年31筆，其中分為22個省、4個直轄市（北京市、天津市、上海市以及重慶市），以及5個自治區（內蒙古自治區、廣西僮族自治區、寧夏回族自治區、西藏自治區以及維吾爾族自治區），7年共217筆資料。

由於本文的資料型態並不是以隨機抽樣的方式選出，資料並非呈現隨機分配的形式，亦即每筆資料之間可能原本就有一定相關聯的特性，每個變項會有自我相關之特徵，而在傳統迴歸中無法解決這個問題可能引起之統計偏誤。因此，本文使用的方法為追蹤資料（Panel Data）中的固定效果模型（亦稱「虛擬變數模型」，Least Square Dummy Variable Model），此項模型之優點在於不僅擁有時間數列的動態性質，同時亦能兼顧橫斷面資料可以表達不同樣本的特性。[51]

　　本文適合運用此模型的原因，除了在假設上，該方法可以彌補最小平方法（OLS）假設誤差項之間沒有自我相關的缺失之外，尚可以允許被觀察個體有差異性存在，即所謂之固定效果。因此，被分析個體的固定效果或特性，可以被納入考量，以降低統計上的偏誤，同時，固定效果模型假設觀察到的個體效果和時間效果，與其他自變數相關，於是，本文關於時間虛擬的假設亦可得到驗證。

(二)迴歸模型設定

本文檢驗中國財政支出邏輯的迴歸式如下：

$$Y = \beta_0 + \beta_1 X_1 + \beta_2 X_2 + \beta_3 X_3 + \beta_4 X_4 + \beta_5 X_5 + \beta_6 X_6 + \beta_7 X_7 + ei$$

其中Y代表各省所獲淨移轉支付佔中央總淨移轉支付之比例

β_0代表資料之固定效果

X_1代表各省少數民族人口比例

X_2代表各省勞動爭議件數（件／萬人）

X_3代表各省每人外國直接投資金額（美元／人）

X_4代表各省投資報酬率

X_5代表各省人均GDP（萬元／人）

X_6代表各省貧窮人口比重

---

[51] 參考Cheng Hsiao, *Analysis of Panel Data*, Cambridge & New York: Cambridge University Press, 2nd. ed., 2002，採用類似統計方法的研究，請參考黃智聰、李世聰，「中國三資企業增值稅率對地方吸引外資之影響」，遠景基金會季刊（台北），第八卷第二期（2007年4月），頁1-40；黃智聰、歐陽宏，「世界各國對中國直接投資決定因素之研究」，遠景基金會季刊（台北），第七卷第二期（2006年4月），頁139-178。高安邦、黃智聰、潘俊男，「中國大陸地方政府效率與吸引外資之研究」，經濟情勢與評論（台北），第十一卷第二期（2005年2月），頁131-156；高安邦、黃智聰、楊思茵，「中國大陸城鄉居民收入差距之研究」，中國大陸研究（台北），第四十五卷第四期（2002年4月），頁15-41。

X_7代表各省社會福利救濟費佔地方支出比重（元／萬元）

ei 代表誤差項

資料時間從1997-2003年，這段時期中有兩個時點為需要特別進行檢證。

第一，2000年和2001年跨越西部大開發的執行前後。西部大開發為中國代表性的區域均衡政策。由此開始，中國政府開始注意到區域發展的失衡，因此本文以時間作為虛擬變項，以2001年為切割時間作一次驗證，檢視政策的轉折是否有其實質效果，表現在中央預算的分配方式上。

第二，中國的第四代領導人胡錦濤於2002年10月上台，而2003年為胡錦濤第一個可以影響預算的會計年度，前述討論過有關社會主義國家的政治景氣循環之相關研究，表示在社會主義國家中，財政預算的優先順序和分配模式也會受到政權交替的影響，因此本文再以2003作為切割時點，將時間作為虛擬變數加入模型當中，以檢視領導人對於預算分配的影響力為何。

肆、實證結果

一、整體效果檢核

首先，本文先將全部資料進行一次檢證，先初步瞭解在1997-2003年資料呈現的結果。

在表一的第一部分，我們先以傳統迴歸方法檢視1997-2003年各自變數對於依變數「地方所獲淨移轉支付佔中央淨移轉支付之比例」之影響，可以看到，在代表穩定目標和發展目標的兩組四個變數皆為顯著，同時代表均衡目標的「人均GDP」以及「社福救濟費佔地方支出比重」，亦達到顯著的水準，而在這六個變數當中，「少數民族比重」、「投資報酬

率」、「人均GDP」以及「社福救濟費佔地方支出比重」，這四個變數之係數方向，與本文的相關假說相同，而剩下的兩個變數「各省勞動爭議件數」和「人均外國直接投資」之係數與本文假設相反。因此，初步難以看出中國財政資源分配的原則。

如前所述，傳統迴歸假設資料由隨機方式選出，以及呈現常態分配，誤差項與自變項之間沒有任何關聯。然而在進行中國的相關分析時，由於每個省份天生的條件不一，而這些條件很有可能影響到本文的依變項。於是，本文接著採用固定效果模型進行分析。由表一的第二部份中，可以看見在固定效果模型之下的顯著自變數僅有「少數民族比重」、「人均GDP」以及「社福救濟費佔地方支出比重」，顯示在1997-2003年這段時間中，中國財政分配的考量側重穩定目標之外，亦開始關照到社會均衡層面。也就是說，在中央的淨移轉支付方面，中國大陸的實際作為逐漸與財政的目標契合。[52]

然而，在1997-2003年這段期間當中，財政資源的分配面臨到兩個關鍵時點的改變，一是1999年的西部大開發此一代表性之區域政策的出台；另一個則為2002年第四代領導人胡錦濤上臺，如前所述，中國大陸的中央財政資源分配有可能因為政權交班或是政策轉折而有所改變。因此，這兩個時點所代表的意義是否改變了中央財政資源的分配模式，亦是值得探究的課題。

---

[52] 劉玉、劉毅，「區域政策的調控效應分析—以我國財政轉移支付制度為例」，地理研究（北京），第22卷第2期（2003年3月），頁192-200；王軍，中國轉型期公共財政（北京：人民出版社，2006年）。

表一：1997-2003年整體迴歸分析

	傳統迴歸	固定效果
穩定目標		
少數民族比重	0.003 (0.001)**	0.019 (0.009)*
各省勞動爭議件數	-0.028 (0.008)**	-0.009 (0.011)
發展目標		
人均外國直接投資	-0.003 (0.001)**	-0.001 (0.001)
投資報酬率	0.176 (0.042)***	0.031 (0.032)
均衡目標		
人均GDP	-0.036 (0.105)	-0.753 (0.094)***
貧窮人口比重	-1.417 (0.537)**	-0.829 (1.440)
社福支出比重	0.005 (0.002)*	0.011 (0.002)***
常數	0.759 (0.245)**	0.850 (0.485)$^\$$
樣本數	217	217
R^2	0.2989	
Adj. R2	0.2755	
sigma_u		0.860
sigma_e		0.207
Rho		0.945

說明：$^\$$代表p〈0.1；*代表p〈0.05；**代表p〈0.01；***代表p〈0.001。
資料來源：中國統計年鑑、勞動與社會保障年鑑。

二、政策轉折效果及與時間交互作用效果

由於前述之理由，本文接著繼續運用固定效果模型觀察加入時間因素後各個變項對於淨移轉支付影響力的變化。

表二：政策轉折效果及均衡目標與時間（2001-2003）交互作用

	政策轉折效果	與時間之交互作用
穩定目標		
少數民族比重	0.162 (0.009)$^\$$	
各省勞動爭議件數	-0.006 (0.011)	
發展目標		
人均外國直接投資	0.000 (0.001)	
投資報酬率	0.025 (0.034)	
均衡目標		
人均GDP	-0.386 (0.175)*	-0.252 (0.097)*
貧窮人口比重	0.826 (1.493)	0.117 (0.612)
社福支出比重	0.008 (0.003)**	-0.001 (0.002)
虛擬變項（時間）		
1997-2000為對照組	0.250 (0.224)	
常數	0.276 (0.498)	
樣本數	217	
R^2	0.3849	
sigma_u	0.731	
sigma_e	0.200	
rho	0.930	

說明：$^\$$代表p〈0.1；*代表p〈0.05；**代表p〈0.01；***代表p〈0.001。
資料來源：中國統計年鑑、勞動與社會保障年鑑。

　　表二呈現的是區域政策轉折，對中央財政資源分配模式的影響程度與方式。首先，可以看到在以時間為虛擬變項之後，於表二中達到統計上顯著的變數為「人均GDP」、「社福救濟費佔地方支出比重」，而「少數民族比重」這項變數則是勉強達到統計上的顯著，繼而觀察這些變數的係數，「少數民族比重」為正向、「人均GDP」為負向、同時「社福救濟費佔地方支出比重」為正向，三者的係數方向皆符合本文的預期，代表本文研究假設一、研究假設五、及研究假設七的成立。

另外，在將代表均衡目標的三個變數，與時間虛擬變數交互作用之後，可以看到在表二中，與時間虛擬變數交互作用後，代表均衡目標的三個變數之係數變化，其中「人均GDP」達到統計上的顯著，且係數方向為負，表示在2001年之後，區域政策的轉折更加強「人均GDP」這項代表均衡目標的變數，對中央財政資源分配方式的影響力。

表二中呈現的結果，表示在加入政策轉折的因素之後，中國中央的財政資源分配方式，是逐漸朝向均衡目標發展，這與本文的預期相符合。然而，還更必須瞭解另一個可能影響中央財政資源分配的因素——政權交班前後，是否對於財政資源的分配方式有著如政策轉折相當的影響力。

三、政權交班效果及與時間之交互作用

表三呈現了加入政權交班前後，各變數對於中央財政資源分配的影響，達到統計上顯著的變數為「少數民族比重」、「人均GDP」，以及「社福救濟費佔地方支出比重」。而此三個係數之方向皆分別符合本文研究假設一、研究假設五、以及研究假設七的預期。這樣的結果在與表二結果比較之後，尚看不出在政策轉折與政權交班之間，對於中央財政資源分配方式有何不同，因此必須以與時間交互作用之結果作為比較基礎。

而在將代表均衡目標的三個變數與時間虛擬變項（2003年）交互作用後所得的統計結果，則是三個變項皆未達統計上的顯著水準，顯示政權的交班並沒有對財政資源分配的方式產生顯著性的影響。

本文將表二與表三之結果相比較後，認為實證結果呈現的的情況為，中國財政資源分配的方式在本文檢證期間，由原先以穩定社會環境為主的目標，有朝向均衡分配的目標進行，表二中與時間因素交互作用後的「人均GDP」，此變項達到統計上的顯著，且係數方向符合本文假設之預期，則是支持這個論證的強度。

表三：政權交班效果及均衡目標與時間（2003）交互作用

	政權交班效果	與時間交互作用
穩定目標		
少數民族比重	0.021 (0.010)*	
各省勞動爭議件數	-0.009 (0.011)	
發展目標		
人均外國直接投資	0.000 (0.001)	
投資報酬率	0.030 (0.034)	
均衡目標		
人均GDP	-0.724 (0.126)***	-0.132 (0.122)
貧窮人口比重	-0.569 (1.494)	-0.530 (0.990)
社福支出比重	0.009 (0.002)**	-0.000 (0.002)
虛擬變項（時間）		
1997-2000為對照組	0.345 (0.391)	
常數	0.769 (0.498)	
樣本數	217	
R2	0.336	
sigma_u	0.867	
sigma_e	0.208	
Rho	0.946	

說明：$ 代表 $p < 0.1$；* 代表 $p < 0.05$；** 代表 $p < 0.01$；*** 代表 $p < 0.001$。

資料來源：中國統計年鑑、勞動與社會保障年鑑。

伍、代結論：胡錦濤主導的發展策略轉型

一、本文研究發現

　　本研究旨在探討中國大陸區域政策的變化趨勢，以及影響此趨勢的主要因素，以1997年到2003年中國中央政府對地方政府的淨移轉支付作為研究的操作化工具，並以固定效果迴歸分析進行量化檢證。綜合實證研究結

果，作者發現，中國大陸的中央政府對各地方的淨移轉支付，代表著對該省的照顧多寡，而背後支配這些財政資源分配方式的邏輯，則是透露著中央政府對於整個國家發展方向的意圖與目標，本文試圖以量化分析之方式，找尋出影響中國大陸財政資源分配的主要因素，以及其財政資源分配的邏輯，究竟是以穩定社會環境、發展經濟，亦或均衡區域發展為主。

　　關於中國大陸區域政策內容的轉變，過去的相關研究尚有爭辯，而根據本文的實證分析結果，本文發現中國大陸的財政資源分配，有隨著區域均衡政策的出臺，而改變方式，且是朝著均衡區域的目標前進。針對前述各項的研究爭辯，本文認為政策出臺的確影響了中國大陸中央政府的實際作為，並且改變的方向是朝著區域均衡的方向走，同時在本文的實證研究中，初步排除了領導人對於中央預算分配的影響。

　　至於在影響財政分配模式的因素上，本文與先前研究最大的不同點在於以實證結果的分析，推翻了之前許多否定西部大開發的論述，除了證明區域政策的轉折是資源分配主要影響因素，而非領導人的政權交班之外，同時證實了中國大陸中央政府的確有弭平區域差距、均衡社會發展的企圖心。而本文試圖以中國大陸實際情況與公共財政理論對話，由實證結果可以初步推論出中國財政資源的分配模式，是朝著公共財政所規範的職能前進，具體情況則是以均衡目標的確立，帶動財政支出的方向，並且由於實證結果初步排除了領導人代表的人為因素，因此可以看出中國大陸的政府體制對政策產出影響力的穩定性是逐漸增加的，也因此本文認為中國大陸區域政策的產出與執行，並非如一般所論，僅是領導人安定環境、攏絡民心的口頭宣示和空頭支票。

二、胡錦濤時代的歷史意義

　　綜合上述研究發現，進一步關照日前甫閉幕的中共「十七大」，吾人不難發現，此次會議最受矚目的部份，在揭示胡錦濤時代的來臨。隨著胡

氏權力的鞏固，其所力推的各項政策方案，也可望逐步得以落實。但憑什麼說在此次會議後，「胡錦濤時代」已經到來？首先，與其前任江澤民相較，雖然前者在位十三年，在其任上卻一未將其政策綱領寫入黨章，二未將其親信扶為常委，而胡錦濤上任不滿五年，卻藉此次「十七大」，順利達到兩項指標性地位，由此可見胡錦濤權力之穩固。

　　進一步比較胡錦濤與江澤民的地位。首先，「十七大」中一致通過，將胡所提的政治綱領「科學發展觀」列入黨章，並按照胡氏政治報告的架構，將經濟、政治、文化及社會建設四項「中國特色的社會主義事業」，標舉為未來國家建設的方向。但相較於胡，江澤民直到2002年「十六大」，個人即將離任總書記時，方才將「三個代表」列入黨章，雙方的影響與地位，由此可見。此外，觀察新一屆中共政治局與常委會的人事，對胡錦濤而言，應該不致出現任何政策掣肘。因為新任的委員或常委（如習近平、李克強、賀國強、周永康等），通常仍需數年的韜光養晦，方能顯現具體的政策影響，由於中共的政策研擬，常隨人事動態而轉移，觀察此次的人事佈局，應不致牽動任何重大的政策變化。整個政策基調，應該仍然是胡氏印記的「科學發展」。

　　既然胡錦濤的時代已經到來，而且根據本文研究發現，胡錦濤所主導的發展政策轉型，並非徒託空言，吾人不妨從胡氏所規劃的發展方向及其局限，前瞻中國大陸的未來。根據「十七大」的政治報告來看，就國家發展的規劃而言，並沒有太出人意料的變化，這當然是因為「十七大」揭櫫的政策方向，仍將延續胡錦濤的既有路線，標舉「科學發展觀」，盼能建立和諧、均富、統籌的「小康社會」。

　　首先，「科學發展觀」是胡錦濤國家建設的綱領，但什麼才是「科學發展觀」呢？根據胡錦濤自己在2007年6月為「十七大」定調的「625講話」中強調：科學發展觀「第一要義是發展，核心是以人為本，基本要求是全面協調可持續，根本方法是統籌兼顧。」換言之，「科學發展觀」具

有四個元素，統合起來看，就是既維持經濟發展（而且是調整提升後的發展模式），又要兼顧均衡分配與社會正義，這樣才能滿足大多數人民的期待，弦外之意則在強化共產黨的正當性，為永續執政厚植基礎。

進一步看，「科學發展觀」可以展開為胡錦濤所提出的「四大建設」，其原則性方針如下：首先，「經濟建設」要「又好又快」：無論「625講話」或「政治報告」，均一再重申：經濟建設仍然是所謂「中國特色社會主義事業」的重中之重。但經濟建設只快不好不是真好，只快不好也不可能持續下去。因此，展望未來，必須一方面維持經濟增長，另方面不能再走「高耗能、高污染、低收益」的路子。

「社會建設」必須要「更加突出」：不同於之前的歷次的「政治報告」，均將「社會建設」作為「經濟建設」的一環，胡錦濤此次卻將「社會建設」單獨列出，不但代表正視嚴峻的社會形勢，而且也代表胡氏施政的特色。這樣的安排，一方面有人治成份在內：社會建設早已烙印胡錦濤的印記，胡錦濤在位一日，社會建設就會標舉一日，畢竟，胡錦濤的歷史地位，必須建立在「社會建設」的成就上。但另方面，社會建設的凸出，也有其社會背景。如吾人所知，奠基於鄧、江時代的開放政策，加上多年的高速成長，造成大陸嚴重的分配惡化與廣泛的社會不滿，可能因此導致「亡黨亡國」，早為對岸有識之士所大聲疾呼。因此，提昇「社會建設」的重要性，確為切合時代需要，針對現有危機，「對症下藥」的結果。

誠如前述，胡錦濤會為後世所記得者，最關鍵是其「社會政策」，因此，不斷推陳出新的社會政策，是胡錦濤時代的「重中之重」。當然，之所以如此，目的還是在順應民意、爭取民心，以利共產黨的長久執政。這樣的政策方向，主要由三個核心成份：(1)弭平差距、(2)滅絕貪腐、與(3)制度吸納，三者均係對症下藥而來，但由於受政權體質、資源條件所制約，中共相關政策仍存在嚴重的侷限。

首先是弭平差距的相關政策。其乃針對所得差距的日益擴大而來，中

共的因應之道一在加強弱勢群體的扶助，二在補強落後地區的開發。其侷限之一在於資源有限。由於必需兼顧發展，方能將餅做大，為免削弱誘因，中共實難推動太激烈的資源重新配置。其侷限之二在「補救失衡」。由於部份扶助弱勢的政策，必須借助地方財源，由於地方有貧有富，用以弭平差距的補償手段，結果卻是富者越足（如沿海市郊）、貧者越樸（如內陸農村），似乎無從徹底解決差距問題。

其次為消絕貪腐的相關作為。此乃針對致富手段的廣受質疑而來，中共的因應之道在一則強化貪腐的打擊，再則堵塞貪腐的途徑（如稅費改革）。但此中困難一在體制結構，如權力高度集中、機構過份膨脹等，對此改革勢將曠日費時，緩不濟急。另方面則是為求穩定，因而投鼠忌器。由於上述改革牽動甚廣，既得利益甚眾，舉措不慎將致嚴重後果，中共決策者只能按兵不動。

最後為制度吸納的各種規劃。此乃針對社會緊張與群眾壓力日重而來，中共因應之道在於開放多種吸納管道，一則反映社會問題，再則舒解社會不滿。但此中亦存在相當困難，一方面在於收放抉擇問題，必須時而強硬，時而妥協，經常左支右絀，自失立場。另方面的困難在制度替代問題，時常脫軌的「信訪制度」，漸受民眾青睞，正規正道的司法體系，功效卻越發不彰，相較制度吸納的目標，目前的發展似趨南轅北轍。

當然上述政策方向，已確立於2003年召開的中共「十六屆三中全會」，展望未來，其提法容有不同，但就本研究結果所示，政策方向轉變則可能不大。從這個角度看，可說鄧小平所確立的發展策略，直到胡錦濤時代，方才出現結構性的調整。前此以往，無論鄧小平或江澤民，均盼利用加緊增長的辦法，試圖做大派餅，藉此解決分配問題。但90年代中期以降，顯現「發展越快速、分配越惡化」的趨勢，整個社會面臨「斷裂」危機，之前的發展策略，顯然存在嚴重的局限。

即便危機已然浮現，但在江澤民任上，中共仍立意擴大「既得利益」

的陣營，試圖將資本家、知識界納入結盟範疇，並未正面面對轉型過程的
「相對剝奪」群體。直到胡錦濤接續主政，提出「以人為本」，要求「務
實親民」，一切以群眾利益為先，並且額外照顧「弱勢群體」。從這個角
度看，直到胡錦濤時代，中共方才真正展開國家整體發展策略的修訂，逐
漸建構基礎的「福利國家」，以溫和的社會主義，調節漫無節制的資本主
義。如果持續胡錦濤所規劃的發展方向，則「十七大」後的中國大陸，將
可望走向「溫和社會主義」，並由於強調「以人為本」、「善體民意」，
隨之而來的政治體制，也可望轉向「柔性威權體制」。

參考書目

一、中文專書

上海財經大學公共政策研究中心，**2003年中國財政發展報告**（上海：上海財經大學公共政策研究中心，2003年）。

于國安主編，**政府預算管理與改革**（北京：經濟科學出版社，2006年）。

中國社會科學院公共政策研究中心、香港城市大學公共管理及社會政策比較研究中心編，**中國公共政策分析2002年卷**（北京：社會科學文獻出版社，2002年）。

王軍，**中國轉型期公共財政**（北京：人民出版社，2006年）。

王紹光、胡鞍綱，**中國：不平衡發展的政治經濟學**（北京：中國計劃出版社，1999年）。

王雍軍、張擁軍，**政府施政與預算改革**（北京：經濟科學出版社，2006年）。

朱柏銘編著，**公共經濟學**（杭州：浙江大學出版社，2002年）。

何盛明編，**中國財政改革20年**（鄭州：中州古籍出版社，1998年）。

杜放，**政府間財政轉移支付制度理論與實踐**（北京：經濟科學出版社，2001年）。

沙安文、沈春麗主編，**地方政府與地方財政建設**（北京：中信出版社，2005年）。

沙安文、喬寶雲主編，**政府間財政關係：國際經驗評述**（北京：人民出版社，2006年）。

金人慶，**中國財政政策理論與實踐**（北京：中國財政經濟出版社，2005年）。

胡鞍鋼，**中國經濟波動報告**（遼寧：遼寧人民出版社，1994年）。

耿慶武，**中國不平衡經濟發展**（北京：社會科學文獻出版社，2005年）。

馬海濤，**財政轉移支付制度**（北京：中國財政經濟出版社，2004年）。

馬駿，**中國公共預算改革：理性化與民主化**（北京：中央編譯出版社，2005年）。

高培永、溫來成，**市場化進程中的中國財政運行機制**（北京：人民大學出版社，2001年）。

張志超、雷曉康，**中國轉型經濟時期的公共政策**（北京：中國財政經濟出版社，2005年）。

張慕萍、程建國，**中國地帶差距與中西部開發**（北京：清華大學出版社，2000年）。

陳秀山主編，**中國區域經濟問題研究**（北京：商務出版社，2005年）。

章敬平，**胡溫元年：中國的第二次轉型**（臺北：捷幼，2004年）。

項懷誠編，**1999中國財政報告**（北京：中國財政經濟出版社，1999年）。

楊之剛等著，**財政分權理論與基層公共財政改革**（北京：經濟科學出版社，2003年）。

楊志勇，**比較財政學**（上海：復旦大學出版社，2005年）。

鄒繼礎，**中國財政制度改革之探索**（北京：社會科學文獻出版社，2003年）。

劉雅露，**縮小地區差距的財政政策研究**（北京：經濟科學出版社，2002年）。

劉溶滄、趙志耘主編，**中國財政理論前沿(二)**（北京：社會科學文獻出版社，2001年）。

盧洪友，**政府職能與財政體制**（北京：中國財政經濟出版社，1999年）。

魏艾等，**中國大陸經濟發展與市場轉型**（臺北：揚智文化，2003年）。

魏候凱，**中國地區發展：經濟增長、制度變遷與地區差異**（北京：經濟管理出版社，1997年）。

鐘小敏主編，**地方財政學**（北京：人民大學出版社，2001年）。

Bird, Richard M., Robert D. Ebel and Christine I. Wallich主編，中央編譯出版社譯，**社會主義國家的分權化**（**Decentralization of the Socialist State**）（北京：譯者，2001年）。

Buchanan, James M. and Richard A. Musgrave著，類承曜譯，**中共財政與公共選擇：兩種截然不同的國家觀**（**Public Finance and Public Choice: Two Contrasting Vision of the State**）（北京：中國財政經濟出版社，2000年）。

Rosen, Harvey S.著，李秉正譯，**公共財政**，第七版（臺北：雙葉書廊，2005年）。

二、專書論文

王紹光，「為了國家的統一：中國財政移轉支付的政治邏輯」，胡鞍鋼主編，**國家制度建設**（北京：清華大學出版社，2003年），頁253-274。

孫立平，「機制與邏輯：關於中國社會穩定的研究」，裴敏新主編，**中南海的選擇**（新加坡：八方文化，2004年），頁191-255。

徐斯勤，「中國大陸中央與各省關係中的水準性與垂直性權力競爭：精英政治與投資政策的議題聯結分析」，載徐斯儉、吳玉山編，**黨國蛻變－中共政權的精英與政策**（臺北：五南，2007年），頁211-265。

陶儀芬，「從「放權讓利」到「宏觀調控」：後鄧時代中央與地方金融關係的轉變」載丁樹
　　範編，**胡錦濤時代的挑戰**（臺北：新新聞，2002年），頁235-262。

陶儀芬，「從西部大開發之基礎建設看國家能力的延伸與建設」，宋國城主編，**21世紀中國
　　卷一：西部大開發**（臺北：國立政治大學國際關係研究中心，2002年），頁353-370。

陶儀芬，「政治權力交替與經濟機會主義：集體行動與改革時期中國政治經濟景氣循環」，
　　載徐斯儉、吳玉山編，**黨國蛻變－中共政權的精英與政策**（臺北：五南，2007年），頁
　　177-210。

廖淑馨，「西部大開發中的民族問題」，宋國城主編，**21世紀中國卷一：西部大開發**（臺
　　北：國立政治大學國際關係研究中心，2002年），頁373-391。

三、期刊論文

王玉華、李世光，「中央與地方政府財政分權研究」，**山東財政學院學報**（濟南），2006年
　　第6期（2006年11月），頁19-25。

王佐雲，「政府間財政轉移支付：政策功能和適度性問題」，**上海財經大學學報**（上海），
　　第4卷第6期（2002年12月），頁12-16。

王紹光，「中國財政轉移支付的政治邏輯」，**戰略與管理**（北京），2002年第3期（2002年5
　　月），頁47-54。

王紹光，「順應民心的變化：從財政資金流向看中國政府政策調整」，**戰略與管理**（北
　　京），2004年第6期（2004年6月），頁51-60。

王紹光，「中國地方政府財政風險研究：『逆向預算軟約束』理論的視角」，**學術研究**（廣
　　州），2005年第11期（2005年11月），頁77-84。

王紹光、胡鞍鋼、丁元竹，「經濟繁榮背後的社會不穩定」，**戰略與管理**（北京），2002年
　　第3期（2002年3月），頁26-33。

王鼎銘，「政治與經濟間的交錯：政治景氣循環理論的發展評析」，**公共行政學報**（台
　　北），第二十期（民95年9月），頁161-172。

李力，「對區域分配中的中央與地方關係問題探討」，**稅務與經濟**（長春），1998年第3期

（1998年5月），頁52-55。

周文、任麗彬，「區域競爭與資源配置」，經濟問題探索（昆明），2006年第6期（2006年6
月），頁24-27。

周雪光，「逆向軟預算約束：一個政府行為的組織分析」，中國社會科學（北京），2005年
第2期（2005年3月），頁132-143。

林尚立，「從中共「十七大」前瞻中國大陸的政治體制改革」，東亞研究（台北），第38卷
第1期（2007年1月），頁191-210。

林昱君，「中國區域經濟的發展與演變」，經濟前瞻（台北），第108期（2006年11月），頁
51-55。

胡鞍鋼，「分稅制：評價與建議」，稅務研究（北京），1997年第2期（1997年2月），頁
3-9。

孫立平，「我們在開始面對一個斷裂的社會？」，戰略與管理（北京），2002年第2期（2002
年4月），頁9-15。

徐康寧、韓劍，「中國區域經濟的『資源詛咒』效應：地區差距的另一種解釋」，經濟學家
（成都），2005年第6期（2005年11月），頁96-102。

徐斯勤，「改革開放時期中國大陸的財政制度與政策：財政單一議題範圍內相關研究之評
析」，中國大陸研究（台北），47: 2（2004年6月），頁1-31。

徐斯勤，「改革開放時期中國大陸的財政問題：政治學視角下議題聯結層面的相關研究評
析」，中國大陸研究（台北），47: 3（2004年9月），頁59-84。

耿曙，「東西不平等的起源：國家、市場、區域開發」，中國大陸研究（台北），第45卷第3
期（2002年5月），頁27-57。

耿曙，「中國大陸的區域經濟動態：問題意識與研究成果的回顧」，中國大陸研究（台
北），第46卷第4期（2003年7、8月），頁55-102。

馬駿，「中央向地方的財政轉移支付——個均等化公式和模擬結果」，經濟研究（北京），
1997年第3期（1997年3月），頁11-20。

高安邦、黃智聰、楊思茵，「中國大陸城鄉居民收入差距之研究」，中國大陸研究（台

北），第四十五卷第四期（2002年），頁15-41。

高安邦、黃智聰、潘俊男，「中國大陸地方政府效率與吸引外資之研究」，**經濟情勢與評論**（台北），第十一卷第二期（2005年），頁131-156。

高長，「大陸職工『下崗』難題」，**經濟前瞻**（台北），總第70期（2000年7月），頁76-80。

郭玉清，「促進長期經濟增長的財政政策選擇」，**山東財政學院學報**（青島），2005年第4期（2005年8月），頁37-41。

陳德昇，「中共『十五』時期擴張性財政政策與經濟成長」，**經濟前瞻**（台北），第76期（2001年7月），頁30-34。

陶儀芬，「政治權力交替與經濟機會主義：集體行動與改革時期中國政治經濟景氣循環」，**問題與研究**（台北），第45卷第3期（2006年5月），頁77-102。

楊之剛，「中國分稅財政體制：問題成因與建議改革」，**財貿經濟**（北京），2004年第10期（2004年10月），頁60-66。

劉玉、劉毅，「區域政策的調控效應分析—以我國財政轉移支付制度為例」，**地理研究**（北京），第22卷第2期（2003年3月），頁192-200。

盧洪友，「論財政分權與分級財政制度」，**山東財政學院學報**（濟南），2001年第3期（2001年5月），頁25-28、32。

盧洪友，「中國政府間財政關系實證分析——兼析基層公共治理的財政困境及路徑」，**華中師範大學學報**（人文社會科學版）（武漢），第45卷第1期（2006年1月），頁30-35。

盧洪友、朱四珍，「促進中部崛起的財政政策探討」，**學習與實踐**（武漢），2007年第2期（2007年2月），頁25-28。

薛豔風、任虎，「我國城鄉區域經濟發展」，**經濟師**（太原），2007年第4期（2007年4月），頁27-28。

魏候凱，「中國西部大開發：新階段與新思路」，**發展**（蘭州），2005年第11期（2005年11月），頁12-16。

魏淑豔，「試論當代中國的決策模式轉換方向」，**社會科學輯刊**（瀋陽），2005年第3期（2005年5月），頁197-199。

類洪，「現代經濟增長理論與財政政策」，財政研究（北京），2006年第5期（2006年5月），頁2-7。

四、研討會論文

耿曙、塗秀玲，民94/11/19。〈區域開發的政治邏輯〉，發表於「中共政權變遷：精英、體制與政策」研討會。臺北：中央研究院。

魏候凱，2006/4/29-30。〈中國市場轉型中的區域經濟差距：社會影響與政策調整〉，發表於「中國市場轉型與社會發展：變遷、挑戰與比較」研討會。臺北：政治大學國際關係研究中心第四所。

五、網際網路

賈康，「關於建立公共財政框架的探討」，人民日報（北京），轉引自〈http://kfq.people.com.cn/BIG5/55140/56842/58554/58695/4314932.html〉。

國務院西部地區領導小組開發辦公室，〈http://www.chinawest.gov.cn/web/index.asp〉。

「新華時評：以『三個代表』重要思想指引全面建設小康社會征程」，新華網，2002年11月10日，〈http://news.xinhuanet.com/newscenter/2002-11/10/content_624515.htm#〉。

高培勇，「公共化：公共財政的實質」，人民日報（北京），2004年10月22日，〈http://big5.china.com.cn/chinese/OP-c/686888.htm〉。

「中國政府正式著手振興東北老工業基地」，新華網，2003年8月14日。〈http://news3.xinhuanet.com/fortune/2003-08/14/content_1026101.htm〉。

六、英文專書

Anderson, John E., *Public Finance*. (Boston: Houghton Mifflin, 2003)

Bunce, Valerie, *Do New Leaders Make a Difference?* (Princeton, NJ: Princeton University Press, 1989)

Hsiao, Cheng, *Analysis of Panel Data and Limited Dependent Variable Models: In Honors of G. S.*

Maddala. (Cambridge & New York: Cambridge University Press, 1986)

Hsiao, Cheng, *Analysis of Panel Data*, 2nd.ed. (New York: Cambridge University Press, 2002)

Musgrave, *The Theory of Public Finance: A Study in Public Economy*. (New York: McGraw-Hill, 1959)

七、英文期刊

Bunce, Valerie, "Leadership Succession and Policy Innovation in Soviet Republics," *Comparative Politics*, vol. 11, no. 4 (1979/July), pp. 379-401.

Caiden, Naomi, "Patterns of Budgeting," *Public Administration Review*, vol. 38 (1977/November/ December), pp. 539-543.

Tao, Yi-Feng, "The Evolution of 'Political Business Cycle' in Post-Mao Era," *Issues & Studies*, vol. 42, no. 1 (2006/March), pp. 163-194.

_____, "The Evolution of Central-Provincial in Post-Mao China, 1978-98: An Event History Analysis of Provincial Leader Turnover," *Issues & Studies*, vol. 37, no. 4 (2006/July), pp. 90-120.

中共「十七大」後對台人事安排：
解釋與評估

郭瑞華

（展望與探索月刊研究員）

摘要

　　中共五年舉行一次的黨大會，是觀察其政治精英人事變化的重要場域。雖然一般都是關注中央政治局常委、政治局委員、中央委員三個層面的甄補，但其中亦涉及中共對台政策制訂與執行的第一線領導者的人事變遷。中共慣稱，政治路線決定組織路線，組織路線又決定幹部路線。中共對台政治路線或對台政策的本質，過去是軍事鬥爭，後來轉變成政治鬥爭，其統戰策略、政治路線決定不同的組織路線及人事。

　　毛澤東、周恩來時代，對台工作以軍事鬥爭、情蒐為主，其後為爭取國民黨高層軍政人員，成立對台工作專責組織—中央對台工作領導小組及辦公室。鄧小平上台後，對台政策大轉折，採取「和戰兩手兼顧，統戰為主」的策略，任務取向以統戰為主，領導的人都具備國共兩黨長期鬥爭經驗。1987年11月，兩岸展開交流之後，中共對台工作逐漸擴及探親、旅遊、通商、求學、學術交流等方面，領導管理歸口的小組，成員結構產生變化，強調專業性、功能性，相關部門負責人參與其事，成為常態。不過，對台工作基本上仍由外交、台辦、統戰、解放軍、國安五大系統負責。

　　本文根據中共以往對台組織人事變遷軌跡，以及現階段對台政策思

維、工作執行需要，以及制度與非制度因素，預測對台三個重要機構：中央對台工作領導小組、「中台辦」、全國台聯在中共「十七大」後的可能人事安排。

關鍵詞：對台政策、組織路線、統戰、人事安排、中央對台工作領導小組

Personnel Arrangement for Taiwan Affairs after the 17ᵗʰ Party Congress of the CPP —Explanation and Assessment

Jui-Hua Kuo

(Research Fellow, Prospect & Exploration Mazagine)

Abstract

The Communist Party of China claims that the political line determines the organizational line and the latter decides the administrative line. The nature of the Taiwan political line or Taiwan Policy of the CPC was formally military struggle which has been transformed to political struggle. The united front strategy and political line determine different organizational line and personnel system. At the time of Mao Zedong and Zhou Enlai, the tasks to the work of Taiwan were mainly military struggle and intelligence collection. After Deng Xiaoping took office, China's Taiwan policy has changed dramatically. He adopted the "two-handed peace and fight, united front-oriented" strategy; as a result, the tasks became united front orientated and leaders all have accumulated rich experience in the long party struggle between the CPC and the KMT. After the cross-strait exchange in November, 1987, the work for Taiwan has gradually expanded to the area of visiting family, tourism, business, study and academic exchange. Thus, the structure of members at the Central Leading Group for Taiwan Affairs began to change. The Office places great emphasis on professionalism and functionality; and the responsible persons of relevant departments participating in the affairs become normal.

This paper aims to assess the personnel arrangement of the three important institutes responsible for Taiwan affairs including the Central Leading Group for Taiwan Affairs, Taiwan Affairs Office and National Association of Taiwan Compatriots on the basis of the former trend of personnel reshuffling of Taiwan affairs organizations, thinking and needs for the execution of Taiwan policy at the current stage, as well as institutional and non-institutional factors.

Keywords: Taiwan policy, organizational line, united front, personnel arrangement, the Central Leading Group for Taiwan Affairs

壹、前言

中共較大幅度的人事異動，主要出現在中國共產黨全國代表大會（簡稱黨大會）召開前後，以及新一屆全國人民代表大會（簡稱全國人大）召開時三階段。一般而言，省級地方大都是在黨大會舉行前一年進行人事大調整，全大陸31個省市在黨大會召開前完成換屆改選，以便新一屆的省（區、市）委書記和省（市）長（區主席）能順利進入中共中央委員會。當然在此一波人事更動中，有不少中央部委領導接任省級領導，因此亦會涉及中央部委的人事變動。其次是黨大會舉行後，陸續選出中央委員、政治局委員、政治局常務委員、書記處成員、紀委書記，以及中央軍委成員，隨著黨的高層人事確定，中共中央直屬機構也展開另一波的人事替換。最後是次年的全國人大召開期間，再展開一波較大幅度的人事異動，這是中央政府，也就是國務院系統的人事更動，主要是因為受到任期兩屆十年，以及年齡限制因素影響，會有一部分國務院領導及部委負責人離退。

至於與中共黨系統關係密切的社團，也是緊接著中共黨大會之後，舉行換屆大會，展開新的人事部署。至於其他黨派的換屆大會亦配合中共黨大會，在其前後召開。

由上可知，五年一次的中共黨大會，是觀察中共政治精英人事變化的重要場域。由於大幅度的人事更替已發生在五年前的「十六大」，但因當時並未甄拔較年輕世代進入中央政治局、政治局常委會、書記處，因此「十七大」將會拔擢較年輕世代進入中央政治局、政治局常委會、書記處，以利接班。因此，2007年10月15日至22日召開的中共「十七大」及「十七屆一中全會」，成為眾人注目焦點。從人事甄補的觀點，一般都是關注中央委員、中央政治局常委、政治局委員、中央書記處書記及中央軍委幾個層面。但，就兩岸互動及中共對台政策的角度觀察，吾人亦關心未

來將成為中共對台政策制訂與執行的第一線領導者。據此，本文將以中共
中央對台工作領導小組成員和中央台灣工作辦公室（簡稱「中台辦」）、
國務院台灣事務辦公室（簡稱「國台辦」）主任、副主任，以及中華全國
台灣同胞聯誼會（簡稱全國台聯）作為分析對象，有系統蒐集歷屆中央對
台工作領導小組成員和「「國台辦」」領導者異動資料，採取歷史研究途
徑，試圖從中發現人事甄補與變遷的因果關係，以及發展的規律，以便作
為評估現況和未來的依據。

貳、中共對台政策與組織人事關聯性分析

　　中共慣稱：政治路線決定組織路線，組織路線又決定幹部路線。[1]政
治路線是總方針、總政策，政策決定後，就須從其本質和需求，考慮何種
組織體系最容易達成目標。根據政治路線的本質和需求做決定，確定組織
路線後，然後依據組織任務需要尋找工作幹部；不同的組織與任務，需要
尋找不同專長的人。不過，實際運作時，也會考量人情世故、派系，以及
個人因素。

　　中共對台政治路線或對台政策的本質，過去是軍事鬥爭，後來轉變成
政治鬥爭，其統戰策略、政治路線決定不同的組織路線及人事。同時，領
導人的更迭也會影響政策走向。由於領導人有不同的思維，或為締造前人
未達成的政績、任務，或面對新的環境，必須提出新的政治路線，組織路
線、幹部政策也隨之改變。

---

[1]　景彬主編，中國共產黨大辭典（北京：中國國際廣播出版社，1991年），頁84-85。

表一：中共對台政策演變（1949-2007）

時　　間	領導人	環　境　因　素	對台政策內涵	執　行　單　位
1949-1978	毛澤東 周恩來	國府遷台，中共建政 韓戰爆發、美軍協防台海 東西冷戰、美國對中圍堵 中蘇反目，美中關係解凍 中共取代我國成為聯合國 常任理事國 大陸內部政治運動不斷	・武力解放 ・武力解放為主 、和平解放為輔 ・爭取與孤立 ・一綱四目	福州軍區。 設立中央對台工作領導小組（總理辦公室、中央調查部、統戰部、公安部參與），負責人：周恩來、李克農、羅瑞卿，以及汪東興。
1979-1993	鄧小平	中美建交、美聯中防蘇 中共經濟改革、對外開放 台灣經濟起飛 台灣開放國人赴陸探親 兩蔣時代結束，李登輝掌權 蘇聯解體、東歐共黨垮台	・和平統一、一國兩制 ・以統戰為主，兩手兼顧 ・寄希望於台灣人民，也寄希望於台灣當局 ・不放棄非和平方式 ・國共第三次合作	重組中央對台工作領導小組（後改名中央對台工作小組），負責人：鄧穎超、廖承志、楊尚昆、吳學謙。 各級省委成立對台工作領導小組。 設立「國台辦」和海協會，並在國務院各部門及各級政府設置台辦。
1993.6-2003.5	江澤民	大陸走向市場經濟，經濟快速發展 中美互動頻繁 區域問題 李登輝當選民選總統 台灣政黨輪替，陳水扁掌權 國人赴陸投資熱、兩岸轉口貿易旺 經濟全球化	・和平統一、一國兩制 ・江八點（對台八項原則）寄希望於台灣當局，更寄希望於台灣人民 ・不放棄非和平方式 ・從軍事、政治鬥爭而全面性鬥爭 ・發展兩岸關係促交流	改組中央對台工作領導小組（中央辦、「中台辦」、外交部、國安部、總參情報部、中央統戰部、海協會參與），負責人：江澤民、錢其琛。 「國台辦」撤併交往局，增設港澳涉台事務局。

| 2003.5-迄今 | 胡錦濤 | 中國崛起、經濟快速發展
大國布局
中美競合成為常態
日本角色浮現、區域問題
能源爭奪、恐怖主義
陳水扁連任、朝野消長
兩岸持續政治冷、經濟熱
連、宋訪問大陸 | ・胡四點
・制定反分裂國家法
・和平穩定、反獨優先
・寄希望於台灣人民
・持續推動兩岸經貿、文化交流
・強化國民黨互動關係 | 改組中央對台工作領導小組，負責人：胡錦濤、賈慶林。
成立做好台灣人民工作協調工作小組、對台宣傳小組和對台經貿工作協調小組。
「國台辦」增設法規、投訴協調兩局。 |

資料來源：1.中共中央台灣工作辦公室、國務院台灣事務辦公室，中國台灣問題（北京：九洲圖書出版社，1998年）。
　　　　　2.共黨問題研究叢書編輯委員會，中共對台工作研析與文件彙編（台北：法務部調查局，民國83年）。
　　　　　3.郭立民編，中共對台政策資料選輯（1949-1991）（台北：永業出版社，民國81年）。
　　　　　4.楊開煌，出手—胡政權對台政策初探（台北：海峽學術出版社，2005年）。
　　　　　5.人民網；新華網；「國台辦」網站。

　　中共對台組織的設置與中共對台整體政策和策略作為相結合（如表一）。毛澤東、周恩來時期，兩岸處於軍事衝突階段，中共對台工作的訴求重點是「解放台灣」。其後為爭取國民黨高層軍政人員，中共於1955、56年間，成立對台工作專責組織—中央對台工作領導小組及辦公室，主司其事。1971年10月中共進入聯合國之後，中共對台工作轉趨積極，其外交、僑務與對台工作的相結合，兩岸外交競逐和爭取僑心日漸白熱化，中共外交及僑務部門在對台工作中相對突出。此時，兩岸仍處於尖銳對峙和隔絕狀態，故中共對台組織的設置基本上維持既有規模，尚未擴大。

　　1978年底鄧小平掌權後，中共對台政策由「解放台灣」轉為「和平統一、一國兩制」，在對台政策上，表現出高度的急迫感，除提出「台灣回歸祖國、實現祖國統一」是中共八〇年代三大任務之一外。另外還重新組

建中共中央對台工作領導小組，由鄧穎超、廖承志負責；同時在各級省委也設立對台工作領導小組，接著組建全國台聯、台灣同學會、黃埔軍校同學會等涉台聯誼團體；同時恢復台灣民主自治同盟和中國國民黨革命委員會等黨派的對外活動。中共希望藉這些與台灣具有密切關係的黨派團體，發揮對內與對台的統戰效果。另外，中共還在廈門大學、中國社會科學院相繼設立台灣研究所，從事台情研究。

1987年11月我政府開放民眾赴大陸探親之後，兩岸開始交流互動。中共為因應兩岸交流日增、互動頻繁所衍生的事務問題，不僅設立對台專責執行機構：「國台辦」和海峽兩岸關係協會（簡稱「海協會」），並在國務院各部門，以及從省到縣的各級人民政府裡均設置台辦。同時，中共又陸續組建各類型的涉台團體，如：中國和平統一促進會、全國台灣研究會、台屬聯誼會、中華海外聯誼會等。大陸各省市也繼之成立各類對台交流團體，擴大對台工作；有關涉台研究機構團體更相繼設立，如上海台灣研究所、北京清華大學台灣研究所等。此外，中共還針對各個功能團體，如中國國際貿易促進委員會、中華全國工商業聯合會等團體，指導其加強與我方相關團體的聯誼交流。

2002年11月，胡錦濤在中共「十六大」當選總書記，但未接掌中央軍委主席；次年3月十屆全國人大一次會議上被選為國家主席，並發表第一次的「胡四點」講話，隨後傳出其接任中共中央對台工作領導小組組長，正式涉入對台工作。惟一般認為，此時其權力尚未完全穩固。2004年9月，中共召開十六屆四中全會，江澤民卸任中央軍委主席，胡錦濤集中央總書記、軍委主席、國家主席三職於一身，在對台工作上開始展現與江澤民不同的作為。首先是讓幾乎破局的2005年春節包機順利雙向直飛；同年3月完整闡述新「胡四點」，並由全國人大通過《反分裂國家法》，為台獨劃出一條紅線。緊接著，中國國民黨主席連戰、親民黨主席宋楚瑜、新黨主席郁慕明相繼率團赴大陸「破冰之旅」，與胡錦濤舉行「連胡會」、

「宋胡會」、「郁胡會」。自此，兩岸關係展開另一新局，中共對台工作有更具體作為，包括：台灣水果輸陸免稅等惠台措施相繼提出，希望藉此爭取台灣民心；為加強兩岸經貿合作及台商工作，成立「對台宣傳小組」和「對台經貿協調小組」，同時在「國台辦」增設法規、投訴協調兩局。[2]此外，另成立「做好台灣人民工作協調工作小組」，貫徹執行「寄希望於台灣人民」的政策。[3]

參、對台組織與人事：從歷史解釋

基本上，中共為執行對台政策，採取「全黨都來做對台工作」的方針，展開「多層次、多形式、多渠道、多面向」的部署，動員的單位、機構極為龐大廣泛，依照「各有分工、各有側重、互相協作、互相配合」原則，建立涵蓋官方與民間各階層的全方位對台工作組織體系。[4]本文僅以其中扮演最重要、最直接角色的三個機構：中央對台工作領導小組、「中台辦」（「國台辦」）、全國台聯，作為分析對象。

一、中央對台工作領導小組

中共中央對台工作領導小組是在中共中央政治局及其常委會領導下，一個負責中共對台政策及推動工作的議事性機構，並統一指導、協調、監督中共黨、政、軍、群各部門的對台工作。

---

[2] 王玉燕，「中共中央新設兩個對台工作小組」，聯合報，2005年5月8日，第A13版；汪莉絹，「中共設投訴局，專責台胞服務」，聯合報，2005年7月7日，第A1版。

[3] 「做好台灣人民工作協調工作小組」，在中央由何人負責尚不得而知，惟地方已見運作。

[4] 郭瑞華編著，中共對台工作組織體系概論，修訂2版（台北：法務部調查局，民國93年），頁1-2。

中共中央對台工作領導小組建立定期會議制度，在一般議題上，該小組即有決定權，只有像「江八點」的提出及年度對台工作等重大政策議題，才需要政治局常委審批，並提政治局全體會議討論。當中共中央做出決策之後，相關工作與政策則交由中共中央或國務院各有關部門具體化和落實；有些則需要各部門向中央對台工作領導小組提供訊息、資料和處理意見，彙整後交由中共中央做最後的裁決。

除中央對台工作領導小組，目前大陸地方各級黨委對台工作領導小組皆已建立。以省級為例，一般而言，其組長大都由省（區、市）委副書記擔任，但也有少數地區例外，係由省委書記擔任，副組長由省委副書記擔任。[5]領導人層級高，相對地，顯示其較重視該地區的對台工作。

回顧中共中央對台工作領導小組的建立，可以說與當時環境、政策息息相關。毛澤東、周恩來時代，國際情勢比較單純，國共兩黨鬥爭，初期中共要使用「武力解放台灣」，但其後演變成以「武力解放」為主，「和平解放」為輔，再後來是以「和平解放」為主，「武力解放」為輔，政策有所調整。不過，整個政策核心還是以軍事鬥爭、情蒐、統戰工作為主，後期則以在國際上封殺台灣的合法性，最為明顯。1955-1956年間，中共為塑造和談氣氛，爭取策反國民黨高層軍政人員，成立中央對台工作領導小組及辦公室，由負責中共外交、統戰的周恩來掌舵，工作人員幾乎都來自調查、統戰、公安系統，包括李克農、羅瑞卿、楊尚昆、徐冰、童小鵬、羅青長、孔原、凌雲等。[6]「文革」期間，中共對台工作亦遭到波及，受到阻礙。1978年7月恢復中央對台工作領導小組，由中共中央副主席汪東興領導。[7]

5　例如，2007年10月在中共十七屆一中全會當選中央政治局常委的習近平，在浙江省委書記任內，即擔任該省對台工作領導小組組長一職。

6　童小鵬，風雨四十年（第二部）（北京：中央文獻出版社，1996年），頁274、299-303。

7　李立，目擊台海風雲，2版（北京：華藝出版社，2005年），頁288。

　　1979年，中共實施改革開放之後，對台政策也大轉折，採取「和戰兩手兼顧，統戰為主」的策略。在組織人事方面，中共強化中央對台工作領導小組，從任務編組，變成常態性工作小組，任務取向以統戰為主。在這種政策要求下，領導者是要具備與對手鬥爭能力，從鄧穎超、廖承志到楊尚昆，都是屬於具有國共兩黨長期鬥爭經驗者。同時為平反「文革」時期受迫害的大陸台胞，了解台灣人民心聲、心態，台籍人士如蔡嘯、林麗韞也被納入小組。

圖一：中共中央對台工作領導小組成員系統指揮圖（2003年5月）

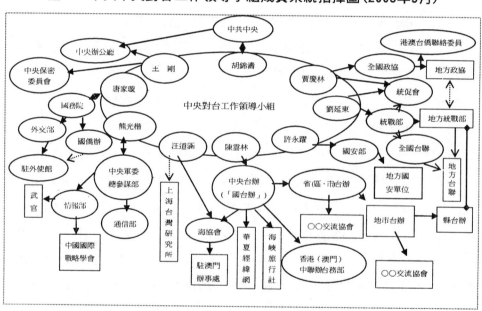

說明：1. 本表係於2003年5月小組改組後，成員所領導的部門與工作領域。
　　　2. 副總參謀長熊光楷已於2005年12月退休，海協會長汪道涵亦在該年月去世；國安部長許永躍則於2007年8月卸職，王剛亦於同年9月交下中央辦公廳主任職務，中央統戰部長劉延東亦在該年11月卸職。

資料來源：作者自繪。

　　1987年11月，當兩岸開始交流之後，中共對台工作逐步涉及探親、旅遊、通商、求學、學術交流等方面，此時領導管理歸口的小組，成員結構也產生變化。由於具有國共鬥爭經驗的老人逐漸凋零，由新人逐漸接班，強調專業性、功能性，相關部門負責人參與其事，漸成為常態，從江澤民到胡錦濤時期，都是維持這樣的型態，並具制度化傾向。總的來說，就成員結構來看，當前中共當局對台工作主要係由外交、台辦、統戰、解放軍、國安五大系統負責（如圖一）。

　　本文依據時間序及換屆改組情形，將中央對台工作領導小組劃分為八個階段，其歷屆成員如表二。

　　從小組成員人數來看，由鄧穎超領導時的9人（1979年），進而到楊尚昆時的11人（1987年）；及至江澤民掌權後，領導小組改為對台工作小組時的9人（1991年）；到了江澤民接任組長時，小組地位提升，但人數減為6人（1993年），換屆後又變成8人（1998年）。胡錦濤接任組長時，人數又增為9人（2003年）。

　　換言之，小組成員人數並非固定不變的，其原因在於對台工作領導小組成員雖以功能性為主，具有職務取向；惟亦有關係取向。例如，1991年3月，對台工作領導小組被降改為對台工作小組，當時楊斯德已從中央對台辦主任退休，但仍以「中台辦」顧問身分擔任成員，因楊尚昆對其充分信賴之故；此外，江澤民時期，如就「海協會」的組織地位而言，其負責人實不足以參與領導小組工作，惟因會長汪道涵是江澤民的老長官，兩人關係密切，遂能成為其中一員。再如，1998年4月，領導小組換屆，曾慶紅以中央辦公廳主任身分參與對台領導小組，係因其之前獲得江澤民授權，代表其處理對台秘密接觸工作。漸漸地，這種例外亦有可能成為慣例、常態，例如，胡錦濤接棒時，汪道涵仍是小組成員之一；新任中央辦公廳主任王剛，亦成為小組成員。

表二：中央對台工作領導小組歷屆成員

時　　間	成員（時任涉台職務）
1956-1975	周恩來（組長，國務院總理兼外交部長）、李克農（副組長，中央調查部部長）、羅瑞卿（公安部長）、徐冰（中央統戰部副部長、部長）、羅青長（國務院總理辦公室副主任，中央調查部秘書長、副部長，中央對台辦主任）、童小鵬（中央統戰部秘書長，國務院副秘書長兼總理辦公室主任）、孔原（中央調查部副部長、部長）、楊尚昆（中央辦公廳主任）、廖承志（中央統戰部副部長）。
1978.7-1979.12	汪東興（組長，中央政治局常委、中央副主席） 羅青長（中央調查部部長、中央對台辦主任）？
1979.12-1987.12	鄧穎超（組長，中央政治局委員、全國人大副委員長、中央紀檢委第二書記、全國政協主席）、廖承志（副組長，國務院僑務辦公室主任兼港澳辦公室主任、外交部黨組副書記）、汪鋒（專職副組長）、羅青長（中央調查部部長、中央對台辦主任）、童小鵬（中央統戰部副部長）、楊蔭東（中央對台辦副主任、主任）、楊斯德（總政治部聯絡部部長）、蔡嘯（中國體育協會台灣省體育工作聯絡處主任、全國政協副秘書長）、林麗韞（中央對外聯絡部局長，後擔任全國台聯會長）、楊尚昆（中央政治局委員，中央軍委常務副主席、秘書長）。
1987.12-1991.3	楊尚昆（組長，中央政治局委員、中央軍委常務副主席、第一副主席，國家主席）、閻明復（中央統戰部部長，「六四事件」後下台）、朱穆之（中央對外宣傳小組組長）、楊斯德（中央對台辦主任）、賈春旺（國家安全部部長）、鄭拓彬（對外貿易部部長）、廖暉（國務院僑務辦公室主任）、朱啟禎（外交部副部長）、趙復三（中國社會科學院副院長，後另任全國台灣研究會副會長）、岳楓（總政治部聯絡部部長）、熊光楷（總參謀部情報部副部長）。
1991.3-1993.6	楊尚昆（組長，國家主席，中央軍委第一副主席）、吳學謙（副組長，國務院副總理）、王兆國（「國台辦」主任）、賈春旺（國家安全部部長）、蔣民寬（中央統戰部常務副部長）、齊懷遠（外交部副部長）、楊斯德（「中台辦」顧問）、孫曉郁（「中台辦」副主任）。
1993.6-1998.4	江澤民（組長，中央政治局常委、中央總書記、中央軍委主席、國家主席）、錢其琛（副組長，中央政治局委員、國務院副總理兼外交部長）、汪道涵（海協會會長）、王兆國（中央統戰部部長、「國台辦」主任）、賈春旺（國家安全部部長）、熊光楷（中央軍委總參謀長助理，後升任副總參謀長）。

1998.4-2003.5	江澤民（組長，中央政治局常委、中央總書記、中央軍委主席、國家主席）、錢其琛（副組長，中央政治局委員、國務院副總理）、汪道涵（海協會會長）、曾慶紅（中央政治局候補委員、中央組織部部長）、王兆國（全國政協副主席、中央統戰部部長）、許永躍（國家安全部部長）、陳雲林（「中台辦」、「國台辦」主任）、熊光楷（中央軍委副總參謀長）。
2003.5-迄今	胡錦濤（組長，中央政治局常委、中央總書記、中央軍委主席、國家主席）、賈慶林（副組長，中央政治局常委、全國政協主席）、王剛（中央政治局候補委員、中央辦公廳主任）、唐家璇（國務院國務委員）、汪道涵（海協會會長）、劉延東（全國政協副主席、中央統戰部部長）、許永躍（國家安全部部長）、陳雲林（「中台辦」、「國台辦」主任）、熊光楷（中央軍委副總參謀長）。

說明：1. 表列1987年以前的小組成員名單，係涵蓋曾參與的人員且非同一時期，同時相關研究對於成員名單說法不同，有相當出入，尚缺乏第一手資料佐證。

2. 2003年改組後的成員異動情形，如圖一說明2。

資料來源：1. 王健英編著，中國共產黨組織史資料彙編：領導機構沿革和成員名錄（北京：中共中央黨校出版社，1995年）。

2. 趙博、樊天順主編，中國共產黨組織工作大事記（北京：中國國際廣播出版社，1991年）。

3. 中共中組織部、中共中央黨史研究室編著，中國共產黨歷屆中央委員大辭典（北京：中共黨史出版社，2004年）。

4. 李立，目擊台海風雲，2版（北京：華藝出版社，2005年）。

5. 童小鵬，風雨四十年（第二部）（北京：中央文獻出版社，1996年）。

6. 「中共的對台組織與人事」，潮流月刊，第54期（1991年8月15日），頁27-35。

7. 楊勝春，中國最高領導班子的左右手─中共中央直屬機構檔案（1949-1998）（台北：永業出版社，2000年）。

8. 郭瑞華編著，中共對台工作組織體系概論，修訂2版（台北：法務部調查局，民國93年12月）。

　　另就職務取向分析，不同時期，同一系統亦可能由不同層級負責人參與，例如，在外交系統方面，吳學謙以國務院副總理身分；錢其琛先以國務院副總理兼外交部長，再以國務院副總理身分參與；唐家璇以國務院國務委員身分介入小組工作。胡錦濤時期，小組成員多了中央政治局常委兼全國政協主席賈慶林，兩名政治局常委同列小組內，這是過去所未曾出現的現象，一方面，意味中共越來越重視對台工作，對解決台灣問題具有急迫性；另一方面，政協本來就是統一戰線的最高機構，負責人參與對台工作，恰如其份。而由賈慶林擔任副組長，讓其負責對外政策宣示及會見涉台訪客事務。[8]較特殊是，在楊尚昆負責對台工作小組時期，有數名副職人士列名其中，如中央統戰部常務副部長蔣民寬、外交部副部長齊懷遠、「中台辦」副主任孫曉郁，惟這種情形後來未曾再出現，象徵小組地位、層級獲得提升。

　　此外，分析中央對台工作領導小組成員與中央委員會關係，根據表列資料，歷屆小組成員中未曾擔任過中央委員、候補委員，比重不高，只有童小鵬、楊蔭東、楊斯德、朱啟禎、趙復三、岳楓、孫曉郁、汪道涵等人。尤其自從江澤民以中央總書記之職接任小組組長職務後，小組地位提升，成員層級當然也較高，幾乎都是現職中央委員或候補委員，唯一例外是汪道涵，雖然他擔任過副部級主管及上海市長，但那是1981年以前的事，到了擔任海協會會長，已76歲高齡，也無緣進入中央委員會。

二、「中台辦」、「國台辦」

　　「中台辦」、「國台辦」，兩者名稱在大陸媒體經常同時並列出現，惟實際就是「兩辦合一」，是「一套人馬、兩塊招牌」。

---

[8] 胡錦濤就任中央對台工作領導小組迄今，有關會見台灣訪客次數，屈指可數，如會見連戰、宋楚瑜、郁慕明、張榮發（未公開），以及大陸台商會各會長等，與江澤民經常會見台灣訪客，尤其是台灣商界人士，作風甚為不同。

　　中共中央對台工作領導小組成立時即設辦公室，以處理小組日常業務及各部門協調工作，正式名稱為中央對台工作領導小組辦公室（簡稱中央對台辦），在八〇年代其主要職能是：

> 在中央對台工作領導小組領導下，綜合研究台灣形勢及動向，及時提出看法和建議，上報中央；負責中央直接掌握的台灣上層關係的工作，圍繞國民黨權力核心，開展上層聯絡工作；協調指導對台宣傳工作；對中央有關部門、各省、自治區、直轄市貫徹執行中央對台方針政策的情況，進行檢查指導等[9]。

　　1979年12月，中央對台工作領導小組改組以後，擔任中央對台辦主任，先後有羅青長、楊蔭東、楊斯德。三人都是特工出身，五〇年代即開始從事對台工作。羅青長曾打入胡宗南部隊從事地下活動，長期在周恩來身邊工作，當過總理辦公室副主任、中央調查部秘書長、副部長、部長。楊蔭東年少時加入「中華民族解放先鋒隊」，後被中共派往黃埔軍校第十六期學習，畢業後在國軍內部從事情報工作，打入西安綏靖署第七補給區司令部，隨從司令周士冕，準確掌握國軍部署並及時上報中共中央和西北野戰軍前委，為中共立下汗馬功勞。[10]楊斯德曾任福州軍區政治部副主任、總政治部聯絡部副部長、部長，長期從事對我國軍進行宣傳統戰，以及策反工作；甚至在九〇年代初，在楊尚昆指揮下，曾與當時總統李登輝辦公室主任蘇志誠在香港秘密接觸。[11]

9　鄒錫明編，中共中央機構沿革實錄（北京：中國檔案出版社，1998年），頁179。

10　賈志偉，「精禽銜石、鬥士抗流─懷念楊蔭東前輩」，統一論壇，總第101期（2006年1月），頁53-54。

11　王銘義，對話與對抗：台灣與中國的政治較量（台北：天下遠見出版公司，2005年），頁76-77。

　　1987年11月，我政府開放台灣民眾赴大陸探親。隨著探親、旅遊人數的增加，以及交流層面日益多元，兩岸交往已衍生一些新問題，例如，台胞到大陸探親，牽涉到出入境管理、交通、旅遊、住宿等問題。進行兩岸貿易，涉及航運、商檢、商標註冊、專利申請，以及商務仲裁等問題。台胞到大陸投資，則有投資諮詢、資金融通、風險擔保、外匯平衡等問題。兩岸文化、教育、體育、科技、學術的交流，則需要相關單位協調管理。因此，中共認為必須成立一個專責機構統籌相關事宜。另一方面，長期負責處理中共黨務系統對台工作的中央對台辦，它只是中央對台工作領導小組的秘書幕僚、辦事機構，並不能取代「政府」部門的行政機關角色，去制訂各項涉台法規，同時在涉及國務院各部門和地方政府的協調工作與接待方面有所不便。因此，中共國務院於1988年9月9日第21次常務會議決定設立「國台辦」，統籌協調涉台行政事務工作，進一步推動兩岸交往的發展。當時，任命時為國家計畫委員會副主任丁關根兼任首任「國台辦」主任。

　　1991年3月27日，中共中央、國務院發出《關於成立中共中央台灣工作辦公室的通知》，指出「原中央對台工作領導小組辦公室和國務院台灣事務辦公室合併，成立中共中央台灣工作辦公室，該辦公室同時也是國務院台灣事務辦公室」，[12]中央對台工作領導小組辦公室這一名稱也就不再使用。兩辦合併原因是中共當局認為對台工作的政策性相當強，必須由中國共產黨直接領導。而它們之所以保留形式上的「政府」部門建制，主要是為便於藉由行政系統的名義，協調國務院其他各部、委、辦、署、局和省市地方政府執行相關業務及制定法規。

　　「中台辦」與「國台辦」名稱雖並用，惟早期兩者在職能上是有所區別，「中台辦」，通常負責對黨的體系有關對台政策的傳達和對台工作的

---

[12] 鄒錫明編，中共中央機構沿革實錄，頁179。

指揮；另外，過去中共在公開場合，強調兩黨對談時，就常以「中台辦」負責人或發言人身分，說明中共對台政策和立場，或回應我方大陸政策聲明。「國台辦」則負責代表國家的立場發言，以及政府體系如國務院部門和地方政府有關對台政策和工作的協調與執行。不過，這種區別在近幾年已不存在，中共已習慣將兩者並稱，統以中央台辦、國務院台辦連用。[13]但是，兩者轄下的機構名稱還是有些許差異，例如「國台辦」新聞局和「中台辦」宣傳局，其實是同一個單位；只是因新聞局負責對外新聞發布和台灣記者採訪工作的聯繫審批；宣傳局則負責中共各機關和幹部的涉台教育事宜，以及主導對台宣傳工作。

　　1988年「國台辦」初組建時期，分為四個司級的組：秘書行政組、政策研究組、聯絡組、協調組；[14]其後，增為五個司級的組：秘書行政組、政策研究組、交流聯絡組、人員往來組、經貿科技組。1991年3月「國台辦」與「中央對台辦」合併，轄下七個局，再擴編至八個局：秘書（人事）局、綜合局、研究局、新聞（宣傳）局、經濟局、交往局、交流局、聯絡局。[15]2000年初，「中台辦」、「國台辦」依照中央機關機構改革統一部署，進行內部機構調整，撤銷交往局，增設港澳涉台事務局，原交往局負責的三通、人員交流業務，分別交予經濟局、交流局負責。仍然維持八個局的編制，人員編制也基本不變。2005年7月再增加法規、投訴協調兩局，成為十個局：秘書局、綜合局、研究局、新聞局、經濟局、港澳涉台事務局、交流局、聯絡局、法規局、投訴協調局，以及機關黨委。

---

[13] 惟近年中共從事兩岸政黨交流時，「國台辦」接待官員仍都是只用「中台辦」黨職身分。

[14] 中共中央組織部、中央黨史研究室、中央檔案館，中國共產黨組織史資料（附卷一下）（北京：中共黨史出版社，2000年），頁895。

[15] 中共中央組織部、中央黨史研究室、中央檔案館，中國共產黨組織史資料（第七卷上）（北京：中共黨史出版社，2000年），頁242。

　　至於「海協會」則是「國台辦」綜合局的化身，成立於1991年12月，係中共為因應當時兩岸互動情勢而組建的「民間中介團體」。對中共而言，成立「海協會」是情勢所逼，不得不為。自從我政府開放國人赴大陸探親之後，隨著兩岸民眾互動日益密切，衍生越來越多的交往問題必須由兩岸政府出面解決。我政府為解決複雜的兩岸人民往來有關事務，但又不願由官方單位與中共有關方面直接接觸，遂在1990年底，成立財團法人海峽交流基金會，作為與大陸有關部門交涉與協商的單位。當時中共當局不僅無意成立「對口單位」，甚至反對。然而，當「海基會」與「國台辦」數度實質接觸後，中共始感到體制與角色的不協調，因而體認到不論是在對台統戰或交流需求，成立「民間對口單位」有其適用性與必要性，以便務實解決兩岸間的糾紛。更重要的是，中共希望透過「海協會」的成立，發揮因勢利導的作用，經由兩岸兩會事務性會談，進而導向政治性談判的舉行。[16]「海協會」在會長汪道涵過世後，由常務副會長李炳才負責會務，副會長包括孫亞夫、王在希、安民及張銘清，秘書長是綜合局局長李亞飛，副秘書長是副局長王小兵。

　　中共成立「國台辦」，有其政策目標和行政功能，但畢竟涉台工作具有政治性和敏感性，因此，任命鄧小平的牌友，當時的國家計畫委員會副主任丁關根兼任首屆「國台辦」主任。[17]丁關根後調任中央統戰部部長，由時任福建省長的王兆國，接任「國台辦」主任，其後他又同時擔任中央統戰部部長，直至1996年11月，才將「國台辦」主任位置交給陳雲林（歷

---

[16] 郭立民編，中共對台政策資料選輯（1949-1991）（下冊）（台北：永業出版社，民國81年），頁1142-1143。

[17] 有人認為丁關根兼任「國台辦」主任，主要係因擔任中央書記處書記，主管統戰工作之故，惟丁關根是在1989年6月，也就是「六四事件」之後，才接任書記職務，此時擔任「國台辦」主任已有8個月之久了。

任主任、副主任異動情形，如表三）。王兆國是鄧小平、胡耀邦提拔的第三梯隊，曾快速高升至中央書記處書記，後因得罪黨內元老及受胡耀邦下台影響，遭貶調福建省副省長，再升省長。王兆國在福建任職期間，熟悉兩岸交流情況，拉攏台商，執行對台經濟統戰表現不俗，並在處理涉台案件中積累不少經驗，這些都成為他再次晉升的政治資本，同時也是日後他主管中共對台事務較令人信服的資歷。[18]至於陳雲林則是1994年3月從黑龍江省副省長調「國台辦」副主任，1996年11月接任主任一職迄今。由於陳雲林與對台工作幾無淵源，其接任頗令人意外，一般認為其能接任應是，陳雲林領導黑龍江邊境貿易頗有成效，中共中央希望借重其專才，領導兩岸經貿工作；其次是「國台辦」派系糾葛與內部矛盾相當嚴重，人事常擺不平，中共中央拔擢無涉台工作背景、單純派系色彩的陳雲林，可調和內部矛盾。[19]

在「國台辦」副主任方面，其編制應有四名，但由表三中來看，其實有相當彈性，從二名到五名都出現過。副主任外調進來或內升皆有，初組建時，兩名副主任孫曉郁、陳宗皋，前者來自外事系統，其父郁文，曾任中共中央宣傳部常務副部長、中共中央對外宣傳小組副組長、中國社會科學院副院長；後者，出身國家計委，應與丁關根提拔有關。其後的唐樹備出身外交部台港澳辦公室主任；張克輝，台灣彰化人，長期在福建工作，曾任福建省統戰部長；李炳才由揚州市委書記拔擢上來；周明偉來自上海

---

[18] 郭瑞華編著，中共對台工作組織體系概論，修訂1版（台北：法務部調查局共黨問題研究中心，民國88年），頁342-344。此外，王兆國在對台宣傳上還做了一些創舉，例如，1990年3月下旬，福建省閩東電機集團公司的產品廣告連續3天刊登在《自立晚報》第一版上，這是大陸企業首次直接在台灣媒體上刊登產品廣告。同年9月5日，福建省當局又在該報上發表了四版的福建專輯，並刊登時任福建省省長王兆國的署名文章《福建在改革開放中崛起》和其工作照片，這是第一個在台灣報刊發表文章的中共官員。

[19] 同上註，頁352-353。

市外事局局長；王在希出身總參情報部，可能是由於2000年台灣政黨輪替，共軍系統認為「國台辦」對台工作成效不彰，派王在希進駐，實際參與對台行政指導、協調事務；鄭立中可能因在福建任內政績不錯，且做台商工作表現優異，遂由福建廈門市委書記上調北京。

表三：「國台辦」歷任主任、副主任異動情形（1988.9-2007.3）

時　間	主　任	副　　　主　　　任
1988.9	丁關根	孫曉郁、陳宗皋
1989.6	丁關根	孫曉郁、唐樹備、陳宗皋
1990.1	丁關根	孫曉郁、唐樹備、陳宗皋、張克輝
1990.11	王兆國	孫曉郁、唐樹備、陳宗皋、張克輝
1991.5	王兆國	孫曉郁、唐樹備、張克輝
1991.9	王兆國	孫曉郁、唐樹備
1994.3	王兆國	陳雲林、孫曉郁、唐樹備
1994.8	王兆國	陳雲林、孫曉郁、唐樹備、王永海
1996.11	陳雲林	唐樹備、王永海、李炳才
2000.7	陳雲林	李炳才、王富卿、周明偉、王在希
2004.2	陳雲林	李炳才、王富卿、王在希、孫亞夫
2005.6	陳雲林	李炳才、王富卿、王在希、孫亞夫、鄭立中
2006.7	陳雲林	鄭立中、王富卿、孫亞夫、葉克冬

資料來源：1. 中共中央組織部、中央黨史研究室、中央檔案館，中國共產黨組織史資料（附卷一下）（北京：中共黨史出版社，2000年），頁895。
　　　　2. 作者自行蒐集。

此外，副主任內升僅有王永海、王富卿、孫亞夫、葉克冬四人，均經局長、主任助理等職，循序上升至副主任。

眾多歷任副主任中，無一人是中共中央委員，僅有陳雲林、鄭立中係中央候補委員，惟二人都是在地方任職時獲選，與擔任「國台辦」副主任一職無關。由此可見，「國台辦」在黨內層級確實不高，也不具重要性。

三、全國台聯

全國台聯是台籍人士在大陸的同鄉會組織，雖然僅是大陸眾多全國性社團組織中的一個，但在中共對台工作上卻扮演著重要的角色。它是中共全國政協組成單位之一，不僅負責整合居住大陸的四萬多台灣省籍同胞；同時也是執行中共對台統戰工作的第一線，是近幾年負責接待我方人士較積極的單位。

全國台聯成立初期的主要工作是協助中共有關部門在大陸台胞中落實中共各項政策，特別是處理一些「冤假錯案」，為一些遭錯誤批判而被下放的台胞平反；並安排台胞離休後的生活。由於台聯本身是大陸台胞同鄉會組織，與台灣有密切的聯繫和親情關係，在兩岸民間交流與交往中，有自身獨特的優勢和其他一些中共涉台團體和部門無法替代的功能。因此在中共對台工作上，台聯以民間團體的角色，在兩岸交往中，為兩岸民間的文化、體育、學術、經濟等領域的交流進行牽線的工作。此外，全國台聯還曾參與中共「國台辦」有關《台灣問題與中國統一》白皮書的修改工作和全國人大常委會關於《中華人民共和國台灣同胞投資保護法》的制定工作。張克輝擔任全國台聯會長時，常不定期向中共中央總書記江澤民匯報台情，反映意見。[20]

全國台聯創會會長林麗韞年輕時，長期擔任中共國務院總理兼外交部部長周恩來的日語翻譯，能力相當受到肯定，故深獲周恩來、鄧穎超夫婦

---

[20] 郭瑞華編著，中共對台工作組織體系概論（修訂2版），頁332。

的提攜，從1973年8月中共「十大」後，連續擔任中共六屆中央委員，[21]
以一個無顯赫資歷及功績者，而有此地位，在中共黨內算是相當罕見，當
然主要是其台籍因素使然。

　　林麗韞擔任三屆全國台聯會長後，於1991年5月交棒給從「國台辦」
副主任位置退休的張克輝。張克輝有跨黨身分，升任「國台辦」副主任
之前，長期在中共福建省委工作，擔任過福建省委常委、統戰部長；接
任全國台聯會長後次年11月，當選台灣民主自治同盟（簡稱台盟）中央副
主席。1997年11月，張克輝當選台盟中央主席，隨即卸下全國台聯會長工
作。張克輝相繼當選台盟中央副主席、主席，意味其已與中共脫離黨組織
關係。

　　楊國慶繼張克輝之後，接任全國台聯會長。事實上，早在1993年他就
調任專職副會長，已有接班準備。楊國慶係中共黨員，2002年11月，中共
召開「十六大」，他雖是黨代表，但卻未獲選中央委員，反而是由全國台
聯副會長、上海市台聯會長林明月當選中央候補委員，算是取代林麗韞中
央委員位置，但是不具知名度又無顯赫資歷的林明月，為何能當選中央候
補委員？分析其可能原因有二：一是與楊國慶年齡偏高有關，林明月則相
對年輕，又是女性，較占優勢；[22]二是林明月是在中共實施改革開放，對
台灣高唱「和平統一」之際，於1980年8月10日隨同丈夫范增勝攜子從美
國回到上海定居。[23]他們夫婦倆長期在台灣接受反共教育，卻接受中共感
召，回「祖國」參加建設，當然具有政治指標意義。根據上情所述，擔任

---

[21] 中共中組織部、中共中央黨史研究室編著，中國共產黨歷屆中央委員會大辭典（1921-2003）
　　（北京：中共黨史出版社，2004年），頁412-413。

[22] 楊國慶，1936年3月生，在2002年11月中共十六大時，已滿66歲；林明月，1947年12月生。

[23] 原澤，「拳拳赤子心─訪上海市台灣同胞聯誼會會長林明月」，台聲，總第254期（2006年1
　　月），頁60。

全國台聯會長，與是否中共中央委員或候補委員，其實並不一定有關聯性。

　　2002年11月，楊國慶連任全國台聯第七屆會長，但卻突然在2005年1月任期未屆滿就遭撤換。同月6日，全國台聯七屆三次理事會進行改選，增補梁國揚為全國台聯理事、常務理事、會長。[24]梁國揚接任全國台聯會長之前，既不是副會長，甚至連理事都不是，換言之，與全國台聯關係並不深。

　　根據中共發布資料，梁國揚，1982年畢業於上海師範大學歷史系，歷任上海市政協文史資料委員會編輯室副主任、辦公廳秘書處副處長、專門委員會辦公室主任、辦公廳副主任、上海市政協副秘書長；1994年起兼任上海市台聯副會長，2002年兼任台盟上海市委副主委。[25]就其資歷看來，長期在上海市政協工作，循序升至副秘書長，僅是局級幹部而已。

　　據瞭解，由於全國台聯內部不僅有成員老化，且存在人事傾軋問題，以致影響對台工作的執行，此次全國台聯突然更換會長，表面上是為了世代交替，注入新血；惟實情是中共高層有意藉此整頓該會人事，以強化對台工作。楊國慶雖已卸任，但在全國台聯內仍擔任黨組書記，繼續保有實權。

---

[24] 同時增補史茂林為全國台聯副會長，蘇輝為全國台聯理事。

[25] 「梁國揚當選全國台聯會長楊國慶將成名譽會長」，中國新聞網(2005年1月7日)，見〈http://www.chinataiwan.org/web/webportal/W2001102/A55659.html〉。

肆、對台人事安排：未來評估

從上文有關對台人事變遷的歷史途徑分析，可以看出中共是依據形勢需要、政策需要，然後決定其組織和人事。然而中共黨政人事，現亦逐步進入一個制度化的安排。因此探討中共未來對台人事安排，制度與非制度因素均不可忽視。

一、影響因素

(一)對台政策取向

從中共對台工作角度來看，最重要就是先要確定政治路線，政治路線決定組織路線和幹部路線。政治路線就是對台政策，毛澤東、周恩來時期先是採一手政策：武力解放，後採兩手政策：武力解放、和平解放並進，對台工作者都是具有與國民黨鬥爭經驗的統戰、軍特系統人員。鄧小平時期提出「一國兩制、和平統一」政策，強調國共第三次合作，就找與國民黨有淵源，同時具有鬥爭經驗的人主持對台工作。江澤民、胡錦濤時期，雖延續鄧小平政策，但老人凋零，只能起用具有涉外涉台新人邊做邊學，用人相對有彈性。

(二)工作執行需要

當新工作方向或目標出現，中共需要尋找適當人選擔負重任，這些人需具有專業化及相當的經歷。過去，中共為加強對台統戰，收攬台灣民心，理解台人心態，一些台籍人士就受重用，如林麗韞、張克輝。當前，中共強化對台經貿工作，具有相關背景者的地方領導人，就易被拔擢上京。為強化對美涉台工作，具有外事背景，也會被選拔上京任職，如前「國台辦」副主任周明偉。現階段胡錦濤強化做對台灣人民工作，做台商工作，勢必尋找有地緣關係，瞭解台商的幹部擔任對台工作執行者。

(三)制度的因素

制度因素包括年齡、學歷、經歷、專業、志趣、性格部分。唯一不同的就是選拔接班人才，還要有政績的考量因素。在中共幹部年輕化、專業化、高學歷的要求下，具備此條件者，被拔擢機會相對較高。

(四)非制度因素

非制度因素包括一般所指的派系，以當前形勢，中共是由胡錦濤當家，因此「團系」最容易被拔擢。其次是與領導人信任度的關係，這另涉及政治安全問題，也就是忠誠問題，畢竟中共對台工作還是在對敵鬥爭的架構下思考。

二、人選評估

(一)中央對台工作領導小組

中共中央對台工作領導小組2003年換屆改組的成員中，歷經四年餘，已有些許變化，隨著中共「十七大」和「十七屆一中全會」的召開，以及明（2008）年3月第十一屆全國人大第一次會議的舉行，在國務院人事確定後，中央對台工作領導小組人事將隨之進行改組，預估如表四。

表四：中共中央對台工作領導小組未來組成人員預估表

職　稱	現階段組成人員	未來組成人員預估
組　長	中央總書記胡錦濤	中央總書記胡錦濤
副組長	全國政協主席賈慶林	全國政協主席賈慶林
秘書長	國務院國務委員唐家璇	中央外事辦公室主任、外交部常務副部長戴秉國
組　員	原中央政治局候補委員、中央辦公廳主任王剛（2007年9月離任）	中央辦公廳主任令計劃（由副主任升任）
組　員	全國政協副主席、原中央統戰部部長劉延東	中央統戰部部長杜青林（原任四川省委書記，於2007年11月調任）
組　員	原國家安全部部長許永躍（2007年8月退休）	國家安全部部長耿惠昌（由副部長升任）
組　員	原中央軍委總參謀部副總參謀長熊光楷（2005年12月退休）	總參謀長助理陳小工（原任中央外事辦公室副主任、總參情報部部長，於2007年6月升任）？
組　員	中台辦、國台辦主任陳雲林	中台辦、國台辦常務副主任鄭立中？
組　員	海協會長汪道涵（2005年12月過世）	中台辦、國台辦主任陳雲林？ 前中央統戰部部長閻明復？

資料來源：作者整理

　　預期組長仍將由胡錦濤擔任，其在中共最高權位的中央總書記、中央軍委主席、國家主席三位一體職務支撐下，將更有作為。

　　副組長為另一中共中央政治局常委、全國政協主席賈慶林。賈慶林是中央政治局常委中與台灣人士接觸最密切，也最瞭解台灣問題，許多評論都認為賈慶林涉及貪腐，將在「十七大」下台，結果卻繼續留任。其實從另一角度觀察，假設賈慶林因貪腐無法續任政治局常委，是否凸顯了中共黨和國家領導人甄拔制度有重大缺陷，因為賈慶林所涉及的案子不是發生在福建省委書記，就是北京市委書記任內，當時他是如何通過重重的組織考察；再者，賈慶林對胡錦濤不具威脅性，胡已經處理了陳良宇，不需要

再對江系人馬下手，徒造成對立。

　　組員部分，原中共中央政治局候補委員、中央辦公廳主任王剛，已在「十七屆一中全會」上依照慣例升任中央政治局委員。[26]在此之前，王剛已先將中央辦公廳主任職位交予原副主任令計劃。令計劃不僅是團系，且是胡錦濤愛將，工作能力強，但本次「十七屆一中全會」僅獲任中央書記處書記，並未更上一層樓升任為中央政治局候補委員。[27]

　　以外交系統身分參與對台工作領導小組，並擔任秘書長的國務院國務委員唐家璇，因年齡因素，2008年3月十一屆全國人大一次會議召開時，將離任退休。由於近幾屆都是由主管外交的國務委員或副總理進入小組，目前以中央外事辦公室主任、外交部常務副部長戴秉國最具可能性，因一般預期其將接任唐家璇國務委員職位。

　　全國政協副主席、中央統戰部部長劉延東，因具人脈及女性優勢，亦在「十七屆一中全會」上獲選升任中央政治局委員，其中央統戰部長一職則於2007年11月由四川省委書記杜青林接任。杜青林曾在中共總書記胡錦濤擔任共青團中央書記時，擔任共青團吉林省委書記、共青團中央委員，隨後歷任中共吉林省委副書記、海南省委書記、農業部長、四川省委書記等職務。[28]依慣例，中央統戰部部長是小組當然成員。

　　原國家安全部部長許永躍，已在2007年8月底退休，其職由常務副部長耿惠昌升任，勢將成為小組當然成員。此次國安部採內升，未像前兩任賈春旺、許永躍係由外部調升，顯示耿惠昌獲胡錦濤信任。耿惠昌擔任過

---

[26] 例如，十三大的丁關根、十四大的溫家寶、十五大的曾慶紅、吳儀都在次一屆升任政治局委員。

[27] 中共十七屆一中會議，只選出25名政治局委員，未設候補委員。

[28] 王銘義，「中共人事調整，杜青林接任統戰部長」，中國時報，民國96年11月7日，第A13版；「中央統戰部和四川省委等主要負責同志職務調整」，新華網站，http://news.xinhuanet.com/politics/2007-12/02/content_7184151.htm。

國安部所屬國際關係學院美國研究所副所長、所長、中國現代國際關係研究所所長，以及北京市國安局局長，是美國問題專家。2007年7月1日香港慶祝回歸十週年活動，他曾陪同胡錦濤訪港。

　　中央軍委總參謀部副總參謀長熊光楷，已於2005年12月退休，其組員缺，一般以為將由在2006年12月升任總參謀部副總參謀長，主管外事工作的章沁生接任，惟章沁生旋即於2007年6月調任廣州軍區司令員，隨即又傳出中央外事辦公室副主任陳小工，出任總參謀長助理的消息。陳小工，根據媒體報導，他是首任駐日本大使陳楚之子，出身軍方情報系統，歷任解放軍軍事學院戰略研究所研究員、副所長、總參謀部情報部五局副處長、處長、副局長、局長。並先後擔任中共駐埃及、駐美國大使館武官，積累外事和情報經驗，返國之後擔任中共中央外事辦公室副主任，此次升任總參謀長助理，預料將出掌軍方的情報、外事工作。[29]另有大陸網路消息稱，陳小工2007年4月份已經從外事辦副主任調任總參情報部長，但未經證實過。陳小工另有一名陳小功，擔任總參謀部情報部副部長時，曾以中國戰略學會研究員身分對外活動。[30]陳小工的工作經歷及升遷過程，與熊光楷頗為相似，且長期跟隨其工作，未來繼熊光楷之後，進入中央對台工作領導小組的可能性相當高。

　　另原組員汪道涵亦於2005年12月過世，其海協會長遺缺，中共迄今未派任。1993年6月，汪道涵以海協會會長身分進入領導小組，憑藉的是與江澤民的關係，象徵意義大於實質。至於由誰來接任會長一職，除非中共有意恢復兩會協商，否則恐不急於找一有聲望人士接替。目前是傳出「國台辦」主任陳雲林有意爭取該職位；也有媒體報導，中共高層有意任命前

---

29 「前駐美武官陳小工掌管解放軍情報和外事工作」，星島環球網，http://www.singtaonet.com:82/china/200706/t20070630_567006.html。

30 郭瑞華編著，中共對台工作組織體系概論（修訂1版），頁285。

中共中央書記處書記、中央統戰部部長閻明復擔任海協會會長。[31]

　　至於中台辦和國台辦主任陳雲林及接替人選，另在下文分析。

　　根據上述，針對中央對台領導小組人事初步評估，在組長、副組長未異動，以及功能部門人事升遷已制度化的情況下，對台決策仍將保持一貫性和穩定性，循過去軌跡運作，對台政策大方向不致有太突出的改變。

(二)「中台辦」、「國台辦」

　　「中台辦」、「國台辦」主任陳雲林，1941年12月出生，依照中共部級幹部65歲退休規定，早已逾齡，同時有違中共2006年8月制頒的《黨政領導幹部職務任期暫行規定》，有關同一職務連任兩屆十年，不得再擔任同一職務的規定。[32] 由此可知，陳雲林在對台工作表現，獲得胡錦濤激賞程度，否則不可能延任至今。

　　事實上，一般以為，鄭立中由廈門市委書記上調北京擔任「國台辦」副主任，就是準備接替其位置。這是觀察當年陳雲林受拔擢過程得來的，兩人同是中央候補委員，都是副省部級官員，[33]一樣擔任「國台辦」常務副主任。此次「十七大」，陳雲林未續任中央委員，顯示其即將離任，可惜鄭立中在本次中央委員選舉中，仍然只列名候補委員，實出人意表，惟以過去例子，並非省部級職務一定是由中央委員擔任，故其仍有升任主任一職的可能。[34] 當然也不排除係因鄭立中調任國台辦副主任之後，表現不盡人意，遂遭排除升任之可能，未來勢將另覓人選。

---

[31] 中央社，「傳北京將讓閻明復掌海協會」，新浪網，http://news.sina.com.tw/finance/cna/tw/2007-10-30/180712744788.shtml。閻明復為趙紫陽舊部，1989年因在天安門民運期間表態同情學生，於「六四事件」後，遭免去書記職務。

[32] 「黨政領導幹部職務任期暫行規定」，人民日報（北京），2006年8月7日，第8版。

[33] 廈門市是副省級城市，市委書記為副省級職位。

[34] 例如，原江蘇省委書記李源潮在2002年中共十六大時，也只獲選中央候補委員，但是在次年還是由副書記升任書記。

　　鄭立中是福建霞浦人，1951年10月出生；具有經濟學碩士學位及研究員身分，吉林大學經管學院國民經濟計畫與管理專業畢業。長期在福建地質部門服務，1995年2月至次年6月任中共漳州市委副書記；後任福建省地質礦產廳廳長、黨組書記、福建地勘局局長；1998年3月任福建省計畫委員會（發展計畫委員會）主任、黨組書記；2001年3月出任中共漳州市委書記；2001年12月當選中共福建省委常委；2002年6月起任中共廈門市委書記；2002年11月當選中共第十六屆中央候補委員。[35]

　　從其資歷看來，鄭立中長期在福建省政府工作，其受提拔應與賈慶林、賀國強、宋德福三人有關。由於現任中共中央對台工作領導小組副組長賈慶林自1985年起先後擔任福建省委副書記、省長、省委書記，他對於鄭立中自然不陌生；其次，主管人事調動的中央組織部長賀國強也曾任福建省長，是鄭立中直屬長官，對於其為人做事也有相當瞭解；其三，上一任福建省委書記宋德福也曾是鄭立中的直屬長官和提拔人，對其瞭解更深，而宋德福又是中央總書記、中央對台工作領導小組組長胡錦濤之愛將。在這樣層層關係網絡下，當中共中央要甄拔熟悉對台工作的地方幹部上調中央，鄭立中自然是首選人物。

　　鄭立中的涉台經驗主要來自2001年3月起，先後擔任閩南漳州、廈門兩個重要城市的市委書記，接待台灣客商不計其數，故相當熟悉台灣情況。另就鄭立中個人條件，其長期身處對台前緣，以福建人做對台有其優勢，如福建省社科院台灣研究所所長吳能遠等人就表示，福建人做台灣工作有獨特的優勢，福建省與台灣有地緣、血緣、文緣等眾多相近之處，大多數台灣人的祖籍地都在福建，使得福建人更加瞭解台灣人民的感情，也更瞭解台灣的情況，在溝通上也會有更加準確的把握。[36]鄭立中是閩北

---

[35] 中央組織部、中共中央黨史研究室編，中國共產黨歷屆中央委員大辭典（1921-2003），頁1109-1110。

人，但也通曉閩南話，具有對台工作的語言與地緣優勢，將他上調北京中央，目的顯然是希望未來的對台政策制訂和執行者，能夠對台灣（閩南）文化有更加深入的瞭解，這樣才能爭取到更多的台灣民心。

在未來人事調整中，副主任葉克冬無疑也是另一個受人矚目的對象。他是廣東人，1960年生，1982年於廣州中山大學哲學系畢業後，分配到共青團中央工作，擔任共青團中央書記處常務書記（後升任第一書記）胡錦濤的秘書，直至1985年7月胡錦濤調升貴州省委書記，葉克冬因不願離開北京而繼續留在共青團中央工作，直到90年代初才調到「國台辦」工作，擔任處長職務。2000年5月，「國台辦」重組職能部門，撤銷交往局，增設港澳海外涉台事務局（後改稱港澳涉台事務局），其工作是負責協同有關部門處理香港特別行政區、澳門特別行政區涉台工作中有關事務。首任負責人（副局長職缺）是曾任澳門中聯辦台灣事務部部長、「國台辦」研究局副局長的魏尤龍。[37]2001年11月，葉克冬接任局長職務。2005年5月升任主任助理，仍兼任港澳涉台事務局局長；2006年7月再升「國台辦」副主任。

中共總書記胡錦濤在2004年9月中共「十六屆四中全會」掌握軍權後，開始加快人事部署，逐步調整省部級領導階層，重用自己的人馬。以葉克冬為例，其逐步調升，並不讓人意外。目前觀察重點，在於葉克冬是否在短期內更上一層樓，晉升「國台辦」常務副主任。

如果鄭立中調升「國台辦」主任，另一副主任王富卿亦如預期退下，將有兩個副主任職缺待補，由於現階段中對台工作強化涉台立法，以及對美工作，因此，可能尋找這兩方面專才替補。

---

[36] 「福建人上京，鄭立中接「中台辦」、「國台辦」副主任」，聯合報，民國94年5月19日，第A13版。

[37] 魏尤龍其後調任第八局（聯絡局）副局長，待局長袁祖德退休並調到澳門任海協會澳門辦事處副主任後，才升任聯絡局長。

(三)全國台聯

全國台聯第七屆會長任期於2007年11月任滿，由於現任會長梁國揚才於2005年1月七屆三次理事會被增選為理事、常務理事，並接任會長，因此其在2007年12月8日八屆一次全會上連任會長。

在中共七千萬黨員中，具有台籍身分者約二千四百多人，此次選出10名代表出席中共「十七大」，分別是：全國台聯會長梁國揚、[38]上海市台聯會長林明月、北京市台聯會長蘇輝、福建省台聯會長張希東、浙江省台聯副會長胡亞芳、遼寧省台聯會長王松、湖北省台聯副會長張曉東、陝西省台聯副會長王紅兵、廣東企業家陳建彪，以及前中共中央委員林麗韞。[39]中共中央委員選舉結果揭曉，梁國揚並未列名其上，還是只有林明月續任中央候補委員，但未能更上一層樓當選中央委員。林明月在「十六大」當選的158名中央候補委員中排名41，但本次「十七大」卻排名66。由於候補委員名單係依得票數排名，此次林明月排名落後，顯示中央委員選舉似乎愈來愈激烈。

伍、結語

對中共而言，對台工作就是統一工作，它不是政府的任務，是黨的任務。因此，不僅對台政策的決策權掌握在黨的手裡，連政策執行都要由黨進行把關。中共一再宣稱，政治路線是決定組織路線和幹部路線，就此角度而言，最重要的是先確定政治路線，因此思考中共對台的人事政策變遷

---

[38] 根據資料，梁國揚是台盟盟員，也是中共黨員。參見〈www.xztb.com/togb2312/ddnew/548.htm〉。

[39] 汪莉絹，「十人出席十七大，林明月、梁國揚最被看好」，聯合報，民國96年10月4日，第A18版。

時，首先要注意中共對台政策的變化與不同，因為其變化差異，提供有關組織調整、人事挑選的重要信息。從歷史途徑來分析，可以看出中共對台工作是根據形勢、政策的需要，決定其組織、人事。同時由於中共黨政人事，但現亦逐步進入一個制度化的安排。因此，預測中共對台人事同時也必須根據制度與非制度因素，進行分析。

在毛、周、鄧時代，中共對台第一線工作者都是政治型人物，具備與對手鬥爭能力，有豐富的國共鬥爭經驗，熟悉國民黨領導者思維模式。到了江澤民時期，這些人凋零，同時台灣的領導者也逐步本土化，甚至政黨輪替，不再是共產黨所熟悉的國民黨人士。中共所傳承的過去那一套對敵鬥爭模式，不再適用。面對這樣的窘境，江澤民及其智囊是束手無策的，然而經過多年的摸索、接觸，到了胡錦濤接班後，漸漸理出頭緒，在對台政策目標及對台工作對象，都較明朗化。現在中共對台政策就有很明顯地進行一些調整，其一是以和平穩定為主軸；其二是反獨優先於促統，統一工作成為世紀任務，不必急於在胡錦濤的任內完成，也不必急於在可預見的未來完成，如此許多對台工作就可以有更大的彈性去執行；其三當前對台鬥爭是全面性的鬥爭，與過去不同，在於中共要把對台工作部分切割的更細緻、多元、多樣化地進行，然後全力統戰。當前胡錦濤的對台組織，是在舊有規模下增添新組織，針對如何強化做台灣人民工作進行考量。因此，可以預期的是，在對台人事上，將經由制度化的安排，吸收更多的專業人才，同時拔擢具有地緣關係的新人掌理對台工作。

參考書目

中共中央台灣工作辦公室、國務院台灣事務辦公室，**中國台灣問題**（北京：九洲圖書出版社，1998年9月）。

中共中央組織部、中央黨史研究室、中央檔案館，**中國共產黨組織史資料**（附卷一下）（北京：中共黨史出版社，2000年）。

中共中央組織部、中央黨史研究室、中央檔案館，**中國共產黨組織史資料**（第七卷上）（北京：中共黨史出版社，2000年）。

中共中組織部、中共中央黨史研究室編著，**中國共產黨歷屆中央委員大辭典**（北京：中共黨史出版社，2004年）。

王健英編著，**中國共產黨組織史資料彙編：領導機構沿革和成員名錄**（北京：中共中央黨校出版社，1995年）。

王銘義，**對話與對抗：台灣與中國的政治較量**（台北：天下遠見出版公司，2005年）。

共黨問題研究叢書編輯委員會，**中共對台工作研析與文件彙編**（台北：法務部調查局，民國83年）。

李立，**目擊台海風雲**，2版（北京：華藝出版社，2005年）。

金鳳，**鄧穎超傳**（北京：人民出版社，1993年）。

郭立民編，**中共對台政策資料選輯**（1949-1991）上下冊（台北：永業出版社，民國81年）。

郭瑞華編著，**中共對台工作組織體系概論**，修訂1版（台北：法務部調查局共黨問題研究中心，民國88年）。

郭瑞華編著，**中共對台工作組織體系概論**，修訂2版（台北：法務部調查局，民國93年）。

景彬主編，**中國共產黨大辭典**（北京：中國國際廣播出版社，1991年）。

童小鵬，**風雨四十年**（第二部）（北京：中央文獻出版社，1996年）。

楊勝春，**中國最高領導班子的左右手一中共中央直屬機構檔案**（1949-1998），（台北：永業出版社，2000年）。

楊開煌，**出手一胡政權對台政策初探**（台北：海峽學術出版社，2005年5月）。

鄒錫明編，**中共中央機構沿革實錄**（北京：中國檔案出版社，1998年10月）。

附　錄

附錄一　中共「十七大」領導階層主要成員

一、中央政治局委員（按簡體字姓氏筆劃為序）

習近平、王剛、王樂泉、王兆國、王岐山、回良玉（回族）、劉淇、
劉雲山、劉延東（女）、李長春、李克強、李源潮、吳邦國、汪洋、
張高麗、張德江、周永康、胡錦濤、俞正聲、賀國強、賈慶林、徐才
厚、郭伯雄、溫家寶、薄熙來

二、中央政治局常務委員會委員

胡錦濤、吳邦國、溫家寶、賈慶林、李長春、習近平、李克強、賀國
強、周永康

三、中央委員會總書記

胡錦濤

四、中央書記處書記

習近平、劉雲山、李源潮、何勇、令計畫、王滬寧

五、中央軍事委員會主席、副主席、委員

主席　胡錦濤

副主席　郭伯雄、徐才厚

委員　梁光烈、陳炳德、李繼耐、廖錫龍、常萬全、靖志遠、吳勝
　　　利、許其亮

六、中央紀律檢查委員會書記、副書記、常務委員會委員

書記　賀國強

副書記　何勇、張惠新、馬馼（女）、孫忠同、干以勝、張毅、黃樹
　　　　賢、李玉賦

附錄二　中共「十七大」主要領導成員簡介

胡錦濤簡歷

胡錦濤，男，漢族，1942年12月生，安徽績溪人，1964年4月入黨，1965年7月參加工作，清華大學水利工程系河川樞紐電站專業畢業，大學學歷，工程師。現任中央委員會總書記，中華人民共和國主席，中共中央軍事委員會主席，中華人民共和國中央軍事委員會主席。

1959－1964年　清華大學水利工程系學習

1964－1965年　清華大學水利工程系學習，並任政治輔導員

1965－1968年　清華大學水利工程系參加科研工作，並任政治輔導員（「文化大革命」開始後終止）

1968－1969年　水電部劉家峽工程局房建隊勞動

1969－1974年　水電部第四工程局八一三分局技術員、秘書、機關黨總支副書記

1974－1975年　甘肅省建委秘書

1975－1980年　甘肅省建委設計管理處副處長

1980－1982年　甘肅省建委副主任，共青團甘肅省委書記（1982.09－1982.12）

1982－1984年　共青團中央書記處書記，全國青聯主席

1984－1985年　共青團中央書記處第一書記

1985－1988年　貴州省委書記，貴州省軍區黨委第一書記

1988－1992年　西藏自治區黨委書記、西藏軍區黨委第一書記

1992－1993年　中央政治局常委、中央書記處書記

1993－1998年　中央政治局常委、中央書記處書記、中央黨校校長

1998－1999年　中央政治局常委、中央書記處書記、中華人民共和國副主席、中央黨校校長

1999－2002年　　中央政治局常委、中央書記處書記、中央軍事委員會副主席、中華人民共和國副主席、中華人民共和國中央軍事委員會副主席、中央黨校校長

2002－2003年　　中央委員會總書記、中央軍事委員會副主席、中華人民共和國副主席、中華人民共和國中央軍事委員會副主席、中央黨校校長（2002年12月不再兼任）

2003－2004年　　中央委員會總書記、中華人民共和國主席、中共中央軍事委員會副主席、中華人民共和國中央軍事委員會副主席

2004－2005年　　中央委員會總書記、中華人民共和國主席、中共中央軍事委員會主席、中華人民共和國中央軍事委員會副主席

2005－　　　　　中央委員會總書記、中華人民共和國主席、中共中央軍事委員會主席、中華人民共和國中央軍事委員會主席

吳邦國簡歷

吳邦國，男，漢族，1941年7月生，安徽肥東人，1964年4月入黨，1966年9月參加工作，清華大學無線電電子學系電真空器件專業畢業，大學學歷，工程師。現任中央政治局常委，十屆全國人大常委會委員長、黨組書記。

1960－1967年　清華大學無線電電子學系電真空器件專業學習

1967－1976年　上海電子管三廠工人、技術員、技術科副科長、科長

1976－1978年　上海電子管三廠黨委副書記、革委會副主任、副廠長、廠黨委副書記、廠長

1978－1979年　上海市電子元件工業公司副經理

1979－1981年　上海市電真空器件公司副經理

1981－1983年　上海市儀錶電訊工業局黨委副書記

1983－1985年　上海市委常委兼市委科技工作黨委書記

1985－1991年　上海市委副書記

1991－1992年　上海市委書記

1992－1994年　中央政治局委員、上海市委書記

1994－1995年　中央政治局委員、中央書記處書記

1995－1997年　中央政治局委員、中央書記處書記、國務院副總理

1997－1998年　中央政治局委員、國務院副總理

1998－1999年　中央政治局委員、國務院副總理、中央大型企業工委書記

1999－2002年　中央政治局委員、國務院副總理、中央企業工委書記

2002－2003年　中央政治局常委、國務院副總理、中央企業工委書記

2003－　　　　中央政治局常委、十屆全國人大常委會委員長、黨組書記

溫家寶簡歷

溫家寶，男，漢族，1942年9月生，天津市人，1965年4月入黨，1967年9月參加工作，北京地質學院地質構造專業畢業，研究生學歷，工程師。現任中央政治局常委，國務院總理、黨組書記。

1960－1965年	北京地質學院地質礦產一系地質測量及找礦專業學習
1965－1968年	北京地質學院地質構造專業研究生
1968－1978年	甘肅省地質局地質力學隊技術員、政治幹事
1978－1979年	甘肅省地質局地質力學隊黨委常委、副隊長
1979－1981年	甘肅省地質局副處長、工程師
1981－1982年	甘肅省地質局副局長
1982－1983年	地質礦產部政策法規研究室主任、黨組成員
1983－1985年	地質礦產部副部長、黨組成員、黨組副書記兼政治部主任
1985－1986年	中央辦公廳副主任
1986－1987年	中央辦公廳主任
1987－1992年	中央書記處候補書記兼中央辦公廳主任
1992－1993年	中央政治局候補委員、中央書記處書記、中央辦公廳主任
1993－1997年	中央政治局候補委員、中央書記處書記
1997－1998年	中央政治局委員、中央書記處書記
1998－2002年	中央政治局委員、中央書記處書記、國務院副總理、黨組成員、中央金融工委書記
2002－2003年	中央政治局常委、國務院副總理、黨組成員、中央金融工委書記
2003－	中央政治局常委、國務院總理、黨組書記

賈慶林簡歷

　　賈慶林，男，漢族，1940年3月生，河北泊頭人，1959年12月入黨，1962年10月參加工作，河北工學院電力系電機電器設計與製造專業畢業，大學學歷，高級工程師。現任中央政治局常委、十屆全國政協主席、黨組書記。

1956－1958年　　石家莊工業管理學校工業企業計畫專業學習

1958－1962年　　河北工學院電力系電機電器設計與製造專業學習

1962－1969年　　一機部設備成套總局技術員、團委副書記

1969－1971年　　下放一機部江西奉新「五七」幹校勞動

1971－1973年　　一機部辦公廳政策研究室技術員

1973－1978年　　一機部產品管理局負責人

1978－1983年　　中國機械設備進出口總公司總經理

1983－1985年　　山西太原重型機器廠廠長、黨委書記

1985－1986年　　福建省委常委、副書記

1986－1988年　　福建省委副書記兼省委組織部部長

1988－1990年　　福建省委副書記兼省委黨校校長、省直機關工委書記

1991－1993年　　福建省委副書記、省長

1993－1994年　　福建省委書記、省長

1994－1996年　　福建省委書記、省人大常委會主任

1996－1997年　　北京市委副書記、代市長、市長

1997－1999年　　中央政治局委員、北京市委書記、市長

1999－2002年　　中央政治局委員、北京市委書記

2002－2003年　　中央政治局常委

2003－　　　　　中央政治局常委、十屆全國政協主席、黨組書記

李長春簡歷

李長春，男，漢族，1944年2月生，遼寧大連人，1965年9月入黨，1966年9月參加工作，哈爾濱工業大學電機工程系工業企業自動化專業畢業，大學學歷，工程師。現任中央政治局常委。

1961－1966年	哈爾濱工業大學電機工程系工業企業自動化專業學習
1966－1968年	留校待分配
1968－1975年	遼寧省瀋陽市開關廠技術員
1975－1980年	遼寧省瀋陽市電器工業公司革委會副主任、黨委常委，瀋陽市電器控制設備工業公司副經理、經理、黨委副書記
1980－1981年	遼寧省瀋陽市機電工業局副局長、黨委副書記
1981－1982年	遼寧省瀋陽市委副秘書長
1982－1983年	遼寧省瀋陽市副市長兼市經委主任
1983－1985年	遼寧省瀋陽市委書記、市長
1985－1986年	遼寧省委副書記兼瀋陽市委書記
1986－1987年	遼寧省委副書記、代省長
1987－1990年	遼寧省委副書記、省長
1990－1991年	河南省委副書記、代省長
1991－1992年	河南省委副書記、省長
1992－1993年	河南省委書記
1993－1997年	河南省委書記、省人大常委會主任
1997－1998年	中央政治局委員、河南省委書記、省人大常委會主任
1998－2002年	中央政治局委員、廣東省委書記
2002－	中央政治局常委

習近平簡歷

習近平，男，漢族，1953年6月生，陝西富平人，1974年1月入黨，1969年1月參加工作，清華大學人文社會學院馬克思主義理論與思想政治教育專業畢業，在職研究生學歷，法學博士。現任中央政治局常委。

1969－1975年	陝西省延川縣文安驛公社梁家河大隊知青、黨支部書記
1975－1979年	清華大學化工系基本有機合成專業學習
1979－1982年	國務院辦公廳、中央軍委辦公廳秘書（現役）
1982－1983年	河北省正定縣委副書記
1983－1985年	河北省正定縣委書記
1985－1988年	福建省廈門市委常委、副市長
1988－1990年	福建省甯德地委書記
1990－1993年	福建省福州市委書記、市人大常委會主任
1993－1995年	福建省委常委、福州市委書記、市人大常委會主任
1995－1996年	福建省委副書記、福州市委書記、市人大常委會主任
1996－1999年	福建省委副書記
1999－2000年	福建省委副書記、代省長
2000－2002年	福建省委副書記、省長（1998－2002年清華大學人文社會學院馬克思主義理論與思想政治教育專業在職研究生班學習，獲法學博士學位）
2002－2002年	浙江省委副書記、代省長
2002－2003年	浙江省委書記、代省長
2003－2007年	浙江省委書記、省人大常委會主任
2007－2007年	上海市委書記
2007－	中央政治局常委、中央書記處書記、中央黨校校長

李克強簡歷

　　李克強，男，漢族，1955年7月生，安徽定遠人，1976年5月入黨，1974年3月參加工作，北京大學經濟學院經濟學專業畢業，在職研究生學歷，經濟學博士。現任中央政治局常委。

1974－1976年　　安徽省鳳陽縣大廟公社東陵大隊知青

1976－1978年　　安徽省鳳陽縣大廟公社大廟大隊黨支部書記

1978－1982年　　北京大學法律系學習，校學生會負責人

1982－1983年　　北京大學團委書記

1983－1985年　　共青團中央學校部部長兼全國學聯秘書長，共青團中央書記處候補書記

1985－1993年　　共青團中央書記處書記兼全國青聯副主席（其間：1991年9月－11月中央黨校學習）

1993－1998年　　共青團中央書記處第一書記兼中國青年政治學院院長（1988－1994年北京大學經濟學院經濟學專業在職研究生學習，獲經濟學碩士、博士學位）

1998－1999年　　河南省委副書記、代省長

1999－2002年　　河南省委副書記、省長

2002－2003年　　河南省委書記、省長

2003－2004年　　河南省委書記、省人大常委會主任

2004－2005年　　遼寧省委書記

2005－2007年　　遼寧省委書記、省人大常委會主任

2007－　　　　　中央政治局常委

賀國強簡歷

賀國強，男，漢族，1943年10月生，湖南湘鄉人，1966年1月入黨，1966年9月參加工作，北京化工學院無機化工系無機物工學專業畢業，大學學歷，高級工程師。現任中央政治局常委，中央紀律檢查委員會書記。

1961－1966年　　北京化工學院無機化工系無機物工學專業學習

1966－1967年　　留校待分配

1967－1978年　　山東魯南化肥廠合成車間技術員、車間主任、車間黨支部書記

1978－1980年　　山東魯南化肥廠副廠長兼副總工程師

1980－1982年　　山東省化學石油工業廳調度室主任

1982－1984年　　山東省化學石油工業廳副廳長

1984－1986年　　山東省化學石油工業廳廳長

1986－1987年　　山東省委常委、濟南市委副書記

1987－1991年　　山東省委常委、濟南市委書記

1991－1996年　　化學工業部副部長、黨組副書記

1996－1997年　　福建省委副書記、代省長

1997－1999年　　福建省委副書記、省長

1999－2002年　　重慶市委書記

2002－2007年　　中央政治局委員、中央書記處書記、中央組織部部長

2007－　　　　　中央政治局常委、中央紀律檢查委員會書記

周永康簡歷

　　周永康，男，漢族，1942年12月生，江蘇無錫人，1964年11月入黨，1966年9月參加工作，北京石油學院勘探系地球物理勘探專業畢業，大學學歷，教授級高級工程師。現任中央政治局常委、中央政法委員會書記。

1961－1966年	北京石油學院勘探系地球物理勘探專業學習
1966－1967年	留校待分配
1967－1970年	大慶油田六七三廠地質隊實習員、技術員
1970－1973年	遼河石油會戰指揮部地質團區域室技術員、黨支部書記
1973－1976年	遼河石油勘探局地球物理勘探處處長
1976－1979年	遼河石油勘探局政治部副主任
1979－1983年	遼河石油勘探局副局長兼鑽井指揮部黨委書記、物探指揮部黨委書記兼指揮
1983－1985年	遼河石油勘探局局長、黨委副書記，遼寧省盤錦市委副書記、市長
1985－1988年	石油工業部副部長、黨組成員
1988－1996年	中國石油天然氣總公司副總經理、黨組副書記
1996－1998年	中國石油天然氣總公司總經理、黨組書記
1998－1999年	國土資源部部長、黨組書記
1999－2002年	四川省委書記
2002－2003年	中央政治局委員、中央書記處書記、中央政法委員會副書記、公安部部長、黨委書記
2003－2007年	中央政治局委員、中央書記處書記、國務委員、國務院黨組成員、中央政法委員會副書記、公安部部長、黨委書記
2007－	中央政治局常委、中央政法委員會書記

王剛簡歷

王剛，男，漢族，1942年10月生，吉林扶餘人，1971年6月入黨，1967年9月參加工作，吉林大學哲學系哲學專業畢業，大學學歷。現任中央政治局委員，中央直屬機關工委書記。

1962－1967年　吉林大學哲學系哲學專業學習

1967－1968年　留校待分配

1968－1969年　建工部七局八公司宣傳科幹事

1969－1977年　建工部七局政治部宣傳處幹事

1977－1981年　新疆維吾爾自治區黨委辦公廳秘書

1981－1985年　中央對台辦公室正處級秘書

1985－1986年　中央辦公廳信訪局副局長

1986－1987年　中央辦公廳、國務院辦公廳信訪局副局長

1987－1990年　中央辦公廳、國務院辦公廳信訪局常務副局長、黨委書記

1990－1993年　中央檔案館常務副館長、機關黨委書記

1993－1994年　中央檔案館館長、國家檔案局局長

1994－1999年　中央辦公廳副主任，中央檔案館館長、國家檔案局局長

1999－2002年　中央辦公廳主任、中央直屬機關工委書記

2002－2007年　中央政治局候補委員、中央書記處書記、中央辦公廳主任、中央直屬機關工委書記

2007－　　　　中央政治局委員

王樂泉簡歷

王樂泉，男，漢族，1944年12月生，山東壽光人，1966年3月入黨，1965年9月參加工作，中央黨校研究生學歷。現任中央政治局委員，新疆維吾爾自治區黨委書記，新疆生產建設兵團第一政委。

1965－1966年	在山東省膠南縣搞「社教」工作
1966－1975年	山東省壽光縣侯鎮公社副社長、公社革委會常委、公社黨委常委、城關公社黨委副書記
1975－1978年	山東省壽光縣委副書記、縣革委會副主任
1978－1982年	山東省壽光縣委書記、縣革委會主任
1982－1986年	共青團山東省委副書記（其間：1983－1986年中央黨校培訓班學習）
1986－1988年	山東省聊城地委副書記
1988－1989年	山東省聊城地委書記
1989－1991年	山東省副省長
1991－1992年	新疆維吾爾自治區黨委常委、自治區人民政府副主席
1992－1994年	新疆維吾爾自治區黨委副書記、自治區人民政府副主席
1994－1995年	新疆維吾爾自治區黨委代理書記、自治區人民政府副主席
1995－2002年	新疆維吾爾自治區黨委書記、新疆生產建設兵團第一政委
2002－	中央政治局委員、新疆維吾爾自治區黨委書記、新疆生產建設兵團第一政委

王兆國簡歷

　　王兆國，男，漢族，1941年7月生，河北豐潤人，1965年12月入黨，1966年9月參加工作，哈爾濱工業大學動力機械系渦輪機專業畢業，大學學歷，工程師。現任中央政治局委員、十屆全國人大常委會副委員長、黨組副書記、中華全國總工會主席。

1961－1966年	哈爾濱工業大學動力機械系渦輪機專業學習
1966－1968年	留校待分配
1968－1971年	第一汽車製造廠底盤廠包建第二汽車製造廠車橋廠辦公室技術員
1971－1979年	第二汽車製造廠車橋廠技術員、團委副書記、第二汽車製造廠團委書記、廠政治部副主任、湖北省十堰市委常委
1979－1982年	第二汽車製造廠副廠長、黨委書記
1982－1984年	共青團中央書記處第一書記兼中央團校校長
1984－1986年	中央辦公廳主任、中央書記處書記
1986－1987年	中央書記處書記兼中央直屬機關黨委書記
1987－1990年	福建省委副書記、代省長、省長
1990－1991年	國務院臺灣事務辦公室主任
1991－1992年	中央臺灣工作辦公室主任、國務院臺灣事務辦公室主任
1992－1993年	中央統戰部部長、中臺辦、國臺辦主任
1993－1996年	全國政協副主席、中央統戰部部長、中臺辦、國臺辦主任
1996－2002年	全國政協副主席、黨組成員、中央統戰部部長
2002－2003年	中央政治局委員、全國政協副主席、黨組成員、中華全國總工會主席
2003－	中央政治局委員、十屆全國人大常委會副委員長、黨組副書記、中華全國總工會主席

王岐山簡歷

　　王岐山，男，漢族，1948年7月生，山西天鎮人，1983年2月入黨，1969年1月參加工作，西北大學歷史系歷史專業畢業，大學普通班學歷，高級經濟師。現任中央政治局委員。

1969—1971年	陝西省延安縣馮莊公社知青
1971—1979年	陝西省博物館工作、西北大學歷史系歷史專業學習
1979—1982年	中國社會科學院近代歷史研究所實習研究員
1982—1988年	中央書記處農村政策研究室、國務院農村發展研究中心處長、副局級研究員、聯絡室副主任
1988—1989年	中國農村信託投資公司總經理、黨委書記
1989—1993年	中國人民建設銀行副行長、黨組成員（其間：1992年9月—11月中央黨校省部級幹部進修班學習）
1993—1994年	中國人民銀行副行長、黨組成員
1994—1996年	中國人民建設銀行行長、黨組書記
1996—1997年	中國建設銀行行長、黨組書記
1997—2000年	廣東省委常委、副省長
2000—2002年	國務院經濟體制改革辦公室主任、黨組書記
2002—2003年	海南省委書記、省人大常委會主任
2003—2007年	北京市委副書記、市長、北京奧運會組委會執行主席、黨組副書記
2007—	中央政治局委員

回良玉簡歷

　　回良玉，男，回族，1944年10月生，吉林榆樹人，1966年4月入黨，1964年8月參加工作，省委黨校大專學歷，經濟師。現任中央政治局委員、國務院副總理、黨組成員。

1961－1964年	吉林省農業學校學習
1964－1968年	吉林省榆樹縣農業局、人事監察局科員
1968－1969年	下放吉林省榆樹縣「五七」幹校勞動
1969－1972年	吉林省榆樹縣革委會政治部幹事、辦公室副組長
1972－1974年	吉林省榆樹縣委組織部副部長、于家公社黨委書記
1974－1977年	吉林省榆樹縣委副書記
1977－1984年	吉林省農業局副局長、省農牧廳副廳長、黨組副書記
1984－1985年	吉林省白城地委副書記、行署專員
1985－1987年	吉林省委常委兼省委農村政策研究室主任、省委農工部長
1987－1990年	吉林省副省長
1990－1992年	中央政策研究室副主任
1992－1993年	湖北省委副書記
1993－1994年	湖北省委副書記、省政協主席
1995－1998年	安徽省委副書記、省長
1998－1999年	安徽省委書記
1999－2002年	江蘇省委書記
2002－2003年	中央政治局委員
2003－	中央政治局委員、國務院副總理、黨組成員

劉淇簡歷

劉淇，男，漢族，1942年11月生，江蘇武進人，1975年9月入黨，1968年6月參加工作，北京鋼鐵學院冶金系煉鐵專業畢業，研究生學歷，教授級高級工程師。現任中央政治局委員、北京市委書記、北京奧運會組委會主席、黨組書記。

1959－1964年	北京鋼鐵學院冶金系鋼鐵冶金專業學習
1964－1968年	北京鋼鐵學院冶金系煉鐵專業研究生
1968－1978年	武漢鋼鐵公司煉鐵廠二高爐瓦斯工、爐前工、工長
1978－1983年	武漢鋼鐵公司煉鐵廠三高爐技術員、副爐長
1983－1985年	武漢鋼鐵公司煉鐵廠副廠長、公司生產部部長
1985－1990年	武漢鋼鐵公司第一副經理、公司黨委常委
1990－1993年	武漢鋼鐵公司經理、黨委常委
1993－1998年	冶金工業部部長、黨組書記
1998－1999年	北京市委副書記、副市長
1999－2001年	北京市委副書記、市長
2001－2002年	北京市委副書記、市長、北京奧運會組委會主席、黨組副書記
2002－2003年	中央政治局委員、北京市委書記、市長、北京奧運會組委會主席、黨組副書記
2003－	中央政治局委員、北京市委書記、北京奧運會組委會主席、黨組書記

劉雲山簡歷

劉雲山，男，漢族，1947年7月生，山西忻州人，1971年4月入黨，1966年9月參加工作，中央黨校大學學歷。現任中央政治局委員、中央書記處書記、中央宣傳部部長。

1964－1968年　　內蒙古自治區集寧師範學校學習

1968－1969年　　內蒙古自治區土默特左旗把什學校教師、土默特右旗蘇卜蓋公社勞動鍛練

1969－1975年　　內蒙古自治區土默特右旗旗委宣傳部幹事

1975－1982年　　新華通訊社內蒙古分社農牧組記者、副組長、分社黨組成員（其間：1981年3月－8月中央黨校學習）

1982－1984年　　共青團內蒙古自治區委員會副書記、黨組副書記

1984－1986年　　內蒙古自治區黨委宣傳部副部長

1986－1987年　　內蒙古自治區黨委常委、宣傳部部長

1987－1991年　　內蒙古自治區黨委常委、秘書長兼自治區直屬機關工委書記

1991－1992年　　內蒙古自治區黨委常委、赤峰市委書記

1992－1993年　　內蒙古自治區黨委副書記兼赤峰市委書記（1989－1992年中央黨校函授學院黨政管理專業學習）

1993－1997年　　中央宣傳部副部長

1997－2002年　　中央宣傳部副部長（1997年10月明確為正部長級）、中央精神文明建設指導委員會辦公室主任

2002－　　　　　中央政治局委員、中央書記處書記、中央宣傳部部長

劉延東簡歷

劉延東，女，漢族，1945年11月生，江蘇南通人，1964年7月入黨，1970年3月參加工作，吉林大學行政學院政治學理論專業畢業，在職研究生學歷，法學博士。現任中央政治局委員。

1964－1970年	清華大學工程化學系學習，其間任政治輔導員
1970－1972年	河北省唐山開平化工廠工人、技術員、車間負責人
1972－1978年	北京化工實驗廠工人、黨委宣傳科幹事、車間黨支部書記、廠黨委常委、政治部副主任、主任
1978－1980年	北京化工實驗廠黨委副書記
1980－1981年	北京市委組織部幹部
1981－1982年	北京市朝陽區委副書記
1982－1991年	共青團中央書記處書記、常務書記、全國青聯主席
1991－1995年	中央統戰部副秘書長、全國青聯主席、中央統戰部副部長
1995－1998年	中央統戰部副部長、中央社會主義學院黨組書記
1998－2001年	中央統戰部副部長、中央社會主義學院黨組書記
2001－2002年	中央統戰部副部長、中央社會主義學院黨組書記、宋慶齡基金會副主席
2002－2003年	中央統戰部部長、中央社會主義學院黨組書記、宋慶齡基金會副主席
2003－2005年	十屆全國政協副主席、黨組成員、中央統戰部部長、宋慶齡基金會副主席
2005－2007年	十屆全國政協副主席、黨組成員、中央統戰部部長
2007－	中央政治局委員

李源潮簡歷

李源潮，男，漢族，1950年11月生，江蘇漣水人，1978年3月入黨，1968年11月參加工作，中央黨校研究生學歷，法學博士。現任中央政治局委員、中央書記處書記、中央組織部部長。

1968－1972年　江蘇省大豐縣上海農場職工

1972－1974年　上海師範大學數學系學習

1974－1975年　上海市南昌中學教師

1975－1978年　上海市盧灣區業餘工專教師

1978－1982年　復旦大學數學係數學專業學習，系團總支副書記、書記

1982－1983年　復旦大學管理系教師、校團委副書記

1983－1983年　共青團上海市委副書記、書記

1983－1990年　共青團中央書記處書記（其間：1988－1991年在北京大學
　　　　　　　管理科學中心，現光華管理學院學習，獲管理學碩士學
　　　　　　　位）

1990－1993年　中央對外宣傳小組一局局長

1993－1996年　中央對外宣傳小組副組長、中央對外宣傳辦公室副主任、
　　　　　　　國務院新聞辦公室副主任（1991－1995年中央黨校研究生
　　　　　　　部科學社會主義專業學習，獲法學博士學位）

1996－2000年　文化部副部長、黨組副書記

2000－2001年　江蘇省委副書記

2001－2002年　江蘇省委副書記、南京市委書記

2002－2003年　江蘇省委書記、南京市委書記

2003－2007年　江蘇省委書記、省人大常委會主任

2007－　　　　中央政治局委員、中央書記處書記、中央組織部部長

汪洋簡歷

汪洋，男，漢族，1955年3月生，安徽宿州人，1975年8月入黨，1972年6月參加工作，中央黨校大學學歷，工學碩士。現任中央政治局委員，廣東省委書記。

1972－1976年	安徽省宿縣地區食品廠工人、車間負責人
1976－1979年	安徽省宿縣地區「五七」幹校教員，教研室副主任，校黨委委員
1979－1980年	中央黨校理論宣傳幹部班政治經濟學專業學習
1980－1981年	安徽省宿縣地委黨校教員
1981－1982年	共青團安徽省宿縣地委副書記
1982－1984年	共青團安徽省委宣傳部部長、副書記
1984－1988年	安徽省體委副主任、主任、黨組副書記、書記
1988－1992年	安徽省銅陵市委副書記、代市長、市長（其間：1989－1992年中央黨校函授學院本科班黨政管理專業在職學習）
1992－1993年	安徽省計委主任、黨組書記、省長助理
1993－1993年	安徽省副省長
1993－1998年	安徽省委常委、副省長
1998－1999年	安徽省委副書記、副省長
1999－2003年	國家發展計畫委員會副主任、黨組成員
2003－2005年	國務院副秘書長、機關黨組副書記
2005－2006年	重慶市委書記
2006－2007年	重慶市委書記、市人大常委會主任
2007－	中央政治局委員、廣東省委書記

張高麗簡歷

張高麗，男，漢族，1946年11月生，福建晉江人，1973年12月入黨，1970年8月參加工作，廈門大學經濟系計畫統計專業畢業，大學學歷。現任中央政治局委員、天津市委書記。

1965－1970年　　廈門大學經濟系計畫統計專業學習

1970－1977年　　石油部廣東茂名石油公司工人、生產指揮部辦公室秘書，
　　　　　　　　政治部團總支書記、公司團委副書記

1977－1980年　　石油部廣東茂名石油公司煉油廠一車間黨總支書記、教導
　　　　　　　　員，廠黨委副書記、書記

1980－1984年　　石油部茂名石油工業公司黨委常委、計畫處處長、副經理

1984－1985年　　廣東省茂名市委副書記、中國石化總公司茂名石油工業公
　　　　　　　　司經理

1985－1988年　　廣東省經濟委員會主任、黨組書記

1988－1992年　　廣東省副省長

1992－1993年　　廣東省副省長兼省計畫委員會主任、黨組書記

1993－1994年　　廣東省委常委、副省長兼省計畫委員會主任、黨組書記

1994－1997年　　廣東省委常委、副省長

1997－1998年　　廣東省委常委、深圳市委書記

1998－2000年　　廣東省委副書記、深圳市委書記

2000－2001年　　廣東省委副書記、深圳市委書記、市人大常委會主任

2001－2002年　　山東省委副書記、代省長、省長

2002－2003年　　山東省委書記、省長

2003－2007年　　山東省委書記、省人大常委會主任

2007－2007年　　天津市委書記

2007－　　　　　中央政治局委員、天津市委書記

張德江簡歷

　　張德江，男，漢族，1946年11月生，遼寧台安人，1971年1月入黨，1968年11月參加工作，朝鮮金日成綜合大學經濟系畢業，大學學歷。現任中央政治局委員。

1968－1970年　　吉林省汪清縣羅子溝公社太平大隊知青

1970－1972年　　吉林省汪清縣革委會宣傳組幹事、機關團支部書記

1972－1975年　　延邊大學朝鮮語系朝鮮語專業學習

1975－1978年　　延邊大學朝鮮語系黨總支副書記、校黨委常委、革委會副主任

1978－1980年　　朝鮮金日成綜合大學經濟系學習、留學生黨支部書記

1980－1983年　　延邊大學黨委常委、副校長

1983－1985年　　吉林省延吉市委副書記、延邊州委常委兼延吉市委副書記

1985－1986年　　吉林省延邊州委副書記

1986－1990年　　民政部副部長、黨組副書記

1990－1995年　　吉林省委副書記兼延邊州委書記

1995－1998年　　吉林省委書記、省人大常委會主任

1998－2002年　　浙江省委書記

2002－2007年　　中央政治局委員、廣東省委書記

2007－　　　　　中央政治局委員

俞正聲簡歷

　　俞正聲，男，漢族，1945年4月生，浙江紹興人，1964年11月入黨，1963年8月參加工作，哈爾濱軍事工程學院導彈工程系彈道式導彈自動控制專業畢業，大學學歷，工程師。現任中央政治局委員、上海市委書記。

1963－1968年　　哈爾濱軍事工程學院導彈工程系彈道式導彈自動控制專業學習

1968－1971年　　河北省張家口市無線電六廠技術員

1971－1975年　　河北省張家口市橋西無線電廠技術員、負責人

1975－1981年　　第四機械工業部電子技術推廣應用研究所技術員、工程師

1981－1982年　　第四機械工業部電子技術推廣應用研究所副總工程師

1982－1984年　　電子工業部電子技術推廣應用研究所副所長、電子工業部計算機工業管理局系統二處處長、副總工程師兼微型機管理部主任、電子工業部計畫司副司長

1984－1985年　　中國殘疾人福利基金會負責人、副理事長、黨組成員

1985－1987年　　山東省煙臺市委副書記

1987－1989年　　山東省煙臺市委副書記、市長

1989－1992年　　山東省青島市委副書記、副市長、市長

1992－1994年　　山東省委常委、青島市委書記、市長

1994－1997年　　山東省委常委、青島市委書記

1997－1998年　　建設部黨組書記、副部長

1998－2001年　　建設部部長、黨組書記

2001－2002年　　湖北省委書記

2002－2003年　　中央政治局委員、湖北省委書記、省人大常委會主任

2003－　　　　　中央政治局委員、上海市委書記

徐才厚簡歷

　　徐才厚，男，漢族，1943年6月生，遼寧瓦房店人，1971年4月入黨，1963年8月入伍，哈爾濱軍事工程學院電子工程系畢業，大學學歷。現任中央政治局委員、中央軍事委員會副主席、中華人民共和國中央軍事委員會副主席、上將軍銜。

1963－1968年	哈爾濱軍事工程學院電子工程系學員
1968－1970年	陸軍第三十九軍農場勞動鍛練
1970－1971年	吉林省軍區獨立師三團二營六連當兵鍛練
1971－1972年	瀋陽軍區守備第三師炮兵團一營二連副指導員
1972－1983年	吉林省軍區政治部幹部處幹事、處長兼離退休辦公室主任
1983－1984年	吉林省軍區政治部副主任
1984－1985年	瀋陽軍區政治部群眾工作部部長
1985－1992年	陸軍第十六集團軍政治部主任、團政委
1992－1994年	解放軍總政治部主任助理、副主任兼解放軍報社社長
1994－1996年	解放軍總政治部副主任
1996－1999年	濟南軍區政委、軍區黨委書記
1999－2002年	中央軍事委員會委員、中華人民共和國中央軍事委員會委員、解放軍總政治部常務副主任兼中央軍委紀委書記、總政治部黨委副書記
2002－2005年	中央書記處書記、中央軍事委員會委員、副主席、中華人民共和國中央軍事委員會委員、解放軍總政治部主任、總政治部黨委書記
2005－2007年	中央書記處書記、中央軍事委員會副主席、中華人民共和國中央軍事委員會副主席
2007－	中央政治局委員、中央軍事委員會副主席、中華人民共和國中央軍事委員會副主席

郭伯雄簡歷

郭伯雄，男，漢族，1942年7月生，陝西禮泉人，1963年3月入黨，1958年8月參加工作，1961年8月入伍，解放軍軍事學院完成班畢業，大專學歷。現任中央政治局委員、中央軍事委員會副主席、中華人民共和國中央軍事委員會副主席、上將軍銜。

1958－1961年	陝西興平縣四〇八廠工人
1961－1964年	陸軍第十九軍五十五師一六四團八連戰士、副班長、班長
1964－1965年	陸軍第十九軍五十五師一六四團八連排長
1965－1966年	陸軍第十九軍五十五師一六四團政治處宣傳股幹事
1966－1970年	陸軍第十九軍五十五師一六四團司令部作訓股參謀
1970－1971年	陸軍第十九軍五十五師一六四團司令部作訓股股長
1971－1981年	陸軍第十九軍司令部作訓處參謀、副處長、處長
1981－1982年	陸軍第十九軍五十五師參謀長
1982－1983年	蘭州軍區司令部作戰部副部長
1983－1985年	陸軍第十九軍參謀長
1985－1990年	蘭州軍區副參謀長
1990－1993年	陸軍第四十七集團軍軍長
1993－1997年	北京軍區副司令員
1997－1999年	蘭州軍區司令員、軍區黨委副書記
1999－2002年	中央軍事委員會委員、中華人民共和國中央軍事委員會委員、解放軍常務副總參謀長、總參謀部黨委副書記
2002－2003年	中央政治局委員、中央軍事委員會副主席、中華人民共和國中央軍事委員會委員
2003－	中央政治局委員、中央軍事委員會副主席、中華人民共和國中央軍事委員會副主席

薄熙來簡歷

　　薄熙來，男，漢族，1949年7月生，山西定襄人，1980年10月入黨，1968年1月參加工作，中國社會科學院研究生院國際新聞專業畢業，研究生學歷，文學碩士。現任中央政治局委員、重慶市委書記。

1968－1972年　　「文革」中進「學習班」，參加勞動

1972－1978年　　北京市二輕局五金機修廠工人

1978－1979年　　北京大學歷史系世界史專業本科學習

1979－1982年　　中國社會科學院研究生院國際新聞專業碩士研究生

1982－1984年　　中央書記處研究室、中央辦公廳幹部

1984－1988年　　遼寧省金縣縣委副書記、書記，大連市金州區委書記（其間：1985－1988年兼任大連經濟技術開發區黨委書記、副書記）

1988－1989年　　遼寧省大連市委常委、宣傳部部長

1989－1992年　　遼寧省大連市委常委、副市長

1992－1993年　　遼寧省大連市委副書記、代市長

1993－1999年　　遼寧省大連市委副書記、市長

1999－2000年　　遼寧省委常委、大連市委書記、市長

2000－2001年　　遼寧省委副書記、代省長

2001－2004年　　遼寧省委副書記、省長

2004－2007年　　商務部部長、黨組副書記、書記

2007－　　　　　中央政治局委員、重慶市委書記

何勇簡歷

　　何勇，男，漢族，1940年10月生，河北遷西人，1958年12月入黨，1967年9月參加工作，天津大學精密儀器工程系精密儀器與機械專業畢業，大學學歷，高級工程師。現任中央書記處書記、中央紀委副書記。

1960－1967年　　天津大學精密儀器工程系精密儀器與機械專業學習

1967－1968年　　留校待分配

1968－1970年　　國營二三八廠計量室技術員

1970－1975年　　國營二三八廠廠部生產秘書

1975－1978年　　國營二三八廠政治處主任、廠黨委常委

1978－1983年　　國營二三八廠黨委副書記、廠長

1983－1985年　　湖北省國防科學技術工業辦公室副主任

1985－1986年　　兵器工業部幹部司司長

1986－1987年　　中央組織部副部長兼黨政外事幹部局局長

1987－1992年　　監察部副部長、黨組成員

1992－1997年　　中央紀委常委、監察部副部長

1997－1998年　　中央紀委副書記、監察部副部長

1998－2002年　　中央紀委副書記、監察部部長

2002－2003年　　中央書記處書記、中央紀委副書記、監察部部長

2003－　　　　　中央書記處書記、中央紀委副書記

令計畫簡歷

令計畫，男，漢族，1956年10月生，山西平陸人，1976年6月入黨，1973年12月參加工作，湖南大學工商管理專業畢業，在職研究生學歷，工商管理碩士。現任中央書記處書記、中央辦公廳主任、中央機構編制委員會辦公室副主任。

1973－1975年	山西省平陸縣知青、縣印刷廠工人
1975－1978年	山西省平陸縣團委幹部、副書記
1978－1979年	山西省運城地委幹部
1979－1983年	團中央宣傳部幹部
1983－1985年	中國青年政治學院政教專業學習
1985－1988年	團中央宣傳部理論處副處長
1988－1990年	團中央書記處辦公室主任
1990－1994年	團中央辦公廳副主任、《中國共青團》主編
1994－1995年	團中央宣傳部部長
1995－1996年	中央辦公廳調研室三組負責人
1996－1997年	中央辦公廳調研室三組組長（1994－1996年湖南大學工商管理專業在職研究生學習，獲碩士學位）
1997－1998年	中央辦公廳調研室副主任
1998－1999年	中央辦公廳調研室主任
1999－2000年	中央辦公廳副主任、調研室主任
2000－2003年	中央辦公廳副主任、調研室主任、中央機構編制委員會辦公室副主任
2003－2007年	中央辦公廳副主任（主持常務工作，正部長級）、中央機構編制委員會辦公室副主任
2007－2007年	中央辦公廳主任、中央機構編制委員會辦公室副主任
2007－	中央書記處書記、中央辦公廳主任、中央機構編制委員會辦公室副主任

王滬寧簡歷

王滬寧，男，漢族，1955年10月生，山東萊州人，1984年4月入黨，1977年2月參加工作，復旦大學國際政治系國際政治專業畢業，研究生學歷，法學碩士，教授。現任中央書記處書記、中央政策研究室主任。

1972－1977年　　上海師範大學幹校外語培訓班學習

1977－1978年　　上海市出版局幹部

1978－1981年　　復旦大學國際政治系國際政治專業研究生

1981－1989年　　復旦大學國際政治系教師、副教授、教授

1989－1994年　　復旦大學國際政治系主任

1994－1995年　　復旦大學法學院院長

1995－1998年　　中央政策研究室政治組組長

1998－2002年　　中央政策研究室副主任

2002－2007年　　中央政策研究室主任

2007－　　　　　中央書記處書記、中央政策研究室主任

附錄三中共「十七大」中央委員與候補中央委員

中國共產黨第十七屆中央委員會委員名單

（204名，按簡體字姓氏筆劃為序）

于幼軍、衛留成、習近平、馬馼（女）、馬凱、馬曉天、王剛、王君、王珉、王晨、王毅、王萬賓、王太華、王正偉（回族）、王東明、王樂泉、王兆國、王旭東、王岐山、王滬寧、王國生（軍隊）、王金山、王勝俊、王家瑞、王鴻舉、王喜斌、烏雲其木格（女，蒙古族）、尹蔚民、鄧楠（女）、鄧昌友、艾斯海提·克裏木拜（哈薩克族）、石宗源（回族）、盧展工、田成平、田修思、白立忱（回族）、白志健、白恩培、白景富、令計畫、司馬義·鐵力瓦爾地（維吾爾族）、吉炳軒、列確（藏族）、呂祖善、回良玉（回族）、朱之鑫、朱維群、華建敏、向巴平措（藏族）、劉京、劉淇、劉鵬、劉源、劉雲山、劉冬冬、劉永治、劉成軍、劉延東（女）、劉志軍、劉奇葆、劉明康、劉曉江、劉家義、許其亮、孫大發、孫忠同、孫春蘭（女）、孫政才、孫曉群、蘇榮、杜青林、李斌（女）、李長才、李長江、李長春、李從軍、李世明、李成玉（回族）、李兆焯（壯族）、李克強、李學舉、李學勇、李建國、李榮融、李海峰（女）、李繼耐、李盛霖、李景田（滿族）、李源潮、李毅中、楊晶（蒙古族）、楊元元、楊傳堂、楊衍銀（女）、楊潔篪、楊崇匯、肖捷、吳雙戰、吳邦國、吳勝利、吳愛英（女）、吳新雄、何勇、汪洋、沈躍躍（女）、宋秀岩（女）、遲萬春、張平、張陽、張又俠、張雲川、張文岳、張玉台、張左己、張慶偉、張慶黎、張寶順、張春賢、張高麗、張海陽、張德江、陸兵（壯族）、陸浩、阿不來提·阿不都熱西提（維吾爾族）、陳雷、陳至立（女）、陳國令、陳建國、陳奎元、陳炳德、范長龍、林樹森、尚福林、羅保銘、羅清泉、周濟、周強、周小川、周生賢、周永康、周伯華、房峰輝、孟學農、孟建柱、趙樂際、趙克石、趙洪祝、

胡春華、胡錦濤、柳斌傑、俞正聲、姜大明、姜偉新、姜異康、賀國強、秦光榮、袁純清、耿惠昌、聶衛國、賈慶林、賈治邦、錢運錄、徐才厚、徐光春、徐守盛、徐紹史、高強、郭伯雄、郭金龍、郭庚茂、黃小晶、黃華華、黃晴宜（女）、黃獻中、曹建明、盛光祖、常萬全、符廷貴、康日新、章沁生、梁光烈、梁保華、彭小楓、彭清華、葛振峰、董貴山、蔣巨峰、韓正、韓長賦、喻林祥、儲波、童世平、溫家寶、謝旭人、強衛、路甬祥、靖志遠、蔡武、廖暉、廖錫龍、薄熙來、戴秉國（土家族）、戴相龍、魏禮群

中國共產黨第十七屆中央委員會候補委員名單

（167名，按得票多少為序排列）

　　王新憲、焉榮竹、王學軍、王建平、劉石泉、杜宇新、符躍蘭（女，黎族）、馬飈（壯族）、王光亞、旦科（藏族）、朱小丹、全哲洙（朝鮮族）、李玉妹（女）、張連珍（女）、林左鳴、羅正富（彝族）、羅志軍、鄭立中、趙憲庚、袁榮祥、黃建國、申維辰、任亞平、劉慧（女，回族）、劉振起、孫建國、李希、李買富、楊剛、楊松、余遠輝（瑤族）、余欣榮、張成寅、張國清、張裔炯、陳存根、陳敏爾、努爾·白克力（維吾爾族）、林軍、駱惠寧、黃康生（布依族）、魏鳳和、於革勝、王偉光、艾虎生、朱發忠、劉學普（土家族）、劉振來（回族）、孫金龍、蘇士亮、李長印、岳福洪、金振吉（朝鮮族）、秦銀河、徐一天、薛延忠、王憲魁、巴音朝魯（蒙古族）、葉冬松、史蓮喜（女）、劉曉凱（苗族）、吳定富、張耕、張基堯、陳寶生、苗圩、林明月（女）、趙愛明（女）、胡澤君（女）、胡振民、咸輝（女，回族）、袁家軍、息中朝、徐樂江、徐粉林、黃興國、譄貽琴（女，白族）、王玉普、王國生（江蘇）、尤權、李金城、肖鋼、肖亞慶、何立峰、張仕波、張曉剛、金壯龍、胡曉煉（女）、白春禮（滿族）、多吉（藏族）、劉偉、劉偉平、劉

粵軍、江澤林、李克（壯族）、李安東、冷溶、陳潤兒、鹿心社、謝和平、王儒林、石大華、葉小文、吉林、蘇樹林、李康（女，壯族）、李崇禧、楊利偉、楊煥寧、張軒（女）、陳政高、武吉海（苗族）、項俊波、舒曉琴（女）、詹文龍、潘雲鶴、刀林蔭（女，傣族）、王榮、湯濤、李紀恒、宋愛榮（女）、張傑、陳左寧（女）、竺延風、駱琳、鐵凝（女）、褚益民、蔡英挺、邢元敏、李鴻忠、陳川平、梅克保、曹清、焦煥成、雷春美（女，佘族）、翟虎渠、丁一平、閔維方、郭樹清、王俠（女）、陳元、陳德銘、姜建清、郭聲琨、董萬才、蔡振華、王明方、沈素琍（女）、張岱梨（女）、陳全國、烏蘭（女，蒙古族）、傅志方、夏寶龍、王安順、吳顯國、張瑞敏、趙勇、栗戰書、車俊、蔣傅敏、王曉初、劉玉浦、王三運、殷一璀（女）、樓繼偉、劉振亞、賈廷安

論壇 01

INK PUBLISHING

中共「十七大」政治精英甄補
與地方治理

作 者 群	丁望、王嘉州、由冀、耿曙、陳德昇、陳陸輝、寇健文、
	郭瑞華、張執中、臧小偉、薄智躍
主 編	陳德昇

發 行 人	張書銘
出 版	**INK** 印刻出版有限公司
	台北縣中和市中正路800號13樓之3
	電話：(02)2228-1626
	傳真：(02)2228-1598
	網址：http://www.sudu.cc
法律顧問	漢廷法律事務所 劉大正律師

總 經 銷	展智文化事業股份有限公司
	台北縣板橋市松江街21號2樓
	電話：(02)2251-8345
	傳真：(02)2251-8350
郵撥帳號	1900069-1 成陽出版股份有限公司
製版印刷	海王印刷事業股份有限公司
	台北縣中和市中正路800號11樓之2
	電話：(02)8228-1290
	傳真：(02)8228-1297

| 出版日期 | 2008年2月 |
| 定 價 | 460元 |

ISBN 978-986-6650-00-0

國家圖書館出版品預行編目資料

中共『十七大』政治精英甄補與地方治理 ／ 丁
望等著, －－台北縣中和市：印刻, 2008.02
464面；17×23公分. －－（論壇；1）

ISBN 978-986-6650-00-0（平裝）

1. 政治制度 2. 地方自治 3. 文集 4. 中華
人民共和國

574.107   97001999